古典詩歌研究彙刊

第三四輯

龔鵬程 主編

第 8 冊

鄭孝胥詩學研究

官劍豐 著

國家圖書館出版品預行編目資料

鄭孝胥詩學研究／官劍豐 著 -- 初版 -- 新北市：花木蘭文化
事業有限公司，2023〔民 112〕
目 4+278 面；17×24 公分
（古典詩歌研究彙刊 第三四輯；第 8 冊）
ISBN 978-626-344-356-3（精裝）
1.CST：鄭孝胥 2.CST：詩學 3.CST：詩評
820.91   112010194

ISBN-978-626-344-356-3

9 786263 443563

古典詩歌研究彙刊
第三四輯　第 八 冊　　　　ISBN：978-626-344-356-3

鄭孝胥詩學研究

作　　者　官劍豐
主　　編　龔鵬程
總 編 輯　杜潔祥
副總編輯　楊嘉樂
編輯主任　許郁翎
編　　輯　張雅淋、潘玟靜　美術編輯　陳逸婷
出　　版　花木蘭文化事業有限公司
發 行 人　高小娟
聯絡地址　235 新北市中和區中安街七二號十三樓
　　　　　電話：02-2923-1455 ／傳真：02-2923-1452
網　　址　http://www.huamulan.tw 信箱 service@huamulans.com
印　　刷　普羅文化出版廣告事業
初　　版　2023 年 9 月
定　　價　第三四輯共 8 冊（精裝）新台幣 16,000 元

鄭孝胥詩學研究

官劍豐 著

作者簡介

官劍豐（1987～）籍貫：廣東普寧，文學博士，廣東潮州韓山師範學院文學與新聞傳播學院講師，研究方向：中國文化詩學。發表文章有：《論〈宋詩精華錄〉江西派三宗詩及其詩學旨趣》，《鄭孝胥的詩論宗趣》等。

提　　要

　　本書以鄭孝胥的詩學為研究對象。鄭孝胥是晚清同光體的重要詩人，與陳三立並稱「陳鄭」。在晚清民國的詩壇上，鄭孝胥的聲名地位極高。由於鄭氏晚年附逆，受人唾棄，其詩學在很長一段時期得不到應有的重視和深入的研究。本書秉著不以人廢言的立場，最大限度地利用《鄭孝胥日記》及其他相關材料深入探討其詩本論、詩風的家學淵源與文學史淵源、創作論及其與同光體其餘詩人的詩學異同，並對《海藏樓詩集》重要題材進行細緻的文本分析，綜合考察其熔鑄唐宋為一手而獨具個性的詩學進路。本文致力於總結鄭氏詩學體系，以期做到較全面的認識和公允的評價。

　　本文分為六章。第一章是詩本論，概述鄭氏詩學的變風變雅根源，重點分析其以真性情為本和詩中必有事的兩大主張，並由此揭示鄭氏詩學中的盡情使氣的特質及其不得性情之正的缺陷，其詩學淵源及創作論亦即根源於這兩大主張。第二章是詩風論，鄭孝胥詩風多變，陳衍評定的清蒼幽峭與伉爽風格是比較重要的，但不足以限之，鄭氏詩風尚有沈摯真刻、夷曠沖淡、豪橫雄奇等幾個特徵。本章第一節考察鄭孝胥的家世背景與家學淵源，重點分析家傳詩學對其「清蒼幽峭」和「伉爽」詩風的影響。第二節分析其詩風的文學史淵源，對其主要的師法對象作一詳細的梳理，全方位把握其詩風的多面性。第三章是創作論，主要考察了鄭氏熔鑄唐宋為一手而頗具獨特審美趣味的詩學進路。第一節分析其兼採唐宋詩的清雋意趣和峭折筋節，第二節研究其清切和透切的主張，第三節探討其推崇氣力和宗尚白戰的創作祈向及手法。第四章分析《海藏樓詩集》中較具代表性的五個題材。考察其創作風格的多樣性，這五個題材分別是：獨存神理的風懷詩，沈摯真刻的哀挽詩，清遠雄奇的寫景詩，清空騷雅的詠花詩，蕭曠雄肆的重九詩。研究其詩本論和創作論在創作中的體現，最後對其成就與缺陷作出合理的評價。第五章深入考察鄭孝胥與同光體詩人的交遊唱酬及其詩學異同，擇取了陳寶琛、陳三立、陳曾壽及陳衍四位同光體詩人作為比較對象，旨在通過比較研究，突顯鄭氏詩學的獨特性。第六章討論鄭氏詩學的影響。第一節探討海藏詩派，主要分析鄭氏詩學對李宣龔和周達兩位詩人的影響。第二節探討鄭氏詩學對學衡派詩人的影響，主要分析胡先驌對鄭氏詩學中白戰手法的推崇和吳宓對其清切主張的贊可。

韓山師範學院博士啟動項目
鄭孝胥詩學研究
項目編號：QD202228

目

次

緒　論 ……………………………………………… 1

一、本文的研究意義 …………………………… 1

二、以往研究成果綜述 ………………………… 3

三、研究思路及方法 …………………………… 9

第一章　詩本論 …………………………………… 11

第一節　主體性：詩以真性情為本 ………… 12

一、從性情之正到性情之真 ………………… 13

二、養氣與負氣 ………………………………… 15

三、真性情的偏頗 ……………………………… 18

第二節　時代性：詩中必有事 ……………… 20

一、從詩中有我到詩中有事 ………………… 22

二、以詩存史的祈向及其缺陷 ……………… 23

第二章　詩風論 …………………………………… 29

第一節　鄭孝胥詩風的家學淵源 …………… 30

一、清言與高調：高祖母何玉瑛的詩風 …… 31

二、幽峭淒厲：父親鄭守廉的詩風 ………… 38

三、復古與尊唐：叔祖鄭世恭對鄭孝胥的詩學
　　指導 ……………………………………… 42

第二節　鄭孝胥詩風的文學史淵源 ……………… 48

一、鄭孝胥宗尚的唐代詩人 ………………… 49

二、鄭孝胥宗尚的宋代詩人 ………………… 61

三、鄭孝胥宗尚的其餘詩人 ………………… 77

第三章　創作論 ………………………………… 85

第一節　熔鑄唐宋的清雋意趣與峭折筋節 …… 85

一、對唐宋詩的基本認識 …………………… 85

二、獨取清雋的意趣與峭折的筋節 ………… 87

第二節　由清切到透切 ………………………… 93

第三節　推崇氣力與宗尚白戰 ………………… 96

第四章　《海藏樓詩集》代表題材的藝術特色 … 103

第一節　獨存神理的風懷詩 …………………… 104

一、鄭孝胥與金月梅交往過程 …………… 104

二、念梅詩 ………………………………… 105

第二節　沈摯真刻的哀挽詩 …………………… 116

一、悼亡妻 ………………………………… 117

二、悼子女 ………………………………… 120

三、哀兄侄 ………………………………… 124

四、挽友朋 ………………………………… 126

第三節　清遠雄奇的寫景詩 …………………… 131

一、山水紀遊 ……………………………… 132

二、濠堂與盟鷗榭 ………………………… 136

三、夜起 …………………………………… 144

第四節　清空騷雅的詠花詩 …………………… 148

一、櫻花 …………………………………… 148

二、菊花 …………………………………… 151

三、梅花與海棠 …………………………… 158

第五節　蕭曠雄肆的重九詩 …………………… 164

一、辛亥以前的重九詩 …………………… 166

二、辛亥至出關之前的重九詩 …………… 170

三、出關後的重九詩 ……………………… 175

第五章　與同光體詩人之交遊及其詩學異同 … 181
　第一節　與陳寶琛的交遊及其詩學異同 …… 182
　　一、交遊與唱酬 ……………………………… 182
　　二、詩學異同 ………………………………… 195
　第二節　與陳三立的交遊及其詩學異同 …… 198
　　一、交遊與唱酬 ……………………………… 198
　　二、詩學異同 ………………………………… 208
　第三節　與陳曾壽的交遊及其詩學異同 …… 212
　　一、交遊與唱酬 ……………………………… 212
　　二、詩學異同 ………………………………… 227
　第四節　與陳衍的交遊及其詩學異同 ……… 229
　　一、交遊與唱酬 ……………………………… 229
　　二、詩學異同 ………………………………… 238
第六章　鄭孝胥詩學的影響 …………………… 243
　第一節　海藏詩派 …………………………… 244
　　一、李宣龔 …………………………………… 245
　　二、周達 ……………………………………… 249
　第二節　對學衡派的影響 …………………… 254
　　一、胡先驌 …………………………………… 254
　　二、吳宓 ……………………………………… 260
結　語 …………………………………………… 265
參考文獻 ………………………………………… 267

緒　論

一、本文的研究意義

在晚清民國的詩界中，鄭孝胥是同光體的代表人物，與陳三立並稱「陳鄭」，將道咸以來的宋詩運動推向巔峰。鄭孝胥詩歌導源六朝，泛濫百家，熔鑄唐宋，而自成面目。陳衍將道咸以來的詩派分為「清蒼幽峭」與「奧衍生澀」兩大派，以鄭孝胥為「清蒼幽峭」一派的領袖，陳三立則為「奧衍生澀」一派的領袖〔註1〕。胡先驌《櫻居雜詩》曰：「近詩亦充棟，陳鄭為世師。」〔註2〕可見鄭孝胥在當時的詩界地位之高、影響力之大只有陳三立可與之並駕齊驅。鄭孝胥不僅詩歌創作成就極高，而且擅長論詩。雖然鄭孝胥的詩論多為片言隻語，不成體系，但其詩論不僅在數量上頗為可觀，且多精至之論。在同光體詩學的構建中，鄭孝胥的詩論亦曾對沈曾植「三關說」、陳衍「三元說」發揮過重要的啟發作用。然而歷來研究者大多注重其創作成就，對其在詩學上的貢獻則缺乏深入、全面的研究，更遑論作出公允的評價。

〔註1〕參見陳衍著，鄭朝宗、石文英校點：《石遺室詩話》卷三，北京：人民文學出版社，2004年版，第41～42頁。本文註引同一著作，首次注釋標明著者、校點或箋注者、書名、卷數、出版社、出版年、頁碼等信息，此後再引同書，版本信息從略。

〔註2〕胡先驌著，熊盛元、胡啟鵬編校：《胡先驌詩文集》上冊，合肥：黃山書社，2013年版，第205頁。

本文試圖從本體論、詩風論、創作論三個方面建構鄭孝胥的詩學體系，並對其創作中的得失作出合理的分析和評價，且著重於研究鄭孝胥如何熔鑄唐宋為一手而獨具個人特色的詩學進路，並將其與同光體其餘詩人相比較，以期更準確地把握鄭孝胥的詩學特色。

鄭孝胥一生負氣，飛揚跋扈，功名心熱，以致晚年失足為漢奸。但鄭孝胥的詩歌正如孟森《海藏樓詩序》所說：「所行皆負氣之事，所作亦皆負氣之詩。負氣之事之果為是非，將付難齊之物論，而詩則當世固已無異詞矣。」〔註3〕胡先驌在《四十年來北京之舊詩人》寫道：「海藏若甘於詩人終，自可使萬人低首，乃矜才使氣，誤君誤國，永為名教罪人，惜哉。」〔註4〕陳曾壽亦云「倘僅詩傳終牖下，筆鋒端可犯陳元」〔註5〕。由此可見，鄭孝胥的詩歌水平之高在歷史上早有定評。但是自林庚白在《麗白樓詩話》中說了「……孝胥詩情感多虛偽，一以矜才使氣震驚人」〔註6〕這句話後，鄭孝胥詩歌遂帶上了情感虛偽的標籤，令研究者無法客觀、深入地探討其詩學。

首先，鄭孝胥詩學繼承了道咸以來的變風變雅傳統，主張真性情和詩中有事，然而這兩大詩本論的主張長期被研究者所忽視。這兩大主張反映在創作的代表題材上，《海藏樓詩集》的風懷詩、哀挽詩表現了其哀樂過人的真性情，而詠花詩、重九詩則踐行了其詩中有事的主張。其次在詩風品評上，研究者循循相因，以清蒼幽峭為鄭孝胥詩的定評，但其清蒼幽峭詩風的家學根源卻未得到較深入的探究，而且亦忽視了鄭孝胥詩風的多樣性。依題材而論，其風懷詩纏綿悱惻而又獨存神理，哀挽詩則沈摯而真刻。林紓《海藏樓記》則謂其「閒適之

〔註3〕鄭孝胥著，黃珅、楊曉波校點：《海藏樓詩集》卷首，上海：上海古籍出版社，2013 年版，第 2 頁。
〔註4〕胡先驌著，熊盛元、胡啟鵬編校：《胡先驌詩文集》下冊第 651 頁。
〔註5〕陳曾壽著，張寅彭、王培軍校點：《蒼虬閣詩集》，上海：上海古籍出版社，2012 年版，第 352 頁。
〔註6〕見張寅彭主編：《民國詩話叢編》第六冊，上海：上海書店出版社，2002 年版，第 135 頁。

作，夷曠沖淡，而骨力堅練，一字不涉凡近……語質而韻遠，外枯而中膏，吐發若古之隱淪，則信乎能藏其鋒矣」〔註7〕，這是其詩風夷曠沖淡的一面，擅於藏鋒，這主要表現在其山水紀遊詩上，其重九詩亦有此調。葉靈眎云：「韓公豪多於曠，大蘇曠多於豪，而公詩如其書，純以氣勝，前無古人，則豪曠固是本色。」〔註8〕胡先驌《四十年來北京之舊詩人》又云：「海藏樓雜詩或議論或描寫，皆直往直來，不假雕飾，兀傲之氣，躍然紙上。」〔註9〕這是鄭孝胥詩歌氣力雄豪橫肆的一面，又擅於露鋒，這主要表現在其重九詩上，其山水紀遊詩亦兼有此調。另外，鄭孝胥又擅長於作騷雅清空和穠麗哀艷兩種風格的詠花詩。因此，鄭孝胥詩風實非清蒼一派所能限。在其詩風的文學史淵源方面，研究者多能指出其源出韋柳、孟郊、梅堯臣、王安石等詩人，但鄭孝胥氾濫百家，於唐之韓愈、李商隱、韓偓，宋之蘇軾、陳師道、陳與義，甚至金源之元好問，皆有所取法，且善於學古而不擬古，形成了綜融唐宋為一手的獨特風格。第三，在創作論上，研究者多能注意鄭孝胥論詩的「清切」主張，但對其獨取唐宋詩的清雋意趣和峭折筋節則缺乏認識，且對其推崇氣力、崇尚白戰的主張亦言之不詳。由於以上三點的缺陷，在鄭孝胥與同光體其餘詩人的詩學比較研究上至今亦未有令人滿意的成果。因此，鄭孝胥詩學的研究尚大有可為。本著不以人廢言的立場，梳理和總結鄭氏詩學體系是極有研究價值的課題。

二、以往研究成果綜述

在晚清民國，鄭孝胥詩名極盛，很多詩人和研究者對鄭孝胥詩歌都曾作過傳統詩話的點評，最著名的當屬《石遺室詩話》，對鄭孝胥的詩學淵源、詩風等皆作出過概要的論述，且特別指出鄭孝胥擅長寫

〔註7〕《海藏樓詩集》附錄三「《海藏樓詩》各家評論摘要」，第579頁。
〔註8〕《海藏樓詩集》附錄三，第594頁。
〔註9〕胡先驌著，熊盛元、胡啟鵬編校：《胡先驌詩文集》下冊，第650～651頁。

景及其詩歌中的惘惘不甘之情，但並未形成系統的論述。其餘詩話雖時有精到之論，亦不超出陳衍的議論範圍，且多蜻蜓點水式的點評。直到 1923 年朱大可在《小說新報》第八卷一至六期連續發表《海藏樓詩之研究》，才出現了對鄭孝胥詩學的系統研究。朱文從鄭孝胥的詩學淵源、詩學觀、詩歌題材、五七言各體裁等多方面進行研究。在詩學淵源上，朱大可認為鄭孝胥詩學導源於六朝、氾濫於三唐、渟蓄於北宋以來諸大家，並且從詩歌題材（《海藏樓雜詩》、詠史詩、山水詩、哀挽詩等四個題材）、五七言諸體詩兩方面分別舉例探討和論證鄭孝胥對前人的繼承，大大拓展了《石遺室詩話》對鄭孝胥詩學淵源的討論範圍，如韓愈、李商隱、韓偓、蘇軾、陳師道、陸游等，陳衍並未提及鄭孝胥宗尚這些詩人。在詩學觀方面，朱大可拈出鄭孝胥論詩的三個字——澀、真、淺，並著重指出，鄭孝胥早年主澀，晚年主淺，而以真為貴。與陳衍標榜閩派的立場不同，朱大可並非閩人，又親炙於鄭孝胥，其研究更加客觀、全面。1942 年陳寥士在《古今月刊》上發表《海藏樓詩的全貌》，對鄭孝胥詩歌中的重九、龍州、懷人亭、夜起庵、出京與入京、論交遊、濠堂與盟鷗榭、詠花木、友愛及悼亡等方面的題材進行了大量的分析與鑒賞，最後指出海藏樓全集起結的深意，在於《春歸》「一生負氣恐全非」與《一閒》「一閒氣自充」兩句的「氣」字〔註10〕。1947 年潘伯鷹發表在《生活》上的《海藏樓詩的解剖》則集中分析鄭孝胥的風懷詩，對鄭孝胥的戀愛心境在詩歌中的體現有極生動而不失深刻的分析，且特別指出其「詩筆屈伸自如」、「洗盡一切藻澤獨存神理」的手法，認為鄭孝胥詩「長處在奇崛兀傲，處處有英多磊落之風；短處在不免客氣，不免戰國策士的派頭」〔註11〕。胡先驌作於 1923 年的《評胡適〈五十年來中國之文學〉》及 1947 年的《四十年來北京之舊詩人》兩篇文章中皆有論及鄭孝胥的文字，主要指出了鄭孝胥詩歌擅長白戰手法的特色。

〔註10〕見民國《古今月刊》，1942 年第八期，第 38 頁。
〔註11〕見民國《生活》，1947 年第三期，第 38 頁。

　　1949 年至八十年代，整個同光體詩人群體的研究幾乎留下了一段空白，遑論對鄭孝胥的研究。八十年代後，學界逐漸興起了對晚清民國詩人的研究，但由於鄭孝胥的漢奸身份，遲遲未得到學界的關注。直到 1993 年勞祖德整理的《鄭孝胥日記》在中華書局出版，學界才開始將目光投在鄭孝胥身上，但在此書出版後的十數年間，所發表的文章主要以發掘史料為主，少有關涉鄭孝胥詩學的內容。2003 年，由黃坤、楊曉波校點的《海藏樓詩集》由上海古籍出版社出版，其「前言」部分對鄭孝胥宗尚韋柳、孟郊、王安石數人作出了較深入的分析和評價，認為鄭孝胥「有韋之清淡，但無其醇厚；有柳之清峭，而無其峻潔」〔註 12〕，是貌合神離，學孟郊則得其淒苦而不如其真，急於進取似王安石，詩藝則得其洗練。除此之外，「前言」還探討了鄭孝胥對蘇軾的仰慕及其受杜甫的影響。但皆以其性情不似為著眼點，對鄭孝胥自負、熱中的性情有較深刻的認識，且對鄭孝胥詩歌為文造情的傾向作出了批判。該文對鄭孝胥詩學的分析著重於其詩學宗尚，可能由於篇幅所限，未能梳理、總結鄭孝胥詩學的體系而形成系統的論述。2007 年，龔鵬程《近代思潮與人物》由中華書局出版，書中《論晚清詩》〔註 13〕一節對鄭孝胥詩學的某些方面曾作出深刻的分析，如第四條「海藏詩具策士氣」認為「海藏之負氣而姿媚者，可謂為有策士氣」〔註 14〕，這發展了潘伯鷹的觀點，因潘伯鷹謂鄭孝胥詩「不免戰國策士的派頭」的落腳點在於揭示其詩的「客氣」，即採擷百家之言而自家性情表現不足的缺陷。第十三條「海藏之傷春」揭示鄭孝胥的傷春意識是由於「名心縈懷，積為內熱」〔註 15〕，這是較為創新的見解，

〔註 12〕《海藏樓詩集》卷一，第 10 頁。
〔註 13〕該文又見於龔氏《中國詩歌史論》一書，2008 年由北京大學出版社出版，名為《晚清詩歌綜述》。實際上，此文最早發表於臺灣《中國學術年刊》1989 年 2 月第一期，名為《論晚清詩——雲起樓詩話摘鈔》。
〔註 14〕龔鵬程著：《近代思潮與人物》，北京：中華書局，2007 年版，第 191頁。
〔註 15〕龔鵬程著：《近代思潮與人物》，第 196 頁。

可與黃珅、楊曉波校點的《海藏樓詩集》前言所說鄭孝胥「內心始終眷戀春華」〔註16〕同參。鄭孝胥的傷春之作集中在詠花詩，其詠花詩多以穠麗寫哀傷，龔氏之說歸因於「名心縈懷」，但鄭孝胥詠花詩亦有表現其家國之痛的作品，如紅梅《四首》。

關於鄭孝胥詩學的專題研究，近年來有兩篇碩士論文及一篇博士論文。2004 年暨南大學紀映雲的碩士論文《關於鄭孝胥的詩藝追求及其與同光派之關係》主要研究了鄭孝胥「清蒼幽峭」的詩風及其與同光體的關係，略為比較了鄭孝胥詩學與陳衍、陳三立及沈曾植的異同，但由於是碩士論文，並未展開深入的研究和理論化總結。2010 年蘇州大學馬國華的碩士論文《海藏詩學研究》著重於研究鄭孝胥早年漢魏古樸與三唐情韻的詩風演進及其詩風的宋調轉向，並通過鄭孝胥諸體詩的比例說明其七律取代五古的創作轉向，最後深入探討了鄭孝胥詩歌中的仕隱情結與抉擇，而以英雄兒女之情作為其仕隱情結的別調。此文對鄭孝胥的早年詩風及其宋詩的轉向有較清晰、準確的把握，運用了《鄭孝胥日記》中大量的材料來論證，但該文缺乏對鄭孝胥詩學體系的整體認識，對鄭孝胥詩學綜融唐宋為一手的獨特進路亦語焉不詳。

2004 年華東師範大學楊曉波的《鄭孝胥詩歌研究》是第一篇專題研究鄭孝胥詩歌的博士論文。該文分為五部分。第一章研究鄭孝胥的家學淵源，從閩地的文化傳統、鄭孝胥家世背景及其妻子盧江吳氏等三個方面作出了一般的概述和考察，在考證方面有所發現，但卻是枝末問題，如考證出鄭孝胥夫妻感情並非不和，最大的缺陷是未能針對鄭孝胥詩歌的家學淵源作出深入的研究。第二章依照時間縱向梳理了鄭孝胥的生平、思想變遷及創作，內容充實詳備，但正因此，此章未能突顯鄭孝胥詩歌代表題材的藝術成就。第三章研究了鄭孝胥詩歌的創作藝術，運用了大量的詩話材料說明鄭孝胥的詩歌特點，但未能做到系統的梳理和總結，層次脈絡不夠分明。第四章論海藏詩派，卻將海藏詩派與「清蒼幽峭派」混為一談。最後一章考察了鄭孝胥的交

〔註16〕《海藏樓詩集》卷一，第 11 頁。

遊，但內容大多與鄭孝胥的詩學無關。總的來說，該文在知人論世方面作出了較客觀、詳細的考察，對鄭孝胥的生平與創作有較深入、仔細的探討，但最大的缺陷在於忽視了鄭孝胥本人的詩論，未能充分利用《鄭孝胥日記》對鄭孝胥詩學作出進一步的理論化總結。

　　另外，2007 年復旦大學侯長生的博士論文《同光體派的宋詩學》第四章第二節有專文探討鄭孝胥的宋詩學，該文從兩方面論述了鄭孝胥詩學由唐入宋的進路，一是重詩之性情與尚意之氣勢，二是肯定宋詩重學問而又主張深入淺出。以上兩點確實是鄭孝胥詩學的重要部分，但由於限於篇幅，該文未能展開論述。2008 年蘇州大學趙騰騰的碩士論文《陳寶琛詩歌研究》第四章第二節比較了陳寶琛與鄭孝胥詩歌藝術特色的不同，認為兩者皆有「清」的特色，但鄭孝胥詩風善變，陳寶琛則較為持一，並且從兩人的性情和經歷來說明其藝術特色的不同，不乏深刻的見解。2009 年朱興和的博士論文《超社逸社詩人群體研究》第七章第三節專門討論了鄭孝胥的人格特質與詩學品格，認為鄭孝胥有三個特殊的個性心理缺陷：過度自負、親日心理和自我欺妄。這種人格缺陷影響了其詩歌創作，如專作高腔、情感虛偽等。以上觀點可說是深刻的心得體會，但是鄭孝胥的性情並非一無是處，而且鄭孝胥詩歌成就並非可以專作高腔、情感虛偽等評語一筆抹殺，其詩風，亦非「挺拔幽秀」一語可以概括。但此文最深刻的觀點還在於指出了鄭孝胥詩歌中「峭刻自美」的內在精神〔註17〕，這其實也是鄭孝胥的一種自負。2006 年蘇州大學賀國強的博士論文《近代宋詩派研究》第十一章第二節主要從兩方面考察了鄭孝胥的詩學，一是感時傷事，二是記錄個人靈魂。其實這兩方面正是源自於道咸以來宋詩派運動的變風變雅傳統，可惜此文未能提高到這個理論高度來進行論述。

　　2006～2011 年之間有數篇研究宋詩派的碩博論文亦提及鄭孝胥，如 2011 年福建師範大學陳慶元的碩士論文《〈石遺室詩話〉論同

〔註17〕參見朱興和《超社逸社詩人群體研究》，華東師範大學 2009 年博士論文，第 182 頁。

光體閩派》、2007 年復旦大學葛春蕃的博士論文《古今之際：晚清民國詩壇上的同光派》、2007 年復旦大學楊萌芽的博士論文《清末民初宋詩派文人群體研究——以 1895～1921 年為中心》、2011 年蘇州大學孫豔的博士論文《同光體代表人物心路歷程研究》等，由於研究對象是群體，對鄭孝胥的詩學不過略作介紹而已。

學位論文之外，近年來發表的關於鄭孝胥詩學的研究論文數量不少，可從三個方面略舉較有價值的論文來作一概覽。第一，關於鄭孝胥的詩學宗趣，2009 年郭前孔在《濟南大學學報（社會科學版）》發表的《論同光體代表詩人鄭孝胥的詩學宗趣》一文考察了鄭孝胥詩學的兩個方面，一是宗宋而不廢唐的論詩宗趣，二是創作上對唐宋詩人的取捨。但其實只有第二點才體現鄭孝胥詩學宗尚的特色，第一點則同光詩人概莫能外，對鄭孝胥綜融唐宋為一手的獨特進路未能作出論述。第二，關於鄭孝胥詩歌題材的創作成就，孫愛霞發表在《社科縱橫》2010 年第 2 期的《論鄭孝胥的哀挽詩作》和《理論月刊》2010 年第 9 期的《家國悲懷也動人——略論鄭孝胥的晚清詩作》，對鄭孝胥哀挽詩及其詩中記述維新變法、庚子國變、光緒駕崩的時事作了詳細的介紹和分析。朱堯、薛玉坤發表在《江蘇教育學院學報（社會科學）》2013 年第 3 期的《名伶金月梅與鄭孝胥所存「念梅詩」研究》則結合《鄭孝胥日記》對鄭孝胥風懷詩作出了詳細的考證和分析，但可惜未運用潘伯鷹《海藏樓詩的解剖》一文對其詩藝作出更深入的研究。張煜發表在《漢語言文學研究》2013 年第 1 期的《重九與夜起——鄭孝胥詩歌初探》一文則依照時間先後對鄭孝胥的重九詩和夜起詩附上事跡，但對其詩藝亦未能作出分析。第三，關於鄭孝胥的詩歌影響，張元卿發表在《新文學史料》2014 年第 3 期的《論鄭孝胥對學衡派詩人的影響》是一篇探究鄭孝胥詩學影響的重要文章，以往關於鄭孝胥詩學影響的研究皆不越出「海藏詩派」數位詩人的範圍，這篇文章補充了以往研究的不足，但未能舉例論證胡先驌在詩歌創作中受到鄭孝胥的影響。

　　綜上可見，關於鄭孝胥詩學的研究尚有很大的研究餘地。充分利用《鄭孝胥日記》有關詩學的論述，從本體論、詩風論、創作論三方面梳理和總結其詩學體系，並對其詩學在創作中的體現及其與同光體其餘詩人的不同，最後揭示其綜融唐宋為一手而又具個人特色的詩學進路，是本文的目標所在。

三、研究思路及方法

　　本文對鄭孝胥的性情及生平事跡不再作專章詳細介紹，而是將其內容穿插於各章之中，特別是第四章「《海藏樓詩集》代表題材的藝術特色」和第五章「與同光體詩人的交遊及其詩學異同」，盡量做到略他人所詳，詳他人之所略。前三章的詩本論、詩風論及創作論屬於鄭孝胥詩學的內部考察，第四章「《海藏樓詩集》代表題材的藝術特色」則考察其詩學在創作中的實踐，第五章「與同光體詩人的交遊及其詩學異同」及第六章「鄭孝胥詩學的影響」屬於鄭孝胥詩學的外部考察。

　　在詩風論方面，本文著重於鄭孝胥的家學淵源和文學史淵源的縱向考察，探析其詩風淵源及詩學宗尚的主要對象，而在比較詩學異同方面，通過比較研究突顯鄭孝胥的詩學特色，則屬於橫向考察。創作論著重於概念辨析，考察其綜融唐宋為一手而獨具個人特色的詩學進路，創作成就則著重於文本分析，詳細分析其章法、句法、用字等具體的詩藝，探究其詩歌藝術對唐宋諸賢的繼承和發展。文獻方面，本文主要依據晚清民國時期的詩文集、詩話以及民國報刊中未被關注的相關文章，充分利用《鄭孝胥日記》關於詩學的論述。總之，本文致力於梳理和總結鄭孝胥的詩學體系，著重於研究其獨特的詩學進路。

第一章　詩本論

　　有清一代詩學，自道咸以來，發生了巨大的變化。西力東漸，內患頻仍，中國遭此三千年未有之大變局，詩人蒿目時艱，康乾時期的盛世之聲不再，代之而起的是四海秋氣。與此同時，詩人不再主張溫柔敦厚的傳統詩教，轉而推崇哀樂過人的變風和批判時政的變雅。同光體詩學家陳衍《近代詩鈔》所選之詩皆屬變風變雅，他在《近代詩鈔敘》自云「身丁變風變雅以迨於將廢將亡，上下數十年間，其近代文獻得失之林乎」，〔註1〕可謂風氣所趨，無或能外。鄭氏詩學亦上承變風變雅，其1930年《張翼桐求題遜廬詩思圖》云：「抹月批風奮筆初，矜唐抑宋力爭餘。詩人《小雅》今何在，欲袖葩經問遜廬。」〔註2〕可知其祈向甚高。陳衍《書〈海藏詩〉後》曰：「雅變於上，風變於下，天下之變急。海藏善說詩，尤深《小雅》。余嘗聞其說《大東》矣，喜誦離騷，其音繁以厲。唐人則柳州東野皆變雅離騷之遺也，海藏往日之詩既如之矣。」〔註3〕小雅之變自《六月》開始，《大東》在《六月》之後，其為變雅可知。陳衍謂鄭孝胥尤深《小雅》，則其深於變風亦焉在言外。

〔註1〕見錢仲聯編校：《陳衍詩論合集》上冊，福州：福建人民出版社，1999年版，第875～876頁。

〔註2〕《海藏樓詩集》卷十二，第383頁。

〔註3〕見錢仲聯編校：《陳衍詩論合集》下冊，第1082頁。

　　從根本上說，鄭氏詩學可依照《毛詩大序》粗分兩點來作大體的
認識：一是挺立主體性，以真性情為本，唱一己之哀樂，兼攝一國之
事，屬於「以一國之事繫一人之本」的變風一面；二是富有時代性，
主張詩中必有事，傷綱紀人倫之失，哀民生之多艱，屬於「言天下之
事形四方之風」的變雅一面。鄭孝胥論詩主張哀樂過人的真性情，又
主張養氣，接續了道咸以來的詩學傳統。在理學思想上，鄭孝胥不甚
注重喜怒哀樂未發之前的養氣功夫，相反地，他著眼於喜怒哀樂既發
之後的情感是否真實，是否氣力磅礴。由於其負氣的個性，鄭孝胥不
得古典的性情之正，偏離了傳統的詩學內核。雖然如此，但他的詩歌
能得一己性情之真，且反映了三千年未有之變局下的時代真相。鄭孝
胥詩歌以凌厲突兀之筆抒發對家國的逼切哀痛之情，其家國之痛實根
植於個人的真性情之中。

第一節　　主體性：詩以真性情為本

　　孔穎達云：「詩有三訓：承也，志也，持也。作者承君政之善惡，
述己志而作詩，為詩所以持人之行，使不失墜，故一名而三訓也。」
〔註4〕詩可以持人之情性，令人性情合於溫柔敦厚的詩教。儒家的詩
教一向重視溫柔敦厚的性情。《禮記》曰：「其為人也，溫柔敦厚，詩
教也。」〔註5〕溫柔敦厚即是樂而不淫、哀而不傷、怨而不亂等中正
和平的性情，朱子《詩集傳》云：「孔子曰：關雎樂而不淫，哀而不
傷。愚謂此言為此詩者得其性情之正，聲氣之和也。」〔註6〕所以儒
家主張溫柔敦厚，即是主張詩本於性情之正。晚清詩人處於變風變雅
以至詩將亡之世，溫柔敦厚的詩教已經不適合表達世變帶來的苦痛和
哀怨，於是自道咸以來的宋詩派詩學轉向主張性情之真，同光體更是
推崇哀樂過人的真性情。

〔註4〕十三經註疏整理委員會整理：《毛詩正義》卷首，北京：北京大學出
　　　　版社，2000 年版，第 5～6 頁。
〔註5〕十三經註疏整理委員會整理：《禮記正義》卷第五十，第 1597 頁。
〔註6〕〔宋〕朱熹著：《詩集傳》卷一，北京：中華書局，1958 年版，第 2 頁。

一、從性情之正到性情之真

　　孔子論詩，興觀群怨之中有怨，其刪詩，亦不廢哀怨之變風變雅。黃宗羲說：「正變云者，亦言其時耳，初不關於作詩者之有優劣也。」〔註7〕時世使然，無關性情之正與否。陳衍在《山與樓詩敘》中說：

　　　　余生於末造，論詩主變風變雅，以為詩者，人心哀樂所由寫宣。有真性情者，哀樂必過人。……其在文字，無以名之，名之曰摯，曰橫。知此可與言今日之為詩。〔註8〕

　　由性情之正轉向性情之真，主張哀樂過人。鄭孝胥亦主張哀樂過人，王贇《今傳是樓詩話》：「海藏每謂詩之佳者，必其人哀樂過人，此語不啻自道。」〔註9〕其《天津贈趙堯生侍御》曾云「哀樂常過人」〔註10〕，《呂秋樵遺墨》又云「無地著哀樂」〔註11〕，亦夫子自道。這種主張有其思想的根源，鄭孝胥一向反對宋儒關於「喜怒哀樂既發未發」的理解，其《日記》載：

　　　　秋樵來，談及喜怒哀樂已發，未發之義。余曰：「戒慎恐懼，須臾不離，此施功於未發也。發而中節，則非臨時所能主矣，由其養之熟也。不觀其發，何從知其真偽乎？〔註12〕

　　這段話對哀樂未發之前的持養功夫一筆帶過，對喜怒哀樂的真偽問題卻特別重視。儒家的傳統特別是宋代理學有性善而情惡的說法，未發是性，已發是情，從而主張哀樂既發之時必須中節。在鄭孝胥之前，黃宗羲《文莊羅整菴先生欽順》曾說：「喜怒哀樂，不論已發未發，皆情也，其中和則性也。」〔註13〕鄭孝胥則並中和之性而不言，

〔註7〕〔明〕黃宗羲著：《黃梨洲文集》，北京：中華書局，1959年版，第345頁。

〔註8〕見錢仲聯編校：《陳衍詩論合集》下冊，第1077頁。

〔註9〕《海藏樓詩集》附錄三，第585頁。

〔註10〕《海藏樓詩集》卷七，第200頁。

〔註11〕《海藏樓詩集》卷九，第293頁。

〔註12〕鄭孝胥著，勞祖德整理：《鄭孝胥日記》第一冊，北京：中華書局，1993年版，第256頁。

〔註13〕〔明〕黃宗羲著：《黃梨洲文集》，北京：中華書局，1959年版，第109頁。

甚至認為性情全體皆善。鄭孝胥說：「宋儒又謂性善而情惡，此亦非也。惻隱、羞惡，人皆有之，視其所用而善惡分焉，情奚惡之有？」〔註14〕總之，必須用情，而不顧喜怒哀樂是否中節，表現在詩學上就不再推崇溫柔敦厚的性情之正，而主張哀樂過人的性情之真。陳衍《石遺室詩話》云：

> 蘇堪少日，嘗書韋詩後云：「為己為人之歧趣，其微蓋本於性情矣。性情之不似，雖貌其貌，神猶離也。夫性情受之於天，胡可強為似者？苟能自得其性情，則吾貌吾神，未嘗不可以不似似之，則為己之學也。世之學者慕之，斯貌之；貌似矣，曰異在神；神似矣，曰異在性情。嗟乎，雖性情畢似，其失己不益大歟？吾終惡其為佞而已矣。韋詩……與其不苟隨時。柳詩……淵然有渟蓄。〔註15〕

這是將性情之真運用到模仿的分析之中。由此更可以確認其論詩宗旨在於重視一己性情之真，不貌為古人之溫厚平和。其《題林學衡詩本》一詩云「少年縱筆羨才人，老去枯腸稍逼真」〔註16〕，《感舊示李君芝楣》又云「心知寥落誰與語，驚嘆李君下筆真」〔註17〕，亦是鄭孝胥一貫主張真性情之證。其實在同光體之前，宋詩派詩人何紹基《使黔草自序》曾說：

> 性情獨得，方作好詩，而想獨得性情，只有耐得住寂寞。因此必要立誠不欺，雖世故周旋，何非篤行。至於剛柔陰陽，稟賦各殊，或狂或狷，就吾性情，充以古籍，閱歷事物，真我自立，絕去模擬，大小偏正，不枉厥材，人可成矣。〔註18〕

立誠不欺，真我自立，絕去模擬，不枉厥材，最終達到詩品與人品合一的境界。鄭孝胥論真性情在某種程度上繼承了何紹基的詩學

〔註14〕《鄭孝胥日記》第一冊，第 506 頁。

〔註15〕陳衍著：《石遺室詩話》卷二，第 22～23 頁。

〔註16〕《海藏樓詩集》卷八，第 227 頁。

〔註17〕《海藏樓詩集》卷二，第 33 頁。

〔註18〕見郭紹虞主編《中國歷代文論選》下冊，北京：中華書局，1963 年版，第 308 頁。

觀。朱大可說：「海藏論詩，不薄竟陵、公安，而薄空同、大復；不薄樊山、實甫，而薄彌之、湘綺，以一則猶存真意，一則專唱高調也。存詩始於《春歸》一律，亦有微意存乎其間。」〔註19〕公安、竟陵兩派處於明之末世，公安浮淺俚俗，竟陵又矯之以孤往幽峭，雖詩風差異甚大，但皆可謂變風，皆有真性情。鄭孝胥《春歸》云：「正是春歸卻送歸，斜街長日見花飛。茶能破睡人終倦，詩與排愁事已微。三十不官寧有道，一生負氣恐全非。昨宵索共紅裙醉，酒淚無端欲滿衣。」〔註20〕此詩字面清淺，而悵惘不甘之情餘音繞樑。朱大可認為存詩以此首始，有微意存乎其間，可謂知言。但是鄭孝胥論真性情卻剝離了宋詩派的理學內核，只是重視一己性情、一己之哀樂。其所謂自得其性情為何，他只是點明韋應物「不苟隨時」與柳宗元的「淵然有渟蓄」，這雖然是重要的品質，但與傳統的儒家詩教還是有很大的不同。何紹基在《與汪菊士論詩》中說：

> 凡學詩者，無不知要有真性情。卻不知真性情者，非到做詩時方去打算也。平日明理養氣，於孝弟忠信大節，從日用起居及外間應務，平平實實，自家體貼得真性情，時時培護，字字持守，不為外物搖奪，久之則真性情方才固結到身心上。即一言語一文字，這箇真性情時刻流露出來。〔註21〕

何紹基主張明理養氣，就是宋代理學賦予的詩學內核。這種從日常起居體貼而來的真性情才無偏頗之弊，以理性克制激情，更加符合宋詩的精神。而鄭孝胥完全不顧哀樂未發之前的明理養氣，反而從哀樂之既發來觀察真偽，可以說是偏離了宋詩的基本精神。

二、養氣與負氣

在鄭孝胥看來，具有真性情的詩人，必求獨至之境，不作優孟衣冠。只有達到獨至之境，才能真氣磅礴。荻葆賢在《平等閣詩話》中

〔註19〕《海藏樓詩集》附錄三，第 640 頁。
〔註20〕《海藏樓詩集》卷一，第 1 頁。
〔註21〕見郭紹虞主編《中國歷代文論選》下冊，第 313 頁。

載鄭孝胥說：

> 作詩當求獨至處，孟詩勝韓，正在此耳。真氣磅礴，奇
> 語突兀，橫空而來，非苦吟極思那能到，千古一人而已。近
> 人惟鄭子尹稍稍近似，今能效子尹者，則惟陳伯嚴耳。〔註22〕

鄭孝胥最心折孟郊。孟郊作詩求獨至之處，故能真氣磅礴。鄭珍
《鈔東野詩畢書後》其二云：「峭性無溫容，酸情無歡蹤。性情一華
嶽，吐出蓮花峰。草木無餘生，高寒見巍宗。我敬貞曜詩，我悲貞曜
翁。長安千萬花，世事難與同。一日即看盡，明日安不窮。貞曜如有
聞，昕然因出籠。」〔註23〕對孟郊十分推崇，但是詩的後半部分對孟
郊略有微詞，孟郊性情雖然極真，人格高峻，但是囿於一己之哀樂。對
於唐人對孟詩的稱譽，宋代蘇轍已有「唐人之不聞道」之慨歎〔註24〕。
鄭珍作為宋詩派的大詩人，其論詩主張讀書養氣，與宋詩一脈相承。其
《論詩示諸生時代者將至》云「固宜多讀書，尤貴多養氣。氣正斯有
我，學贍乃相濟。」〔註25〕主張氣正。鄭孝胥雖然在詩集中也屢屢言及
養氣，如《四月十一日唐山丸舟中》云「來日抱書依草莽，埋頭試養氣
如山」〔註26〕，《夜直雜詩》云「補履干將敢自珍，卅年養氣刃如新」
〔註27〕，《懷歸篇七月十六日作》云「十年養氣如磨劍，正欲一斬世事
纏」〔註28〕，《海藏樓雜詩》云「何如姑養氣，期與天地塞」〔註29〕，
《示伯平》云「區區攝生何足言，所可言者唯養氣。六十始知氣猶水，

〔註22〕狄葆賢著，段春旭整理：《平等閣詩話》卷一，南京：鳳凰出版社，
2015 年版，第 29 頁。

〔註23〕〔清〕鄭珍著，白敦仁箋注：《巢經巢詩鈔箋注》前集卷五，杭州：
浙江古籍出版社，2016 年版，第 372 頁。

〔註24〕〔宋〕蘇轍著，陳宏天、高秀夫校點：《蘇轍集》，北京：中華書局，
1999 年版，第 1229 頁。

〔註25〕〔清〕鄭珍著：白敦仁箋注：《巢經巢詩鈔箋注》前集卷七，第 597
頁。

〔註26〕《海藏樓詩集》卷十一，第 345 頁。

〔註27〕《海藏樓詩集》卷十，第 317 頁。

〔註28〕《海藏樓詩集》卷五，第 151 頁。

〔註29〕《海藏樓詩集》卷七，第 191 頁。

不捨晝夜逝非逝」〔註30〕等等，但是他的養氣重點不在於讀書明理，毋寧說是養人身的血氣。在僞滿時期，鄭孝胥在《日記》中說：

> 夜，月。以理養氣，以氣養體，行之以久，合體於氣，合氣於理，一以貫之。君壬詢余：「所作五古，皆氣力十倍，何以致此？」對曰：「不事鋪題，則氣力自倍。獨來獨往可也。」〔註31〕

這是其晚年的觀點，「以理養氣」和「合氣於理」似乎主張明理養氣，但是中間「以氣養體，行之以久，合體於氣」三句卻明顯是將其養生的觀點〔註32〕夾雜其中，所以這段話不能看做是繼承了宋詩派的詩學內核，反而是在主張時時培護作詩時須用到的血氣，與義理之氣差之毫釐謬以千里。鄭孝胥不能養儒家的正氣，他詩中的氣是策士之氣。龔鵬程《論晚清詩》說：「以氣勝者，或如曹操、鮑照、韓愈之古直超曠，具豪傑之氣也。或如李白、龔定盦，具俠士氣者也。若海藏之負氣而姿媚者，則可謂為有策士之氣。」〔註33〕鄭孝胥本人亦曾自稱策士〔註34〕，這種對自己的定位偏離了賢士大夫的主體精神，而士大夫的主體挺立正是宋詩的最大特點。

鄭孝胥論詩重視氣力，獨來獨往。但這也是鄭孝胥半生負氣、孤行一意的表現。鄭孝胥是閩人，閩士本多褊狹，且又負氣剽悍。鄭孝胥《送樨弟入都》云「向來盛負氣，不自謂我非……閩士多褊狹，此語古已譏」〔註35〕，其《春歸》亦云「一生負氣恐全非」。鄭孝胥知負氣之非而自恐全非，又不自謂其非，可謂孤頑。在清社既屋之後，他不僅不以負氣為非，且在1914年《丁衡甫中丞屬題傅青主書卷》

〔註30〕　《海藏樓詩集》卷十一，第346頁。
〔註31〕　《鄭孝胥日記》第四冊，第2306頁。
〔註32〕　鄭孝胥擅長養生，每日戌眠寅起，其論理氣多著眼養生，晚年還作《制魂養魄》一文談論養生之得。參見《鄭孝胥日記》第四冊，第2468頁。
〔註33〕　見龔鵬程著：《近代思潮與人物》，北京：中華書局，2007年版，第191頁。
〔註34〕　參見《鄭孝胥日記》第四冊，第2568頁。
〔註35〕　《海藏樓詩集》卷一，第18頁。

云「世亂何人能負氣」〔註36〕，主張起負氣來。在作詩上他是命氣賦詩，推崇氣力。《朱子語類》評陶詩云：「陶卻是有力，但語健而意閑。隱者多是帶性負氣之人為之，陶欲有為而不能者也，又好名。」〔註37〕其實朱子又何嘗不負氣，其與陸象山的爭論正是意氣之爭。鄭孝胥詩亦有力，亦頗具「語健而意閑」之風，但其一生亦處於隱與仕之間痛苦的掙扎之中，終想有所作為，又好大言，自負有奇謀，建立事功的慾望十分強烈，導致晚年走上了一條不歸之路。

三、真性情的偏頗

胡曉明先生說：「（宋儒）由『已發未發』的思路，便通往『正心私心』的二分模式。」〔註38〕鄭孝胥本來已是負氣之人，又不重視哀樂未發之前的性情持養，所以他的詩發出來的性情不免有私心在內，不得性情之正。關於性情之正和性情之真，徐復觀在《傳統文學中詩的個性與社會性問題》一文曾作出過較深刻的解釋。根據《毛詩註疏》，徐復觀認為「詩人先經歷了一個把『一國之意』、『天下之心』，內在化而形成自己的心，形成自己的個性的歷程，於是詩人的心、詩人的個性，不是以個人為中心的心，不是純主觀的個性，而是經過提煉昇華後的社會的心」〔註39〕，且指出詩人個性與社會性兩者間主客觀的統一根源在於性情之正。性情之正偏向於天下之心，性情之真近於「很少雜有特殊個人利害打算關係在內的」的感情原型，愈近這個原型，「便愈能表達共同人性的某一方面，因而其本身也有其社會的共同性」〔註40〕。關於這兩者的關係，徐復觀說：

〔註36〕 《海藏樓詩集》卷九，第 266 頁。
〔註37〕 〔宋〕黎靖德編，王星賢校點：《朱子語類》卷一百四十，北京：中華書局，1986 年版，第 3327 頁。
〔註38〕 胡曉明著：《中國詩學之精神》，南昌：江西人民出版社，2001 年版，第 116 頁。
〔註39〕 徐復觀著：《中國文學精神》，上海：上海書店出版社，2006 年版，第 2 頁。
〔註40〕 徐復觀著：《中國文學精神》，第 5 頁。

　　　　得其正的感情，是社會的哀樂向個人之心的集約化；
　　得其真的感情，是個人在某一剎那間，因外部打擊而向內沉
　　潛的人生的真實化。在其真實化的一剎那間，性情之真也即
　　是性情之正，於是個性當下即與社會相通。〔註41〕

　　哀樂過人的真性情最不夾雜「特殊個人利害打算關係」，個人的
哀樂即是社會的哀樂。可見性情之真不違背性情之正，只是個人性與
社會性的側重點不同而已。鄭孝胥詩特別是風懷詩和哀挽詩等較偏於
個人性的題材，以一國之事繫一人之本，哀樂過人，性情極真，最能
動人心魄。但由於鄭孝胥熱衷個人功名，並不能將「天下之心」內在
化為一己之心。辛亥之後，鄭孝胥詩筆凌厲莫當，指斥時政，傷民生
之多艱，但由於持養不足，功名心熱，不得性情之正，以至於晚年失
足為漢奸。鄭孝胥囿於一己之氣性，不能將自己的性情提升到古典詩
人的性情，其真性情的主張有偏離傳統詩學中性情培育的傾向。

　　《尚書·堯典》云：「詩言志，歌永言。」〔註42〕孟子又主張以
志帥氣，以氣輔志。鄭孝胥論詩特重氣力，雖能盡其一己性情之真，
但於萬古之性情則不免有時蔽隔不通。黃宗羲《馬雪航詩序》云：「詩
以道性情，夫人而能言之。然自占以來，詩之美者多矣，而知性者何
其少也。蓋有一時之性情，有萬古之性情。」〔註43〕黃宗羲承宋明理
學餘緒，萬古之性情的詩論是儒家的詩學正宗。雖然鄭孝胥不得萬古
之性情，但亦自有可取之處。陳衍在《小草堂詩集敘》云：

　　　　詩至晚清同光以來，承道咸諸老，蘄向杜韓，為變風變
　　雅之後，變本加厲。言情感事，往往以突兀凌厲之筆，抒哀
　　痛逼切之辭。甚且嬉笑怒罵，無所於恤。矯之者則為鉤章棘
　　句，僻澀聱牙，以至於志微噍殺，使讀者悄然而不怡。然皆
　　豪傑賢知之子乃能之，而非愚不肖者所及之也。〔註44〕

〔註41〕徐復觀著：《中國文學精神》，第 5 頁。
〔註42〕十三經註疏整理委員會整理：《尚書正義》卷第三，第 95 頁。
〔註43〕〔明〕黃宗羲著：《黃梨洲文集》，北京：中華書局，1959 年版，第
　　　　363 頁。
〔註44〕錢仲聯編校：《陳衍詩論合集》下冊，第 1074 頁。

　　陳衍這段話關涉到兩個詩派，一是海藏詩派，二是散原詩派。鄭孝胥與陳三立言情感事皆如陳衍所言「往往以突兀凌厲之筆，抒哀痛逼切之辭」，但是「矯之者則為鉤章棘句，僻澀聱牙」一句則主要是指陳三立為首的江西派詩風。鄭孝胥無疑是陳衍所說的「豪傑賢知之子」，他的詩雖然不得古典詩人之性情，但卻能真實反映時代的變化，抒發家國逼切之哀痛。陳衍所說言情感事，即是以一國之事係一人之本，是為變風。所謂天下有道，庶人不議，變風之作在王綱解紐、政教衰落之後，太史取以諷諫其上。鄭孝胥不止於吟詠情性，而且主張詩中有事，又以「言天下之事以形四方之風」的變雅一面作為創作的旨歸。

第二節　時代性：詩中必有事

　　變風主於吟詠情性，變雅主於言天下事。近代以來，天下多事，風雲變幻。處此亂世之中，詩人更應該對天下大事有所記述，道咸以來的晚清詩學重點即在於此。《孟子·離婁下》云：「王者之跡熄而《詩》亡，《詩》亡然後《春秋》作。」〔註45〕詩可以通上下之情，禮樂未全崩壞，至於詩亡，《春秋》之作也只是知其不可為而為之了。錢仲聯曾指出陳衍《近代詩鈔》編選旨趣，乃由於「身丁變風變雅以近於詩亡之會，故其選詩之旨，無異於尼父之刪詩，蓋有感於詩與時事相關之切而云然」〔註46〕。這是道咸以來詩人憂心時事發於詩學的表現。

　　鄭孝胥說詩，深於《小雅》，但可惜《鄭孝胥日記》並無專門論述這方面的文字，民國報刊亦未刊載他的此類文章，陳衍《書〈海藏詩〉後》也僅是指出這一點，並未引述詳細內容。雖然如此，可以從其詩歌的隻言片語來作一個基本的認識。首先，鄭孝胥《錄貞曜先生詩題後》其三云「誰言中唐聲，此是《小雅》遺」〔註47〕，孟郊是鄭

〔註45〕十三經註疏整理委員會整理：《孟子註疏》卷第八上，第267頁。
〔註46〕錢仲聯編校：《陳衍詩論合集》上冊，第1頁。
〔註47〕《海藏樓詩集》附錄一「佚詩」，第471頁。

孝胥早年最所宗尚的詩人。其次,《答郭嘯麓高迪庵雪中見過之作》云「人間不朽浮雲外,世難無端《小雅》遺」〔註48〕,鄭孝胥且自認為其詩繼承了《小雅》。據陳衍《書〈海藏詩〉後》,鄭孝胥曾對其論說《大東》,可惜未載具體內容。《大東》的意旨在於揭露國家的苛政與社會的不公平現象,在前四章如「東人之子,職勞不來。西人之子,粲粲衣服」〔註49〕這數句揭示了東方與西方的貧富懸殊、小人與君子的苦樂不均,又具體表現在衣、食、謀生等生活方面。最後用一系列的天象來比喻和見證人間的不公,以「維天有漢,監亦有光」〔註50〕作總結。

　　鄭孝胥之所以論說《大東》,與清末的苛政和社會不公有密切關係,而且《大東》的東方與西方在三千年未有之變局之下可能得到了新的闡釋,鄭孝胥在出使日本時作《朝鮮權在衡招飲觀梅》,其中數句云:「德法二主信時傑,猛很欲作鱗之而。誰知異人華盛頓,狀貌酷類枯禪師。雄豪百鍊至平淡,中外一理元無疑。盛衰天道迭倚伏,會有能者同華夷。」〔註51〕由此可以推知,鄭孝胥所說《大東》很可能有新的闡釋,至少有與前人不同的感慨。實際上,鄭孝胥多夜起詩,其關於夜景的描寫體現了《大東》的影響,如庚子年《夜起江樓口占》云:「太白明,北風作。江中飛浪高入樓,不似羈人懷抱惡。」〔註52〕太白星正是兵象,即《大東》之「西有長庚」,暗指八國聯軍用兵中國。1924年《殘夜》云:「人間在睡鄉,獨起吾何有。稍憐東方白,世事信難久。啟明爾何疑,光影且相守。」〔註53〕啟明即《大東》之「東有啟明」,「稍憐東方白,世事信難久」兩句對國事可謂憂深思遠。

〔註48〕　《海藏樓詩集》附錄一「海藏樓散佚詩輯錄」,第510頁。
〔註49〕　十三經註疏整理委員會整理:《毛詩正義》卷第十三(十三之一),第917頁。
〔註50〕　十三經註疏整理委員會整理:《毛詩正義》卷第十三,第919頁。
〔註51〕　《海藏樓詩集》卷一,第26頁。
〔註52〕　《海藏樓詩集》卷四,第110頁。
〔註53〕　《海藏樓詩集》卷十,321頁。

一、從詩中有我到詩中有事

劉克莊說：「余嘗謂以情性禮義為本，以鳥獸草木為料，風人之詩也。以書為本，以事為料，文人之詩也。」〔註54〕劉克莊所謂文人之詩亦可謂之學人之詩。後來的唐宋詩之爭可以從以上角度來看待，大抵而言，唐詩多詩人之詩而偏於風，宋詩多學人之詩而偏於雅。唐詩中杜韓為別調，開啟了學人之詩的風氣，並且以詩存史，為變風變雅。正如陳衍所言，同光詩學承道咸以來諸老，以杜韓為祈向，且變本加厲，從而主張詩人之詩與學人之詩合一。

晚清詩人提倡學人之詩，並非主張將訓詁考據作為詩料或用詩發表訓詁考據的意見，而是主張經世致用的政治關懷。道咸以來，朝廷文禁日馳，士大夫逐漸有了敢言之精神。陳衍說：「道光之際，盛談經濟之學。未幾，世亂蜂起，朝廷文禁日馳，詩學乃興盛。」〔註55〕承接宋詩派之餘緒，陳衍主張詩要從美學的沉睡中醒來，經世的思想要從政治高壓中復蘇，勇於作時代的良知。標舉宋詩，上承何、鄭、莫之宋詩派詩學，正是凸顯此一真精神。〔註56〕

鄭氏詩學的變雅一面亦當從詩人之詩與學人之詩來開始說明。鄭孝胥曾於1894年《日記》抄錄了南宋理學家張栻論詩的一段話：

> 有以詩集呈南軒先生，先生曰：「詩人之詩也，可惜不禁咀嚼。」或問其故。曰：「非學者之詩。學者詩，讀著似質，卻有無限滋味，涵泳愈久，愈覺深長。」又曰：「詩者，紀一時之實，只要據眼前實說。古詩皆是道當時實事。今人做詩，多愛裝造言語，只要鬥好，卻不思一語不實便是欺。這上面欺，將何往不欺』」〔註57〕

〔註54〕〔宋〕劉克莊撰：《跋何謙詩》，見《後村先生大全集》卷一百零六，《四部叢刊》本。

〔註55〕陳衍撰：《近代詩學論略》，見錢仲聯編校：《陳衍詩論合集》下冊，第1087頁。

〔註56〕參見胡曉明撰：《唐宋詩之爭陳衍詩學的近代轉義》，《古代文學理論研究》第19輯，華東師範大學出版社，2001年版，第396頁。

〔註57〕《鄭孝胥日記》第一冊，第420頁。

鄭孝胥特別鈔出這段話，其重視張栻的觀點應毋庸置疑。張栻的前半部分觀點體現了宋詩的一個特點。後半部分觀點不免武斷，體現了理學家反對文采的立場，卻也道出了詩可以紀事、可以存史的重要作用。詩以吟詠情性為本，但如果過於裝造言語，則不免有傷質直，不能記一時之史實。

鄭氏詩學上承宋詩派運動，也具有以詩存史的自覺意識。《日記》於 1889 年載：

> 是日讀子朋五言律詩七首，語之曰：「足下詩筆真樸，不以一二首計工拙也；然恨無題。古人謂詩中有我為佳，僕則謂詩中僅一我在，則為詩亦無幾矣，正宜就所聞見有關於一時者多所詠述，後之覽者，即不以詩論，猶得考證這事，則吾詩必不可廢，此不必規模古人者也。〔註58〕

顧子朋即顧雲，字子朋，號石公，居金陵鉢山，人稱江東顧五，是鄭孝胥的摯友。鄭孝胥的這段話有數層意思值得細究。首先，鄭孝胥認為古人以詩中有我為佳，但如果詩中僅有一個我，那麼「為詩」亦「無幾」（可傳）。其次，鄭孝胥為此更進一論，認為作詩應該「就所聞見有關於一時者多所詠述」，即是詩人應該關懷當世大事，並在詩中有所詠述。宋代程頤《解詩經六義》云：「賦者，詠述其事。蔽芾甘棠，勿翦勿伐，召伯所茇，是也」〔註59〕可知詠述並不只是吟詠，即作詩不僅自詠性情，還可詠述時事。再次，鄭孝胥更退一步論述其觀點，即使後世的讀者不認為詩人所作之詩值得用文學的眼光鑒賞，還可以憑據這些詠述時事之詩考證當時的史實，如果可以做到這點，那麼這種詩已經不朽了。實際上，詩經中《小雅》多用賦筆，大抵而言，變風是詩中有我，變雅則詩中有事。

二、以詩存史的祈向及其缺陷

在《海藏樓詩集》中，鄭孝胥有很多詩自述其在天下將亡之時以

〔註58〕《鄭孝胥日記》第一冊，第 145 頁。
〔註59〕〔宋〕程頤著：《程氏經說》卷三，四庫全書本，第 35 頁。

詩存史的詩學祈向，如：

> 百年戎狄運，天道未有處。小須會事發，收拾入年譜。

〔註60〕

> 近代詩才讓達官，曾聞實甫論詩壇。潛夫祇有傷時淚，
> 也作君家史料看。〔註61〕

> 屏驅便是興亡史，可信詩人有董狐。〔註62〕

> 惟應奮史筆，文獻徵宋杞。〔註63〕

可謂具有自覺的以詩存史之意識。1922 年鄭孝胥作《耆壽民屬題獨立蒼茫自詠詩圖卷》一詩云：「《春秋》不作竟《詩》亡，杜老無歸暗自傷。望斷暮烟人未返，卻疑天意墜蒼茫。」〔註64〕民國之亂象甚於晚清，鄭孝胥此詩傷世亂詩亡，正與陳衍編選《近代詩鈔》之旨同。鄭氏詩學的這個可貴之處，陳寶琛曾給予很大的鼓勵。陳寶琛在1919 年作《鄭蘇龕布政六十壽序》云：

> 君何所需於世，而世之待君者，或猶無窮也。今海內外
> 皆知有海藏樓，即予之夙心，亦豈望君老於詩人乎？然君
> 詩，年譜也，語錄也，亦史料也，可以鼓人才，厚人道，正
> 人紀。蓋必如是，始可以為詩人，夫亦有所受之也。〔註65〕

「蓋必如是，始可以為詩人」既是勉勵鄭孝胥，也是希望其能真正做到。綜觀整部《海藏樓詩集》，於晚清民國的時代大事幾乎皆有所「詠述」，且多數制題之後皆有題注，說明為何事而作。《海藏樓詩集》中專門詠述當世大事者，略為舉例如下：1897 年《十一月廿八日書事》（題注：俄人據旅順）詠述 1897 年 12 月俄羅斯派軍隊佔領旅順港之事。1900 年《感憤詩四首》述庚子八國聯軍侵華之事，第一、

〔註60〕《三十五歲初度》，《海藏樓詩集》卷二，第 37 頁。
〔註61〕《題孫師鄭吏部雄詩史閣圖卷》，《海藏樓詩集》卷七，第 197 頁。
〔註62〕《病起讀經會》，《海藏樓詩集》卷八，第 246 頁。
〔註63〕《十二月二十五日鑒泉示生日詩》，《海藏樓詩集》卷七，第 223 頁。
〔註64〕《鄭孝胥日記》第四冊，第 2169 頁。
〔註65〕陳寶琛著，劉永翔、許全勝校點：《滄趣樓詩文集》，上海：上海古籍出版社，2006 年版，第 340 頁。

二首斥責義和團以及朝廷部署不妥，第三首更涉及當時南方疆臣欲奉
鑾南遷的密策，第四首則指責朝廷歸京後賞罰不公，這些都是庚子年
的大事。1904 年《柳州兵變》（題注：五月初十夜事）與 1905 年《報
言粵東加抽賭餉感賦》則是任廣西邊帥時所作。1916 年《書事》諷刺
袁世凱稱帝失敗之事。以上所舉例子皆是明顯感事而發的詠述時事之
作，並在制題或題注上點明何事。詩集中還有更多的詩與當時史事密
切相關，雖未點明，亦可從字裡行間尋味出來，如集中的詠花詩和重
九詩，或暗寓時事，或直接議論時政。這類詩不勝枚舉，不作贅述。
至於其受溥儀賞識擢用之後，甚至於偽滿期間，亦多有為而作。陳曾
壽即云：「海藏晚遇既異，可言者多，詩中大有事在，故精悍之氣，不
遜於前也。」〔註66〕主要是指其收京密約而言（詳見第五章第一節）。
以上之作可以看做是詩史，亦即陳寶琛所言「年譜也，語錄也，亦史
料也」之一類，而且具有強烈的批判意識。

　　陳寶琛「可以鼓人才，厚人道，正人紀」之言，在《海藏樓詩集》
中亦未落空。辛亥後，社會亂象叢生，鄭孝胥傷人倫之失，在出關前
十幾年間作了大量的旨在弘揚忠孝節義的詩歌。如 1913 年《李審言
室趙孺人詩》《江陵張茝衡女士絕命書題後》，1914 年《徐室女新華哀
詩》《吳興周慶雲為其生母董夫人造塔於杭州西湖理安寺自書金剛經
且乞丁女士恒繪圖刻石列置塔壁》《題沈友卿太史湖山介壽圖》，1916
年《禱天代夫圖》《鄭道乾母吳太淑人事》，1918 年《呂霽川赴水救姪
詩》《張鈞衡為母造長生磚塔且摹劉誠懸所書金剛經於石求為賦詩》，
1922 年《陳邦懷室胡玨詩》，1923 年《開縣李節母林夫人詩》，1924
年《書言母丁夫人傳後》，1925《李景林討馮玉祥戰於楊村人破之》
（題注云：李事母孝），1929 年《沈重烜思親望月圖》，1930 年《劉
石宜寒燈課讀圖》等等。這些詩可以說是屬於「厚人道，正人紀」的
作品。

〔註66〕《海藏樓詩集》附錄三，第 593 頁。

以詩存史必須具備一定的史識，鄭孝胥論事多大言，其 1910 年的《寄答張貞午》一詩自云「抵掌為大言，臨事苦才盡。才盡智亦窮，於事或稍近。一生數蹈此，久為深人哂。自知不量力，正坐疏且淺」〔註67〕，可見其有自知之明。但是，鄭孝胥亦時有卓識，最顯著的是預知民國建立後的大亂。其《十二月二十五日鑑泉示生日詩》（題注：是夜九點一刻，北京下詔遜位，並命袁世凱籌設臨時政府）云「磨牙復吮血，大亂從此始」〔註68〕。其 1916 年《江陰趙煥文茂才殉節記書後》云：

> 天下行同倫，中國本無患。賊臣倡犯上，舉世乃好亂。
> 排滿實邪說，不義豈尊漢。斯民既趨利，倒戈復何憚。能發
> 不能收，瓦解變愈幻。人人懷異志，所務在爭篡。神州遂陸
> 沈，深谷化高岸。名教益掃地，丈夫殊可賤。〔註69〕

「排滿實邪說，不義豈尊漢」與「能發不能收，瓦解變愈幻」可謂深具特識。另外 1908 年的《海藏樓雜詩》其三十二云「守國知以兵，何如守以民。無民孰與國？恃官終難存。吾民弱至此，久散不能羣。救亡事雖急，翻欲治本原」〔註70〕對中國國民不能團結有深刻的認識，當時鄭孝胥正準備前往東北擔任總督錫良的政治顧問，主持借款修路和參與預備立憲。1911 年的《續海藏樓雜詩》其一則表現了對戰爭的斥責：「黨人倡仇滿，屠戮及婦孺。享國誠有毒，無辜彼何與。凌弱而暴寡，不義我所惡。獨怪億萬心，亦有億兆詛。蒸民喪懿德，孰可以理喻？夷齊獨叩馬，忤世良弗顧。」〔註71〕沈其光《瓶栗齋詩話》云：「讀海藏詩，令人意激。」〔註72〕以上所舉諸詩庶幾近之，但是辭盡而意亦盡，是其缺陷。

〔註67〕《海藏樓詩集》卷七，第 201 頁。
〔註68〕《海藏樓詩集》卷七，第 223 頁。
〔註69〕《海藏樓詩集》卷九，第 276 頁。
〔註70〕《海藏樓詩集》卷七，第 195 頁。
〔註71〕《海藏樓詩集》卷七，第 220 頁。
〔註72〕《海藏樓詩集》附錄三，第 587 頁。

在傳統詩學看來，詩史的內核是忠君愛國。鄭孝胥於戊戌變法期間曾進京面聖陳變法之策，平生以為受光緒特達之知遇，自居帝黨，指斥后黨不遺餘力。辛亥後鄭孝胥與民國為敵以至於出關，他都自以為是忠孝節義。但是汪旭初謂其「欲以忠孝售其術」〔註73〕，陳寶琛則說：「太夷功名之士，儀、衍之流，一生為英氣所誤。」〔註74〕其以詩存史，罵詈慈禧，斥責民國，雖然言之成理，但不免懷有私憤。陳寶琛所謂「為英氣所誤」，即是指其負氣太盛，不甘老於牖下、必慾一展才華的氣性最終令其走上了悲劇的毀滅之路。

鄭孝胥論詩首重性情之真，主張哀樂過人。其次是主張詩中有事，具有批判意識。但鄭孝胥不重視培育性情之正，忽略宋儒的持養功夫，所以不得性情之正。雖然鄭氏詩學的本源是承自宋詩派運動，但卻偏離了宋詩派詩學的人文主義內核。鄭孝胥曾在 1911 年入京遍刺中朝貴人，署名「詩人鄭孝胥」，以詩人為貴〔註75〕。可以說，鄭孝胥在詩學上僅滿足於做一個矜才使氣的詩人，不能提撕向上修養成為士大夫的人格主體；在政治上的表現則甘於給自己定位為策士，為功名所誤。胡曉明先生說：「（宋詩）由『個人性』之化解，再向裡進一路，即『心性之偏』的化解。這是北宋以來，由於理學對詩學的滲透，詩學之進一步心性化向裡轉趨勢所致。個人性與社會性之向內轉為激情與中和之矛盾，再轉為正心與私心之矛盾。」〔註76〕持此評判鄭氏詩學，鄭孝胥尚未做到化解心性之偏，「正心與私心」的矛盾表現在詩歌主題中即是仕隱之間的掙扎。雖然鄭孝胥熱衷功名，但不可否認的是，作為晚清的知識精英，鄭孝胥希望為家國貢獻一番才智的志向是

〔註73〕引自龔鵬程著：《近代思潮與人物》，第 191 頁。
〔註74〕汪辟疆著：《光宣以來詩壇旁記》，見張亞權編：《汪辟疆詩學論集》（上），南京：南京大學出版社，2011 年版，第 222 頁。
〔註75〕見錢基博《現代中國文學史》，長春：吉林人民出版社，2003 年版，285 頁。
〔註76〕胡曉明著：《中國詩學之精神》，南昌：江西人民出版社，2001 年版，第 115 頁。

真實的。但鄭孝胥為人負氣太盛，功名心太熱，如果將其詩歌與陳三立相比，則境界不夠雄博，正是由於其詩歌中個人化的因素較多，時代的內涵體現得不足。這在其晚年作品體現得特別明顯。《海藏樓詩集》前七卷作於辛亥清廷遜位之前，其詩較多符合傳統的風雅軌範，將家國情懷融入個人的悲歡哀樂之中。自第八卷至十二卷主要作於出關之前，時世益亂，指斥時政，凌厲莫當，其詩已經極盡變態。十二、十三兩卷則主要作於偽滿時期，最終淪於美化自我、自欺欺人。所以陳衍《書海藏樓詩後》說：「昔人之言衰老者曰：形容變而語音存。海藏支離突兀之故態，變無復之，滋可傷者，語音變耳。書之以訊讀海藏近日之詩者。」〔註77〕這正是其個性和詩學的偏頗所必至之果。

〔註77〕錢仲聯編校：《陳衍詩論合集》下冊，第 1082～1083 頁。

第二章　詩風論

陳衍在《石遺室詩話》云：「前清詩學，道光以來一大關捩。略別兩派：一派為清蒼幽峭，自《古詩十九首》、蘇、李、陶、謝、王、孟、韋、柳以下，逮賈島、姚合，宋之陳師道、陳與義……體會淵微，出以精思健筆……此一派近日以鄭海藏為魁壘，其源合也。其一派生澀奧衍……近日沈乙盦、陳散原，實其流派。」〔註1〕將鄭孝胥歸於「清蒼幽峭」一派，「清蒼幽峭」遂成為了鄭孝胥詩歌風格的定評。在另一處，陳衍又說：「近來詩派，海藏以伉爽，散原以奧衍，學詩者不此則彼矣。」〔註2〕依照陳衍，可以將鄭孝胥的詩歌風格分為清蒼幽峭和伉爽兩種，清蒼幽峭與伉爽分別從兩個側面概括了鄭孝胥詩歌的主要風格。然而，鄭孝胥詩歌風格具有多樣性，不能以這兩種風格為限。實際上，鄭孝胥詩歌尚有夷曠沖淡、雄豪橫肆兩種較明顯的相對立的風格。如林紓《海藏樓記》謂其「閒適之作，夷曠沖淡，而骨力堅練，一字不涉凡近……語質而韻遠，外枯而中膏，吐發若古之隱淪，則信乎能藏其鋒矣」〔註3〕，由雲龍《定盦詩話》謂其「如空谷幽蘭，雖乏富麗，殊饒馨逸」〔註4〕，這是其夷曠沖淡的一面，是擅於藏鋒。

〔註1〕陳衍著，鄭朝宗、石文英校點：《石遺室詩話》卷三，第41～42頁。
〔註2〕《石遺室詩話》卷三十一，第509頁。
〔註3〕《海藏樓詩集》附錄三，第579頁。
〔註4〕《海藏樓詩集》附錄三，第589頁。

葉靈眂云：「韓公豪多於曠，大蘇曠多於豪，而公詩如其書，純以氣勝，前無古人，則豪曠固是本色。」〔註5〕胡先驌《樓居雜詩》其二云：「斫陣四馳突，海藏心所儀。海藏豈易學，元氣何淋漓。」〔註6〕這是鄭孝胥詩歌氣力雄豪橫肆的一面，又擅於露鋒。朱大可云：「其（陳衍）謂海藏出韋柳、四靈，固屬確論，然海藏於昌黎、東野、聖俞諸家，寢饋極深，子尹尤所心折，要非清蒼一派所能拘也。」〔註7〕從鄭孝胥的詩學淵源來看，「清蒼幽峭」不僅源自韋柳、孟郊、四靈一派，而且有其深遠的家學淵源，鄭孝胥的家傳詩學即是以「清蒼幽峭」「伉爽」為主要風格的。「夷曠沖淡」與「雄豪橫肆」兩種風格則源自鄭孝胥對唐宋諸家的文學史繼承，「夷曠沖淡」是得之謝靈運、韋柳、梅堯臣、陳與義等人，「雄豪橫肆」則得之於韓愈、蘇軾、元好問等人。這是粗略而言，實際上，唐宋諸人本身皆具有風格的多樣性，鄭孝胥每學一家，不過各取其一端而已。

第一節　鄭孝胥詩風的家學淵源

　　鄭氏詩學泛濫於漢魏六朝三唐兩宋，博取百家，轉益多師。歷來研究者皆留心於考辨其詩歌風格的文學史淵源，而關於其家世及家學，僅作為背景略為介紹，因此對於其詩歌風格的家學底蘊，認識有所不足。杜甫詩云「詩是吾家事，人傳世上情」，考察鄭孝胥的家學背景對於瞭解其詩歌風格的特質，是大有裨益的。據陳衍在《石遺室詩話》所言，可將鄭孝胥詩歌的風格概括為兩種，一是清蒼幽峭，二是伉爽。通過研究鄭孝胥的高祖母何玉瑛、叔祖鄭世恭以及父親鄭守廉三人的言傳身教、詩歌風格及其詩論，可以發現，鄭孝胥詩歌風格即胎息其中。由於鄭孝胥童年時代在京侍父，受父親影響最大，繼而少年時代回鄉習制舉受其叔祖影響，故今依其高祖母、父親、叔祖的順

〔註5〕《海藏樓詩集》附錄三，第 595 頁。
〔註6〕胡先驌著，熊盛元、胡啟鵬編校：《胡先驌詩文集》上冊，第 205 頁。
〔註7〕《海藏樓詩集》附錄三，第 629 頁。

序來進行探討。

一、清言與高調：高祖母何玉瑛的詩風

　　關於鄭孝胥的先世，葉參《鄭孝胥傳》云：「先世居福清縣，初為大族，世業農。至先生三世祖以官起家，始遷於閩侯。曾祖鵬程，字松谷，祖世倌，字稼庵。」〔註8〕可知鄭家自其三世祖以來為官宦世族，但實際上到其曾祖鄭鵬程方得顯宦。鄭鵬程之父是鄭楠，即鄭孝胥高祖，鄭楠夫人是何玉瑛。何玉瑛是著名的閨秀詩人，著有《疏影軒遺草》，教子極嚴。據《福建科舉史》統計，鄭家自鄭鵬程始，科舉鼎盛，四世出了五個進士和九個舉人，其中三人入翰林，分別是鄭守誠、鄭守廉、鄭守孟，皆為鄭鵬程的孫子，而其中鄭守廉就是鄭孝胥的父親。家世清華，一門雋才，其高祖母何玉瑛的教育功不可沒。

（一）何玉瑛的生平與創作

　　鄭孝胥的高祖鄭楠是一介寒士，為了謀生，做過商貿小生意。關於這一點，黃世發《疏影軒遺草序》云：「（何玉瑛）迨歸我封翁，寒士也，乃盡屏衣飾，謝藝事，躬親操作，且勸習貿遷，《寄遠》詩所云『儒者治生原急務，古人隨地有師資』，是其事也。」〔註9〕鄭孝胥的高祖母何玉瑛是著名的閨秀詩人，其《疏影軒遺草》得到同時很多名流的稱譽。鄭孝胥十分重視先人著作，於 1917 年曾重新排印《疏影軒遺草》。關於何玉瑛的生平為人梗概，《疏影軒遺草》汪廷珍序云：

　　　　太恭人，姓何氏……女姊三人皆工吟詠，獨太恭人尤好史氏書，旁通繪奕音律。其在室也，兄邦彥為丞於粵，以解餉赴滇道，卒時，母老矣。太恭人恐其驚痛而傷生也，凶耗至，不以聞，託言以目疾解官。進則怡顏慰親，退則雪涕

〔註8〕葉參等編：《鄭孝胥傳》，見《民國叢書》第一編卷八十八，上海：上海書店出版社，1989 年版，第 1 頁。

〔註9〕何玉瑛著：《疏影軒遺草》，見林登昱主編：《稀見清代四部輯刊》第四輯，第 84 冊，臺北：經學文化事業有限公司，2014 年版。以下所引《疏影軒遺草》中序言、題詞、詩評及詩句皆出此書。

裏事。經畫周至，心力殫竭，卒能歸旅櫬，返細累，立嗣子
諸大事以定。素旐將抵里，乃以實告老母，得無恙，太夫人
力也。於歸後，家計中落，大恭人艱苦自任，支持竭蹶，節
縮衣食，不令貽夫子憂。教二子，手授經史，衣服進退，稍
不合度，必戒之。蓋太恭人明大義，有識略，非徒以詩見者
也。……以余觀太恭人之為人，睍睆好音，孝子之志也。在
原急難，《常棣》之義也。黽勉求之，德音之遺也。中原采
菽，式穀之教也。其於詩也，得其本矣。得其本，則雖其詞
不工，猶將取而存之，況夫和平清綺琅然可誦如今之詩也。

　　觀其未嫁入鄭家時行事，可知何玉瑛是以女兒身而擔孝子之任，
行事知緩急輕重，其定力、謀劃甚至過於普通男子。何玉瑛嫁入鄭家
後，教子極嚴，手授經史，有較深的經史功底。汪廷珍序其詩先贊其
「明大義，有識略」，又盛稱其詩能得風雅之本。汪廷珍是嘉慶道光
朝的碩學大儒，得此評價，可知何玉瑛立身之卓。

　　何玉瑛的《疏影軒遺草》不惟得到汪廷珍的序贊，題詞之人更達
到五十七人之多。值得注意的是其中題詞之諸名流的身份地位極高，
如何凌漢、程恩澤、翁方綱、林則徐、梁章鉅、歐陽厚均等，這些人
不僅官階很高，有些人的詩界地位更不容忽視。當然這些人的題詞原
因與其兒子鄭鵬程政聲卓著、交遊廣闊有關。鄭鵬程歷任戶部主事、
袁州知府，何玉瑛以此獲賜「恭人」。《疏影軒遺草》汪廷珍序云：

　　　　八閩鄭君以農部郎出守袁州，渾樸端厚，愛民以誠，蒞
官四載，民安其教。……今鄭君遭逢聖世，以名進士為亮二
千石，行見羔裘，德洽甘棠，化行儒術，吏治與龔、黃、召、
杜比烈。

　　鄭鵬程政聲卓著，何玉瑛的教育功不可沒。《疏影軒遺草》的題
詞贊譽並非泛然應之，而是建立在何玉瑛本人的人格與才華之上。細
讀數人的題詩內容可知，如翁方綱題《疏影軒遺草》云：「國史箴得
失，風自閨門始。即以名媛詩，不外無邪旨。莊姜共姜篇，秉心貞義
矣。下暨許宋思，亦各關倫紀。何至晚唐什，光威聯綺靡。徒涉景事

工，寧論誨言砥。正變所以分，興觀化攸啟。閩中何恭人，五言首《詠史》。繼以《勖兒》作，寄舅兼懷姊。既殊《香奩》豔，何嘗《玉臺》擬。弗取巧縟評，或漸風雅企。寄語採風者，庶以斯編視。」翁方綱認為《疏影軒遺草》有關倫紀，上承風雅，不是一般閨秀詩的風花月露可以比擬，評價極高。程恩澤題詩中有數句云「詠絮諸媛斗一篇，令嬡才筆更仙仙」，「更將文史為餘事，朝理壺餐夜繡紋」，「短檠課子耐宵寒，第一先將志趣端」，將何玉瑛姐妹比作六朝謝家諸媛，並稱其理家之勤和教子之正，而以文史為餘事，涉及到其立身為人的層面。何凌漢題詩則云「中閨兼孝子，慈母即經師」，又云「試揮清夜淚，來讀大家篇」。林則徐題詩亦將何玉瑛比作班昭，有句云「宣文經訓班昭史，並作珊瑚筆底花」。

　　以上所引名流題詞有一個共同的地方，即是將何玉瑛立身、學識與詩才結合起來讚揚。從這些主要名流的詩派來說，尊宋是其一大共同點，如程恩澤是道咸之間的宋詩派領袖，而何凌漢是宋詩派中重要人物何紹基的父親，翁方綱則是早期尊宋的肌理派領袖。這些人的題詩體現了宋詩派的詩品與人品合一、學人之詩與詩人之詩合一的詩學觀。仔細研閱《疏影軒遺草》，何玉瑛的詩風兼採唐宋，確實不失為兼備學識與才華的閨秀詩人。關於《疏影軒遺草》的這個特點，嶽麓書院山長歐陽厚均的題詞最具代表性，其《題鄭年伯母何太恭人疏影軒遺草》云：「余本年家子，夙聞賢母慈。慷慨明大義，餘事工哦詩。詩篇麗以則，音諧竹與絲。高調樹風骨，清言沁心脾。手澤留哲嗣，一編珍重遺。回環曰三復，盥手不停披。但願書萬遍，那能贅一詞。況乃富題跋，卷端光陸離。眾體既具備，雷同非所宜。且取集中句，長言詠歎之。集中詩二百，佳句何夥頤。一語聊借贈，巾幗勝鬚眉。」詩中「慷慨明大義，餘事工哦詩。詩篇麗以則，音諧竹與絲。高調樹風骨，清言沁心脾」這幾句評價極高，特別是「高調樹風骨，清言沁心脾」揭示出《疏影軒遺草》既有樹立骨格的高調之作，又能以清言使人有美感享受。

　　《疏影軒遺草》共收詩二百二十七首，其中五古九首，七古四首，五律二十六首，五排一首，七律二十四首，五絕三十首，七絕一百三十三首。五七絕占半壁江山以上，其中七絕已近一半，五七律占四分之一強，古風最少，才十三首。總體而論，五七律雖不乏佳作，如五律《送兄解餉赴滇》《盼竹友舅氏滇中信》《竹友舅氏自滇歸亡兄喪感而賦謝並以誌痛》等，如七律《松濤》《與縈汀姊話別感懷並呈諸姊妹》《寄遠》等，但大多數聲調不夠鏗鏘，情感不夠沉鬱，主要以賦閒愁、風月、生活小事為主，然而寫景詠物功力已自不凡，頗饒唐風，具有歐陽厚均所評的清言特質，但略嫌纖弱。如陳壽祺《左海詩話》所摘諸律句，可見其一斑：

　　　　五言如「秋聲生綠竹，露氣滿蒼苔」、「竹筍掀泥出，梨花帶雨肥」、《遊小蓬萊》云：「滿徑白雲冷，數株風樹斜。此中有仙女，願與乞胡麻。」《玉簪花下》云：「本是姮娥物，娟娟不染塵。天風廣寒急，吹墜此花身」，七言如《題畫鷹》云：「夜來璧月下幽齋，莫訝神威驚顧兔」，《松濤》云：「風雨五更驚鶴夢，波濤一院起龍吟」，《與縈汀姊話別感懷》云：「家餘健婦無黃口，我媿連枝哭紫荊」，《寄遠》云：「春到貧家忘別離」，又云：「儒者治生原急務，古人隨地有師資」，《掃梅》云：「未忍和苔黏履跡，月明攜帚掃瑤華」，《暮秋》云：「春去春來如一夢，菊花無語殿涼秋」，《和縈汀姊》云：「忽記昨宵清夢幻，一枝彩筆化為龍」，《春夜和筠町姊》云：「打點異書來破寂，離憂翻得屈原詞」，《平明》云：「禮罷佛香簾乍卷，窺人燕子語梨花」，《呈迪亭兄》云：「求得安心慈母樂，白華潔養不憂貧」，皆清和可誦，當與吾鄉近時黃嫂洲、紉蘭、許素心諸女士比肩接武。

　　《疏影軒遺草》當以五古成就為最高，論者亦多以其古風為傑作，如前所引翁方綱題詞，就明確舉出五古《詠史》與《勗兒》，這部分詩則具有歐陽厚均所言的高調特質。何玉瑛《詠史》詩有四首云：

　　　　危矣太尉子，賢哉李文姬。父將殉國死，存孤安可遲。
　　　　赴義賴王成，激發者阿誰。觀其昭雪時，執手語何悲。父仇

固耿耿，深慮不忘危。以女妻傭保，酒家亦可兒。

令名與壽考，二者難兼求。賢哉范滂母，一語足千秋。孟博能知命，慷慨甘楚囚。鄙哉張元節，逃死累九州。倘令遇甄邵，賣友將借頭。所以夏子治，變形冶家遊。一門爭赴難，孔母誰與儔。

覆巢無完卵，肉味安賴知。此語達而痛，乃出七齡兒。聞變奕不動，臨刑甘如飴。具此浩然氣，巾幗勝鬚眉。假令得永年，豈數女中師。痛哉孔文舉，身後無子遺。裂眥數阿瞞，慘戮一何悲。此女甘荼毒，空贖蔡文姬。

王霸屬清操，胡慚令狐友。兒女俗情牽，囁嚅愧其婦。當其偃臥時，理欲交戰久。室謫倘有詞，北門恐失守。雖貴豈如高，一語醒灌首。古來孟光賢，梁鴻甘杵臼。似此灌園終，毋乃閨中誘。惜哉逸姓名，高風真不朽。

這四首詠史五古分別議論四位古代名女子：李固之女李文姬，范滂之母，孔融之女，王霸之妻。李固、范滂是《後漢書·黨錮列傳》中的名士，孔融則是忠於漢朝而敢於反對曹操的名士，王霸則是《後漢書·逸民列傳》中的人物。東漢士風最重氣節，這四首詩歌詠女子，令人有巾幗不讓鬚眉之感。從其議論可以看出，何玉瑛不僅如汪廷珍序所云「好史氏書」，而且甚有史識。陳壽祺《左海詩話》云：

> 詠史《李文姬》云：「父仇固耿耿，深慮不忘危。」《范滂母》云：「鄙哉張元節，逃死累九州。」《孔融女》云：「裂眥數阿瞞，慘戮一何悲。此女甘荼毒，空贖蔡文姬。」《王霸妻》云：「當其偃臥時，理欲交戰久。室謫倘有詞，北門恐失守。」亦善論古者。」

何玉瑛不惟善論古，亦借所詠四位女子自言其胸臆。李文姬有謀，何玉瑛指出其「深慮不忘危」；范母教子以令名為尚，何玉瑛稱其「一語足千秋」；孔融之女年幼而不畏死，「具此浩然氣，巾幗勝鬚眉」可見其立身祈向；至於論王霸妻，「雖貴豈如高」「毋乃閨中誘」兩句亦直抒其志。諸詩心氣極高，筆法疏宕，議論伉爽，不作一猶疑語，其水平實非一般閨秀詩人所能到。

《口占勗兒四首》云：

殖學精於勤，取法貴乎上。功無一息寬，志欲千古抗。
臨渴而掘井，及泉烏可望。置身賢豪間，男兒何多讓。

六經為根柢，諸史亦藩籬。不知千古事，倀倀亦何之。
源遠流浩瀚，膏沃光陸離。有本者如是，吾兒知未知。

力田趁東菑，讀書及芳時。播種如不早，收穫恐無期。
靈智日以窒，歲月日以馳。臣壯不如人，此語一何悲。

家無負郭田，本業在書案。汝父願未酬，撫卷常三歎。
爾思父母心，攻苦應無憚。鐵研磨成穿，古有桑維翰。

這四首《勗兒》詩章法合理，首先教子立志須高，其次下手須正，再次用功須勤，最後歸到家業須振。回環往復，苦口婆心，表現出何玉瑛心氣之高、教子之正，詩風有大丈夫的氣概。然而婦人之身不能行丈夫志事，所以寄深望於兒子。可以說，鄭家自其兒子鄭鵬程始科舉鼎盛，四世出五個進士和九個舉人，何玉瑛的教導功不可沒。

（二）何玉瑛家教與詩風對鄭孝胥的影響

何玉瑛的家教不惟直接影響了兒子鄭鵬程，還代代相傳，直到鄭孝胥一代，其影響還有跡可尋。《鄭孝胥日記》所載平時言論及《海藏樓詩集》中有些詩對子女的教誨，有很多地方與其高祖姑頗為一致。如《日記》1885 年七月初六云：「午後閱荊川文，要為有豪傑氣。」〔註10〕這是其早年論文重豪傑之氣。1905 年四十六歲時與其夫人吳學芳云：「倘竟有豪傑再起，必將求我。」〔註11〕其當仁不讓的自負語氣與何玉瑛「置身賢豪間，男兒何多讓」可謂一脈相承。《海藏樓詩集》中教誨子女與勸勉兄弟的詩，表現出的抱負與其高祖姑亦無二致，如《示女景兒垂二首》之二云：「男兒胸中寬，要作萬人豪。」〔註12〕又如《送樨弟入都》云「何物益神智，讀書烏可遲」〔註13〕，與何玉

〔註10〕《鄭孝胥日記》第一冊，第 564 頁。
〔註11〕《鄭孝胥日記》第二冊，第 975 頁。
〔註12〕《海藏樓詩集》卷四，第 97 頁。
〔註13〕《海藏樓詩集》卷一，第 18 頁。

瑛「靈智日以窒，歲月日以馳」所警戒異曲同工。《示大七》云「求名在務實，益智在勤學。隨波而逐流，極貴亦為辱」〔註14〕，與何玉瑛《詠史》「雖貴豈如高」可謂同一聲氣。

在論詩方面，鄭孝胥也表現出與其高祖姓詩風特徵（高調樹風骨，清言沁心脾）明顯相一致的地方，如《日記》在1892年七月初七云：「與秋樵談及子尹，因言其詩自是老手，但骨格有餘，汁漿不足。即如厲太鴻，不甚矜其骨格，然便如好井泉，味極冽，雖大旱不減，豈非世間一佳處。」〔註15〕骨格為本，然而也須汁漿，汁漿之涵義不明顯，但看鄭孝胥舉厲鶚詩為例，汁漿具體為味冽的井泉，可知鄭所言汁漿與歐陽厚均所概括的沁心脾之「清言」根本上並無不同。在創作方面，鄭孝胥的詩歌清蒼幽峭，其所取法唐代詩人韋應物、柳宗元、孟郊等人之詩皆具有清言的特質，如蘇東坡謂柳宗元「溫麗清深」〔註16〕，韓駒以韋應物為「清深妙麗」〔註17〕，而孟郊則擅造清寒意境。據《石遺室詩話》載，鄭孝胥亦以韋柳為清麗〔註18〕，又錄有鄭孝胥早年所作《錄貞曜先生詩》《錄韋蘇州詩題後》及《錄柳州詩畢題卷後》三首逸詩，極度推崇孟韋柳三位詩人。鄭孝胥於宋代詩人則師法梅堯臣、王安石、陳與義等人，這三位詩人具清雋之韻。錢仲聯先生認為鄭孝胥詩歌「清言見骨」〔註19〕，深刻指出鄭孝胥詩歌的清言特質。正因為鄭孝胥詩得力於韋柳梅王者多，所以陳衍評鄭孝胥詩為清蒼幽峭一派的近代魁傑。

〔註14〕　《海藏樓詩集》卷三，第63頁。

〔註15〕　《鄭孝胥日記》第一冊，第318頁。

〔註16〕　〔宋〕蘇軾著：《蘇軾文集》第一冊，北京：中華書局，1986年版，第2109～2010頁。

〔註17〕　〔宋〕魏慶之著：《詩人玉屑》，長沙：商務印書館，1939年版，第258頁。

〔註18〕　陳衍云：「蘇堪少日，嘗書韋詩後云：『……韋詩清麗而傷雋，亞於柳。』」見陳衍著：《石遺室詩話》卷二，第23頁。

〔註19〕　錢仲聯編：《中國大百科全書·中國文學卷》卷二，北京：中國大百科全書出版社，1993年版，第1264頁。

鄭孝胥所謂的骨格，則關係到人格與識力，在鄭孝胥本人詩歌中的表現，則為「高調」之作。總體來說，《海藏樓詩集》的「高調」在內容上表現為在亂世中的擔當意識、自拔於一世之上的豪氣，在風格上表現為風骨高騫，在音節上激急抗烈。鄭孝胥本人認為「律詩要能作高調，不常作可也」，並以老杜《登高》全首高調為例加以說明〔註20〕。在《海藏樓詩集》中，鄭孝胥的重九詩正是以高調賦登高的代表之作，陳寥士認為其重九詩是最出色當行之作〔註21〕。這種「高調」，陳衍用「伉爽」來形容。因此，鄭詩的伉爽與其高祖姚的「高調樹風骨」也可說是一脈相承。

二、幽峭淒厲：父親鄭守廉的詩風

鄭孝胥父親鄭守廉，清咸豐二年（1852）進士，選翰林院庶吉士，同治十一年任吏部考功司主事。鄭守廉是一個為官廉退、立身正直的儒者，在福建鄉里有較大的聲譽，同時交遊有林壽圖、謝章鋌等名士。鄭守廉是著名的詞人，著有《考功詞》一卷，光緒二十八年（1902）由鄭孝胥刊於武昌，收詞二百四十五首。

（一）鄭守廉的生平與創作

鄭守廉的人生事蹟較晦，文獻難徵，謝章鋌《賭棋山莊詞話續集》言之稍詳：

> 鄭仲濂，家世清華，妙才自喜。亦余己酉同譜，由翰林改官工部，遭亂歸來，十年不出。予時多遠遊，與君蹤跡不甚密。及戊辰入都，君聞之，夜半走訪。自後，余無聊輒就君，君亦三日不見余不樂也。字畫詩詞皆工，而詞尤宛轉入情。丙子，余復入都，則君亡矣。索其遺書，得《螭道人詞草》一卷，或有題無調，或調題俱無，蓋君自中年以後，多

〔註20〕 參見陳衍《海藏樓樓詩序》，見《海藏樓詩集》卷首，第3頁。
〔註21〕 陳寥士云：「海藏主張律詩全首用高調，……他重九詩以七律為多，以高調賦登高，最是出色當行之作。」見陳寥士撰：《海藏樓詩的全貌》（上），民國《古今月刊》1942年第七期，第17頁。

傷心之故，雖有作亦付之叢殘，不自珍惜。然君為朝士三十
年，未嘗得行其志，其所藉以存君者，亦止此矣。況以詞論，
固海內一作者也。〔註22〕

　　可見鄭守廉是一個性情中人，而且詞作水準甚高。其實，鄭守廉
不惟工於填詞，其詩歌創作亦有很深的造詣，享有很高的聲譽。《石
遺室詩話》云：「蘇堪尊人仲濂年丈（守廉），由庶常改官部曹。長於
倚聲，有《考功詞》一卷。詩少作，只記其《夕陽》一絕句云：『水碧
沙明慘澹間，問君西下幾時還。樂遊原上驅車過，愁絕詩人李義山。』
與王阮亭之『僕射陂頭疏雨歇，夕陽山映夕陽樓』、黃莘田之『夕陽大
是無情物，又送牆東一日春』可以同稱『某夕陽』矣。」〔註23〕其實，
鄭守廉的「夕陽」意涵要比前人豐富。李商隱的夕陽意象充滿了悲觀
的情緒，鄭守廉的這首《夕陽》雖然也是晚唐格，卻較具知性的特質。
第二句「問君西下幾時還」包含了一種等待、一種希望，而這種希望
是可以實現的，因為夕陽西下之後，第二日總會回來。雖然夕陽必將
回來，然而詩人卻要提問「幾時還」。末兩句其實也在提問，李商隱真
的有必要愁嗎？這只能交給讀者自己解答。鄭守廉的詩有一個意旨，
即揭示出詩人的移情作用。將議論融於意象之中，所以為高。

　　陳衍只記得鄭守廉的《夕陽》一首絕句，其實載於詩話的還有《龍
樹寺》《有約》等。《葳齋詩話》云：「鄭守廉丈工填詞，詩亦迥殊凡
響，記其《龍樹寺》云：『來挹西山雨，斜陽獨倚樓。年華擲虛牝，身
世負扁舟。疏柳猶青眼，枯蘆也白頭。自知牢落甚，老不任悲秋。』
又《有約》云：『跡以微官滯，愁緣病酒深。西風□蕭瑟，槭槭振空
林。窗曉燈猶炧，樓昏月更陰。非君覓談笑，誰遣此時心。』」〔註24〕
這兩首詩意象蕭颯，風格清峭，都與悲秋意識有關。第一首主要感慨
年華虛擲，意思較顯豁。第二首的感慨則較深邃。風格非唐非宋，兼

〔註22〕劉榮平著：《賭棋山莊詞話校注》，廈門：廈門大學出版社，2013 版，
　　　　第 296～297 頁。
〔註23〕陳衍著：《石遺室詩話》卷十五，第 236 頁。
〔註24〕龔顯曾著：《葳齋詩話》，光緒間刊亦園牘本。

具唐風宋格，意境於晚唐為近。檢閱《鄭孝胥日記》，還可搜輯到鄭守廉的三首題扇絕句。1894 年鄭孝胥於日本任上收到羅篤甫送來的鄭守廉書畫扇面，《日記》載云：「先考功書三絕於扇：『雲色玫瑠斑，鐘聲振林樾。無人愛殘宵，蛩語半籬月。』（《夜坐即事》）。『金井桐葉黃，苔餘海棠片。燕子竟不還，西風冷紈扇。』（《題畫》）『我已懷歸切，南來喜見君。布袍親解贈，珍重故山雲。』（《戲酬陳思農》）孝胥謹題其後：『阿翁在世日，獨善道不屈。世人誰知之，翰墨偶自悅。人間合有幾？邈若湘江瑟。生氣長凜然，孤兒眼中筆。』」〔註 25〕雖然是題畫扇詩，意境蕭颯，風格幽峭，亦可謂迥殊凡響。

綜上可見，鄭守廉見於記載的詩也具有一種「清言」的風格，與上節所引歐陽厚均評價何玉瑛詩歌中的「清言沁心脾」有相似的韻味。

（二）鄭守廉的教育與詩風對鄭孝胥的影響

陳寶琛少年時曾問學於鄭守廉，其《鄭蘇龕布政六十壽序》云：

> 予之見君，實同治七年，考功公由翰林改官部曹，蕭然外名利，……益以悼亡，故所為詩詞，幽峭淒厲，晚乃自被以內典。然撫接後進，必誘之軌範於儒先。寶琛以年家子時就請業，預讀書會，每遊名園古刹，未嘗不從。君丱角背誦十三經，如瀉瓶水，皆考功所親授也。〔註26〕

可知鄭守廉不慕名利，為官廉退。鄭守廉雖然命運多舛，學佛以平息痛苦，但接引後學，教以儒行，可見其本有淑世之心。陳寶琛《滬上晤蘇龕出視新刊考功詞並海藏樓詩卷感賦留贈》「考功抱古心」「佛理雜儒行」及「綺語總見性」〔註27〕數句所述亦大概相同。從陳寶琛的這段話中更可看出，鄭守廉在經學教育上對鄭孝胥的影響極大，為其打下了堅實的童子功。鄭孝胥《黎受生遺鄭子尹書四種及巢經巢詩鈔》一詩云：「吾年十二熟《儀禮》，闇誦全部色不撓。《爾雅》《急就》

〔註25〕《鄭孝胥日記》第一冊，第 410～411 頁。
〔註26〕陳寶琛著，劉永翔、許全勝校點：《滄趣樓詩文集》，第 339 頁。
〔註27〕陳寶琛著，劉永翔、許全勝校點：《滄趣樓詩文集》卷三，第 59 頁。

亦宿讀，當時恚渠云等道。」〔註28〕亦可以為證。

鄭守廉不僅教授十三經，還給鄭孝胥作詩詞講授。《福建通志‧文苑傳》云：「孝胥幼時，守廉日到部坐曹，敝車羸馬，攜就車中，使背誦所讀書，且口授詩詞與講解。」〔註29〕鄭守廉的「口授詩詞與講解」為鄭孝胥詩風定下了基調。陳寶琛以「幽峭淒厲」形容鄭守廉的詩詞，與陳衍評鄭孝胥詩「清蒼幽峭」有同樣的「幽峭」風格，足見鄭氏詩學的家學淵源。幼時所受的嚴格教育不僅對鄭孝胥有巨大的影響，而且鄭孝胥兄弟姐妹亦皆能詩，《日記》記載：「偶與弟妹談作詩。萱妹嘗得句曰，『瑤瑟終時人不見，疏鐘定後月初斜。』檉弟嘗得句曰，『花殘別院春駒老，雨過空山謝豹啼。』語稍清拔，佐以工夫，皆可造者。」〔註30〕鄭孝胥用「清拔」一詞形容弟妹的詩句，亦可印證鄭家詩風自其高祖姚何玉瑛代代相承的「清言」風格。

鄭孝胥於 1866 年七歲時入京侍父，十七歲時其父逝世於北京，此後返福建習制舉之業。鄭孝胥天性孝悌，非常懷念他的父親，《海藏樓詩集》有不少紀念之作，1913 年作《先考功生日歸虹橋路十月十一日》云：「雨餘黃葉欲辭林，曉霧才收又似陰。久客竟疏忌日拜，新寒正動履霜吟。攜孥海上成遺子，縱步田間即陸沈。苦道白雲近親側，望雲悵斷恐難尋。」〔註31〕表現出深摯的家國情懷，讀之使人愴然。鄭孝胥對其父親的詩詞亦相當重視，1902 年鄭孝胥刊《考功詞》於武昌。《海藏樓詩集》中 1890 年有《馮園看牡丹》一首云：「出郭車聲不厭遲，尋春聊赴好花期。園林客裡重遊地，風日樽前絕豔思。孤宦正堪樓物外，壯年轉易觸兒時。阿翁軼事誰能說，感激初聞訪友詩。」自注云：「馮乙亭世叔為余誦先考功詩。」〔註32〕可見鄭孝胥的孝思不匱及鄭守廉對鄭孝胥的影響之深。

〔註28〕《海藏樓詩集》卷一，第 22 頁。
〔註29〕李厚基等修，沈瑜慶、陳衍等編：《福建通志》卷三九，民國 27 年刊本。
〔註30〕《鄭孝胥日記》第一冊，第 4 頁。
〔註31〕《海藏樓詩集》卷八，第 250 頁。
〔註32〕《海藏樓詩集》卷一，第 5 頁。

三、復古與尊唐：叔祖鄭世恭對鄭孝胥的詩學指導

（一）鄭世恭的生平

鄭世恭，字虞臣，咸豐二年（1852）進士，與鄭孝胥父親鄭守廉同年得第。鄭世恭是鄭鵬程最小的兒子，《疏影軒遺草》鄭世祺跋云：「《疏影軒遺草》上下二卷，先大母何太恭人作，先君子輯成刊於袁州官署，先伯兄與校字焉。兄之官袁江，載版以行。後世祺捧檄江右，復移豫章，⋯⋯時叔弟世平宦汴，季弟世恭及兄子守誠、守廉先後成進士，供職在都。」鄭孝胥的祖父鄭世偆是老大，鄭世恭與鄭守廉中進士後曾同時在京師為官，年紀相差不大。鄭孝胥的父親對其幼年影響最大，而對鄭孝胥成年後影響最大的家族中人則是他的叔祖鄭世恭。

鄭孝胥於十七歲時返閩縣侍於叔祖鄭世恭。《鄭孝胥日記》云：「余歸後多侍於叔祖處，叔祖素喜余談，往往至深夜不已，忽而玄渺，忽而切近，甚可樂也，余無足語者。」〔註33〕可見兩人言談相得之樂。關於鄭世恭其人，陳衍《閩侯縣志》有其小傳云：

> 鄭世恭，字虞臣，咸豐壬子成進士，工書，殿試卷在前十名，朝考以一字筆誤，抑二等，不得詞林，用戶部主事。時部曹歲入至微，不足糊一人之口，則假歸授徒，失館，至效女功，絡絲日得百十錢以自活。左宗棠督閩，聞其介而優於學，聘為鳳池書院山長十年。王凱泰撫閩，改聘為致用書院山長，亦十年。最後主正誼書院講席，數年卒。世恭工制舉文，然能背誦十三經及注疏，教人循序漸進。致用書院課經史，治一經畢乃易一經，治史治小學，命題皆按卷第擇其有疑義者以為教者，學者由此可以相長。畢生布衣疏食，枯坐一室如老僧，出則徒步。能言詩，絕不自作。書法近閩邪公，晚年參以篆隸。卒，私謚介節云。姪守廉。〔註34〕

可知鄭世恭在京供職部曹時，工資非常低，生活艱難，歸閩後，

〔註33〕《鄭孝胥日記》第一冊，第 11 頁。
〔註34〕《閩侯縣志》卷七一《文苑上》，中國方志叢書第十三號，據民國二十二年刊本影印。

不得不做起「女功」來幫補家用，最後以性格耿介、學問好而得左宗棠賞識，才開始任職書院山長。陳衍說「世恭工制舉文，然能背誦十三經及注疏」，由此可知，自鄭孝胥高祖妣何玉瑛教導其曾祖鄭鵬程開始，鄭家數代經學教育的氛圍應當是十分濃厚的，並非僅是為了獵取功名。鄭世恭「畢生布衣疏食，枯坐一室如老僧，出則徒步」的生活習慣對鄭孝胥有很大的影響。陳叔通《書〈海藏樓詩〉後》後半首云：「食不御肥鮮，衣不改韋布。儉嗇若故常，未以車代步。弔賀卻親知，凶嘉惟禮具。偶爾涉其庭，闃如老僧住。」〔註35〕鄭世恭可謂是鄭孝胥的處世榜樣。

（二）鄭世恭對鄭孝胥的詩學指導

鄭世恭工制舉文，在這方面經常指導和鼓勵鄭孝胥，鄭孝胥也在練習中有不凡的表現，在同時朋輩中是公認的數一數二的人物。如《鄭孝胥日記》在 1882 年六月十四日載：「早，錄文呈叔祖。叔祖謂余文『有玄度，風骨高騫，筆勢尤峭拔萬仞。閩中省垣所見，恐無此好筆氣。然更須放筆透寫，則是『梁棟既構，施以丹堊』，能不令有目共賞耶！』」〔註36〕清代科舉不僅出文題考八股文，還出詩題考作詩能力。《日記》記載很多次「會文」兼作詩的練習情況，如是年六月十八日載：

> 早，赴劉氏祠會文，題為「與國人交」四字。畫雨，殊涼爽。夜歸，到門始定更，趕，風雨尚未已。是日詩題為「賞雨茅屋，得茅字」，歸後取紙立成一首：「老屋三椽在，浮生此繫匏。故交誰下榻？風雨舊誅茅。竹影侵書幌，苔痕上硯坳。窗明容我坐，門靜幾人敲。劍古心俱冷，塵紅夢暫拋。眼前無廣廈，身外有雲巢。況味堪謀醉，生涯費解嘲。秋風愁欲破，池水起潛蛟。」姑即景寫吾意爾。叔祖謂余曰：「今日此文題專為爾出也。茁出全句，恐爾文境又過高古。今視此藝，才華絕盛，闈中可用矣。」批云：「入後二比，昂首

〔註35〕 見谷林著：《書邊雜寫》，瀋陽：遼寧教育出版社，1995 年版，第 116 頁。

〔註36〕 《鄭孝胥日記》第一冊，第 17 頁。

高歌，氣象萬千，直俯視熊、劉以下。」〔註37〕

鄭孝胥習慣將詩作錄入其《日記》中，這是《日記》所錄的第一首詩，其後所刊《海藏樓詩》未收入此詩。制舉詩考的是五言排律，鄭孝胥的這首詩從平仄對仗看當然也是五排。這裡需要指出的是，鄭世恭的稱贊是針對鄭孝胥的「與國人交」這一制題之文，並非是這首詩。首先，鄭世恭明確說「文題」「文境」，並不是「詩題」「詩境」，其次，熊、劉兩人正是清代的制舉文大家熊伯龍與劉子壯，「二比」指的是制舉文的兩段，是制舉文的一個術語，更明顯證明評語與這首詩無關。但是詩文相通，鄭世恭對鄭孝胥制舉文的評價亦差可移用於其詩。「恐爾文境又過高古」見出鄭孝胥早年為文的復古傾向，與其早年作詩專攻五古也是一致的。實際上，從上引的五排可以看出，鄭孝胥是以古風之氣行於排偶，所以格調較高，雖不能謂之「昂首高歌，氣象萬千」，筆勢亦頗雄勁，用前引鄭世恭所說的「風骨高騫，筆勢尤峭拔萬仞」來移評此詩，更為恰切。

鄭孝胥認為這首詩沒什麼可稱贊的，「姑即景寫吾意爾」。鄭孝胥的自評「即景寫意」卻道出了一些以後創作傾向的特點。《海藏樓詩集》寫景功力甚深，陳衍《石遺室詩話》亦多所引證鄭孝胥工於寫景，而鄭孝胥此後作為一個唐宋兼採的同光詩人，又推崇尚意。鄭孝胥早年不僅在文章上追求高古，作詩亦有復古傾向，專攻五言古詩，陳衍《石遺室詩話》云：「蘇堪三十以前專攻五古，歸模大謝，浸淫柳州，又洗練於東野；沉摯之思，廉悍之筆，一時殆無與抗手。」〔註38〕所以鄭孝胥與鄭世恭論詩，多有相得之處，如贊同鄭世恭不喜排律、七律之態度，《日記》云：

> 早，送文於叔祖處，因縱論詩家短長。叔祖曰：「我於詩家各體中，獨不喜排律、七律，謂此二體只可作應酬文字用。若除去此二體，當不染時習。」余曰：「近代罕解古詩

〔註37〕《鄭孝胥日記》第一冊，第17～18頁。
〔註38〕陳衍著：《石遺室詩話》卷一，第8頁。

者。五古尚偶有佳者，長短句直無其人。往時竊謂長短句高於五古，五古至漢始有，古所傳者俱是長短句。《毛詩》且勿論，即《離騷》、《天問》，體已大具，至《漢書》中樂府鐃歌之辭，正是長短句正宗。後代學作長短句者，受青蓮之毒最深，緣無脫其窠臼、無出其範圍者耳。究之兩漢樂府而後，作者惟明遠、青蓮；下至晚唐、宋、元、明諸老所作，則直是近體氣力音節，只襲其貌爾。最不解君不見，調頭始於何人，青蓮偶用之，遂令千古作古風者，除「君不見」，無可開口，令人生厭。杜老不多作此體，卻純是漢人神理氣骨，然則學詩者定須套調乎？」叔祖莞然是之。余復謂：「黃涪翁詩，功深才富，亦是絕精之作，特門面小耳。此譬如富翁十萬家私，只做三五萬生意，自然氣力有餘，此正是山谷乖處。」叔祖擊節曰：「此論極允！自有評山谷以來，無此精當者。」〔註39〕

可見兩人論詩尚復古，有「志欲千古抗」（前引何玉瑛詩）的豪氣。鄭孝胥所謂「長短句」並非指詞，是指雜言歌行而論，論及李白「君不見」與晚唐宋元明諸老時，則又當專指七言歌行。明代胡應麟考辨七言古風與歌行甚詳，其《詩藪》云：「七言古詩，概曰歌行。……今人例以七言長短句為歌行，漢魏殊不爾也。諸歌行有三言者，《郊祀歌》《董逃行》之類；四言者，《安世歌》《善哉行》之類；五言者，《長歌行》之類；六言者，《上留田》《妾薄命》之類；純用七字而無雜言，全取平聲而無仄韻，則《柏梁》始之。《燕歌》《白紵》皆此體。自唐人以七言長短為歌行，餘皆別類樂府矣。」〔註40〕故歷代沿襲，皆以七言長短句為歌行，所以鄭孝胥此論當以七言歌行為主。鄭孝胥盛稱杜甫七古具有的漢人神理氣骨，又可與胡應麟《詩藪》論李杜歌行參看。《詩藪·內編三》云：「李杜歌行，擴漢魏而大之，而古質不及。……然後博取李杜大篇，合變出奇，窮高極遠。又上之兩漢樂府，

〔註39〕《鄭孝胥日記》第一冊，第 5 頁。
〔註40〕〔明〕胡應麟著：《詩藪》內編卷三，北京：中華書局，1958 年版，第 39 頁。

落李杜之紛華，而一歸古質。又上之楚人離騷，熔樂府之氣習而直接商周，七言能事畢矣。」〔註41〕胡應麟認為，李杜歌行雖然出自漢魏而又擴大之，然雜有紛華，故指出其古質不及漢魏。而鄭孝胥則認為杜甫歌行純是漢人神理氣骨，兩人論述同中有異。至於論黃庭堅詩，認為其「門面小」，詩歌題材不夠大，可謂善譬喻者。可見鄭孝胥年少之時已頗窺詩學門徑。鄭孝胥早年不作七言律詩，是因為七律是酬應文字，而不作七言歌行，可能是因其難作而不下手。另外，在《日記》中，鄭孝胥當時與鄭世恭尚有一番專門談論唐詩的記載：

> 是夜頗熱，方同叔祖立談間，忽有光射地如月，急仰視，已杳，蓋大流星也，然從未有流星光至如月者，亦一異也。因談詩次，叔祖忽曰：「昨閒中擬喻有唐諸大家詩。謂少陵如日，太白如月，摩詰如雲，隨地湧出；孟浩然如雪；高、岑如風；孟郊如霜，著人嚴冷，其氣肅殺；昌黎如雷；長吉如電；飛卿詩遠勝義山，在天虹也；盧仝、劉叉等電也；自初唐至盛唐，如四傑諸公，五行二十八宿也。」余曰：「未也。韋蘇州之雅淡，在天為露；柳子厚之沖遠，在天為銀河；元、白霧也，能令世界迷漫。自宋以下，則不足擬以天象矣。」相與捧腹大笑。〔註42〕

鄭世恭對於唐詩所作的擬象在傳統詩論中可謂獨特，而且與所論各詩人的風格來說十分吻合。而鄭孝胥則更補充四個唐代詩人的形象比喻，可說是同樣精彩。鄭孝胥更認為自宋以後就不足擬以天象了，可見相對於宋詩，鄭孝胥當時更欣賞的是唐詩。綜合前面其論歌行的觀點，雖然鄭孝胥對黃庭堅詩的認識較深刻，但主要眼光卻在於漢魏三唐，尚未特別注意宋詩。鄭世恭對鄭孝胥文章以及詩論的肯定，無疑對鄭孝胥是巨大的鼓勵，形成了鄭孝胥詩風的底色。

據《日記》1882年至1889年間的記載，鄭孝胥所閱讀或鈔寫的詩或詩集有以下數種：陶詩、鮑參軍詩、《孟東野詩》《李長吉詩集》、

〔註41〕〔明〕胡應麟著：《詩藪》內編卷三，第45～46頁。
〔註42〕《鄭孝胥日記》第一冊，第19頁。

孟襄陽律詩等。又擬謝靈運《怨曉月賦》，而所作古風《棲霞夜宿》似韓愈。這段時期的逸詩，亦富唐詩風韻，如其中一首五排（闕題）云：「天上愁離別，人間感杳冥。瑤階涼獨臥，碧漢浸雙星。翠袖禁寒薄，秋光入夜青。凌波人不見，塵債夢誰醒。落月捐衣珮，微風透畫屏。相思長脈脈，孤枕對惺惺。兒女情何已，機絲巧未停。乞將雲錦段，為織鳳皇翎。」〔註43〕《日記》自言此詩「秋懷滿抱，亦以寄『雲鬟玉臂』之思爾」〔註44〕，是思念其夫人的一首詩。且有數首七絕，更像唐詩的風格，如《五鼓將行題壁一絕》：「夢覺寒燈滿屋山，雞鳴人去店門閑。張家灣裡鉤愁月，記得津沽見半環。」〔註45〕陳衍《石遺室詩話》對鄭孝胥詩歌早年的特點目光如炬，如第十五卷云：

> 蘇堪二十餘歲時不作七言詩，偶作絕句，多不經意，然淒戾綿邈之音，往往使人神往，諷詠不忘。有《渡江紀程》，中一段云：「益北岸轉處，有廟西向，門扃而鎖，門前垂楊一樹，搖落可憐，尚能掩映夕陽也。索筆題牆上曰：『誰見夕陽當古廟？伴他衰柳映江流。題詩我亦如飛鳥，極目長天春復秋。』」又《居金陵》一絕句云：「江上飛花縈燕翦，門前細草斷羊腸。數聲鶗鴂春歸盡，一院風香白日長。」彷彿漁洋。前一首極似唐人小說《夢遊錄》中諸作。〔註46〕

可見，鄭孝胥在 1889 年之前的詩風多近於晚唐，尚未兼採宋詩。而《海藏樓詩集》第一首詩《春歸》正是始於 1889 年，其時鄭孝胥在北京，《日記》於此年十二月初九云：「午後，取《宋詩鈔》一函置座隅，觀《小畜集》，抵暮而畢。」〔註47〕且鈔下了吳之振的部分序言，並表贊同。自茲之後，一發不可收拾。陳衍《海藏樓詩序》云：

> 君詩始治大謝，浸淫柳州。乙酉歸自金陵，訪余於西門街，則亟稱東野。詣君案，有手鈔東野詩四冊，題五言古數

〔註43〕《海藏樓詩集》附錄一「佚詩」，第 437 頁。
〔註44〕《鄭孝胥日記》第一冊，第 20 頁。
〔註45〕《海藏樓詩集》附錄一「佚詩」，第 440 頁。
〔註46〕陳衍著：《石遺室詩話》卷十五，第 236 頁。
〔註47〕《鄭孝胥日記》第一冊，第 151 頁。

章於上，有精語足資詩學。未久，君將往天津，作五言一首
為別，自謂似顏延之北使洛。……己丑庚寅入都，君寓可莊
所及官學，案上手鈔詩本有晚唐韓偓、吳融、唐彥謙諸家；
北宋梅聖俞、王荊公諸家。君詩已一變，再變為姚合體，為
北宋，服膺荊公。〔註48〕

己丑年即是 1889 年。陳衍的這段文字總結了鄭孝胥早年詩風從
六朝三唐到北宋的變化。然而這種變化，不離於其清蒼幽峭與伉爽的
底色。這正根源於其高祖妣、叔祖及其父親的家學底蘊，其「清蒼」
與「伉爽」的風格亦可追溯到其高祖妣詩的「清言」與「高調」。

綜上所述，首先，其高祖妣何玉瑛的「置身賢豪間」的家訓應該
對鄭孝胥自許豪傑的人生抱負不無影響，而鄭孝胥詩歌的風格（清蒼、
伉爽）與其高祖妣《疏影軒遺草》的清言與高調的特質亦可謂一脈相
傳。其次，其父親鄭守廉其詩歌中的融唐風與宋意為一手的風格對鄭
孝胥來說亦可謂是導夫先路。再次，其叔祖鄭世恭偏好唐詩的詩論則
又強化了鄭孝胥早年詩歌的唐風特色。胡應麟《詩藪》中，將「清」
列入詩學批評的範疇中，其外篇卷四云：「詩最可貴者清，然有格清，
有調清，有思清，有才清。」並認為「才大者格未嘗不清，才清者未
必能大」〔註49〕。鄭孝胥作為晚清民國詩壇的重要人物，才大固不必
多言，而其清言與高調相渾融的特質則少人重視。清言而加以高調鼓
蕩之，一方面使清新而風骨高騫，不失之於淺薄纖弱，使高亢而能偉
麗，不失之於粗豪叫囂，這正是鄭孝胥的融合創新。但這種特質並非是
其本人憑空創造出來的，其家學的傳承應該可以說起了奠基的作用。

第二節　鄭孝胥詩風的文學史淵源

關於鄭孝胥的詩學淵源，諸家討論甚多，其中以陳衍、朱大可兩
人為著。陳朱兩人皆從時期之早中晚、詩體之五七古律分別論述鄭孝

〔註48〕《海藏樓詩集》卷首，第 2～3 頁。
〔註49〕〔明〕胡應麟著：《詩藪》外編卷四，第 177～178 頁。

胥的詩歌取法對象，這是自有詩話以來的傳統詩學研究範式。此種研究範式所涵括的方法甚廣，頭緒繁雜，總結起來，大概有以下三種方式：一，從一首詩的整體風格出發，探討其與前代詩人的相似程度；二，從一首詩的詩句化用開始，進一步仔細揭示其整體風格的來源；三，從句法套用、章法襲用甚至用韻習慣等方面上更深入研究其具體的師法對象。這三種方式既是研究一首詩的三個步驟，又可以是三種並列的研究方法，並無高下深淺之分。

鄭氏詩學博采古人，自漢魏六朝三唐兩宋凡性之所近者無不兼收並蓄，取精用宏。應當指出的是，一個詩人的創作宗尚何人、其實際風格近似何人、是否為其性之所近，這三者間並沒有必然的聯繫。因為創作是一個修行的過程，也是尚友古人的過程，修正自身而接近古人，甚至有取法與自己性情完全相反的情況，目的在於糾正個性偏向，培育更符合中道的性情。鄭孝胥所宗尚的詩人，其性情各自不同，有其性之所近者，有其嚮往歆慕者，甚至有與其相反者，雖然鄭孝胥未必能學到古人之性情，但不能因此否定他的仰慕之情以及創作上的努力。

一、鄭孝胥宗尚的唐代詩人

（一）孟郊

鄭孝胥早年不作近體，於古體歌行則高言漢魏，這在第一節所引其與叔祖鄭世恭論詩內容已經指出。錢基博《現代中國文學史》云：「與林紓同榜。紓方治詩古文詞。孝胥問為詩祈向所在。答以《錢注杜詩》《施注蘇詩》。孝胥曰：『何不取法乎上？』意在漢魏六朝也。」〔註50〕其1930年《答張君玉裁》尚云「隨人作近體，何異蜂蠴鬧」〔註51〕，其推尊古體而鄙薄近體，表現有如此者。但其近體之作舉世莫不嘆服，故此不過是文人弄其狡獪，欲人更尊其古體之作而已。因為古風高於

〔註50〕錢基博著：《現代中國文學史》，長春：吉林人民出版社，2013年版，第284頁。
〔註51〕《海藏樓詩集》卷十二，第386頁。

律體是自古詩人皆持有的根深蒂固之觀點。陳衍《石遺室詩話》云「蘇堪二十餘歲時不作七言詩」〔註52〕，所以其早年特關注漢魏五言古，七言歌行不與焉。

從漢魏五古入，談何容易。是以文學史上有類似碩學通儒高言三代先王，而一旦為政舉措則取法後王的現象，即借徑於時間上較近的詩人入手，得事半功倍之效。因此，鄭孝胥早年雖然高唱漢魏六朝，實際上真正的枕邊鴻寶卻是一卷東野詩。陳衍《石遺室詩話》摘錄了鄭孝胥早年的佚作《錄貞曜先生詩題後》五首，詩云：

> 復古孤莫立，佞今群所襃。初非榮世物，而亦為名勞。風雅業墜地，士心茲淫慆。先生不偶生，結束歸堅牢。呫嗞浮游子，沒齒徒滔滔。

> 高意屬秋迥，惠心屏春華。手揮海上琴，衣綴巖間霞。詩濤湧退之，束手徒諮嗟。羌以意表論，遐茲神理遐。不為一世可，坐使千秋嘩！

> 五年南國遊，一卷東野詩。寄余獨往意，重此絕世辭。連城必良玉，三染必素絲：勿驚絢爛文，終與大璞期。夷厚含陶思，超異同謝規。誰言中唐聲，此是《小雅》遺。太息貞懿士，老死山巋巋。

> 端人思無邪，篤行言自文。運思雖匪涯，立義務有云。下士逐紛華，百年心如熏。性情蕩不支，榮枯隨世氛。行蹠而言夷，此語非所聞。余表先生節，以振頑懦群。

> 畢生獨吟詩，得此物外身。中有感懷篇，惻愴難具陳。玉堂悲玄鳥，故國望星辰。素月忽經天，鷗鶂不可因。憂時匪吾事，遠念何酸辛！位卑懼為罪，言孫遇益屯。春暉一終曲，忠孝兩斷斷。呫哉眉山叟，銅斗豈足論？〔註53〕

中唐的詩文復古運動中，韓愈以文鳴，孟郊則以詩鳴，有孟詩韓筆之稱。組詩對孟郊的氣節及復古的詩風推崇備至，對孟詩的認識則

〔註52〕陳衍著：《石遺室詩話》卷十五，第236頁。
〔註53〕陳衍著：《石遺室詩話》卷一，第8～9頁。

集中於第三首「夷厚含陶思，超異同謝規。誰言中唐聲，此是《小雅》遺」四句，陶謝是自唐以來詩人最為推崇的六朝詩人，鄭孝胥以孟詩之夷厚與超異為追步陶謝，並非無根之說。《唐詩紀事》記載：「李翱薦郊於張建封云：『茲有平昌孟郊，貞士也。伏聞執事舊知之。郊為五言詩，自前漢李都尉、蘇屬國，及建安諸子，南朝二謝，郊能兼其體而有之。』李觀薦郊於梁肅補闕書曰：『郊之五言詩，其有高處，在古無上；其有平處，下顧兩謝。』韓愈送郊詩曰：『作詩三百首，杳默《咸池》音。』彼二子皆知言也，豈欺天下之人哉！」〔註54〕推崇其五古高古，李翱、李觀且言及大謝。晚清沈其光《瓶粟齋詩話》亦云：「孟東野詩源出謝家集中，如《獻襄陽於大夫》及《汝州陸中丞席喜張從事至》《遊枋口柳溪》諸作，時見康樂家數，特其句法出之鑱刻耳。」〔註55〕「夷厚含陶思」則似乎是鄭孝胥自己心得，《碧溪詩話》云「孟郊詩最淡且古」〔註56〕，可能是指其平淡之作似陶。將孟郊上溯至《小雅》，則獨具隻眼。《小雅》「怨誹而不亂」，主要收錄士大夫對國政的憂慮之作，處於三千年未有之變局，四夷交侵，故鄭孝胥特別主張作詩的思想要師法《小雅》。鄭孝胥說詩深於《小雅》，孟郊對於現實的批判意識，正符合鄭孝胥的詩學祈向。

　　關於鄭孝胥學東野之詩，陳衍《石遺室詩話》舉其《傷忍盦》一首為例云：

　　　　蘇堪詩最工於哀挽者，……尤工者為《傷忍盦》云：「彼蒼不足恨，人事實可哀。莫復念忍盦，念之心膽摧。烈士盡奪氣，況我平生期。四海盡驚歎，矧我夙昔懷。聚時不甚惜，皎皎心弗欺。別時不甚憶，落落意弗疑。如何無窮志，

〔註54〕〔宋〕計有功輯撰：《唐詩紀事》卷三十五，上海：上海古籍出版社，1965 年版，第 537 頁。

〔註55〕沈其光著：《瓶粟齋詩話》初編卷二，見張寅彭主編：《民國詩話叢編》第五冊，第 510 頁。

〔註56〕丁福保輯：《歷代詩話續編》，北京：中華書局，2006 年版，第 366 頁。

殉此七尺骸？交情日太短，天絕非人為。命也審如此，終古
寧可追？」蘇堪五古長處在層層逼進，不肯平直說去。此與
東野「杜鵑聲不哀，斷猿啼不切。月下誰家砧，一聲腸一絕。
杵聲不為客，客聞髮自白。杵聲不為衣，欲令遊子歸。」「誰
言碧山曲，不廢青松直。誰言濁水泥，不污明月色。我有松
月心，俗騁風霜力。貞明既如此，摧折安可得？拔心草不死，
去根柳亦榮。獨有失意人，恍然無力行」等詩，異曲同工，
蓋服膺於東野者深也。〔註57〕

其實不僅《傷忍盦》，1916 年《高穎生環翠樓詩》亦是善學東野
者：

有書誰能讀？有樓誰能居？君家百尺樓，兼藏萬卷書。
當時有哲人，棄官賦歸歟。抱書閱四朝，高行驚里閭。與樓
兩崢嶸，始知德不孤。聞君述祖德，感時還嗟籲。亂世能自
免，保家惟業儒。此書與此樓，皎然無所污。太息賢公孫，
潔身真吾徒。〔註58〕

以上所舉之詩是學東野之章法句法，尚未見其孤直峭寒之風。以
下三首作於 1909 年的《海藏樓雜詩》庶幾近之：

露臺性宜月，我性愛登臺。月豈與我期，臺成月自來。
從遊者清風，披襟共徘徊。便當凌霄去，惜我非仙才。人間
實污陋，孰能委形骸？可憐玷風月，撫膺暗生哀。碧海連青
天，月逝我獨回。（其二）

倚樓聞妙香，心知必有異。披衣行草際，初日未到地。
叢蘭雖競開，微甘豈高味。幽尋入籬側，泠泠襲露氣。一花
藏深碧，冰雪抱殊致。踟躕欲卻步，絕世難逼視。素心非吾
侶，自顧果形穢。端逢姑射仙，綽約方掩袂。悵然不能去，
有意在塵外。（其一十一）

秋風卷地涼，秋雲漫天白。雨氣欺日光，晦明忽殊色。
廣除草未黃，竹意稍蕭索。此樓雖物外，傲物非崇德。世間

〔註57〕陳衍著：《石遺室詩話》卷十三，第 211～212 頁。
〔註58〕《海藏樓詩集》卷九，第 272 頁。

執堅脆，一逝等過客。完茲獨往興，於我如有得。（其一十
六）〔註59〕

　　鄭孝胥早年務為高古，從孟郊入手不僅是事半功倍，而且其個性
有與孟郊相似的地方。《王直方詩話》云：「李希聲語余曰：『孟郊詩正
如晁錯為人，不為不佳，所傷者峻直耳。』」〔註60〕其實孟郊為人亦峻
直。鄭孝胥雖然為人有很多缺點，但有一個最大的優點是耿直，他早年
曾在《日記》中載云：「余前數年初入都時，對客談論如利刃出鞘，當
者立靡：後自悔淺直，更為峭深。」〔註61〕另一處又說：「余性孤冷，
與人落落，在江南尤無外交。」〔註62〕是其耿直之外尚有孤冷的性格，
這種性格令其喜好孟郊詩的峭硬冷僻之風。從詩藝上說，孟郊詩正如
《詩源辨體》所說「刻苦琢削，以意見為詩，故快心露骨而多奇巧」，
「大要如連環貫珠，此其所長耳」〔註63〕，皆是鄭孝胥學孟的重點所
在。鄭孝胥詩多秋氣亦多從孟詩的悲氣中來。《唐詩歸折衷》云：「東野
之氣悲，氣悲則非激越吞吐之間，不足以展其概，故於五古為最近也。」
〔註64〕朱大可《海藏樓詩之研究》謂「海藏樓詩五古最多，殆無一首不
佳者。……壯作激越。」〔註65〕可證鄭孝胥之詩學血脈所在。

（二）韋應物、柳宗元

　　鄭孝胥《答張君玉裁》詩有句云「平生夢韋柳，一字不能到」
〔註66〕，韋應物與柳宗元是鄭孝胥內心宗尚的第二號和第三號人物。
《日記》記載其與叔祖論詩，曾以天象擬唐以前詩人，有「韋蘇州之

〔註59〕《海藏樓詩集》卷七，第189、191、192頁。
〔註60〕見郭紹虞輯《宋詩話輯佚》卷上，北京：中華書局，1980年版，第13～14頁。
〔註61〕《鄭孝胥日記》第一冊，第258頁。
〔註62〕《鄭孝胥日記》第一冊，第11頁。
〔註63〕〔明〕許學夷《詩源辨體》，北京：人民文學出版社，1987年版，第256～255頁。
〔註64〕見陳伯海編：《唐詩匯評》（中），杭州：浙江教育出版社，1995年版，第1863頁。
〔註65〕《海藏樓詩集》附錄三，第631頁。
〔註66〕《海藏樓詩集》卷十二，第386頁。

雅淡,在天為露;柳子厚之沖遠,在天為銀河」〔註67〕之譬喻。陳衍
《石遺室詩話》錄其佚詩《錄韋蘇州詩題後》只有一首,詩云:

> 違華即沖漠,散性難自整。豈云與俗殊,意獨得沉省。
>
> 平生一深念,異代愛雋永。三歎古之賢,曾同惜徂景。〔註68〕

　　對韋應物詩風的讚譽十分到位,整首詩的風格皆與所讚譽的對象
毫無不諧之感。朱大可《海藏樓詩之研究》謂此詩「類蘇州效陶之作」
〔註69〕,信然。與推崇孟郊一樣,對韋柳的推崇亦是其追求高古和避
俗的表現。避俗有兩個重點,一是冷峻峭直,二是平淡沖漠。冷峻峭
直法孟郊,平淡沖漠則師韋柳。但在實際上,鄭孝胥詩風雖兼有平淡,
與韋應物相類之作卻甚少覿。集中最似蘇州者,是 1889 年的《題顧
子朋齋壁》:

> 客去晚窗明,行吟山鳥驚。殘陽一峯靜,秋水半潭清。
>
> 几席餘文字,祠堂近老成。終知歸寂寞,徙倚若為情。〔註70〕

　　從個性上說,柳宗元詩之峭刻悍厲更適合鄭孝胥。其實,柳宗元
為人亦負氣,放逐期間山水之作表面上師法謝靈運,內心卻含有怨憤。
鄭孝胥在清廷預備立憲後期,被授予湖南布政使,士論以其為清廷所
利用,內心亦頗冤抑,於《日記》曾記起柳宗元來,云:「柳子厚自言
『以愚辱焉』。反己而愚,吾將誰咎矣?何故妄用吾情,何故妄用吾信,
又何故已覺而不能自遣,非愚而何?」〔註71〕可知其在性情上與柳宗
元有相通之處。在古文創作上,鄭孝胥亦以柳宗元為師,《日記》云:
「香濤制軍問余:『於文,誰師?』對曰:『喜子厚之無障翳。』」〔註72〕
無障翳正與前引銀河之喻同意。其佚詩《錄柳州詩畢題卷後》云:

> 河東文章伯,童冠拔時選。翻飛觸世網,壯歲坐邊轉。
>
> 盛名自取病,眾訴實不淺。懲疚辭徒悲,晚景遇益寒。麗思

〔註67〕《鄭孝胥日記》第一冊,第 19 頁。

〔註68〕陳衍著:《石遺室詩話》卷一,第 9 頁。

〔註69〕《海藏樓詩集》附錄三,第 630 頁。

〔註70〕《海藏樓詩集》卷一,第 2 頁。

〔註71〕《鄭孝胥日記》第三冊,第 1331 頁。

〔註72〕《鄭孝胥日記》第一冊,第 446 頁。

鬱欲流，驚才跼未展。橫經眇心貫，讀《騷》儼躬踐。蓄悲
語離奇，取幽氣奧衍。發為澹蕩作，噓吸出墳典。五言暨七
言，老手廢雕篆。每放寂寞遊，偶托釋、老辯。鮑、謝方抗
行，李、杜足非覷。以茲復妙篇，千古解宜鮮。

當代競宗韓，北辰故易顯。那知東方曙，啟明上雲巘。
晴窗與往復，塵慮得驅遣。心折《弔屈》文，語息特修謇。
偉人不世出，我輩類狂狷。懷哉文先生，吾硯蝕秋蘚！〔註73〕

朱大可《海藏樓詩之研究》謂此兩詩「類柳州贈李侍御之作」〔註
74〕，可謂知言。「麗思鬱欲流，驚才跼未展。橫經眇心貫，讀《騷》
儼躬踐。蓄悲語離奇，取幽氣奧衍。發為澹蕩作，噓吸出墳典」八句
對柳詩的認識是相當深刻的概括。這八句可分四點來看：第一，詩文
的麗思及其內心的抑鬱；第二，詩文上攀六經屈騷與政治人生的躬踐
相一致；第三，詩風的幽奇奧衍；第四，幽奇奧衍出之以澹蕩。這四
點是一以貫之的。所謂麗思是繼承大謝而來，《石遺室詩話》云：「柳
州五言，大有不安唐古之意。胡應麟只舉《南澗》一篇，以為六朝妙
詣，不知其諸篇固酷摹大謝也。」〔註75〕由大謝上攀六經屈騷，玩精
極思，有深搜之致，此亦與其政治遭遇有關。《捫虱新話》載晏同叔
云：「若其祖述墳典，憲章騷雅，上鑠三古，下繼百世，橫行闊視於綴
述之場，子厚一人而已。」〔註76〕即是此意。表現在詩風上則幽奇奧
衍，而又出之以澹蕩者，亦即蘇軾《評韓柳詩》「所貴於枯淡者，謂其
外枯而中膏，似澹而實美，淵明、子厚之流是也。若中邊皆枯，澹亦
何足道」〔註77〕之意。總之，柳詩復古，取徑大謝，自具面目。朱大
可曾稱引鄭孝胥之言云：「海藏每稱韋、柳無不能作之題，又謂韋、柳

〔註73〕陳衍著：《石遺室詩話》卷一，第9頁。
〔註74〕《海藏樓詩集》附錄二，第630頁。
〔註75〕陳衍著：《石遺室詩話》卷六，第89頁。
〔註76〕〔宋〕陳善著：《捫虱新話》卷九，上海書店景涵芬樓本，1990年版，
　　　　第11頁。
〔註77〕〔宋〕蘇軾著，孔凡禮校點：《蘇軾文集》，北京：中華書局，1986年
　　　　版，第2109頁。

並稱，似柳尤勝，以韋平澹，柳深刻也。」〔註78〕則又是一家之言，蓋鄭孝胥為人較刻深，於柳詩有獨嗜。

柳詩雖然表面上平淡，但內在骨力十分峭勁，兼得摩詰之潔，卻近孤峭。如與韋應物相比，有「韋詩淡而緩，柳詩峭而勁」〔註79〕之說。這根本上是由其峻潔悍厲、狷介負氣的個性決定的。關於這一點，《絸齋詩談》曾云：「柳柳州氣質悍戾，其詩精英出色，俱帶矯矯凌人意。文詞雖揔飾些，畢竟不和平，使柳州得志，也了不得。」〔註80〕在悍厲負氣上，鄭孝胥的個性與柳宗元十分相近，所以對柳詩極其推崇。無論是陳衍的「清蒼幽峭」與「廉悍之筆」〔註81〕之評價，還是陳寶琛「志潔旨彌夐」〔註82〕，金天羽的「孑然松樹之幹，性之狷者」〔註83〕，皆可證其逼似柳之為人及詩。海藏樓集中最似柳州之作是1904年的《八月初十夜即事》：

> 雨過雲逾霽，夜涼雲自流。明明一天月，颯颯四山秋。
> 林影紛當戶，灘聲靜入樓。曲廊聊坐地，莫說是龍州。〔註84〕

但柳詩有一個大缺陷，即是窘束不舒，特別表現在長篇古風上，如《休齋詩話》云：「柳子厚小詩幻眇清妍，與元、劉並馳而爭先，而長句大篇，便覺窘迫，不若韓之雍容。」〔註85〕而鄭孝胥的詩歌即有窘束之弊，如錢仲聯《夢苕庵詩話》謂「海藏之詩精潔，其失也窘束」〔註86〕。但正因此，鄭孝胥在學柳的同時兼學韓，其《日記》曾載：

〔註78〕《海藏樓詩集》附錄三，第630頁。
〔註79〕〔元〕方回選評，李慶甲集評校點：《瀛奎律髓匯評》（上），上海古籍出版社，2005年版，第187頁。
〔註80〕〔清〕張謙宜著：《絸齋詩談》，見顧廷龍主編；《續修四庫全書》1699冊，上海古籍出版社，2003年版，第661頁。
〔註81〕陳衍著：《石遺室詩話》卷一，第8頁。
〔註82〕《滬上晤蘇盦出視新刊考功詞並海藏樓詩卷感賦留贈》云：「蘇盦詩如人，志潔旨彌夐。」，見《滄趣樓詩文集》卷三，第59頁。
〔註83〕《海藏樓詩集》附錄三，第579頁。
〔註84〕《海藏樓詩集》卷五，第138頁。
〔註85〕郭紹虞輯：《宋詩話輯佚》（下冊），第486頁。
〔註86〕《海藏樓詩集》附錄三，第607頁。

「一琴來談，余勸讀韓詩，專取五言古先讀之。一琴攜韓詩去。」〔註87〕又曾作《高松保郎詩》一首，自認為「清微古折，在退之、子厚之間」〔註88〕。此乃其糅合韓柳之自述。只不過，鄭孝胥學韓不得其雄博氣象，而得其峭折的勁力。其《日記》云「韓昌黎若黃河，然天地內自有此一股勁派，非他力量所及」〔註89〕。另外，朱大可聞於鄭孝胥論昌黎七古《山石》一篇云「風趣橫溢，神味雋上，七古中第一首也」〔註90〕。要之，鄭孝胥學韓取其清雋峭勁，得其性之所近的一面。鄭孝胥曾語朱大可《李審言室趙孺人詩》一詩似韓〔註91〕，詩云：

　　　黔妻未為窮，固窮在其妻。貧賤有難言，言之傷肝脾。為子事丘嫂，為子奉阿嬰。子有析居叔，迎養撫其兒。子有未嫁妹，教誨迄於歸。子獨厲節操，家法眾所儀。子獨治詩書，名聲人所師。子居秦南倉，一鄉誰與齊？子冠興化學，一縣誰能希？方子初應試，宵中綴敝絺。及子出適館，客中寄新衣。子窮而好施，貸錢與子揮。子貧而善病，質田為子醫。命貴且問相，戲言子豈噬。夜冷不甘寢，知言子誠癡。子疾身欲代，子愁顏愈嬉。彼實一好婦，食貧色以衰。彼實一健婦，持門體以羸。忍涕行不顧，歸來子何為？妄意晚相報，迂哉子奚追？幸子有文字，自書自傷懷。文字身後名，生前事事乖。豈若不識字，白頭伴荊釵。彼嫠不恤緯，又與宗周哀。何如歠糟糠？何如炊爨廖？〔註92〕

自第七句「子有」開始至第二十六句結束，開首含「子」字有八個，中間十九至二十二句加以變化。此下又出現新的重複結構：第二十八句「戲言」，第三十句「知言」；第三十一句「子疾」，第三十二句「子愁」；第三十三句「彼實」，第三十四句「彼實」。這種章法是韓愈

〔註87〕《鄭孝胥日記》第一冊，第213頁。
〔註88〕《鄭孝胥日記》第一冊，第218頁。
〔註89〕《鄭孝胥日記》第一冊，第318頁。
〔註90〕《鄭孝胥日記》第二冊，第638頁。
〔註91〕《海藏樓詩集》附錄三，第647頁。
〔註92〕《海藏樓詩集》卷八，第241頁。

開創，鄭孝胥可謂變本加厲。當然，鄭孝胥集中學昌黎者不止這一首。
1914年《味雪軒圖》亦學韓：

> 辨味必以口，未可與言味。雪味味尤玄，孰解推其意？
> 味雪味在茶，舌本得深致。非甘亦非淡，仙境吸沆瀣。或疑
> 味在梅，疏枝耿窗外。天花正交舞，幽香忽微至。又疑味在
> 酒，卻寒宜薄醉。衝然適其適，醇旨若可會。不然味在詩，
> 思發覺有異。雪中獲神助，逸語夐出世。尋味入非非，得味
> 自天際。試約軒中人，衝寒共驢背。〔註93〕

「或疑」、「又疑」、「不然」數句以文為詩，意趣橫溢，思味俱雋，
可見學韓得力。

（三）李商隱、韓偓

鄭孝胥詩間亦有學李商隱、韓偓者。朱大可《海藏樓詩之研究》
云：「海藏七律雖宗宋人，然於唐之溫、李，宋之楊、劉，皆所不薄。
故其所作，時有似之者，如《鼎湖耗至》三首，置諸玉溪集中，可亂
楮葉。……三詩蓄意沉痛，用典確切。今人徒知纏綿悲惻之為義山，
而不知感喟蒼涼之為義山。不能知義山，宜其不能知海藏矣。」〔註
94〕《鼎湖耗至》即集中1908年的《高樓僑居歇浦戊申小春適鼎湖耗
至海上訛言騰沸出門悵悃中信步至張園夕陽黯淡風葉翻飛車馬亦已
闌珊逡巡間於塵轍中拾得殘紙書啼血三首字跡攲斜語義詭痛蓋攀髯
墮弓小臣之辭也》一詩，詩題甚長。組詩云：

> 啼血虛傳杜宇魂，寧聞帝子更沉冤。天荒乍破身終殉，
> 日喪云亡道自存。一夕風雷迷大麓，十年虎豹厄丹閽。幾時
> 修得金輪史，讖信無終是至言。
>
> 戊戌銷沉庚子來，種因得果更誰哀。忍教宗社成孤注，
> 可耐君王是黨魁。妄意揮戈能退日，傷心失箸託聞雷。咎繇
> 聽直須天上，好勸長星酒一杯。

〔註93〕《海藏樓詩集》卷八，第255頁。
〔註94〕《海藏樓詩集》附錄三，第641頁。

—58—

　　　　龍飛三十四年春，識主何曾見一臣。持論遂令人掩耳，
　　棄官誰信我忘身。蟆腸坐憤妖吞月，鶉首空愁醉賜秦。試問
　　和熹舊朝士，不欺先帝定何人？（自注云：於南皮坐間，嘗
　　有皇帝人君、太后人臣之對。）〔註95〕

　　以上三首詩確實「感喟蒼涼」，最似義山的是第一首。首聯與頸
聯出自義山詩《哭劉蕡》「上帝深宮閉九閽，巫咸不下問銜冤」〔註96〕
兩句。第二、三首不復刻意模擬，在敘述史事中直抒胸臆，不僅感喟
蒼涼，直是激急抗烈，指斥無留遺，這種風格不能說似義山，是鄭孝
胥本人一貫氣性的體現。

　　據朱大可《海藏樓詩之研究》，鄭孝胥最自負的七律是1910年的
《七月二十三日入都居賢良寺》，詩云：

　　　　前朝夢斷十三秋，闕下車聲在枕頭。胡騎黃巾歸稗史，
　　劉郎道士各山邱。自殘母子恩同盡，永訣君臣恨未休。身似
　　銅仙攜盤去，回看鉛水淚難收。〔註97〕

　　朱大可評曰：「良以骨頭重，結構奇，持較古人，只李義山有此
筆墨。」〔註98〕這首詩亦道戊戌庚子時事，百日維新至1910年實際
上是十二年，因律詩平仄的要求，必須換成十三。鄭孝胥自以受光緒
帝特達之知，自居帝黨，光緒被囚直至於死，引為一生最大恨事，所
以此詩沉痛之情出於至誠。義山處於牛李黨爭之中一生困苦，而鄭孝
胥實際上並未直接參與黨爭，但對政治改革的熱心與義山相同，所以
關於戊戌變法的七律最似義山。集中間有五律神似義山深婉之作，如
1897年的《三月三十日》云：

　　　　一雨海棠盡，閑庭春已歸。池蛙空閣閣，梁燕自飛飛。
　　婉晚時不與，蹉跎心有違。鄰園猶可借，聊探牡丹肥。〔註99〕

〔註95〕　《海藏樓詩集》卷六，第182～183頁。
〔註96〕　〔唐〕李商隱著，〔清〕馮浩箋注，蔣凡標點：《玉溪生詩集箋注》
　　　　　卷一，上海：上海古籍出版社，1998年版，第181頁。
〔註97〕　《海藏樓詩集》卷七，第204頁。
〔註98〕　《海藏樓詩集》附錄三，第642頁。
〔註99〕　《海藏樓詩集》卷三，第73頁。

「晼晚」「蹉跎」等詞亦義山喜用，整首詩的意境風格表現出悵惘不甘之情，逼似義山。文學史上溫庭筠與李商隱並稱「溫李」，鄭孝胥集中似溫庭筠之作極少，故此不作論述。韓偓作為李商隱的外甥，其香艷的詩風實過於義山。鄭孝胥詠花多香艷之作，多取法於冬郎。其實冬郎之香艷，有寄託其憂愛眷戀者。如紀昀《書韓致堯〈香奩集〉後》即云：「《香奩》之詞，亦云褻矣。然但有悱惻眷戀之語，而無一決絕怨懟之言，是亦可以觀其心術焉。」〔註100〕而鄭孝胥學冬郎，即於此處用力。其七律逼似冬郎者有《櫻花花下作四首》《紅梅四首》等，朱大可謂之「摛詞香豔，運典清新，《香奩集》中之上品也」〔註101〕。其實不止摛詞與運典似之，《紅梅四首》詩旨甚至全自冬郎《梅花》中來，是鄭孝胥學冬郎憂愛眷戀的佳例。今將《紅梅四首》具引如下：

> 歲闌人意苦難春，春入枝頭最動人。已借風霜成爛漫，那教桃杏比精神。簷前索笑寒侵手，樓角尋詩雪滿身。欲識吳姬須秉燭，搖紅影裏定誰真。
>
> 濃香竟日繞房櫳，絕愛橫斜幾簇紅。疏幹自生畫本外，真花宜著鏡屏中。春回小閣詩初就，暖入朱唇笛未終。卻恐先開還易落，從渠帶醉倚霜風。
>
> 冷落詩人瘦不辭，風懷銷盡費維持。斷橋流水相逢地，絕代朱顏一笑時。夢到江南花艷艷，書來鄉國樹垂垂。眼明正覺吳粧好，莫為微瀬訝玉肌。
>
> 一段幽光初破冷，數枝奇色已含胎。正教雪重終難壓，猛覺春酣祇半開。酒醒乍驚翠羽墜，詞成便換小紅回。誰憐省識東皇後，耿耿丹心獨未灰。〔註102〕

又據朱大可，鄭孝胥曾自謂《隱几》出自韓冬郎。《隱几》云：

> 壯懷彩筆等無靈，隱几猶憐卷帙馨。幾樹櫻桃花在否，

〔註100〕〔清〕紀昀著：《紀文達公遺集》卷十一，嘉慶十七年本。
〔註101〕《海藏樓詩集》附錄三，第642頁。
〔註102〕《海藏樓詩集》卷四，第105～106頁。

春寒帶雨晚冥冥。〔註103〕

朱大可說：「（海藏）自謂出韓冬郎，而感慨過之。」〔註104〕其實此詩十分含蓄，雖然末兩句取境冬郎，但感慨過之云云只有鄭孝胥自知了。鄭孝胥之師法義山冬郎，是自醫其學孟郊、柳宗元、梅堯臣、陳師道等峭寒刻意窘束之病，與其兼學韓愈、元好問、陳與義等異曲同工。

二、鄭孝胥宗尚的宋代詩人

1889年，鄭孝胥在京，據《日記》自是年12月開始至1892年近三年間閱讀了大量宋詩。今列舉如下：

1889年12月30日：午後，取《宋詩鈔》一函置座隅，觀《小畜集》，抵暮而畢。

1890年1月10日：連日閱宛陵詩。

1月12日：午後，仲弢來，假余《王荊川（公）集》。

1月18日：夜，覽歐陽文忠詩終卷。

2月2日：夜，覽蘇詩。

3月2日：夜，覽晁沖之詩。

3月9日：夜，覽晁無咎、秦少游、鄒道鄉詩，《雞肋集》最佳。

3月15日：夜，閱陳造《江湖長翁詩集》，甚妙，近日屬太鴻得此為多。沈遼、沈遘、沈子求、徐積皆一覽，沈與求號《龜谿集》者稍善，徐仲車曰《節孝集》，亦學韓詩，殊涉惡道。

7月13日：覽葉夢得、張九韶詩。

8月15日：夜，閱屏山、韋齋詩鈔。

8月18日：晚，閱《范石湖詩鈔》。

9月13日：夜，閱劍南詩。

9月16日：夜，閱楊誠齋詩。

〔註103〕《海藏樓詩集》卷十，第309頁。
〔註104〕《海藏樓詩集》附錄三，第646頁。

1891 年 6 月 10 日：午後，閱《說文句讀》、《湖海文傳》及蘇詩。

6 月 17 日：獨坐覽蘇詩。

9 月 17 日：客散，使館人出幾盡，獨坐讀劍南詩。

10 月 15 日：午後，覽《後村詩》。

1892 年 2 月 22 日：閱山谷詩。因作五古一首送樫弟。

3 月 6 日：晨，閱陳簡齋、李泰伯詩。

9 月 9 日：閱四靈、黃遵憲、劉後村詩。

9 月 19 日：閱宛陵詩，古淡精簡，曠世少匹。復取王介甫詩看之。

9 月 20 日：閱臨川詩，極可喜。

1894 年 9 月 6 日：閱荊訟（公）詩，甚可愛。

10 月 3 日：鈔王介甫詩畢。〔註105〕

綜上可見其自《宋詩鈔》開始，對兩宋詩人別集用功之勤。從閱讀頻率上看，王安石最多，梅堯臣、蘇軾及陸游次之。與此同時，鄭孝胥還閱讀了大量的宋代詩話，此不贅引。

（一）梅堯臣、王安石

在宋賢之中，鄭孝胥無疑對梅堯臣、王安石興趣最濃。在 1892 年 4 月 8 日還摘引《西清詩話》的話云，「蔡百衲條所撰也。百衲有詩評云：「……王介甫詩雖乏豐骨，而翻出清新，方似學語之小兒，酷令人愛。……」〔註106〕由上引其閱讀內容可知，其對王安石亦有「可愛」「可喜」之評價。次之為梅堯臣，上引「古淡精簡，曠世少匹」的評語可見其推崇的程度。1899 年鄭孝胥作《偶占示石遺同年》一詩云：

臨川不易到，宛陵何可追。憑君嘲老醜，終覺愛花枝。

〔註107〕

〔註105〕 以上見《鄭孝胥日記》第一冊，第 151、154、155、158、162、164、165、186、189、193、194、204、208、233、239、265、267、319、321、434、438 頁。

〔註106〕《鄭孝胥日記》第一冊，第 283 頁。

〔註107〕《海藏樓詩集》卷四，第 94 頁。

陳衍《石遺室詩話》云：「初梅宛陵詩無人道及。沈乙盦言詩夙喜山谷。余偶舉宛陵，君乃借余宛陵詩亟讀之，余並舉殘本為贈。時蘇堪居滬上，余一日和其詩，有『著花老樹初無幾，試聽從容長醜枝』句，蘇堪曰：「此本宛陵詩。」乃知蘇堪亦喜宛陵。因贈余詩，有云：『臨川不易到，宛陵何可追？憑君嘲老醜，終覺愛花枝。』自是始有言宛陵者。後數年入都，則舊板《宛陵集》，廠肆售價至十八金。於是上海書肆有《宛陵集》出售，每部價銀元六枚，乙盦、蘇堪，聞皆有出資提倡。」〔註108〕可見鄭孝胥亦大有功於《宛陵集》的傳播。

鄭孝胥早年學詩從五言古入，宗孟郊韋柳，兼學韓愈，不為七言。《海藏樓詩集》收詩自 1889 年始，也正是此年開始鄭孝胥大量閱讀宋詩，故其師法梅堯臣、王安石亦主要是七言。陳衍亦謂其「七言佐以宛陵、荊公」〔註109〕。前面提到鄭孝胥高唱漢魏，而取徑孟郊韋柳。其實他學梅堯臣、王安石，可能與梅王兩人在開闢宋詩上的地位有關。劉克莊曾云：「本朝詩惟宛陵為開山祖師。」〔註110〕吳聿《觀林詩話》亦云：「山谷云余從半山老人得古詩句法。」〔註111〕梅堯臣為宋詩的開山祖師，王安石則是宋詩成型的關捩。學梅王即是取法乎上。當然，主要原因是梅堯臣刻苦清瘦有孟郊之風，覃思精微似柳宗元，押險韻似韓愈，而王安石則清雋峭勁處從韓愈來，無艱難之相而有敷愉之態，故兼學梅王可以補偏救弊。

關於鄭孝胥性格抱負似王安石，時人多有此論。如其《郗超》一詩，龐俊評其「辭意與性格皆似荊公」〔註112〕。陳衍《石遺室詩話》云：「三十以後，乃肆力於七言。自謂為吳融、韓偓、唐彥謙、梅聖

〔註108〕陳衍著：《石遺室詩話》卷十，第 151 頁。
〔註109〕陳衍著：《石遺室詩話》卷三，第 42 頁。
〔註110〕〔宋〕劉克莊著，王秀梅點校：《後村詩話》前集卷二，北京：中華書局，1983 年版，第 22 頁。
〔註111〕丁福保輯：《歷代詩話續編・觀林詩話》，北京：中華書局，2006 年版，第 125 頁。
〔註112〕《海藏樓詩集》附錄三，第 619 頁。

俞，王荊公，而多與荊公相近，亦懷抱使然。」〔註113〕鄭孝胥的山水之作確實與王安石相近，但如果具體來說，其性格哪方面似王安石，還是陳衍說得仔細，《石遺室詩話續編》云：「嚴幾道（復）舊字又陵，以精英文名當世，……《寄蘇戡》云：『李白世人皆欲殺，陶潛吾駕固難回。』下句是海藏執拗真相，上句則詩讖應於今日矣。」〔註114〕鄭孝胥在偽滿時所作《哀垂》詩第二首有「從亡吾父子，不恤天下詬」〔註115〕之句，正與王安石「人言不足恤」相同。

集中七律如1896年《正月二日試筆》極似荊公：

> 心遠無妨得地偏，南歸袖手對吳天。凌空翔隼高圓外，
> 破寂鳴雞午景前。白下溪流向人靜，紫金山色入春妍。閒中
> 把玩消何物，卻辦微吟遣壯年。〔註116〕

荊公擅寫中午的靜景，其集中《示無外》「鄰雞生午寂，幽草弄秋妍」〔註117〕一聯正是鄭孝胥此詩取境所自。「破寂鳴雞午景前」卻反用「鄰雞生午寂」，又以下聯出句「白下溪流向人靜」補足之，動中顯靜變為動而後靜，又總歸於靜，可謂學古而善變化者。集中《春寒》「澹澹輕雲隨薄日，微微遠岫出遙空」〔註118〕一聯亦擬荊公入神。

鄭孝胥七古似宛陵之作有《朝鮮權在衡招飲觀梅》，朱大可謂其「能將極新之事實，運以極古之句法，中間看影畫一段，神妙欲到秋毫顛，與宛陵《觀何君寶畫》《觀楊美之畫》諸詩，同一風格」〔註119〕。《朝鮮權在衡招飲觀梅》詩云：

> 雪消江戶春滿枝，權君招飲不得辭。已看名士同來盛，
> 況是明月初圓時。官梅登盆映銀燭，使星入座臨酒卮。逡

〔註113〕陳衍著：《石遺室詩話》卷一，第8頁。
〔註114〕陳衍著：《石遺室詩話續編》卷六，第760頁。
〔註115〕《海藏樓詩集》卷十，第402頁。
〔註116〕《海藏樓詩集》卷三，第59頁。
〔註117〕〔宋〕王安石著，李壁箋注，高克勤點校：《王荊文公詩集箋注》卷二十二，上海：上海古籍出版社，2010年版，第538頁。
〔註118〕《海藏樓詩集》卷四，第107頁。
〔註119〕《海藏樓詩集》附錄三，第637頁。

巡開筵極豐腆，食單時尚從歐西。淳熬擣珍炮糝漬，漿水
醯濫酡醯醯。左殽右藏近古法，葡萄論斗行如淮。主人殷
勤善言笑，客不解語惟解頤。酒酣登樓望天際，鄉思正與
寒雲迷。烹茶卻喚看影畫，亦有巾幗撩須眉。德法二主信
時傑，猛很欲作鱗之而。誰知異人華盛頓，狀貌酷類枯禪
師。雄豪百鍊至平淡，中外一理元無疑。盛衰天道迭倚伏，
會有能者同華夷。霜風吹面醉漸解，歸舍兒女猶唔咿。汪
君翌日幸語我，大夫以下皆為詩。我雖強作用我法，措語
蹇澀愛者誰？〔註120〕

　　鄭孝胥詠史，大似宛陵。集中《張玄》《戚元敬》《叔孫通》《江
盧奴》《朱遊》等詩皆是。如《張玄》一篇，朱大可認為是「取史傳中
語剪裁而成，不蔓不支，真宛陵也」〔註121〕。又有《偶記林穎叔述左
文襄》《徐積餘隨盦勘書圖》，得力處亦在宛陵。朱大可《海藏樓詩之
研究》云：「……海藏詩學，實導源於六朝，氾濫於三唐，而渟蓄於北
宋以來，其於大謝、柳州、東野、聖俞、荊公諸家，尤能遺貌取神，
變而益上。」更加案云：「海藏自言學詩次第，始為三謝，繼為韓、
柳，晚為宛陵、荊公，而所拳拳服膺者，尤在昌黎、宛陵二家。近人
每以荊公相況，未盡海藏之能事也。」〔註122〕《海藏樓詩之研究》發
表於《小說新報》第一至六期，《小說新報》創刊於1915年，每年十
二期，故《海藏樓詩之研究》即是發表於1915年上半年。故朱大可
所謂晚為宛陵、荊公，正是其創作的壯年時期。實際上，在辛亥後，
鄭孝胥詩又一再變，宛陵、荊公、昌黎亦不能限。

（二）蘇軾、陸游

　　東坡是鄭孝胥甚為喜愛的詩人，集中亦多襲用東坡詩句。鄭孝胥
亦寢饋劍南詩頗深。詩論家喜蘇陸並舉，因為東坡與劍南兩家詩風，
有一個顯著的共同點，即是雄放。但兩家雄放的同時，趨於流易，故

〔註120〕《海藏樓詩集》卷一，第26頁。
〔註121〕《海藏樓詩集》附錄三，第634頁。
〔註122〕《海藏樓詩集》附錄三，第627頁。

不善學之者率皆墮於滑濫。鄭孝胥主張詩以澀為貴，取於蘇陸以暢其氣脈，能得其長處。鄭孝胥氣性不似東坡，而極仰慕東坡。海藏樓之名即本東坡詩「萬人如海一身藏」句，而一部《海藏樓詩集》提及前代詩人最多的就是東坡，據筆者統計，共有 19 次之多，佚詩尚不在統計之中。今列舉如下：

終知此老堂堂在，賸覺虛名種種非。(卷一《東坡生日集翁鐵梅齋中》)

坐對名花應笑我，陋邦流俗似東坡。(卷二《櫻花花下作》)

東坡遷人耳，名與此山峻。(卷二《復從遊武昌西山九曲亭至陶桓公祠》)

平生吾東坡，異代獨眷眷。敢懷爭墩意，易此執鞭願。他年身將隱，姓名應已變。洞口掃花人，安知即風漢。(卷五《杭州南高峯煙霞洞東坡嘗遊處也寺僧刻巖石為財神湯蟄仙斥之易刻坡像杭人遂題之曰蘇龕蟄仙以書報余且屬作詩》)

東坡端可信，幾道始稱雄。(卷六《贈嚴復》)

此遊樂甚當再來，謀為東坡築精舍。(卷六《沈友卿周順卿劉厚生招遊惠山》)

坡公誚鬼騄，苦驕實至言。(卷六《丁叔雅示蝯叟書冊》)

持比東坡袖中物，孤根留為捍滔天。(卷六《題發樓三石圖》)

東坡四十九，煩惱悟無根。(卷六《傷女惠》)

子瞻稱天命，終始介如石。(卷七《曾士元求題其母節孝劉太夫人柏石畫冊》)

沒人操舟誠妙喻，舉止自若完神明。子瞻寧未見此貼，毋乃會意翻忘形。(卷八《題懷素自敘帖》)

坡公觀不變，我意方留連。(卷九《雜詩》其七)

共推左癖如元凱，酷慕詩流必老坡。(卷九《哭愛蒼》)

老坡論茶忽論史，世賢張禹彼獨輕。（卷十《答周梅泉賦建茶》）

斯人已若鶴孤往，千載何殊貉一丘。鉤黨莫談元祐政，清吟聊比月泉遊。（卷十一《郭侗伯招集寒碧簃為東坡作生日分韻得遊字》）

綠葉青枝人共識，詩老何曾識梅格。自注：「東坡詩云：『詩老不知梅格在，但看綠葉與青枝。』謂石曼卿也。」（卷十一《卓君庸求賦柳梅詩》）

東坡愛梅有神契，竹外斜枝稱更好。（卷十一《又賦》）

宿師論將雖非望，猶有眉山緩帶心。自注：「時方進收熱河。坡詩云：『西方猶宿師，論將不及我。苟無深入計，緩帶我亦可。』」（卷十二《東坡生日聚飲》）

對牀聽雨真佳境，愛說東坡與潁濱。（卷十三《端午後一日雨中》）

燕遶米往繞經宿，坡潁追隨又一秋。（卷十三《中秋寄稚辛》）

尚有兩首自比東坡，以子由比其弟鄭孝檉者：

剩與欒城期對榻，看山聽雨盡華顛。（卷十三《乙亥除夕》）

寂寂欒城話對床，平生聽雨愛虛堂。（卷十三《五月連雨答子朋》）

東坡才名焜耀百世，歷代文人雅士能詩者，類皆能襲取其一二語裝點門面。然而如鄭孝胥之多且精，正不多覯。東坡平生歷經挫折，能以浮圖蒙莊之理自祓悲辛，不圖名利，而有百世之名。鄭孝胥功名心熱，困於名利枷鎖，故其喜愛東坡，即是向慕己所不能。以上所引詩句如「終知此老堂堂在，臕覺虛名種種非」，不能謂之虛假，反而可以看做是東坡在後代詩人中的巨大向心力之證明。鄭孝胥晚年在偽滿時，越發喜歡閱讀和吟誦蘇詩，且連續數年邀集同儕作東坡生日，因東坡生日而與陳曾壽冰釋前嫌，此後恢復唱酬，可以說是文學史上的

佳話。在宴會中，鄭孝胥曾誦東坡《寒食雨》及《蒼梧道中寄子由詩》，陳曾壽謂其「聲情激越」，還作了一首詩寄鄭孝胥，謂其「韻勝於公有深契」〔註123〕。鄭孝胥由於溥儀的不信任及遺老們如胡嗣瑗等的毀謗，在這種境況下閱誦蘇詩體會得更加深切。雖然鄭孝胥氣性不同於東坡，而其平生仰慕之心及晚年相似之境況令其詩歌有取法東坡的地方，甚至時有完篇神似東坡的作品。

集中完篇神似東坡之作有《薛廬同子朋待月》《答沈子培見訪湖舍不遇》《濠堂》《遊定林觀乾道題名》《四月二日曾剛父招集崇效寺》數首。七律《薛廬同子朋待月》云：

> 欲雪城西嘗對飲，舊遊新歲感崢嶸。平生已畏論懷抱，湖海何緣識姓名。入寺看江孤閣冷，烹魚炊稻暮鐘晴。與君晚遇良非淺，小待梅梢好月生。〔註124〕

鄭孝胥曾語朱大可：「七律至荊公、東坡諸人，始到好處，餘人非失之太高，即失之太俚。」〔註125〕若《薛廬同子朋待月》則不高亦不俚，意境神似東坡。七古《答沈子培見訪湖舍不遇》云：

> 我生安歸指菰蘆，美此積水來寄居。循灣常記一枯樹，到門猶隔千畦蔬。子知吾居第幾湖，枉用相存命肩輿。與中萬態入詩眼，助子吟思清而姝。尋常叩門客有幾，自謂敝老真吾徒。如何乘輿適相左，此段堪畫誰能圖？街西道人微有鬚，湖壖居士暫且矑。武昌城中悄來往，孤絕頗似雙浮屠。市人或指訝二子，何許流落行垂枯。豈知閱世意皆倦，握手中有千欷歔。斜街諸鄰不可呼，存歿聚散痕欲無。當時癡腸那復熱，騰有世議窮揶揄。明年計君決北向，與我暫合終當疏。涪翁有語會記取，一面全應勝百書。〔註126〕

〔註123〕陳曾壽《東坡生日酒間蘇堪誦寒食雨及蒼梧道中寄子由詩聲情激壯為作此詩》，見陳曾壽著，張寅彭、王培軍校點：《蒼虯閣詩集》卷九，第 265 頁。
〔註124〕《海藏樓詩集》卷一，第 10 頁。
〔註125〕《海藏樓詩集》附錄三，第 640 頁。
〔註126〕《海藏樓詩集》卷四，第 104 頁。

　　這首詩氣脈流暢，神思雋爽，朱大可評：「是詩有風景語，有感慨語，有詼諧語，首尾完密，轉折靈活，迴非凡手所能到也。」〔註127〕龐俊評此詩云：「雋爽處，神似東坡。」〔註128〕至於不易其意而造其語、窺入其意而形容之之作，則不勝枚舉。略舉數例，奪胎法如：《九日不出又》「九秋佳節去堂堂，無酒無花意欲狂。但使棄官仍濟勝，登高何日不重陽」〔註129〕即東坡《江月五首》題注「嶺南氣候不常。吾嘗曰：菊花開時乃重陽，涼天佳月即中秋，不須以日月為斷也」〔註130〕之意。換骨法如：《七月初一日作》「胸次誰言瘴不腓，瘦狂猶自勝癡肥」〔註131〕化自蘇詩《和王撫軍座送客》「胸中有佳處，海瘴不能腓」〔註132〕。《南皮制軍六十生日二首》其二「神完中有恃，談笑卻熊羆」〔註133〕則徑抄東坡《維摩像唐楊惠之塑在天柱寺》其四「此叟神完中有恃，談笑可卻千熊羆」〔註134〕句。《清友園探梅》其四「梅花數點憶中原」〔註135〕亦套用東坡《澄邁驛通潮閣》其二「青山一發是中原」〔註136〕句式。要之，東坡為鄭孝胥詩的一個重要淵源。

　　鄭孝胥對陸游詩亦有所取法。1891 年鄭孝胥在日本，有日人神村致書鄭孝胥，態度倨傲。鄭孝胥答書云：「聞欲以大稿見示，極所樂讀。僕治詩十餘年，略有所得。見貴國士人才氣足用，欠講求耳。因足下發其鄙論，或可稍振風氣。劍南詩曰：『此邦句律當一新，鳳閣舍人今有樣。』僕亦官舍人，可移詠矣。」〔註137〕頗切身份。《日記》

〔註127〕《海藏樓詩集》附錄三，第 636～637 頁。
〔註128〕《海藏樓詩集》附錄三，第 620 頁。
〔註129〕《海藏樓詩集》卷五 154。
〔註130〕〔清〕王文誥輯注：《蘇軾詩集》卷三十九，第 2140 頁。
〔註131〕《海藏樓詩集》卷五，第 137 頁。
〔註132〕〔清〕王文誥輯注：《蘇軾詩集》卷四十三，第 2326 頁。
〔註133〕《海藏樓詩集》卷三，第 66 頁。
〔註134〕〔宋〕蘇軾著，〔清〕王文誥輯注：《蘇軾詩集》卷三，第 110～111 頁。
〔註135〕《海藏樓詩集》卷二，第 34 頁。
〔註136〕〔宋〕蘇軾著，〔清〕王文誥輯注：《蘇軾詩集》卷四十三，第 2364 頁。
〔註137〕《鄭孝胥日記》第一冊，第 229 頁。

1893 年中有一佚詩云:「亦步亦趨聊爾耳,似閑似仕卻悠然。未拋書卷緣成癖,長對妻孥也自賢。紙閣春寒消絮語,河樓晚雨轉繁弦。眼中十九渾參透,底用銷磨惜壯年。」自注云:「放翁在蜀日,有《醉書》詩曰:『似閑有俸錢,似仕無簿書』,時方應石湖『參議』之辟也。」〔註 138〕其晚年尚在《日記》中特別記下「閱《劍南詩稿》第五過訖」〔註 139〕一事。可見寢饋陸詩不淺。

　　集中如《泰安道中》一詩,寫景逼似劍南:

　　　　隴上清晨得縱眸,停車聊自釋幽憂。亂峯出沒爭初日,
　　殘雪高低帶數州。迴首會成沉陸歎,收身行作入山謀。渡河
　　登岱增蕭瑟,莫信時人說壯遊。〔註 140〕

　　《晚涼》「臨河初月掛幽光,出樹雲陰吐晚涼。飯後常教移竹榻,秋來最愛住江鄉」〔註 141〕數句亦似劍南。朱大可謂「海藏自言頗學蘇、陸。東坡豪放,而海藏則加之以含蓄;放翁高古,而海藏則益之以雋永。故其所作,如南海荔枝,色香味三者皆臻絕頂。」〔註 142〕朱大可「南海荔枝」之論當來自於樊增祥,鄭孝胥《答樊雲門冬雨劇談之作》其三云:「窮愁良易工,憂患寧愛好。奮飛抉世網,結習猶煩惱。午怡論詩骨,見謂飢不飽。心知小潺湲,河海愧浩渺。何期樊山老,閩荔喻益巧。荔甘而詩澀,唐突天下姣。庶幾比諫果,回味得稍稍。嗜澀轉棄甘,攢眉應絕倒。」〔註 143〕由「何期樊山老,閩荔喻益巧」可知為樊增祥最先有荔枝之喻。鄭孝胥似乎更喜歡自己的詩被喻為橄欖,然而「喻益巧」之評亦見出其首肯之意。

(三)陳師道、陳與義

　　鄭孝胥詩與宋代陳師道、陳與義的關係,論者不多,特別是陳與

〔註 138〕 《鄭孝胥日記》第一冊,第 342 頁。
〔註 139〕 《鄭孝胥日記》第五冊,第 2702 頁。
〔註 140〕 《海藏樓詩集》卷二,第 58 頁。
〔註 141〕 《海藏樓詩集》卷三,第 65 頁。
〔註 142〕 《海藏樓詩集》附錄三,第 636 頁。
〔註 143〕 《海藏樓詩集》卷八,第 228 頁。

義，大家如陳衍、朱大可皆未提及。鄭孝胥 1890 年《官學雨中與陳笙陔夜坐》詩云「來日閉門同索句，便從正字證詩禪」〔註 144〕，同一年《人日登陶然亭》詩又云「猶有後山同刻意，故應風味愛盲僧」〔註 145〕，是其曾用力於後山之明證。然而鄭孝胥之作似後山者不多，五言古有少數深摯之作頗似後山，如早年的《家書至卻寄》《沈子培比部見訪夜談之作》等。陳三立在 1902 年稱譽鄭孝胥詩為「後山復生」〔註 146〕，是以鄭孝胥早年之作而論。如《家書至卻寄》「書來意萬千，隔此紙一重。持寄手自發，尚恐讀易窮」〔註 147〕，沈摯似後山。實際上，鄭孝胥學後山，與其學東野、柳州的刻意屬同一進路。如《沈子培比部見訪夜談之作》一詩，即是「合東野、後山為一爐」〔註 148〕的作品：

> 寒夜肯過我，來者非等閒。取我已逝懷，今夕復見還。始合若微感，再屬遂無端。嗟我豈有知，感子難自吞。長劍四五動，十指千萬彈。持以喻我意，此意殊未殫。須墨惟瀝血，須紙惟刳肝。執筆為我書，我舌敝猶存。子心狂而忠，子節純且堅。為子所能為，毋為空訴天。〔註 149〕

這首詩是刻意之作，其特點在於晦澀，然而又與可供射覆的暗語不同。非當事人絕難知曉其「懷」「感」「意」為何，只可以憑藉時代環境來猜測，大概是對世局的感憤。這種作品只可以娛獨坐，不可以悅眾耳。東野、後山多有此類風格之作。

關於簡齋，《日記》中共 5 次載及簡齋詩：

1892 年 3 月 6 日：晨，閱陳簡齋、李泰伯詩。

1902 年 12 月 5 日：閱簡齋詩，覺甚似杜。夜，作五律一首。

〔註 144〕《海藏樓詩集》卷一，第 4 頁。
〔註 145〕《海藏樓詩集》卷一，第 3 頁。
〔註 146〕《鄭孝胥日記》第二冊，第 849 頁。
〔註 147〕《海藏樓詩集》卷一，第 7 頁。
〔註 148〕《海藏樓詩集》附錄三，第 615 頁。
〔註 149〕《海藏樓詩集》卷二，第 55 頁。

1905 年 12 月 24 日：在薛頤記書坊覓得《梅宛陵詩集》⋯⋯。又有《陳簡齋詩》，乃聚珍板零本也。

1906 年 2 月 4 日：閱《巴黎繁華記》半冊，甚可厭，遂擲不觀，取《簡齋詩》覽之。

1913 年 7 月 3 日：俞恪士來，示南京、焦山諸詩，使余評之。余讀畢曰：「君諸作大似簡齋，太雋傷巧。此由中氣不足，故在文字句法上求工。宜於未下筆之先醞釀停（渟）蓄，使抑鬱而後達，則中氣有餘而自覺過巧之為累矣。」〔註150〕

可見鄭孝胥對簡齋詩表現出持續濃厚的興趣，並對簡齋詩有較深的認識。陳簡齋在陳衍的詩學分派中屬清蒼幽峭一類的詩人，陳衍並且在《宋詩精華錄》指出：「宋人罕學韋、柳者，有之，以簡齋為最。」〔註151〕而且以其五古《夏日集葆真池上以綠陰生晝靜賦詩得靜字》為壓卷之作。其實，《宋史・陳與義傳》已經指出簡齋「體物寓興，清邃紆徐，高舉橫屬，上下陶、謝、韋、柳之間」〔註152〕。鄭孝胥於韋柳最所心折，故其學簡齋亦表現出其一貫的審美偏好。集中明顯模仿簡齋的詩是《官學雜詩》其六：

冷淡自為歡，所居必移情。今年青谿傍，欠我勃窣行。畫舫絃管脆，草堂風月清。底用持誇渠，政缺一水橫。日西引散步，巷尾欣未經。豁然得縱目，迤邐帶高城。初來尚見底，再來波遂平。石橋偶俯眺，塵顏寫空青。王邸鬱蔥蔥，林中露飛甍。垂鞭馬上郎，何物生寧馨。歸來急作書，記此眼暫明。江湖是吾性，朝市非公能。〔註153〕

「政缺一水橫」句斷，接下四句皆述它事，至「初來尚見底，再

〔註150〕以上見《鄭孝胥日記》第一冊，第 267 頁；第二冊，第 852 頁，第 1021 頁，第 1027 頁；第三冊，第 1473 頁。

〔註151〕陳衍著：《宋詩精華錄》卷三，見錢仲聯編校：《陳衍詩論合集》上冊，第 801 頁。

〔註152〕〔元〕脫脫著：《宋史》卷四百四十五，北京：中華書局，1977 年版，第 13129 頁。

〔註153〕《海藏樓詩集》卷一，第 5 頁。

來波遂平」才接上。龐俊評此詩云：「此首酷似陳簡齋集中刻意之作。」
〔註 154〕其實非惟刻意，意境亦逼似簡齋。《夫須詩話》云：「閩縣鄭太夷京卿孝胥《海藏樓詩》，茹藻而不露，斂才而不放，精能之至，乃見平淡。蕭寥高曠，一語百折。唐之姚武功，宋之陳去非，往往有此意境。」〔註 155〕此詩庶幾可以為證。至於集中點化簡齋詩句者極多，如《十月十四夜月下》「風從北來寒，吹此一街月」〔註 156〕源自簡齋《後三日再賦》「長風吹月送詩來」〔註 157〕，《九日五層樓登高》「書來兄弟顏俱瘦，愁裡江山事更新」〔註 158〕乃糅合簡齋《次韻家叔》「白髮空隨世事新」〔註 159〕及《次韻周教授秋懷》「天機袞袞山新瘦，世事悠悠日自斜」〔註 160〕三句，亦不勝枚舉。

　　胡應麟《詩藪》認為：「宋之學杜者，無出二陳；師道得其骨，與義得其肉；無己瘦而勁，去非贍而雄；後山多虛字，簡齋多用實字。」〔註 161〕觀鄭孝胥七言取徑簡齋之作，亦多用實字。如《九日小連城登高》云「雲樹蒼蒼收百里，洞天鬱鬱起孤臺。登臨始覺清秋入，懷抱端須濁酒開」〔註 162〕，似簡齋，亦略似老杜。鄭孝胥詩時有學杜之處，且可見出由簡齋上窺老杜之跡。如《隱几》云「浮雲北極天將變，落日中原事可憂」〔註 163〕，簡齋《與大光同登封州小閣》有句云「回望中原夕靄時」〔註 164〕，此詩「浮雲」「北極」等語襲用老杜「玉壘浮雲變古今」「北極朝廷終不改」兩句，格調悲壯亦近之。是以鄭孝胥

〔註 154〕　《海藏樓詩集》附錄三，第 609 頁。
〔註 155〕　《海藏樓詩集》附錄三，第 590 頁。
〔註 156〕　《海藏樓詩集》卷六，第 183 頁。
〔註 157〕　〔宋〕陳與義著，白敦仁箋注：《陳與義集校箋》卷十二，杭州：浙江古籍出版社，2014 年版，第 340 頁。
〔註 158〕　〔宋〕陳與義著，白敦仁箋注：《陳與義集校箋》卷五，第 123 頁。
〔註 159〕　〔宋〕陳與義著，白敦仁箋注：《陳與義集校箋》卷一，第 32 頁。
〔註 160〕　《海藏樓詩集》卷三，第 78 頁。
〔註 161〕　〔明〕胡應麟著：《詩藪》外編卷五，第 205～206 頁。
〔註 162〕　《海藏樓詩集》卷五，第 139 頁。
〔註 163〕　〔宋〕陳與義著，白敦仁箋注：《陳與義集校箋》卷二十七，第 752 頁。
〔註 164〕　《海藏樓詩集》卷六，第 162 頁。

不止取簡齋蕭寥高曠之境，且由簡齋悲壯沈雄一路上窺老杜。鄭孝胥固曾於《閱報》一詩中自云「善夫老去空摩杜，雪涕何從拜杜鵑」〔註165〕，《閱報》作於 1899 年，正是光緒帝被幽囚瀛臺之時。1901 年作《杜陵畫像》云：「杜陵一生百不就，至死不為天所佑。誰知歷劫行人間，造物安能如汝壽。詩者一人之私言，或配經史垂乾坤。丈夫不朽當自致，假手功名何足論。」〔註166〕惜乎其不能踐其言，卻為功名所誤。

　　鄭孝胥對杜詩認識頗深，《石遺室詩話》云：「與碻士別數年，去年復得相見，始盡讀其十數年來之詩，共一厚冊，屬為評定，……度隴後則七言古詩得杜法。今年復示余近作數紙經蘇堪圈點者，後題八字云：雋語易得，杜味難得。余謂『杜味』二字至當。余前所見者用杜法，今所見者得杜味也。」〔註167〕碻士即是俞明震，詩學簡齋。前所引鄭孝胥評俞明震詩「諸作大似簡齋，太雋傷巧。此由中氣不足，故在文字句法上求工。宜於未下筆之先醞釀停（淳）蓄，使抑鬱而後達，則中氣有餘而自覺過巧之為累矣」云云不僅對簡齋詩認識頗深，且「醞釀淳蓄」與「抑鬱後達」的建議已透露出對杜詩的關鍵認識。觀此「雋語易得，杜味難得」之評，可以證明其深知杜詩。鄭孝胥詩多雋語，與簡齋相似，此乃天性，非學步可至。杜味難得，自是甘苦之言。

（四）元好問

　　鄭孝胥七歲隨母赴京侍父，十七歲歸閩，長於幽并之地，故其詩有一股勁氣，筆勢峭健跌宕，音情頓挫，骨氣端翔。韓孟韋柳梅王雖莫不有此品，而金源元好問最為擅場。鄭孝胥詩風似遺山，陳衍最津津樂道。陳衍說：「昔趙甌北謂元遺山以精思健筆橫絕一世。蘇戡之精思健筆，直逼遺山。黃仲則云：『自嫌詩少幽并氣，故作冰天躍馬行。』蘇戡少長都門，自具幽并之氣。張廣雅極喜蘇戡作，方諸華嶽

〔註165〕《海藏樓詩集》卷四，第 105 頁。
〔註166〕《海藏樓詩集》卷四，第 117 頁。
〔註167〕陳衍著：《石遺室詩話》卷十四，第 224 頁。

三峰，可謂知言矣」〔註168〕，是以筆勢意脈和骨力高聳的風格來論。又謂其「七言佐以宛陵、荊公、遺山」〔註169〕，是以詩體而論。

　　然而，鄭孝胥似乎對陳衍之論不以為然。《石遺室詩話》曾記載此事云：「甌北言元遺山才不甚大，書卷亦不甚多，較之蘇、陸，自有大小之別。然正惟才不大，書不多，而專以精思銳筆，清煉而出，故其廉悍沈摯處，較勝於蘇陸。余嘗謂蘇堪詩七言古今體酷似遺山。甌北說雖不儘然，而可為斷章之取。至於五言古，則非遺山所能概者矣。幾道告余，或以此言告蘇堪，蘇堪頗慍。余素信蘇堪不以人言臧否為意。況遺山固郝伯常所稱『歌謠跌宕挾幽并之氣，高視一世』，《金史》本傳所稱『奇崛而絕雕刻』者乎？偶以幾道言問蘇堪，答書略云：『兄前敘吾詩，許與已覺太過，刻後自視，殊有不愜處。奈何不許知者之評騭乎？僕雖不德，然恩怨恢疏，不介於抱；至友朋相愛之情，則老而彌篤。知我有幾人，豈吾所忍怒哉？』此真蘇堪平生之言，敢信其久要不忘者也。」〔註170〕鄭孝胥不滿陳衍之言，當是實事。陳衍亦未引用鄭孝胥首肯之語，鄭孝胥答書云云亦不過是客氣話。鄭孝胥之所以不滿，並非輕視元好問之詩，恰好相反，鄭孝胥對元好問詩十分熟悉，如1899年《偶占示石遺同年》云：「詩要字字作，裕之辭甚堅。年來如有得，意興任當先。」〔註171〕「詩要字字作」即出自元好問《與張仲傑郎中論文》「文須字字作，亦要字字讀」〔註172〕句，而整首詩意則與《與張仲傑郎中論文》唱反調，因《與張仲傑郎中論文》主張苦心經營。又如1907年《弢樓屬題濟南十二圖》云：「濟南有此湖，便欲江南壓。瀟灑元裕之，波間看玉塔。」〔註173〕「波間看玉塔」出

〔註168〕陳衍撰：《近代詩鈔述評·鄭孝胥》，見《陳衍詩論合集》上冊，第901～602頁。
〔註169〕陳衍著：《石遺室詩話》卷三，第42頁。
〔註170〕陳衍著：《石遺室詩話》卷十二，第187～188頁。
〔註171〕《海藏樓詩集》卷四，第94頁。
〔註172〕〔金〕元好問著，狄寶心校注：《元好問詩編年校注》卷五，北京：中華書局，2011年版，第1346頁。
〔註173〕《海藏樓詩集》卷六，第170頁。

自元好問《濟南雜詩十首》其七「且向波間看玉塔，不須橋畔覓金繩」〔註174〕句。鄭孝胥且在1912年3月對陳三立說：「以吾儕身世讀古人詩，恨其不愜，惟少陵差沈著。然如元裕之「血肉正應皇極數，衣冠不及廣明年」，亦頗透切。故今日作詩不透切者盡可不作，若用事敷衍，殊不足觀矣。」〔註175〕「血肉正應皇極數，衣冠不及廣明年」是元好問《壬辰十二月車駕東狩後即事五首》第一首中頸聯，因時在辛亥革命後，對元好問詩有殊嗜也。但是1916年鄭孝胥作《雜詩》，其一云：

> 遺山求修史，自謂忠於金。委蛇貴臣間，枉尺豈直尋。碑版諛佐命，降辱良已深。致書干耶律，薦舉誠何心？後來託國史，蒙面羞儒林。實彼階之厲，流毒方至今。諒哉謝山語，堪作俗士箴。〔註176〕

對元好問的態度完全翻轉過來。此詩無疑是對王闓運之類的名士的批判。1918年《答嚴幾道》詩更加明顯，其二云：「湘水才人老失身，桐城學者拜車塵。候官嚴叟頹唐甚，可是遺山一輩人。」〔註177〕對一幫出仕民國的遜清舊臣表示鄙夷的態度。檢《庸言》雜志，上引陳衍《石遺室詩話》卷十二發表於1914年3月，「蘇戡頗慍」之事亦當在前此不久。因此，當支持袁世凱的嚴復向鄭孝胥言及陳衍之論，依照鄭孝胥的個性，慍怒是必然之事。

但鄭孝胥詩逼似遺山，有不可掩者。七言近體如1892年《日枝神社晚眺》云：「望眼能令意暫伸，門前假我小嶙峋。入天峯影長含雪，照海波光已釀春。屈指交親增恨別，亂思文字賴忘貧。少年心事行看盡，憂患人間待此身。」〔註178〕末聯無疑是化用遺山「秋風不用吹華髮，滄海橫流要此身」〔註179〕而得，整首氣象遠大，這種風格是

〔註174〕〔金〕元好問著，狄寶心校注：《元好問詩編年校注》卷四，第720頁。
〔註175〕《鄭孝胥日記》第三冊，第1403～1404頁。
〔註176〕《海藏樓詩集》卷九，第270頁。
〔註177〕《海藏樓詩集》卷九，第283頁。
〔註178〕《海藏樓詩集》卷一，第26頁。
〔註179〕《壬辰十二月車駕東狩後即事五首》，見元好問著，狄寶心校注：《元好問詩編年校注》卷四，第620頁。

遺山擅場。1901 年《鷗榭聽濤》云：「武昌城東山簇簇，夏口無山藏萬屋。大江挾漢俱北行，照我窗前山影綠。江雲忽起失峯巒，推窗惟有波如山。看江莫若看風雨，長日驚雷繞坐間。」〔註180〕豪宕直逼遺山。又如 1929 年《九日中原露臺登高示同遊諸子》云：「枉負劉郎一世豪，登臨猶自怯醇醪。河流貫市潮痕上，夕照當樓朔氣高。逐鹿中原成浩劫，饑鴻四野極哀號。諸公更事應同慨，試為蒼蒼念彼曹。」〔註181〕直可凌轢遺山，雜之元集，可亂楮葉。七言古如如 1893 年出使日本時期的《九日大阪登高》云：「霜風連朝作重陽，蕭寥坐落無人鄉。端居秋氣最先感，起與蟲鳥爭號翔。樓頭山海自圍繞，於意不樂如羈縲。逝將去此更一縱，瞬息百里遙相望。未花蠻菊那足道，眼底正喜落日黃。登高聊欲去濁世，負手天際終旁皇。空中鳥跡我今是，底用著句留蒼蒼。故山歸隱有兄弟，倒海浣此功名腸。」〔註182〕音節高亮，有邁往之氣，亦近遺山一類之作。又如 1894 年《風雨既過有二株粲然獨存憮然賦之》云：「飄風急雨萬騎趨，欲救不得嗟羣姝。朝行我園太狼藉，飛雪宛轉縈衣裾。眼看眾枝各含怨，頓抱芳意歸空虛。春和景明若有失，驚顧忽出悵惋餘。朱顏亭亭獨無恙，憫默俯立嬌難扶。驚魂飄搖俄欲返，幸脫浩劫猶憐渠。先生嘆逝賦未就，念汝失侶同羈孤。徘徊繞樹復顧影，苔深泥汙聊相於。盛時未闌奈零落，山河邈隔空愁吾。」〔註183〕跌宕略似遺山。以上諸詩，皆可見鄭孝胥有得力於遺山處。

三、鄭孝胥宗尚的其餘詩人

　　1913 年鄭孝胥《春陰簡李審言》云：

　　　　審言與我年相若，我觀其書頗驚愕。清言移人味甚正，
　　讀書得閒趣尤博。乾嘉學者各有就，一語舉要遺糟粕。前
　　輩著書政如此，後生或誚伏案樂。近來又士絕囂張，雅俗

〔註180〕《海藏樓詩集》卷四，第 121 頁。
〔註181〕《海藏樓詩集》卷十二，第 376 頁。
〔註182〕《海藏樓詩集》卷二，第 29 頁。
〔註183〕《海藏樓詩集》卷二，第 36～37 頁。

未分妄自褵。範圍名義潰欲盡,亂耳使人意緒惡。速持羯鼓為解穢,絃外餘音不寂寞。論詩君勿謬見推,此事散原真傑作。我今心折在四靈,才力自知甘守弱。籬間垂柳黃可念,澹蕩櫻桃華已著。春陰竟日能見過,無益有涯待商略。〔註184〕

「近來文士絕囂張,雅俗未分妄自褵。範圍名義潰欲盡,亂耳使人意緒惡」當指南社諸人。「我今心折在四靈,才力自知甘守弱」雖是自謙,相比陳三立來說卻是事實,但也有時代因素令其轉向四靈。鄭孝胥詩多秋氣,秋氣上之為激壯,下之為鬼趣。1899 年鄭孝胥作《廣雅留飯談詩》一詩云:「寢唐饋宋各有取,挹杜拍韓定誰主。忽移天地入秋聲,欲罷宮商行徵羽。」〔註185〕這是源於毛詩大序的詩樂隨國政興衰而變化的傳統詩學,宮商雍容,徵羽悲激,悲激以應天地秋聲,這是對世局衰亂的正面反應,對改革猶懷希望。然而辛亥之後,清社已屋,秋氣不免降而為鬼趣,是為消極反應。所謂鬼趣,是歷朝將亡之時詩人不復關心朝政民生而一味幽討林泉、風格幽深冷峭的詩風。錢謙益《〈南遊草〉敘》曾云:「自近世之言詩者,以其幽眇峭獨之指,文其單疏僻陋之學。海內靡然從之,胥天下變為幽獨之清吟,詰盤之斷句,鬼趣勝,人趣衰,變聲數。」〔註186〕錢謙益此語雖為明末竟陵派而發,但移以評譏宋末四靈亦無不可。由《春陰簡李審言》一詩可知,鄭孝胥倡四靈於亡國之後,雖無可奈何而為之,亦是對南社諸子頌揚革命的鏜鞳之聲的一種異議。

實際上在壬子除夕,即 1913 年初,《日記》載:「張堅伯語余曰:『去年能死,亦可保全名節,然心頗不甘;今年乃追悔其不死,奈何!』余曰:『子盍作已死觀?今日遊魂為變,亦足樂也。』」〔註187〕是年 10

〔註184〕《海藏樓詩集》卷八,第 240 頁。
〔註185〕《海藏樓詩集》卷四,第 102 頁。
〔註186〕〔清〕錢謙益著:《錢牧齋全集》第二冊,上海:上海古籍出版社,2003 年版,第 960～961 頁。
〔註187〕《鄭孝胥日記》第三冊,第 1452 頁。

月24日沈曾植作《簡蘇盦》三首，第一首論秋氣，第二首即論鬼趣，而第三首有句云「君為四靈詩，堅齒漱寒石。我轉西江水，不能濡涸轍」〔註188〕。語詞奇詭，多鬼語，其大旨要不出莊子「哀莫大於心死」之意，其三猶云「道窮詩亦盡，願在世無絕」，尚存守先待後之志。沈曾植的這種心境與鄭孝胥是相似的。鄭孝胥於此日作《答乙盦短歌三章》云：

仰見秋日光，秋氣猛入腸。相守蟲嘯夜，相哀葉搖黃。枕書窗間人，二豎語膏肓。日車何時翻？一快偕汝亡。寂寞非寂寞，煎愁成沸腸。同居秋氣中，一觸如金創。

人生類秋蟲，正宜以秋死。蟲魂復為秋，豈意人有鬼。盍作已死觀，稍憐鬼趣美。為鬼當為雄，守雌非鬼理。哀哉無國殤，誰可雪此恥？紛紛厲不如，薄彼天下士。

秋氣雖宜詩，鬼語乃詩病。君詩轉西江，駕浪極奔勁。云何弄細碎，意屬秋墳夐。四靈若靈鬼，底足託高詠。人間匪佳味，孤唱淚暗送。故交去堂堂，關張等無命。共君伴殘歲，後死聊自聖。〔註189〕

鄭孝胥這三首詩意較顯豁，但語詞小奇詭。第二首云「為鬼當為雄，守雌非鬼理。哀哉無國殤，誰可雪此恥？紛紛厲不如，薄彼天下士」這數句有深意。這裡的「厲」即「大厲」，出自《左傳》，《左傳·成公十年》曰：「晉侯夢大厲，被髮及地，搏膺而踴，曰：『殺余孫，不義。』」杜預注：「厲，鬼也。」〔註190〕即是趙同先祖化為厲鬼向晉侯報仇。可知鄭孝胥即使「作已死觀」，也要化作「大厲」以報亡國之仇，痛士人不能為國犧牲，以天下紛紛為厲之不如也。第三首「四靈若靈鬼，底足託高詠」句是對沈曾植而言，「秋氣雖宜詩，鬼語乃詩

〔註188〕 沈曾植著，錢仲聯校注：《沈曾植集校注》卷五，2001年版，北京：中華書局，第702頁。

〔註189〕 《海藏樓詩集》卷八，第250頁。

〔註190〕 十三經整理委員會整理：《春秋左傳正義》卷第二十六，北京：北京大學出版社，2000年版，第852頁。

病」可謂愛四靈而知其惡。其實在 1895 年沈曾植《贈太夷》詩曾云：
「鄭生鄭生爾為大厲驚波民，我甘鬼趣常淪湮。」〔註 191〕《楚辭·九
章》曰：「昔余夢登天兮，魂中道而無杭。吾使厲神占之兮，曰有志極
而無旁。」洪興祖補注曰：「《禮記》王立七祀，有泰厲，諸侯有公厲，
大夫有族厲，注云『厲主殺罰』。」〔註 192〕句中「波民」即普通的士
民，近代有此用法，如薛福成《廣墾田》云：「雖天時大和，災祲不
作，而甘雨下注，常委為滄海之波民，固且拱手待盡於溝壑之間。」
〔註 193〕，錢仲聯先生引《莊子》「風波之民」注之，反晦其旨〔註 194〕。
鬼趣即佛教六趣之一，處六道輪迴之中。沈曾植的大意是，鄭孝胥為
人負氣，性情激烈，故詩風「激急抗烈」，「指斥無留遺」〔註 195〕，猶
如掌殺伐之權的厲神，令國人驚恐，我則甘於鬼趣之詩。

　　鄭孝胥善造荒江寂寞之境，故其提倡四靈，其實與宗孟郊、柳宗
元、梅堯臣等人是一以貫之的。陳衍《何心與詩敘》曰：「柳州、東
野、長江、武功、宛陵、後山以至於四靈，其詩世所謂寂其境，世所
謂困也。然吾以為有詩焉，固已不寂，有為詩之我焉，固已不困。願
與心與，勿寂與困之畏也。」〔註 196〕何心與即是何振岱，又字梅生，
福建閩縣人，其詩學宗尚類鄭孝胥。陳衍一直提倡詩是荒江野老兩三
素心人之事，故其論如此。但是，鄭孝胥提倡四靈，是時代為之，又
深知四靈之病。並且，其為四靈之詩當亦有守先待後之意。沈曾植《再
簡蘇盦》有句云「雅廢磚留君子館，詩寒祀配水仙王」〔註 197〕，「詩
寒祀配水仙王」出自蘇軾《書〈林逋詩〉後》「不然配食水仙王，一盞

〔註 191〕沈曾植著，錢仲聯校注：《沈曾植集校注》卷一，第 179～180 頁。
〔註 192〕〔宋〕洪興祖撰，白化文等點校：《楚辭補註》，北京：中華書局，
　　　　　1983 年版，第 124 頁。
〔註 193〕薛福成著：《庸庵全集》外編卷三，清光緒刻本。
〔註 194〕參看沈曾植著，錢仲聯箋注：《沈曾植集校注》卷一，第 180 頁。
〔註 195〕陳曾壽著：《蒼虬閣詩集》附錄二，第 487 頁。
〔註 196〕錢仲聯編校：《陳衍詩論合集》下冊，第 1057 頁。
〔註 197〕沈曾植著，錢仲聯校注：《沈曾植集校注》卷五，第 706 頁。

寒泉薦秋菊」〔註198〕一句，水仙王指錢塘水仙王廟。「雅廢礴留君子館」即是抱殘守缺、守先待後，是鄭孝胥與沈曾植二老的共同心境，其往來唱酬的大意亦不出於此。

鄭孝胥功名心素熱，其實不甚甘於為四靈之詩。滄海橫流之時，其詩學變態百出，有其不自知所白來者，有不載諸文獻而實有所取之者，有其不願道其所出者。不自知所自來者，是其天性而非學步；不載諸文獻而實有所取之者，可於文本中索驥而得；不願道其所出者，原因是其自高一等、不欲與眾同流。

以五律、絕句來論，鄭孝胥所取法的對象擴大到一些名家甚至小詩人。如五律有學岑參、姚合、賈島者，絕句有學唐彥謙、吳融者，有似余澹心、王士禎者，等等，不一而足。今略引陳衍的論述如下，以見大概：

> （蘇堪）三十以後，乃肆力於七言。自謂為吳融、韓偓、唐彥謙、梅聖俞，王荊公，而多與荊公相近。

> 蘇堪詩曾用工姚合體者，《題子朋齋壁》、《雨中宿子朋齋》諸首似學武功，而出入於岑嘉州、韋蘇州；《雜詩五首》，則雜諸余澹心《金陵懷古》詩、王阮亭《懷人絕句》中，幾不能辨。

> 蘇堪二十餘歲時不作七言詩，偶作絕句，多不經意，然淒戾綿邈之音，往往使人神往，諷詠不忘。……又《居金陵》一絕句云：「江上飛花縈燕翦，門前細草斷羊腸。數聲題鴂春歸盡，一院風香白日長。」彷彿漁洋。〔註199〕

取《海藏樓詩集》──按閱，以上論述皆極準確，陳衍眼力毋庸置疑。但是近代詩歌史上影響力巨大的詩人龔自珍被忽略了。吳宓《餘生隨筆》云：「自光緒中葉以來，定盦詩遂人著於世。兒時當庚子以

〔註198〕〔宋〕蘇軾著，〔清〕王文誥輯注；孔凡禮點校：《蘇軾詩集》卷二十五，北京：中華書局，1982 年版，第 1344〜1345 頁。

〔註199〕以上見陳衍著：《石遺室詩話》卷一，第 8 頁；卷十三，第 214 頁；卷十五，第 236 頁。

前，所過親友家，人稍稱新黨者，案頭莫不有定盦集。」〔註200〕鄭孝胥雖非新黨，然平生固主張改革變法，焉有不受定盦影響之理。但是，筆者遍檢《鄭孝胥日記》，未有一語述及定盦詩，只有兩處道及其金石序跋，又無當於詩學。然而，重復細味《海藏樓詩集》，總有一股內在的才性與定盦相似。定盦詩大量用「少年」「奇氣」「英氣」「才情」等詞，鄭孝胥於詩中不斷主張「盡才」、「因才」，亦大量出現「才難盡」、「側艷才」、「少年」「奇氣」「英氣」等等之語，與定盦氣性實有相通之處。如果以詩作為例，1912 年《四月十八日夜示中照》在精神氣質上逼似定盦，詩云：

　　　　少年南北行萬里，銷盡雄心最可悲。今日滄桑千萬恨，
高樓淙雨夜談時。〔註201〕

鄭孝胥此詩作於 1912 年，辛亥鼎革後蟄居上海不久。定盦《己亥雜詩》第九十六首云：「少年擊劍更吹簫，劍氣簫心一例消。誰分蒼涼歸棹後，萬千哀樂集今朝。」〔註202〕鄭孝胥詩除了簫劍之外，其餘語詞多似定盦，神情意脈亦逼肖，但不如定盦之哀艷。實際上，在 1895 年，鄭孝胥出都，作《十一月二十二日出京道中雜詩》五絕組詩，已有數首意態略似定盦《己亥雜詩》：

　　　　長嘯出國門，寒日黯相送。大風主何祥，不發軒轅夢。

　　　　殘月墜雄縣，黃塵蔽任邱。此中商避世，猶恨近神州。
（注：過趙北口。）

　　　　守道去人遠，諸峯空自青。不緣文字力，何處見英靈。

　　　　中原虛無人，唾手真可襲。言愁我欲愁，茫茫百端集。

　　　　蒼生我何有，憂樂俱不聞。欺人謝安石，冷笑范希文。
（注：過召伯埭。安石既與人同樂，不得不與人同憂。見《世

〔註200〕吳宓著，吳學昭整理：《吳宓詩話》，北京：商務印書館，2007 年版，第 27 頁。

〔註201〕《海藏樓詩集》卷八，第 227 頁。

〔註202〕〔清〕龔自珍著，劉逸生注：《龔自珍己亥雜詩》，北京：中華書局，1980 年版，第 137 頁。

說》。）〔註203〕

落日中原，哀世無才，憂心與定盦相同。而鄭孝胥語意則深峭，故作反言。鄭孝胥少長都門，與定盦相似。兩人皆循例考取內閣中書，又皆以出將入相為平生抱負，定盦《夜坐》其二固云「功高拜將成仙外，才盡回腸蕩氣中」〔註204〕，鄭孝胥亦云「吾儕不死才難盡」〔註205〕，《天津入都車中》雖云「國勢決難挽，將相豈足為」〔註206〕，實際從未放棄過出將入相的理想。

《海藏樓詩集》中似定盦之句者，如《日本漫畫者安田雅甫求書》云「漸銷英氣亦無痕」〔註207〕，定盦《驛鼓三首》其二則有「長途借此銷英氣」〔註208〕之句，《送春》云「餘年心病總難醫」〔註209〕，定盦《又懺心一首》則云「心藥心靈總心病」〔註210〕。《十一月二十二日出京道中雜詩》云「殘月墜雄縣」，定盦《秋心》則云「長天一月墜林梢」〔註211〕，意味相同，而取境稍異。《十一月廿八日書事》云「燕雀處堂元自若」〔註212〕，定盦《逆旅題壁，次周伯恬原韻》則云「秋氣不驚堂內燕」〔註213〕。兩者對愛情的追求都十分強烈，定盦有靈簫，鄭孝胥有月梅。鄭孝胥《將去邊防雜述》云「棄官入海非難事，曾欠娥眉一諾來」〔註214〕，定盦《己亥雜詩》第一百二十六首則云

〔註203〕《海藏樓詩集》卷二，第56～57頁。
〔註204〕〔清〕龔自珍著，劉逸生等校注：《龔自珍詩集編年校注》，上海：上海古籍出版社，2013年版，第221頁。
〔註205〕《海藏樓詩集》卷三，第90頁。
〔註206〕《海藏樓詩集》卷二，第52頁。
〔註207〕《海藏樓詩集》卷十三，第420頁。
〔註208〕〔清〕龔自珍著，劉逸生等校注：《龔自珍詩集編年校注》，第55頁。
〔註209〕《海藏樓詩集》卷六，第167頁。
〔註210〕〔清〕龔自珍著，劉逸生等校注：《龔自珍詩集編年校注》，第63頁。
〔註211〕同上，第301頁。
〔註212〕《海藏樓詩集》卷三，第79頁。
〔註213〕〔清〕龔自珍著，劉逸生等校注：《龔自珍詩集編年校注》，第93頁。
〔註214〕《海藏樓詩集》卷五，第153頁。

「別有狂言謝時望：東山妓即是蒼生」〔註215〕，潘伯鷹先生謂鄭孝胥《排悶二首》詩「能夠將一切天下國家不爽快的事，都溶化在兒女柔腸中，作一種痛苦的自慰」〔註216〕，這與定盦「東山妓即是蒼生」的自慰可謂異曲同工，只不過定盦出言更狂而已。

　　陳衍在《石遺室詩話》中將道光以來的詩學分為清蒼幽峭與奧衍生澀兩大派，又橫生出樊榭、定盦兩派云：「樊榭幽秀，本在太初之前；定盦瑰奇，不落子尹之後。然一則喜用冷僻故實，而出筆不廣，近人惟寫經齋、漸西村舍近焉；一則麗而不質，諧而不澀，才多意廣者，人境廬、樊山、琴志諸君時樂為之。」〔註217〕實際上，定盦之沾溉何止黃遵憲、樊增祥等人，同光體諸老如沈曾植、陳三立亦喜模仿定盦〔註218〕。所以鄭孝胥之詩偶有與定盦相似，實在不足為怪。

〔註215〕〔清〕龔自珍著，劉逸生注：《龔自珍己亥雜詩》，北京：中華書局，1980 年版，第 178 頁。

〔註216〕潘伯鷹撰：《海藏樓詩的解剖》，見民國《生活》1947 年第三期，第 42 頁。

〔註217〕陳衍著：《石遺室詩話》卷三，第 42 頁。

〔註218〕關於沈曾植學龔自珍，參見錢仲聯撰：《龔自珍與沈曾植——沈曾植兩篇有關龔自珍的未刊文稿述評》，《文獻》，1989 年第一期，第 28～32 頁。陳三立學龔自珍，參見胡文輝著：《陳寅恪詩箋釋》，廣州：廣東人民出版社，2008 年版，第 129 頁。

第三章　創作論

第一節　熔鑄唐宋的清雋意趣與峭折筋節

　　鄭孝胥詩兼採唐宋，自成清言與高調糅合為一的風格。按照陳衍的品評是清蒼幽峭，陳衍的詩學泯除唐宋分界，使近代詩學大放光彩，其中精闢的觀點實際上是從同光體諸老也包括他本人的創作經驗提煉出來的，也是與諸老共同探討總結出來的。是以研究鄭孝胥如何熔鑄唐宋，他如何看待唐宋詩的同異，不僅是同光體詩學中必不可少的個案研究，也是為了更深入理解古代詩人創作與批評之間不可分離、相互促進的關係。

一、對唐宋詩的基本認識

　　據《日記》，鄭孝胥在 1889 年 12 月 30 日開始將注意力轉移至宋詩，第一次接觸《宋詩鈔》，就摘抄了《宋詩鈔》序言云：

　　　　吳之振、孟舉與呂晚村、吳自牧同選宋詩，孟舉序之，略曰：嘉隆以還，尊唐黜宋，實未見宋詩，並不知唐詩也。宋之去唐近，用力於唐尤精，今逐父而禰其祖，亦唐之所吐而不饗矣。曹學佺謂宋詩取材廣而命意新，不事剿襲前人。然萬曆間李蓘選宋詩，取其遠於宋而近於唐者；曹學佺亦云，選自萊公，以其近唐調。以此義選宋詩，唐終不可近而

宋詩已亡矣。茲選盡宋人之長，使各極其致，故門戶甚博，不以一說蔽古人云。〔註1〕

　　孟舉此序已經成為了經典論述，研究唐宋詩差異者莫不尸祝。唐詩本是空前的百花齊放的文學史景象，並非盛唐氣象或興象玲瓏等語所能概括。如杜韓之詩是唐詩主流之外的別調，氣力雄渾，多直抒胸臆，而且不僅韓詩以文為詩，杜詩早有這種傾向，已經為宋詩特別是江西詩派導夫先路。繼承這種別調的江西詩派成為了宋詩的主流。但不管是否繼承這種別調，只要「取材廣而命意新」，就是宋詩的一種特色，是對唐詩的力破餘地。所以孟舉此序云「茲選盡宋人之長，使各極其致，故門戶甚博」，表現出了關於宋詩本身具開放性與豐富性的認識。鄭孝胥錄下這些內容，至少說明了他對孟舉的觀點是接受的。

　　此後，鄭孝胥閱讀了大量的宋詩人別集和歷代詩話。對於大肆批評宋詩特別是江西詩派的明七子，鄭孝胥曾大力詆排。《日記》1893年12月24日載其閱讀李東陽《麓堂詩話》，云「李習見甚深」〔註2〕，又作摘抄及點評如下：

李東陽曰：唐人不言詩法，詩法多出宋，而宋人於詩無所得。所謂法者，不過一字一句對偶雕琢之工，而天真興致則未可與道，其高者失之捕風捉影，而卑者坐於黏皮帶骨，至於江西詩派極矣。

明人心眼中多有此種見地，故令一代夢魘。（此句鄭批）

李又曰：宋詩深，卻去唐遠；元詩淺，去唐卻近。顧元不可為法，所謂「取法乎中，僅得其下」耳。

又曰：陳公父論詩專取聲，最得要領。潘禎應昌嘗謂予詩宮聲也，予訝而問之。潘言，其父受於鄉先輩曰：詩有五聲，全備者少，惟得宮聲者為最優，蓋可以兼眾聲也。李太白，杜子美之詩為宮，韓退之之詩為角，以此例之，雖百家可知也。予初欲求聲於詩，不過心口相語，然不敢以示人，

〔註1〕《鄭孝胥日記》第一冊，第151頁。
〔註2〕《鄭孝胥日記》第一冊，第387頁。

聞潘言，始自信，以為昔人先得我心。天下之理出於自然者，
固不約而同也。

　　　　此可謂好為無實之論以欺愚淺者矣。〔註3〕（此句鄭批）

　　鄭孝胥深究音律，平生喜聽戲，經常追捧名角。《日記》中也記
載很多關於其論聲律的文字，且善吟誦，聲調抗裂，陳曾壽最喜聽其
吟誦詩歌。李東陽高唱盛唐之音，其論詩取聲，乍看似甚新穎，其實
則膠柱鼓瑟。宮聲於五行屬土，最為尊貴。《管子・幼官》云：「君服
黃色，味甘味，聽宮聲，治和氣。」〔註4〕是以李東陽以宮聲角聲為
最高，屬李杜韓，可謂「固哉高叟」之論。不過這也是詩學上重視音
節的傳統，盛唐之詩音節確實渾厚宏亮，然而並不能以宮聲概括李杜，
何況五聲之外尚有變宮、變徵。即以詩本身來論，正風正雅之外尚有
變風變雅。鄭孝胥的批語譏其好為無實之論，原因更在於不滿李東陽
推崇盛世之音。李東陽以宮聲為貴，鄭孝胥當然不認同了，這是由於兩
人所處時代、身份位置不同的緣故。鄭孝胥本人詩多秋氣，音節亦抗
裂，若以音律論，近於變徵之聲。其1899年的《廣雅留飯談詩》云：

　　　　半生作詩多苦語，一見尚書便自許。彌天詩學幾詩才，
　　五百年間闕標舉。寢唐饋宋各有取，挹杜拍韓定誰主。忽移
　　天地入秋聲，欲罷宮商行徵羽。〔註5〕

　　可見其不滿於元明以來的詩學。雖然並非反對兼採唐宋，但鄭孝
胥對於晚近的「寢唐饋宋」「挹杜拍韓」的詩界創作情況似乎不以為
然。「欲罷宮商行徵羽」一句透露出，鄭孝胥對於如何兼採唐宋似乎
具有獨特的一套詩學進路。

二、獨取清雋的意趣與峭折的筋節

　　《日記》於1896年6月8日曾記載了對張謇說的一段話，是鄭

〔註3〕《鄭孝胥日記》第一冊，第388頁。
〔註4〕黎翔鳳撰，梁運華整理：《管子校注》，北京：中華書局，2004年版，
　　　第135頁。
〔註5〕《海藏樓詩集》卷四，第102頁。

孝胥關於學詩步驟的論述，從句法格律到意趣再到興象。《日記》載：

> 與季直語曰：初學詩者必以句法格律為主。久之漸熟，則意趣當先，使辭藻筆仗皆退伏而不見。又詣其至，惟有興象，如風之送涼，雨之灑點，靈氣往來，斯其聖矣。〔註6〕

這段話見出鄭孝胥論詩不僅不排斥唐詩興象，而且將興象作為寫詩的最高追求。值得辨析的是意趣一詞。陳衍論詩以興趣高妙為詩之第一要義，《石遺室詩話》云：

> 詩有四要三弊：骨力堅蒼為一要，才思橫溢，句法超逸，各為一要。然骨力堅蒼，其弊也窘；才思橫溢，其弊也濫；句法超逸，其弊也輕與纖。惟濟以興趣高妙則無弊。唐之孟浩然、王摩詰、杜少陵、韋蘇州，宋之東坡、荊公、放翁，皆有真興趣者。〔註7〕

興趣高妙是陳衍詩學中貫通唐宋的一個重要概念，他將興趣取代興象，是為了避免尊唐派、神韻說等對興象的模糊理解與玄虛解說。以詩人的興會趣味為先，凸顯了詩人的主體性，這是陳衍在大量研讀宋詩後獲得的一種真解，即宋詩雖不復興象玲瓏，尚有興趣高妙之詩，轉向心靈內部力破餘地，此種宋詩不惟可與唐詩媲美，且有過之而無不及的審美特質。鄭孝胥的「意趣當先」，與陳衍有異曲同工之妙，只不過更突顯了宋詩的尚意特徵。另一個值得注意的地方是對興象的描述：「風之送涼，雨之灑點，靈氣往來」。這種清雋空靈的興象卻體現了鄭孝胥本人的審美偏好。但是空靈難求，一味追求空靈容易墮入纖巧。所以鄭孝胥論詩還是以意趣為主，以下《日記》所載的一段話可以為證：

> 俞恪士來，示所作《西湖詩》數首，使余評之。余最取其二語，曰：「愧非辟穀人，炊煙時一舉。」蓋詩之妙須有實意，不在專作空靈語耳。〔註8〕

〔註6〕《鄭孝胥日記》第一冊，第 561 頁。
〔註7〕陳衍著：《石遺室詩話》卷二十三，第 358 頁。
〔註8〕《鄭孝胥日記》第三冊，第 1690 頁。

「愧非辟穀人，炊煙時一舉。」此兩句為鄭孝胥欣賞，原因在於俞明震的西湖詩多作形容風景的空靈語，有此兩句方透出旨意。鄭孝胥認為這兩句有實意，才顯真妙，詩之妙非一味空靈所能辦。關於俞明震的詩，陳三立《觚庵詩存序》曾這樣評價：「感物造端，攝興象空靈杳藹之域，近益托簡齋，句法間追錢仲文。」〔註9〕可見鄭孝胥評詩皆有的放矢，非泛然而應。杜詩與簡齋詩，有淡遠幽秀之一格，但皆有實意，不專作空靈。妙語須有「實意」作為支撐，「實意」又同時必須具有趣味，才能稱得上是「意趣」。俞明震「愧非辟穀人，炊煙時一舉」兩句正是由於有「實意」而又有趣味，才顯得意趣高妙。

《海藏樓詩集》中1908年有一首詩為張謇兒子所作，題目敘述賦詩原由，制題甚長，這首詩是《季直之子怡祖十二歲賦登塔詩曰憑欄詞客招新月隔岸漁翁唱晚煙季直自作詩曰阿翁十二始為詩今汝追翁欲及之願汝立身求學問要如登塔最高時又為怡祖請余書扇乃賦此遺之》，詩中有數句云：

　　　　自吾見怡祖，喜子勁在後。不愁強弩末，再屬端可彀。
　　晚煙新月作，思致絕雋秀。〔註10〕

鄭孝胥極其欣賞其登塔詩中的兩句「憑欄詞客招新月，隔岸漁翁唱晚煙」，評為思致雋秀，思致與意趣的涵義大體相同，張謇之子達到了鄭孝胥所述學詩步驟的第二階段，即其詩已頗具意趣。可以說，清雋的意趣是鄭孝胥融匯唐宋之後的一種審美取向。鄭孝胥教人作詩，主張唐宋兼取。但是卻偏於取徑具有清雋風格的詩人。《日記》曾記載有友人李芝楣請教鄭孝胥作詩，鄭孝胥告之云：

　　　　君誠喜此，非用力數年不可。今宜取唐人詩二家，宋人
　　詩三兩家，國朝人一家，置案頭常看之，久又易之；俟極斐
　　然欲作時，便試下筆，務求瘦勁，避去俗氣為主；仍隨時收
　　羅詩料，如是久之，漸有把握，自成藝業矣。」因以姜白石

〔註 9〕陳三立著，李開軍校點：《散原精舍詩文集》，第 942 頁。
〔註10〕《海藏樓詩集》卷六，第 186 頁。

詩借之。〔註11〕

以總體風格而論，宋詩尚意，故多瘦勁，不如唐詩豐腴。務求瘦勁、避去俗氛，是宋詩的一種重要美學特質。求瘦勁與避去俗氛連起來講，是鄭孝胥自己的一個心得，其餘同光體諸老沒有這種說法。諸老說避俗，但從立意、用字上說，尚未有聯繫宋詩獨具的特質來立論。姜夔的詩詞歷來被認為清雋，詩詞又都具瘦勁的特徵。鄭孝胥拿姜夔詩借給李芝楣，可以證明其本人獨得的審美追求即是清雋的韻味。

但是，清雋之極，也容易流於纖巧。俞明震詩學陳與義，曾請教於鄭孝胥，《日記》記載：

> 俞恪士來，示南京、焦山諸詩，使余評之。余讀畢曰：「君諸作大似簡齋，太雋傷巧，此由中氣不足，故在文字句法上求工。宜於未下筆之醞釀停（淳）蓄，使抑鬱而後達，則中氣有餘而自覺過巧之為累矣。」〔註12〕

錢仲聯曾謂俞明震詩「獨出機杼，自成一宗，其詩初學錢仲文，後由簡齋以規杜，淡遠幽深，清神獨往」〔註13〕，可見俞明震的學詩路徑。簡齋早年詩多清雋之作，中年後學杜得其沉鬱頓挫。依照鄭孝胥之意，俞明震詩似乎尚未由簡齋上窺老杜，故有太雋傷巧之病。鄭孝胥對陳與義詩下過功夫，鄭孝胥曾在《日記》中數次提及簡齋，多不置評，但有一處云「覺甚似杜」〔註14〕。從這段文字來看，鄭孝胥可謂深知老杜心法。「未下筆之先醞釀停（淳）蓄，使抑鬱而後達」與老杜的沉鬱頓挫並無二致。鄭孝胥的這段話重要之處更在於指出了其根本原因是中氣不足，但鄭孝胥並不認為中氣不足就不能學沉鬱頓挫，恰恰相反，他指出學會沉鬱頓挫則可以使詩顯得中氣有餘。這是基於創作實際而具備操作性的指點。「抑鬱而後達」在章法上表現為

〔註11〕《鄭孝胥日記》第一冊，第388～359頁。
〔註12〕《鄭孝胥日記》第三冊，第1473頁。
〔註13〕錢仲聯著：《夢苕庵詩話》，見張寅彭主編：《民國詩話叢編》第六冊，第174頁。
〔註14〕《鄭孝胥日記》第二冊，第852頁。

「屈曲而後達」，這又涉及到詩的筋節問題。

陳衍在《〈知稼軒詩〉序》中云：「弢庵意在學韓，實似荊公，於韓專學清雋一路。」〔註15〕鄭孝胥於宋詩人最服膺荊公，上文已經指出鄭孝胥在審美上獨取清雋的趣味，這一點與陳寶琛學荊公相同。但是鄭孝胥又兼取荊公之峭折的筋節。清代詩古文大家朱琦有詩云：「宋詩從韓出，歐梅頗深造。荊公獨峭折，硬語自陵踔。」〔註16〕可證荊公學韓獨得其峭折。其實《日記》於1891年6月30日的一段記載，已表明了鄭孝胥對筋節的重視，《日記》載云：

> 散後，返公署，黎索觀余作詩文，又出鄭子尹七言古風
> 一首共讀之，抗調甚高，秋樵病其少筋節，亦篤論也。〔註17〕

第二日即7月1日又載：

> 一琴來談，余勸讀韓詩，專取五言古先讀之，一琴攜韓
> 詩而去。〔註18〕

鄭珍學韓，而病其少筋節。第二日鄭孝胥勸友人讀韓詩，可見鄭孝胥應當認為峭折的筋節源自韓詩。韓愈的古風氣力雄渾，抗調甚高是其特點。鄧秋樵指出鄭珍的某首七古少筋節，當是由於這首詩尚未達到妥帖排奡的地步。「橫空盤硬語，妥帖力排奡」是韓愈《薦士》詩對孟郊詩的評價，歷來詩論家多認為是韓愈夫子自道，橫空盤硬語，妥帖力排奡，即造語奇崛、筆力矯健之餘，章法句法又安排妥當。少筋節，即是在詩文中重要的轉折承接地方處理不善甚至缺少轉折承接，而韓詩的筋節，多是峭折有力的。實際上韓愈的這種詩功是從杜詩中學來的，杜詩的章法句法多喜歡首句倒裝，劈空而來，中間平地而起，或倒插另起一意，或用比興的對仗句迴旋而下，結尾遙接前半章，或是單純呼應，或是與前半詩意綜合而成新意，放開說去，或自我安慰，或忽作壯語。章法不□□神化莫測，或一意曲折，或數意輻

〔註15〕 錢仲聯編校：《陳衍詩論合集》下冊，第1059頁。
〔註16〕 〔清〕朱琦著：《怡志堂詩初編》卷二，清咸豐七年刻本，第29頁。
〔註17〕 《鄭孝胥日記》第一冊，第213頁。
〔註18〕 《鄭孝胥日記》第一冊，第213頁。

轇，草蛇灰線，抑鬱而後達。總之不直白鋪敘，屈曲而後達，章法句法與其下筆前勃鬱情感的醞釀是一致的。

但是具體來說，清雋的趣味與峭折的筋節在鄭孝胥那裡是如何統一起來的呢？關於這個問題，當參考民國詩學家朱大可的意見，朱大可曾舉出《海藏樓詩集》中論詩之詩句中的三個重要概念，即是：澀，真，淺。其《海藏樓詩之研究》云：

> 海藏論詩，凡拈三字，曰澀，曰真，曰淺。澀者如《朝鮮權在衡招飲觀梅》云：「我雖強作用我法，措語塞澀愛者誰？」又《題晚翠軒》詩云：「稱詩有高學，云以澀為貴。」又《答樊雲門冬雨劇談之作》云：「庶幾比諫果，回味得稍稍。嗜澀轉棄甘，攢眉應絕倒。」至《答莊呂塵朱大可》第一首，尤為傾箱倒篋出之，所謂「我詩常自疑，瘦澀不堪嚼。將為知己累，世議苦見搏」者是也。真者如《感舊示李芝楣》云：「驚歎李君下筆真。」又《答夏劍丞》云：「夏君才調更清真。」又《海藏樓雜詩》云：「輞川有奇興，真味不容亂。」又《題林學衡詩卷》云：「少年縱筆羨才人，老去枯腸稍逼真。」又《陳叔通屬題江弨叔墨蹟》云「詩境尤難在逼真」者是也。淺者如《答夏劍丞》云：「深人何妨作淺語。」又《答樊雲門冬雨劇談之作》云：「淺語莫非深，天壤生毫末。何須填難字，苦作酸生活。」又《陳叔通屬題江弨叔墨蹟》云：「近日獨推江弨叔，筆力精深語能淺」者是也。……大抵海藏論詩，早年主澀，晚年主淺，而要皆以真為貴。澀而真，則不至於艱晦；淺而真，則不流為膚俗。振古詩家，能造此境者，有幾人哉？（案海藏論詩，又云『造意貴澀，出語貴淺，行氣貴真。』然則澀、淺、真三字，又一以貫之矣。）〔註19〕

朱大可所舉諸詩，確能見出鄭孝胥平生詩學關鍵所在。然而朱以澀、淺兩個概念出現於鄭詩的時間為依據，認為鄭孝胥早年論詩主澀，晚年主淺，而以真為貴，則不免板滯。但朱大可親接鄭孝胥謦欬，其云「澀而真，則不至於艱晦；淺而真，則不流為膚俗」則深有所得。

〔註19〕《海藏樓詩集》附錄三，第 630～631 頁。

後加案云云，是鄭孝胥親自言於朱大可，更是其詩學的精髓所在。造意貴澀，即是詩意不淺滑，不顯露，與前所引對俞明震所言「宜於未下筆之先醞釀停（渟）蓄，使抑鬱而後達」之意可互相發明。出語貴淺，即不用艱澀難解之字詞，字句清通，不故弄高深。行氣貴真，與其認可顧雲詩筆真樸而進之以紀實可互相參照，且與其自得其性情之論亦異曲同工。從鄭孝胥這幾句話可見出其詩學關鍵所在。澀為抑鬱，是峭折筋節的內在條件；淺是字句清通，是清雋意趣的必要條件；真是氣脈一貫，是力量的性情之本。最值得注意的是，鄭孝胥對江湜「筆力精深語能淺」詩風的推崇，實質上是對江詩具峭折筋節的認可。《日記》曾云：

> 拔可托選江湜弢叔詩，曰《伏敔堂》，其詩清折有力，頗能動人。〔註20〕

「清折有力」四字可謂是兼熔清雋之趣味與峭折之筋節的最佳表達。澀、真、淺三者的統一，形成的風格就是「清折有力」，鄭孝胥對江湜的評價正可以見出其本人的審美旨趣與詩學功力所在。綜上所論，在鄭孝胥看來，好詩不在於一味興象空靈。從審美取向來看，鄭孝胥偏好有「實意」的詩，這是偏於宋詩的；另一方面，他又從學詩的三個步驟肯定了興象的至高地位，這又是偏於唐詩的。只不過興象是可遇不可求的，退而求之，學詩還是應「意趣當先」。如果從技術的角度來說，鄭孝胥重視的是章法、句法中的峭折筋節。清雋的意趣與峭折的筋節可謂是鄭氏詩學的兩大支柱。

第二節　由清切到透切

同光體諸老多取徑江西詩派，如陳三立、沈曾植及陳曾壽等多瓣香黃庭堅。鄭孝胥則服膺王安石，雖然不反對江西詩派，但詩學取徑和審美取向與以上三人實在異大於同。在晚清詩界關於「清切」的爭論中，鄭孝胥表現出的立場值得關注。鄭孝胥《〈散原精舍詩〉序》云：

〔註20〕《鄭孝胥日記》第四冊，第 1852 頁。

往有鉅公與余談詩，務以清切為主，於當世時流，每有
張茂先我所不解之喻，其說甚正。然余竊疑詩之為道，殆有
未能以清切限之者。世事萬變紛擾於外，心緒百態沸騰於
內，宮商不調而不能已於聲，吐屬不巧而不能已於辭，若是
者，吾固知其有乖於清也。思之來也無端，則斷如復斷、亂
如復亂者，惡能使之盡合與之發也？匪定則倏忽無見、惝怳
無聞者，惡能責以有說若是者？吾固知其不期於切也。並世
而有此作，吾安得謂之非真詩也哉？〔註21〕

眾所周知，鄭孝胥所謂「鉅公」是暗指張之洞。張之洞於宋取法
荊公、東坡，最不喜山谷詩，素主清切。陳三立詩瓣香山谷，多生澀
槎枒，是以張之洞亦不喜陳三立詩。鄭孝胥此序雖然是為同儕張目，
特別是「世事萬變紛擾於外」至「吾固知其不期於切也」數句可謂雄
辯，當然也是出自肺腑之言。但是，鄭孝胥先言張之洞「其論甚正」，
並沒有反對清切之論，只不過認為陳三立之詩不能以清切限之而已。
鄭孝胥此序也不是調和之論，而是其本人之詩風合乎清切的標準，不
然張之洞也不會稱揚備至。1912 年鄭孝胥《答樊雲門冬雨劇談之作》
其二則對以前的觀點作了改正，詩云：

嘗序伯嚴詩，持論辟清切。自嫌誤後生，流浪或失實。
君詩妙易解，經史氣四溢。詩中見其人，風趣乃雋絕。淺語
莫非深，天壤在毫末。何須填難字，苦作酸生活。會心可忘
言，即此意已達。〔註22〕

清切中的清字，作清通解。從造語上說，造語清切則是淺語，造
語生澀則多填難字，清切與生澀是相反的。初學詩之人自當先求語言
清通，如果越級追求散原詩奧衍生澀的境界，則未有不舉鼎絕臏者。
所以鄭孝胥認為以前的序言可能因流傳失實而誤人。此詩「詩中見其
人，風趣乃雋絕。淺語莫非深，天壤在毫末。何須填難字，苦作酸生
活」則表達了其一向的主張。鄭孝胥《為鄒懷西題鄭子尹雪山樊圖卷》

〔註21〕《海藏樓詩集》附錄三，第 575 頁。
〔註22〕《海藏樓詩集》卷八，第 227 頁。

有句云：

> 經巢九卷詩，讀之良已久。三詩集未編，雋若新脫口。
> 才高學且稱，誰繼殆未有。〔註23〕

　　鄭孝胥對鄭珍的詩極為服膺，而用「雋若新脫口」一語概之，此「雋」當同「俊」，因為後接「若新脫口」，所以不專作「雋永」解，意謂天生妙語。實際上，鄭孝胥詩亦多俊語，如章士釗《論近代詩家絕句》云：「善爇王翁一瓣香，五言高渾跨瀟湘。餐詩須得療饑骨，俊語飛揚服海藏。」〔註24〕俊語是詩才的表現，但是詩才須得學問相稱，方為大家。所以鄭孝胥贊譽鄭珍「才高學且稱」。唐詩重才，宋詩重學，才學相稱，是道咸宋詩派及同光體論詩中的詩人之詩與學人之詩合一的詩學觀。但是詩畢竟以才為先，學問不能直接表現，要如鄭孝胥《答夏劍丞》云：『深人何妨作淺語』才能得含蓄優遊之趣。民國由雲龍對同光體諸老學宋之得失，有深刻的見解，其《定盦詩話》云：

> 與其學唐而流為庸俗之詞，毋寧學宋而猶不失為學人
> 之制也。然如散原、子培，生辣晦澀，殊乏涵泳優遊之趣。
> 漸西、晚翠，亦不免於過為奧僻。其得風人之旨，有書有筆，
> 雅俗共賞者，其惟海藏、聽水之倫乎！〔註25〕

　　至於清切的切字，當為用事與時代、身份切合，如《日記》曾載：

> 余語伯嚴，以吾儕身世讀古人詩，恨其不愜，惟少陵差
> 沈著。然如元裕之「血肉正應皇極數，衣冠不及廣明年」，
> 亦頗透切。故今日作詩不透切者盡可不作，若用事敷衍，殊
> 不足觀矣。〔註26〕

　　鄭孝胥之意，當此三千年未有之變局，如果用事要透切，則只有杜甫與元好問的沉鬱可以師法。實際上，《答樊雲門冬雨劇談之作》其一卻指出張之洞詩晚年變為沉鬱，詩云：

〔註23〕　《海藏樓詩集》卷六，第 180 頁。
〔註24〕　章士釗著：《章士釗詩詞集》，長沙：湖南人民出版社 2009 年版，第
　　　　　279 頁。
〔註25〕　見張寅彭主編：《民國詩話叢編》第三冊，第 562 頁。
〔註26〕　《鄭孝胥日記》第三冊，第 1403～1404 頁。

> 南皮宿自負，通顯足勝情。達官兼名士，此秘誰敢輕。
> 晚節殊可哀，祈死如孤惇。其詩始抑鬱，反似憂生平。吾疑
> 卒不釋，敢請樊山評。〔註27〕

鄭孝胥不反對澀，但主張造意要澀，造語則要淺，可以說是兼採了江西詩派某方面的特點，同時又保留了清切的立場。而行氣貴真，則更與清切為近，雖然氣力有大小之別，時代有盛衰治亂，遭遇有窮通不等，而一歸於真。只不過鄭孝胥更尊尚沉著透切而已。鄭氏詩學兼採唐宋之清雋意趣與峭折筋節，而以澀、淺、真三者為軸輪，形成了獨特的詩學進路。關於其自成一家，狄葆賢《平等閣詩話》云：

> 鄭蘇龕京卿詩，如霜鐘出林，悠然意遠……《人日雨中》
> 云：「人日梅花空滿枝，閑愁細雨總如絲。臨江官閣畫欲暝，
> 隔岸楚山陰更宜。遣客偶來能自放，翔鷗已下又何之？憑欄
> 可奈傷春目，不似江湖獨往時。」，《八月十一夜雷雨》云：
> 「高樓洞開秋始涼，沉沉夜定風穿廊。幽人獨臥意殊適，江
> 聲入夢含蒼茫。驚回雲氣忽逼帳，雷奔電激還繞床。喧闐久
> 之亦已寂，意氣空盛終銷亡。殘燈未滅蟲蝠沸，競此短夜爭
> 微光。」，數詩直融匯唐宋之界，而自成一家言。〔註28〕

所舉諸詩，雖不必為《海藏樓詩集》七律中的壓卷之作，要皆能代表鄭孝胥詩歌的重要風格，清幽淡遠，紆徐曲折。意深而語淺，氣脈一貫，殊耐嚼味。最重要的是，意在筆先，抑鬱而後達，中氣有餘而含蓄不盡。狄葆賢歎為融匯唐宋之界，並無虛譽。澀、淺、真三者之中，鄭孝胥更加重視的是行氣貴真，對自己體現於詩中的氣力頗為自信，而且他在晚年認為詩的最高境界亦並不在氣象（風之送涼，雨之灑點），而在絕去雕飾，純用白戰。

第三節　推崇氣力與宗尚白戰

「清」是傳統詩學的一個重要概念，蔣寅在《古典詩學中清的概

〔註27〕《海藏樓詩集》卷八，第227頁。
〔註28〕《海藏樓詩集》附錄三，第585頁。

念》一文中對清的概念作出過極詳細精闢的解釋，認為清「具有廣泛的包容和溝通能力，因而它的派生能力極強」〔註29〕，是古典詩學中核心的審美概念，清的內涵極其豐富，每與其他概念合在一起表現極繁富多樣的風格，如清雋、清壯、清雄、清逸、清澹、清峭、清剛等等，難以勝數。當然，「清」的風格不必然就是最高的，但凡是第一流的詩皆多少帶有具「清」的特色。如果詩文只力求清格，亦容易陷入淺薄輕浮，清字與浮、淺、輕、薄皆可組成一詞，這些詞語雖不都屬於傳統詩學常用的概念範疇，但也可見清格的不足之處，必須清而又清，或上之為清逸，空之為清澹，又可積清為厚，內充之而為清剛，磅礡之而為清壯等等，不一而足。鄭孝胥詩被陳衍評為清蒼幽峭，但清蒼幽峭四字並未涉及到鄭詩的氣力，鄭孝胥詩的氣力雄勁，在當時即被張之洞巨眼賞識。《日記》記載：

> 席間，余獻《遊彭楊祠》七律一首，南皮稱賞久之，曰：
> 「子詩外清而內厚，氣力雄渾，真佳制也。」〔註30〕

此所謂積清為厚，氣力蓄於內，紆徐顯於外，因此張之洞認為是外清而內厚。在日本使館時，李經方曾持詩請教於鄭孝胥，《日記》載：

> 欽差來談，……在神戶日，病起作詩曰：「煙樹蒼茫獨倚樓，怒濤高咽海門秋。病中對酒難消渴，客裡看花不解愁。萬里家山頻入夢，半生歲月去如流。摩挲終夜青萍劍，恩怨如今願未酬。」雖粗豪，亦自有氣也。〔註31〕

可見其論詩尚氣的傾向。自曹丕《典論‧論文》開始，論詩文首先重視氣的清濁之分，劉勰《文心雕龍‧養氣》主張「清和其氣」，然而要皆屬於道家的氣論。至韓愈則基於儒家立場提出了「氣盛言宜」的觀點。韓愈的觀點源於孟子的養氣說，他所說的氣盛即是浩然之氣，是配道與義的，所謂「養其根而俟其實，加其膏而希其光。根之茂者

〔註29〕　參見蔣寅《古典詩學中清的概念》，《中國社會科學》2000 年，第 01 期。
〔註30〕　《鄭孝胥日記》第一冊，第 546 頁。
〔註31〕　《鄭孝胥日記》第一冊，第 311 頁。

其實遂，膏之沃者其光曄；仁義之人，其言藹如也」〔註32〕。然而李經方的這首詩與道義不甚相關，鄭孝胥稱其有氣，是指其恩怨分明的性情及其在詩中體現出來的豪俠之氣。鄭孝胥曾自評己詩「境趣略豪橫」〔註33〕。葉玉麟云：「韓公豪多於曠，大蘇曠多於豪，海藏詩如其書，純以氣勝，則豪曠固是其本色。」〔註34〕可見鄭詩亦具豪氣。然其本為負奇振異之人，其詩中體現出來的氣又微不同於豪氣，毋寧說是近於戰國策士之氣，縱橫馳突，與其為文一樣，具有「赤手捕長蛇，不施控騎生馬」〔註35〕之氣概。然而將鄭孝胥的詩風評為豪曠，不如評其為清剛更為恰當。楊鍾羲在《碩果亭詩序》即云「海藏清剛其氣爽」〔註36〕，其《日記》亦自謂「以清剛制命，不為隨波逐流之行，隨違時背俗而自謂百折不饒」〔註37〕。氣力清剛的風格在其五古中體現得最明顯，偽滿時陳君任曾向鄭孝胥提出這個問題：

　　　　君任詢余：「所作五古，皆氣力十倍，何以致此？」對
　　日：「不事鋪題，則氣力自倍。獨來獨往可也。」〔註38〕

　　不事鋪題，即近於直來直去，故云獨來獨往。這與第三節討論的峭折筋節表面上有所出入，但峭折本不依賴於鋪題，鄭孝胥用獨來獨往而不用直來直去來點破，本是因為獨來獨往更多地指涉詩意的不俗，即不顧他自己認為的俗見，而獨行己志。這在其晚年表現得更明顯，詩集中經常譏諷腐儒酸點，如《四月十九日辭國務總理得允》云：「千秋酸寒徒，豈易覓吾耦」〔註39〕，譏諷胡嗣瑗而擴大到千年酸寒文人了，又如1933年《雜詩》其二更狂言「文字苟自傳，幸有萬古

〔註32〕　〔唐〕韓愈《答李翊書》，韓愈著，馬其昶校注，馬茂元整理：《韓昌
　　　　　黎文集校注》第三卷，上海：上海古籍出版社，1986年版，第169頁。
〔註33〕　《鄭孝胥日記》第一冊，第393頁。
〔註34〕　《海藏樓詩集》附錄三，第594頁。
〔註35〕　《日記》中引趙次山語，見《鄭孝胥日記》第三冊，第1702頁。
〔註36〕　《海藏樓詩集》附錄三，第578頁。
〔註37〕　《鄭孝胥日記》第一冊，第444頁。
〔註38〕　《鄭孝胥日記》第五冊，第2306頁。
〔註39〕　《海藏樓詩集》卷十三，第429頁。

愁。所恨古之人，終難入吾眸」〔註40〕。這又與其「不必規模古人」的詩史觀有密切關係。

　　不事鋪題，直來直去，是近於白戰的表現手法。白戰一詞源於蘇東坡《聚星堂雪》「當時號令君聽取，白戰不許持寸鐵」句，按歐陽修《雪》詩自注，白戰是一種不套用前人體物時所使用的比喻字眼，亦即東坡在其序中說「禁體物語，於艱難中特出奇麗」〔註41〕。可知白戰本是一種禁止體物工巧（例如比喻）的創新手法，但白戰也可以不算是一種手法，因為它只是否定性的定義，雖可以用很多方法來描述它，例如蘇東坡所說「賦詩必此詩，定知非詩人」，嚴羽《滄浪詩話‧詩法》所云「詩不可太著題」等皆與白戰有關，但文學史並未形成一致的內涵與外延。可以這麼認為，白戰是一種不襲用前人套式、純用己意己語、甚至用俗語白話入詩的一種創新手法，可以達到毫無雕飾的地步。

　　晚年的鄭孝胥最欣賞的是江湜的《伏敔堂詩》，即因其詩純用白戰，不事雕飾。鄭孝胥詩謂其「筆力精深語能淺」「詩境尤難在逼真，落落江君去人遠」，指出了江湜之詩的三個特點：情真，語淺，意深。葉廷管說：「弢叔之言詩以情為主，而歸於一真字。其意欲獨立門戶，不肯步人後塵。……故其所為詩不假雕飾，純用白描。骨肉朋友之懷，死生離別之感，言之頗覺沉著痛快。其才力亦充然有餘，用筆能輾轉不窮，屈曲透達。」〔註42〕可見真、淺、深三者，以真為貴，有真性情自不願襲用古人面貌，所以又多用白描手法，關鍵在於才力富健，深意可以通過用筆之輾轉而屈曲達之。葉廷管的這段話與鄭孝胥對江湜的評語可相互參證。

　　從詩風上說，江湜詩具清剛峭挺的特色。如由雲龍說：「汀弢叔

〔註40〕　《海藏樓詩集》，卷十三，第 414 頁。
〔註41〕　〔宋〕蘇軾著，〔清〕王文誥輯注，孔凡禮點校：《蘇軾詩集》卷三十四，第 1813～1814 頁。
〔註42〕　見錢仲聯主編《清詩紀事》（十六），南京：江蘇古籍出版社，1989 年版，第 10657 頁。

之《伏敵堂》……並多幽秀峭挺之作。」〔註43〕金天羽《答蘇戡先生書》云：「吳中文采綺靡，弢叔獨以清剛矯濃婫。」〔註44〕晚清民國人作詩多學鄭孝胥，形成了海藏詩派，但又多借徑於江湜，是值得注意的一個現象。如汪辟疆說：「（江湜）人情練達，詩則體兼唐宋，清拔淡遠，富有理致，同光派詩人之學夜起者，又多借徑。」〔註45〕夜起即鄭孝胥的號，可見鄭江兩人詩風實有相近之處。實際上兩人不惟詩風相近，且取法對象亦有相同之處，江湜在《彭表丈屢賞拙詩抱愧實多為長句見意》云：「旅懷伊鬱孟東野，句律清奇陳後山」〔註46〕，可知其瓣香所在。鄭孝胥極度推崇孟郊，對陳師道亦有所取法，與江湜的宗尚有交集。

　　江湜詩不僅學孟郊、陳師道，也學韓愈、黃庭堅。劉世南先生在《「旅懷伊鬱孟東野，句律清奇陳後山」──江湜「伏敵堂詩」的風格及其成因》一文中曾指出，江湜學韓愈、黃庭堅得其清剛〔註47〕，並對其清剛風格的形成作了從內容到形式極為詳盡的研究。實際上，江湜學韓黃不但得其清剛，且有橫肆的地方。而正如前文指出，鄭孝胥學韓愈得其清雋峭折，橫肆之作雖不多覯，亦時有之。宋詩派中擅用白戰手法創作，風格又橫肆的詩人，尚有鄭珍，如錢鍾書《談藝錄》謂鄭珍「妙能赤手白戰，不借五、七字為注疏考據尾閭之泄也」〔註48〕。鄭珍是鄭孝胥十分佩服的前輩，朱大可謂其「子尹尤所心折，要

〔註43〕由雲龍《定庵詩話》卷上，見張寅彭主編：《民國詩話叢編》第三冊，第 572 頁。

〔註44〕見錢仲聯編：《清詩紀事》（十六），南京：江蘇古籍出版社 1989 年版，第 10659 頁。

〔註45〕汪辟疆著：《汪辟疆文集》，上海：上海古籍出版社 1988 年版，第 283 頁。

〔註46〕江湜著，左鵬軍校點：《伏敵堂詩錄》，上海：上海古籍出版社，2012 年版，第 86 頁。

〔註47〕參見劉世南、劉松來撰：《「旅懷伊鬱孟東野，句律清奇陳後山」──江湜「伏敵堂詩」的風格及其成因》，《文學遺產》2009 年第 01 期。

〔註48〕錢鍾書著：《談藝錄》補訂本，北京：中華書局，1984 年版，第 177 頁。

非清蒼一派所能羈也」〔註49〕。夏敬觀曾將鄭孝胥詩與鄭珍相比，但鄭孝胥《答夏劍丞》云：「夏君善我比子尹，子尹絕肆吾所畏。」〔註50〕可見鄭孝胥自知其詩歌在橫肆方面不及鄭珍。不寧唯是，鄭詩的橫肆亦不及同光體另一取法鄭珍的詩人陳三立，卻對陳三立大加推崇，如《日記》云：「閱陳伯嚴詩，其恣肆自得處非時賢所及也。」〔註51〕《春陰李審言》詩云：「論詩君勿謬見推，此事散原真傑作。我今心折在四靈，才力自知甘守弱。」〔註52〕所謂甘守弱，實際上是謙辭，鄭孝胥喜歡四靈，是因為四靈雖然氣象小，但存真性情，也因為四靈的清雋之韻符合他的審美取向。正如上節指出的，鄭孝胥更宗尚「清折有力」的創作風格，其本人的創作水準亦可謂達到這個標準，但不夠雄渾橫肆而已。

　　《文心雕龍·體性篇》云：「才有庸俊，氣有剛柔，學有淺深，習有雅鄭。」鄭孝胥詩歌多俊語，可謂俊才；清折有力，可謂氣剛；深人能作淺語，可謂學深；一歸於雅正，可謂習雅。其詩論與創作祈向是統一的，上面四點在其詩論中亦可直接或間接推尋而得。總的來說，鄭孝胥的詩論可以這樣概括：詩史意識與自得其性情是真，一為事真，一為情真，而相互該攝；兼採清雋趣味與峭折筋節是淺、真、澀的統一，是審美取向與詩法的統一；推崇氣力是其本身詩學的一種向上努力，而白戰是其不事鋪題獨肆氣力的一種手法。簡單而言，鄭孝胥的詩論建基於其獨特的師法前人的創作道路，亦可謂是唐宋以來頗具個人特色的一種詩學綜合。

〔註49〕《海藏樓詩集》附錄三，第 628 頁。
〔註50〕《海藏樓詩集》卷六，第 172 頁。
〔註51〕《鄭孝胥日記》第三冊，第 1188 頁。
〔註52〕《海藏樓詩集》卷八，第 242 頁。

第四章 《海藏樓詩集》代表題材的藝術特色

　　《海藏樓詩集》題材眾多，要作出全面的分析是不可能的，也是不必要的。本文選取其中較具代表性的五種題材來進行討論，這五種題材分別是風懷詩、哀挽詩、山水紀遊詩、詠花詩及重九詩。風懷詩是鄭孝胥為思念金月梅所作，故研究者亦多稱之為「念梅詩」。與前人所作風懷詩一樣，鄭孝胥的「念梅詩」亦十分纏綿悱惻，但又獨具特色，發展出一種「獨存神理」的風格，擺落故步，擯棄一切綺羅香澤的詞藻，將兒女之情融入家國情懷，獨任意理之所至。哀挽詩是鄭孝胥最為擅長的題材，繼承了古詩十九首驚心動魄的詩風，頗具漢魏古詩的神理氣骨，有些詩又運用俗語而融合了樂府詩的風格，由此綜合而成其沈摯真刻的哀挽詩特色。以上兩個題材實踐了其哀樂過人的真性情這個詩本論主張，在文學史淵源上說則近乎漢魏六朝。山水紀遊詩從風格上說可分為兩種，第一種是清遠，第二種是雄奇，熔鑄了唐詩情景交融的特色和宋詩尚意的峭折風格，在創作手法上著重於白描，體現了其推崇氣力的創作論主張。詠花詩則託物感事，在風格上亦有兩種，一是清空騷雅，二是穠麗哀艷，而以清雅為主。重九詩則撫時感事，在風格上亦有兩種，一是蕭曠淡遠，二是雄肆悲壯。詠花詩和重九詩兩種題材實踐了其詩中有事的詩本論主張。

第一節　獨存神理的風懷詩

對一個任情縱才的詩人來說,風懷詩在其詩集中即便不算是重中之重,也是不容忽視的重要題材。鄭孝胥於光緒五年(1879)娶福建巡撫、船政大臣吳贊成之次女吳學芳為妻,當時才二十歲,實屬政治婚姻。考其平生夫妻相處,情感尚屬融洽,然而鄭孝胥為其妻所作之詩,除《日記》中1882年有詩一首寄其雲鬢玉臂之思,集中其餘之詩則不能以風懷詩目之。《海藏樓詩集》中所有風懷詩皆為名伶金月梅而作,鄭孝胥曾將此段感情寫成《函髻記》,流傳海內,朱祖謀、孟森等人皆欲一見金月梅其人,朱且為金月梅作詞,可算是轟動一時。

一、鄭孝胥與金月梅交往過程

金月梅號「雙清館主人」,是鄭孝胥所取,「蓋取梅月雙清之意」〔註1〕。以《日記》考之,鄭金第一次相見之時在1901年3月14日,鄭孝胥於此日載云:「夜,聽寶來戲,女伶金月梅甚佳。」〔註2〕時鄭孝胥為張之洞洋務文案,長居漢陽,見金月梅時正告假在上海。自後常往聽金月梅唱戲,5月11日到訪金月梅家,即欣賞其「銳敏非常,巧於言笑」〔註3〕。13日為其書小聯,句云:「聰明冰雪渾難比,幻境芙蓉故未真。」已然為之傾倒。自第一次到訪之後,感情發展迅速,歸漢陽時已與金月梅「執手含悲而別」〔註4〕。自後鄭孝胥開始寫信、寄詩與金月梅。1903年6月赴廣西邊防至1905年10月解甲歸滬,中間雁書頻寄,極寫離別相思之苦,然金月梅已有怨言。1906年2月鄭孝胥自上海至煙臺,重歸於好,4月金月梅母女至上海,1907年3月金月梅辭別鄭孝胥歸煙臺,自此不復聯繫,而鄭淒惘之情至老猶在。

〔註1〕斗山山人著:《記女伶金月梅母女事》,北京:中國社會科學院近代史研究所,1989年版·第166頁。

〔註2〕《鄭孝胥日記》第二冊,第787頁。

〔註3〕《鄭孝胥日記》第二冊,第831頁。

〔註4〕《鄭孝胥日記》第二冊,第833頁。

鄭孝胥之賞金月梅，不以色而以藝。這在《日記》中亦有反映，如謂「月梅演《翠屏山》，殆為絕技」〔註5〕，「月梅演《富春樓》，妖冶絕倫，真奇藝也。又過雙清館，食棗粥一甌始返。是日之樂殆為百年所不能忘者矣」〔註6〕等等。但是，鄭孝胥之所以陷溺其中不能自拔，主要還是因為欣賞金月梅的天資性情，而將自己的理想伴侶投射到對方身上。《日記》中謂金月梅「素自命豪傑」「天資之高絕」「甚有智計」等等不一而足〔註7〕，又如集中《三月十二日四十八初度是日自上海赴南京》云其「奇情誰能羈，絕世騁恢詭」〔註8〕，這是分手後所作，猶含讚美之情，可謂一往情深。在其晚年，尚有一首《月下》詩感念此事：「千金不換今宵月，歷劫難銷往日心。不道人生不如夢，人生是夢苦難尋。」〔註9〕迷離恍惚，用語平淡，中含至悲。

二、念梅詩

關於集中哪些詩為金月梅所作，民國政府文官長魏懷曾親聆鄭孝胥道出，而轉述於高贊鼎，高贊鼎即因此手抄了十三首詩。這十三首詩按時間順序分別是：《渡江會議商約歸得上海書》《抱膝》《梅廳》《對梅作》《排悶二首》《戲示孟甯孫》《將去邊防雜述》《三月十二日四十八初度是日自上海赴南京二首》《殘春二首》《送春》。關於高贊鼎所鈔的十三首詩，潘伯鷹先生曾作《海藏樓詩的解剖》一文作過非常深刻的串解。實際上鄭孝胥的念梅詩當然不止這十三首，但毫無疑問，這十三首是鄭孝胥的得意之作。今結合《日記》，依照時間順序探討這些詩的藝術特色。

（一）漢陽初戀

此時期多兩地分居，鄭孝胥居於漢陽，金月梅在上海。第一首《渡

〔註5〕《鄭孝胥日記》第二冊，第832頁。
〔註6〕《鄭孝胥日記》第二冊，第850頁。
〔註7〕參見《鄭孝胥日記》第二冊，第876、880、909頁。
〔註8〕《海藏樓詩集》卷六，第166頁。
〔註9〕《海藏樓詩集》卷十三，第433頁。

江會議商約歸得上海書》云：

> 人間閒氣漫相關，觸熱扁舟倦往還。楚澤混茫方入夏，
> 暮雲嶒峚忽連山。當歌暗覺憂傷魄，顧影難憑術駐顏。海內
> 相哀能幾輩，殷勤緘箚賴雲鬟。〔註10〕

此詩作於1902年，考《日記》當作於此年7月17日，時鄭孝胥居漢陽盟鷗榭，對江即張之洞督府。《日記》於此前已多次記載作詩與金月梅，如「又作《關盛里》詩一首」〔註11〕，「以《雙清館》諸詩寄示鑒泉」〔註12〕等，此數詩內容皆未記載於《日記》，詩集亦未收入。此詩前六句只是表達洋務繁瑣、宦途不顯而微帶遲暮之感，後兩句方才呼出金月梅，雖然已將兒女情懷融入了宦途人生，然未為太甚，是其戀情初始之象。

1903年，鄭孝胥受岑春煊賞識，有入川之意。金月梅則欲棄舊業，歸奉天依其舅以居。當時兩人之間似乎已經有隔膜或猜疑，周立之致書金月梅，為鄭孝胥說話，中有「勿謂某之有始無終」等語。金月梅將此書出示鄭孝胥，且云「我不更適，君勿疑矣」，鄭孝胥對之曰：「子非戲言耶？」金曰：「戲君何為。」鄭孝胥悵然良久，言曰：「子乃如是，吾不負汝。」〔註13〕此後入川未成，朝廷派赴廣西督辦邊防，於途中填詞《點絳唇》寄金月梅云：「分手樓中，者回南北增離恨。丁寧千萬，何日如人願？苦惜年華，意密翻成怨。憑誰勸，海天方寸，休道龍州遠。」〔註14〕《日記》載：「雙清十八赴煙臺，中照懼有變，更使稚辛致詞，曰『本欲沮其勿行，今既不可中止，則以速回為勸。』雙清曰，多不過兩月，必返滬矣。」〔註15〕金鄭之前本來已有猜疑，如今身在萬里，自然情緒時而低沉，時而激動。

〔註10〕 《海藏樓詩集》卷五，第127頁。
〔註11〕 《鄭孝胥日記》第二冊，第835頁。
〔註12〕 《鄭孝胥日記》第二冊，第836頁。
〔註13〕 《鄭孝胥日記》第二冊，第868頁。
〔註14〕 《鄭孝胥日記》第二冊，第897頁。
〔註15〕 《鄭孝胥日記》第二冊，第882頁。

（二）龍州分離

第二首《抱膝》云：

抱膝南荒老不才，祇應鄰敵化疑猜。雲鬟緘札今俱絕，

海內何人更見哀？〔註16〕

這首詩作於1904年抵達廣西途中。寫這首《抱膝》前，長途奔波，音信一時斷絕，故有「雲鬟緘札今俱絕」之句。味其詩意，已將金月梅視為唯一的紅顏知己。此後尚有數首詩涉及金月梅，如《題新闢梅廳二窗》「種梅幽事春後情」、「沉吟遠意當語誰，的的飛鴻黯將夕」〔註17〕，《回首》「尋春殘夢那無痕」〔註18〕，《龍州七夕》「只有無窮兒女意，青天碧海共悠悠」〔註19〕，《余去年與人書有曰以詩人而為邊帥俗子或疑邊帥之貴余乃解之》「風情收拾付隔世，坐覺老大來相侵」〔註20〕，皆有悵惘不甘之情。龍州安頓已畢，得金月梅書，知其歸往煙臺，又作一詩錄於《日記》，此詩乏題，詩云：「彼姝有高風，求田復問舍。棄我忽如遺，淚痕爛香帊。」鄭孝胥自云：「為鳳雛歸隱煙臺而作也，此首未寄。」〔註21〕可見其擔心金月梅一去不返，心情消沉之甚。金月梅來書亦極道相思之怨，至自謂「苦情人」，鄭孝胥本欲攜金月梅同赴廣西，而金月梅須奉養父母，不得同行。鄭孝胥無可奈何，只回復道：「我不能去，君不能來，相見除非魂夢間耳。人生易老，原自求多福而已。」〔註22〕

越一月，又得金月梅書云：「得君二月書，如獲珍寶。知正月書皆未達，彼此各有猜訝，殊可笑。君謂我得好處，以致漸冷；此冤我矣。吾身在芝罘，而心在桂嶺，口是心非，有如東海！今吾雖願來龍，而事多阻梗，非書所罄，不能自白，君其鑒之。病困不能多作字，望

〔註16〕 《海藏樓詩集》卷五，第138頁。
〔註17〕 《海藏樓詩集》卷五，第135頁。
〔註18〕 《海藏樓詩集》卷五，第136頁。
〔註19〕 《海藏樓詩集》卷五，第137頁。
〔註20〕 《海藏樓詩集》卷五，第137頁。
〔註21〕 《鄭孝胥日記》第二冊，第915頁。
〔註22〕 《鄭孝胥日記》第二冊，第926頁。

自愛而已。」可見鄭孝胥對金月梅實未完全信任，閱後又頗自悔，「詞旨淒測，為之悵然不樂久之」〔註23〕。此後又電致月梅：「已派孫林往接，切望速來。如家事未了，年底可再回料理。」〔註24〕但金月梅對鄭孝胥的催促，甚感懊惱，復書道：『吾未定約，何忽發來接之電。且俟得脫身時，自當函告耳。』」〔註25〕此後音訊全無。於是鄭孝胥作第三首《梅廳》云：

> 沉沉戎幕罷傳杯，喚起秋風酒後哀。憤世途窮得蠻府，
> 耽吟人老豈邊才。閒情巫峽雲何在，往事吳淞水不回。可奈
> 梅廳燈似月，宵來策杖一徘徊。〔註26〕

潘伯鷹先生說：「這是初到龍州所作，以月梅的名字名其廳，於是『可奈梅廳燈似月』，遠別美人，感懷身世，預計人事變化，好夢不回，策仗徘徊，有此激越回環的好詩。」〔註27〕「預計人事變化」，這句話道中了鄭孝胥的心病。但潘先生說是初到龍州所作，則不確。查《日記》，此詩當作於 1904 年 10 月 11 月間，而鄭已於此年 1 月抵達龍州。此後鄭孝胥對金月梅的思念愈加深沉，用筆愈加曲折。第四首《對梅作》云：

> 手種梅花伴曲廊，蠻風瘴雨損年芳。乍看蕊大含春思，
> 漸覺枝繁帶曉霜。驀地聞香魂欲返，惘然自醉意猶狂。閒愁
> 閒想渾拋卻，一段淒清亦斷腸。〔註28〕

對梅思人，梅人合一，不復分別是梅是人。錢仲聯先生《夢苕庵詩話》云：「海藏樓詩，時有涉及梅花者，大半感金月梅而發。」〔註29〕如此首便是。實際上，集中涉及月亮的詩，亦多與金月梅有關。如

〔註23〕《鄭孝胥日記》第二冊，第 943 頁。
〔註24〕《鄭孝胥日記》第二冊，第 944 頁。
〔註25〕《鄭孝胥日記》第二冊，第 948 頁。
〔註26〕《海藏樓詩集》卷五，第 140 頁。
〔註27〕潘伯鷹撰：《海藏樓詩的解剖》，見民國《生活》1947 年第三期，第 42 頁。
〔註28〕《海藏樓詩集》卷五，第 143 頁。
〔註29〕錢仲聯著：《夢苕庵詩話》，見張寅彭主編：《民國詩話叢編》第六冊，第 190 頁。

下《排悶兩首》一首寫梅，一首寫月可證。第五、六首《排悶二首》
云：

> 意起不能制，觸目生煩冤。遇物皆可憎，心火方自焚。
> 軍書雖旁午，戰勝恃一勤。負手恣行散，霜日東更暄。悵然
> 對梅花，落此半畝園。邂逅緣不淺，來慰羈旅魂。妙香忽相
> 襲，會心即微言。與君交已久，寂寞幸見存。終當掃塵債，
> 從子江上村。

> 有懷誰與陳，有恨誰與訴？肝腸深可惜，坐受塵土汙。
> 清輝發遙夜，皓月已徐吐。長天漸空闊，相見真成故。哀我
> 落世間，沉沉抱幽素。古今不相接，萬感入遮幕。回光射吾
> 膽，滌骨倒秋露。脩然委形骸，何異迷者悟。〔註30〕

潘伯鷹先生說：「我尤其愛這二首。看他表面上一首寫梅，一首
寫月，如此磊落不群，卻如此纏綿不斷，骨子裡句句都是寫所念的人，
這是洗盡一切藻澤獨存神理的方法。作情詩必須還得這樣作，才能入
微。」〔註31〕這是鄭孝胥對風懷詩這個題材的發展，即不管內心如何
纏綿悱惻，但卻須寫得磊落不群，獨存神理。從這兩首詩可以看出，
金月梅在鄭孝胥心目中的形象地位已上升到一個完美純潔的理想了，
鄭孝胥將自己的理想投射到對方上去，而更加不滿身處蠻荒的現實處
境。鄭孝胥之所以如此縈冤懷恨，原因是邊防督辦雖屬邊帥，但權力
卻處處受制於人，事屬協辦性質，特別是軍餉調動須三省（雲南、湖
北、廣西）督撫出力，而各方皆推諉延遲，鄭孝胥頗感艱困。集中《戚
元敬》云「督撫不掣肘，諸將受節制。烏虖誰之功，江陵方在位」〔註
32〕，《再紀戚南塘語》云「臣官為創設，諸將所不顧。視之如綴疣，
安從得展布」〔註33〕，及《和陶乞食》皆為此作。所以潘伯鷹在另一
處說到鄭孝胥的這兩首詩「能夠將一切天下國家不爽快的事，都溶化

〔註30〕 《海藏樓詩集》卷五，第 144 頁。
〔註31〕 潘伯鷹撰：《海藏樓詩的解剖》，見民國《生活》1947 年第三期，第
　　　　43 頁。
〔註32〕 《海藏樓詩集》卷五，第 144 頁。
〔註33〕 《海藏樓詩集》卷五，第 145 頁。

在兒女柔腸中，作一種痛苦的自慰」〔註34〕，良有見及此。第七首《戲示孟蒓孫》其二云：

> 顧曲周郎老護軍，龍州歌管漫紛紛。祇應木石心腸在，除卻巫山不道雲。〔註35〕

這首詩作於到任龍州後第二年即 1905 年 8 月，孟森於此年 3 月至廣西龍州，鄭孝胥謂其「奮然浮海來遊，亦奇士也」〔註36〕。孟森作《廣西邊防旁記》以記載鄭孝胥功績，推崇備至。期間賓主相得，與孟森分享他的愛情感受，而孟森亦以其為癡絕。鄭孝胥本來喜歡聽戲賞舞，但此詩卻特意道出其專情於金月梅，由此可知這段愛情在其心中益加淨化了。這種淨化亦見於《七夕》三首中前兩首，其一：「簫鼓門前動四鄰，空階獨坐數星辰。世間無限閑思想，不著龍州月下人。」（自注云：是夕門外演劇。）其二：「河漢微雲空復情，長天涼月不勝清。一園夜色無人見，數朵白蓮暗處明。」〔註37〕第八首《將去邊防雜述》云：

> 歷落嶔崎極可哀，暫投魑魅卻須回。棄官入海非難事，曾欠峨眉一諾來。〔註38〕

1905 年 10 月鄭孝胥辭邊防，此詩作於將去之時。「曾欠峨眉一諾來」，見出愛情在其心中的地位，大有「不羨封侯羨愛卿」〔註39〕的姿態。這句與 1897 年《南皮尚書急招入鄂雪中過蕪湖》「沖寒不覺衣裳薄，為帶憂時熱淚來」，可謂家國情懷，先後輝映。是年尚有一首《除夕》云：「樓中梅影橫枝處，歲暮燈前縮手人。已辦春寒風帶雨，重溫吳語夢成塵。拋殘心力猶堪惜，留取身名定孰親。回首三年舊風味，清狂減盡祇傷神。」〔註40〕亦是為月梅而作。

〔註34〕 潘伯鷹撰：《海藏樓詩的解剖》，見民國《生活》1947 年第三期，第42 頁。
〔註35〕 《海藏樓詩集》卷五，第 149 頁。
〔註36〕 《鄭孝胥日記》第二冊，第 981 頁。
〔註37〕 《海藏樓詩集》卷五，第 150 頁。
〔註38〕 《海藏樓詩集》卷五，第 153 頁。
〔註39〕 《鄭孝胥日記》載周立之語，參見《鄭孝胥日記》第二冊，第 911 頁。
〔註40〕 《海藏樓詩集》卷五，第 156 頁。

（三）歸滬復合

　　鄭孝胥歸上海後直至第二年 1906 年 2 月，方赴煙臺重續舊情。《日記》自述其赴煙臺途中之心理起伏、猶疑不定，可謂精彩絕倫。悉摘如下：

　　　　起見赤日半銜海波，正對窗間，海水深綠，微作皺紋。又意鳳雛已嫁，則當謝余不見；或請見余，略談所遇情狀，余何言以對之乎？余在龍州所為詩，亦有頗吐其怨恨者，乃余之禍爾，如彼不羈之概，要是能獨立之豪女也。去年十月過廣州時，周立之語余，"清嘗遺吾書，言『龍州遣使迎我，而謝不往，此我不嫁之證也。』今君果往煙臺，清必改其初志矣。」夜，夢鳳雛被征入宮中教戲，既寤，殊鬱鬱。檢卷中自光緒二十九年十一月在連城得鳳書至三十年六月來書，共得八次，其末次乃楊秩五代筆，云「欲往太原，以指環留念"，此余所認為哀的美敦書者。自此以後，余亦不復寄書，距今已一年有半也。去年，余托陳少南、吳怡泉過煙臺視之，詰其「未往太原，何無一書寄龍州？」對曰：「報紙言京卿將歸，且久無音問，恐不能達故耳。」少南書述其語，余《雜詩》中有云：「邊關病臥忽三秋，輕別真成悔下樓。金鎖綠沈零落盡，歸來空剩一生愁。」即為鳳雛作也。自去年到上海，足跡不及觀盛里，一日，無意中車馳過之，見其舊居後門有小紙書「金第」二字，余愕然，使探之，非是，悵惘累日乃已，偶占一絕曰：「三年舊恨欲成塵，又見人間別後春。枉向邊城乞殘骨，不知誰是夢中人。」夜半暖甚，起作一律曰：「夜半轉春氣，海中殊不寒。濤聲炊正熟，月色燭俱闌。人定舟彌速，夢回天自寬。明朝應有見，冥想更無端。」〔註41〕

　　這段記錄自言自語，自怨自艾。首先承認自己氣度褊狹，卻謂月梅「如彼不羈之概，要是能獨立之豪女也」〔註42〕，這是後悔催促月

〔註41〕《鄭孝胥日記》第二冊，第 1027 頁。
〔註42〕《鄭孝胥日記》第二冊，第 1027 頁。

梅入桂，招致佳人懊惱。既懼怕月梅已嫁，又擔心其重操舊業，可謂憂心似焚。又憶及過其舊居情形，低回纏綿，令人為之氣短。所錄三首皆未收入《海藏樓詩集》。最終，鄭孝胥還是見到了未嫁的金月梅，逗留數日，與其約定母女同至蘇州，居海藏樓文案館，擬以幕友待之。蓋當時鄭孝胥擬於蘇州設一文案館，故云海藏樓文案館，此事於《日記》僅一見，當屬隨口應諾。數日相處，鄭孝胥又得一詩：「海上名姝久拂衣，窮荒塞主亦東歸。相逢復有扁舟約，只許鴟夷是見機。」〔註43〕鄭本是功名中人，所謂扁舟之約、鴟夷見機，不過故弄姿態而已。考之《日記》，鄭孝胥於1906年2月4日從上海出發，2月6日見金月梅，12日啟輪歸上海。與金月梅在煙臺相處不過六日，途中得《煙臺記遊詩五首》，《日記》未收載內容，詩集亦不收。

　　月梅於1907年3月辭別鄭孝胥，上海相處時間不到一年。鄭孝胥當時任預備立憲公會會長，事體繁雜，同時亦在岑春煊與端方之間遊離不定，處在丁未政潮的前夜，無暇顧及，是以《日記》對此事只一筆帶過。但其內心是痛苦的，是不甘心屈服的。月梅歸煙臺後作書與鄭，曰：「依君一年，自慚無功坐食，而婢母猶嘖有煩言，婢自無顏立於君家。高情厚愛，終身不忘。今願自苦，復理舊業。請勿相迎，婢不來矣。寄去繭綢二端，乞存之以表微意。」鄭得書，「肌跳頭眩，幾不能坐」〔註44〕。第二日即復書曰：「汝病瘋耶，乃為此語：我誠有負情義，使汝有去志耶？所約端午節後遣人往迎，明有天地，暗有鬼神，豈可欺哉！」〔註45〕第三日再作書曰：「一年之愛，豈不加於曩日？金之依鄭，天下所知，復理舊業，實損吾名。想汝雖有此言，旋自悔之。繭綢姑存，須汝自來，手自裁制以衣吾體耳。」〔註46〕鄭孝胥自認為無負月梅，且為月梅重理舊業感到十分羞憤，極力挽回之

〔註43〕　《鄭孝胥日記》第二冊，第1028頁。
〔註44〕　《鄭孝胥日記》第二冊，第1086頁。
〔註45〕　《鄭孝胥日記》第二冊，第1086頁。
〔註46〕　《鄭孝胥日記》第二冊，第1086頁。

意甚明。越數日，即三月十二日又作書與月梅云：「二月十二日春暉里樓中敘別之情，今為三月十二日，宿熱猶在肌耳，豈可視我如路人哉！必踐前約，或母子偕來，或汝身獨來，商量日後之計，決無所難也。」〔註47〕在這一日作了《三月十二日四十八初度是日自上海赴南京》第一首，數日後又作一首。

第九、十首《三月十二日四十八初度是日自上海赴南京二首》云：

坐思老來味，零落期漸近。擊碎珊瑚枝，於意終有吝。
解兵雖經年，世故猶相恩。奔波誰汝役，縮手亦霜鬢。今辰愈不樂，新齒恩愛刃。心知無萬全，策馬突堅陣。袖中銜詩本，快快入吳郡。形骸何足道，所惜在方寸。

平生自謂剛，百煉成繞指。醜枝還著花，一笑誠可已。相歡曾幾時，往事同覆水。奇情誰能羈，絕世騁恢詭。勇決實起予，我乃不如爾。龍劍何必合，小別輒萬里。琅琊王伯興，區區為情死。〔註48〕

潘伯鷹先生說：「這兩首詩意味清越激昂，實使人百讀心折。尤其第二首，顯得出一種打落了門牙，仍自說硬話的神態。起首四句自嘲自解，在字句以外見其不堪。看其中『奇情誰能羈，絕世騁恢詭』兩語，可知月梅掉了不少的槍花，作出不少的無賴。在他並不是不知道，而是寬容了憫念了這些無賴和槍花，並且偏要苦笑著誇獎道：『勇決實起予，我乃不如爾。』這時候，尚是初遭打擊，只覺其痛，而不暇於悲。所以硬漢子還可以直挺挺紮，還有力量，鐵青臉去嘲諷那個無罪的古鬼王伯興。然而，等待時間長一些，痛定思痛，痛去悲生，饒是硬漢也軟了！必到這時，才有最悲哀的話語。」〔註49〕實際上，結合《日記》可以知道，鄭孝胥這時尚心懷希望，所以才說「龍劍何必合，小別輒萬里」，安慰自己不必過於絕望。而「勇決實起予，我乃不

〔註47〕《鄭孝胥日記》第二冊，第 1087 頁。
〔註48〕《海藏樓詩集》卷六，第 166 頁。
〔註49〕潘伯鷹撰：《海藏樓詩的解剖》，見民國《生活》1947 年第三期，第 42 頁。

如爾」這句正說明了分別時為何沒有強留的原因，因為在鄭孝胥看來，這次的分離不過是受到了夫人的壓力，是權宜之計，並沒有想到月梅的勇決是真的決絕。月梅掉了不少槍花，雖無實質證據支撐，但鄭孝胥確是花了不少錢。月梅在 1904 年歸煙臺時，所居房屋是鄭孝胥租賃的，而在上海時作為著名的優伶，花銷自然甚大。鄭孝胥雖然多疑，但對金月梅還是真心的。分離的直接原因是鄭妻的善妒，而月梅在人前亦曾暗示此事，《日記》載：「小魯乃趙次山之弟，與雙清甚熟，雙清嘗語小魯：『鄭君遇我誠厚，其人家庭甚篤，吾不欲使有間言，乃忍而去之耳。』」〔註 50〕這種委婉的表達是月梅聰明之處。月梅最後請於鄭孝胥曰：「君乃功名中人，我又非閨閣之選，久則相妨。」對此，潘伯鷹先生說：「可憐鄭太夷夢寐辛苦，賠錢費力，以為三生石上得此情種，而不意其不到三年便以為『久』，便以為『相妨』也！相妨何事？說穿了，無非是不便再去胡調而已。在這種情形之下，不如『慨然諾之』之為愈。聰明人，吃了虧都不肯倒胃口，我們讀者切莫被他瞞過，忽略了骨子裡的痛楚，以至於不能透徹瞭解其作品。」〔註 51〕可謂知言。

（四）分手後

此後月梅再沒有聯繫鄭孝胥，鄭孝胥終於絕望了，於是有了《殘春》《送春》這幾首詩。《殘春二首》云：

　　　　孤抱曾何惜，殘春絕可哀。不成依斗室，復作攬高臺。
　　心與驚鴻逝，書憑夢蝶回。司勳休刻意，意盡恐難裁。

　　　　近水生惆悵，看天抱苦辛。一閑成落魄，多恨失收身。
　　又做江南客，還逢白下春。春風太輕別，無地著愁人。〔註52〕

第十三首《送春》云：

〔註50〕 《鄭孝胥日記》第三冊，第 1253 頁。
〔註51〕 潘伯鷹撰：《海藏樓詩的解剖》，見民國《生活》1947 年第三期，第 44 頁。
〔註52〕 《海藏樓詩集》卷六，第 166 頁。

檢點平生空自奇，漸成灰燼欲何施。送春可得回三舍，
積恨應須塞兩儀。來日塵勞殊未息，餘年心病總難醫。江南
是我銷魂地，忍淚看天到幾時？〔註53〕

潘伯鷹先生說：「這幾首詩都是寂寞空虛之中收視返聽，所迸出
的悲音。古人所謂孤絃哀歌，正是這一種。」〔註54〕以這幾首與龍州
之作相比，則龍州之音雖哀怨而未至淒絕。到了這樣山窮水盡地步，
真是其音哀以思了。鄭孝胥臨死前不久，還傷悼此事，曾有句云「不
道人生不如夢，人生是夢苦難尋」，詩句雖淡實悲，凡屬有情，皆同一
慨。

鄭孝胥並非不知道月梅耍花槍，在愛戀相處及初分手時，自然是
原諒和包容了她。但時間一長，他終於將這一點說了出來。《日記》載
其第二次納妾時，自云「老而愈癡，易為牢籠」，欲先請示夫人，再匯
款與人，且云「使彼為第二之雙清者，亦惟付之一笑而已。」〔註55〕
可見鄭孝胥此時已將月梅視為騙子了，但實際上，他之所以最終選擇
相信自己的疑心是正確的，也不過是為了減輕自己的痛苦。因為 1907
年分手後念及金月梅的詩甚多，如《三月初五攜家人往龍華觀桃花至
則已謝》《二月二十一日又至南京》《留髭》《閏二月十七日獨遊龍華》
《海藏樓雜詩》《津沽雜感六首》《題董小宛孤山感逝圖》《燕台舟中
望玉皇頂》《殘夜》等等，皆有一二語句與金月梅相關，此不贅述。鄭
孝胥為了此段情事，一生淒惘不已，如 1932 年《殘夜》其一云：「數
盆頗惜梅花瘦，莫解殘年抑鬱心。驚怪暗香來鼻觀，故人魂夢忽相尋。」
其二云：「回頭萬恨復千悲，投老猶難脫羈鞿。留取一庭殘夜月，依依
還我少年時。」〔註56〕足以證明他對以前的感情始終非常懷念，體現
了哀樂過人的性情。

〔註53〕《海藏樓詩集》卷六，第 167 頁。
〔註54〕潘伯鷹撰：《海藏樓詩的解剖》，見民國《生活》1947 年第三期，第
　　　　43 頁。
〔註55〕《鄭孝胥日記》第三冊，第 1287 頁。
〔註56〕《海藏樓詩集》卷十二，第 400 頁。

綜上所述可知，鄭孝胥的風懷詩一方面纏綿悱惻，另一方面又發展出獨存神理的風格，這體現了其哀樂過人的個人性情和家國情懷的渾融為一。但又可以看出，對金月梅的感情亦是其本人負奇振異的性情之投射。兩人由猜疑而分手，在這種美好的事情上甘願受騙，又一任喜怒哀樂之發，最後卻在憶念中不斷美化這段感情。這見出了鄭孝胥詩歌的兩面性正如其人，他一方面仰慕建功立業的豪傑之士，有家國情懷，但另一方面卻太過於尊情負氣，自陷於縱橫奇宕的人生不能自拔。但不可否認的是，正是由於其尊情負氣，才有這些激越回環的好詩。

第二節　沈摯真刻的哀挽詩

鄭孝胥詩工於哀挽，其哀樂過人自不必言，最大的特點是不求工而自工，情文兼至。王賡《今傳是樓詩話》云：「海藏每謂詩之佳者，必其人哀樂過人，此語不啻自道。集中如《述哀》《小乙》諸篇，固已流傳萬口矣。弢庵題《海藏樓詩》，所謂「我讀《述哀》詩，聲淚一時迸」者也。今春《傷逝詩》十二首，海外讀者，尤盛稱之。袞甫自東貽書，謂其『以宋賢之意境，而有漢、晉之格調，深遠悲涼，驚心動魄，何止近世所無，直當獨有千載』。海藏自云古人作此等詩，皆無求工之意，庶幾近之。實則悼亡之詩，汗牛充棟，語其極則，不外情文兼至。他人有此哀情，無此健筆，固宜海藏之前無古人也。」〔註57〕《述哀》是鄭孝胥為其兄侄疫亡而作，《小乙》是鄭孝胥為其幼子鄭勝所作，《傷逝》則為其妻吳學芳而作。袞甫即汪榮寶，汪榮寶詩學義山，鄭孝胥極稱其詩。汪榮寶對鄭孝胥《傷逝》詩的評價雖有過譽之嫌，但「以宋賢之意境，而有漢、晉之格調」這句點評則頗為知言。從其哀挽對象來說，鄭孝胥哀挽詩可分為四類：一是悼亡妻，二是悼兒女，三是哀兄侄，四是挽友朋。皆各具特色，但總的來說，其風格可稱之為沈摯真刻。

〔註57〕見張寅彭主編：《民國詩話叢編》第三冊，第 385 頁。

一、悼亡妻

　　鄭孝胥妻子吳學芳，日記稱「佩」或「中照」，大鄭孝胥三歲。鄭孝胥於 1879 年與吳學芳成親，1928 年吳學芳於上海去世，夫妻共同度過了四十九個春秋。據其《日記》所載，鄭孝胥將其妻子當做朋友知己來看待，夫婦感情尚屬融洽。1882 年，婚後三年的鄭孝胥於《日記》載：「余性孤冷，與人落落，在江南尤無外交，所深談者獨閨中一人。余嘗稱『佩也真吾友』，余於閨中，兼有朋友之樂焉。」〔註58〕數日後又為作一詩云「天上愁離別，人間感杳冥。瑤階涼獨臥，碧漢浸雙星。翠袖禁寒薄，秋光入夜青。凌波人不見，塵債夢誰醒。落月捐衣珮，微風透畫屏。相思長脈脈，孤枕對惺惺。兒女情何已，機絲巧未停。乞將雲錦段，為織鳳皇翎。」鄭孝胥自云「秋懷滿抱，亦以寄『雲鬟玉臂』之思爾」〔註59〕。又數日作《寄內》一詩寄之：「念子令人瘦，單衣初試秋。邯鄲窺玉貌，誰道為窮愁。」又曰：「出門臨滄海，登高見帝都。忽思對椎髻，著論擬《潛夫》。」〔註60〕皆可見年輕的鄭孝胥對這段婚姻是較滿意的。吳學芳對鄭孝胥的感情也十分深，鄭孝胥任職龍州邊防督辦時，吳學芳「銳意赴粵，欲賃屋廣州居住，以待龍州之迎」，鄭孝胥謂「其癡如此」〔註61〕。兩人之間相處，話題多是較文藝的，如《日記》載：「夜，與中照、女景坐東廊玩月，語之曰：日月之色，風雨之聲，花之香，酒之味，皆天下奇絕無對之品。然此色聲香味必人之聰明乃能領略，合之可謂五絕也。」〔註62〕其時在龍州，艱難困躓之際，乃為清談如此。亦有屬政治出處的話題，如鄭孝胥「欲再奏邊防宜歸督撫、請撤去督辦情形」時，吳學芳卻對他說：「天下將以君為怯。」鄭孝胥「然之乃止」〔註63〕。果然是淮軍將領之女，亦可見其甚瞭解鄭

〔註58〕《鄭孝胥日記》第一冊，第 11 頁。
〔註59〕《鄭孝胥日記》第一冊，第 20 頁。
〔註60〕《鄭孝胥日記》第一冊，第 66 頁。
〔註61〕《鄭孝胥日記》第二冊，第 922 頁。
〔註62〕《鄭孝胥日記》第二冊，第 938 頁。
〔註63〕《鄭孝胥日記》第二冊，第 937 頁。

的性格。又如辛亥革命時，鄭孝胥彷徨詫傺於海藏樓，認為自己昧爽即起，運思操勞，海藏樓不應該是避世之地，但海藏樓又真成避世之地，向吳學芳感慨說「蓋所種者實為用世之因，而所收者轉得投閒之果，可謂奇矣」，又云「記之以待研究」〔註64〕。可見吳學芳對鄭孝胥來說，又是一個可以分擔因政治失意而痛苦的伴侶。

1928年二月初十，吳學芳逝於上海。其時鄭孝胥在天津小朝廷，得訊即請假三日，十八日方至上海。鄭孝胥連日作詩悼亡，先作《傷逝》三首，其後尚有十一首題目各異之作。王蘧《今傳是樓詩話》以為有十二首《傷逝》，實際上是以《傷逝》為一首，再合其後數日之作，概以《傷逝》冠名。《傷逝》三首云：

> 偕老亦既老，所欠惟一死。先行子不憚，繼往吾何餒。
> 小別良可哀，顧此堂下晷。叩棺幸未闔，累喚寧能起。素衣
> 空輯杖，雪涕隨逝水。相從五十年，十日斬我俟。茫茫望前
> 路，目極天與海。

> 入室日已晏，離魂在此榻。冥追試就枕，藥氣猶繞頰。
> 中宵影隨形，徒倚還蹀躞。吞聲端有失，苦淚空凝睫。心知
> 成永訣，未免戀一霎。我如夢為周，君如夢為蝶。

> 去年菊花時，廊下偶攜手。花前憔悴人，悵然若難久。
> 當時苦無覺，輕別將誰咎。一悲悲何窮，倏忽餘鰥叟。〔註65〕

這組詩的語言真樸，汪榮寶所謂「宋賢之意境」當指其「叩棺幸未闔，累喚寧能起」和「冥追試就枕，藥氣猶繞頰」兩句真刻的敘述而言。而「漢、晉之格調」當指其「相從五十年，十日斬我俟」、「心知成永訣，未免戀一霎」及「當時苦無覺，輕別將誰咎」三句表現的沈摯之情。其中「冥追試就枕，藥氣猶繞頰。中宵影隨形，徒倚還蹀躞」四句，比潘岳《悼亡其一》「悵恍如或存，回遑忡驚惕」〔註66〕

〔註64〕《鄭孝胥日記》第三冊，第1358頁。
〔註65〕《海藏樓詩集》卷十一，第355～356頁。
〔註66〕〔晉〕潘岳著，董志廣校注：《潘岳集校注》，天津：天津古籍出版社，2005年版，第254頁。

更為真刻。從章法上看,第三首再憶去年離別前情形,「去年菊花時,廊下偶攜手。花前憔悴人,悵然若難久」,隱然呼應第一首「小別良可哀」句,可謂如環無端。尤可注意者在「輕別將誰咎」句,鄭孝胥當時為天津小朝廷當得上是毀家紓難,連年離家浮海北上,出財出力出計,而復辟尚無希望,茫茫天海,失侶前行,不勝唏噓。

其後十一首之作依時間分別是:《二十夜》《廿一夜》《廿二夜》《廿三夜》《廿四曉》《廿五曉》《三月初一曉》《初二曉》《三月十一夕》《十八日》《五月十七日》。此十一首多回憶懷念,漸趨理性,述及生死之理。其中《廿二夜》「斯人夜不眠,曉帳必猶寢。披帷無所見,旁皇此為甚。几榻勿輕移,起坐素身諗。頗疑接謦欬,髣髴氣微凜」〔註67〕,此即潘岳《悼亡其二》「寢興目存形,遺音猶在耳」〔註68〕之意,而鄭作真刻詳細,潘作則精整簡潔。《廿三夜》「新魂必迷罔,自痛離其形。旁觀骨肉哀,慘悽倍於生。生者能為主,依戀終相縈。生者苟漸忘,無歸愈飄零」從亡魂角度述哀,更覺其慟,而繼之「委形如爪髮,朽腐難為靈。聖人識情狀,致齋極精誠。立屍而後祭,何疑於禮經」〔註69〕,則哀慟之後又趨於理性。《三月初一曉》「出門暫棄置,入門復屏營。滅燈人定後,銳意趨幽冥」〔註70〕,則脫胎於梅堯臣《悼亡其二》「每出身如夢,逢人強意多。歸來仍寂寞,欲語向誰何」〔註71〕,梅詩止於悲慟斯人已逝,鄭孝胥則更進一步,意欲「趨幽冥」而會其魂,終不可見,但歸之「鬼神乃餘氣,未若人所能。冤抑或為變,居常終無靈」〔註72〕而已。其迷離恍惚與梅之「身如夢」異曲同工。《初二曉》則更進之,已上升至生死之理的層面,以理自

〔註67〕 《海藏樓詩集》卷十一,第 357 頁。

〔註68〕 〔晉〕潘岳著,董志廣校注:《潘岳集校注》,第 255~256 頁。

〔註69〕 《海藏樓詩集》卷十一,第 357 頁。

〔註70〕 《海藏樓詩集》卷十一,第 358 頁。

〔註71〕 〔宋〕梅堯臣著,朱東潤校注:《梅堯臣集編年校注》,上海:上海古籍出版社,2006 年版,第 264 頁。

〔註72〕 《海藏樓詩集》卷十一,第 357 頁。

克，有數句云「死狀即若寐，熟寐元無知。有知無知間，誰主此可疑」，這種疑問雖聖人亦不能解答，至於感歎「生短死則長，死安生甚危」，生短危而死長安，不過老生長調，但又忽然轉筆一折云「聞道夕可死，既死終焉歸。無知信無涯，有知能幾時。莊生與釋氏，毋乃皆沈迷」〔註73〕，死則無知，死長則無知是無涯，生者能知，能知時短，如此則莊子之「以有涯隨無涯」與佛教之涅槃真如不免執著於生死矣。然而整首詩不過是杜甫「死者即已休」之意，悼亡至此，已無可悼。鄭孝胥離家再赴天津之時，又作最後一首《五月十七日》云：「地下恐無知，生存獨難別。行時畏回顧，掃榻留虛室。去來定何歸，放歌聊作達。」〔註74〕生者何自守，聊作達而已，悼亡詩終於此首。

唐代韋應物有《傷逝》一首，亦悼其亡妻，雖哀傷而能以道力自持，詞氣極其溫雅敦厚。鄭孝胥《傷逝》三首乃迥異之，描寫真刻，極其慘戚。此亦可見鄭孝胥之學韋，殊不在此。《韋蘇州集》自《傷逝》後尚有十九首憶念之作，鄭孝胥之十數首亦大致相當，要之同為不能忘情之人。自詩經《綠衣》中述遺物「綠衣」，《葛生》述內室寢具「角枕」「錦衾」，在詩歌史上多數詩人繼承了這種睹物思人的悼亡抒情方式。鄭孝胥《傷逝》無此俗套，除《廿二夜》寫及「曉帳」，《十八日》述及「簿錄」外，其餘諸首亦皆擺落故步、獨存神理，這是其悼亡詩的一個特色。陳寥士云：「此老篤於伉儷之情，為悼亡詩創一新紀錄，亦一奇跡。古來悼亡，共推元相遣悲三首，後世作者，文勝於情，詞藻太多，佳構遂少！海藏諸作，謂之冠絕古今，當非溢美過譽。」〔註75〕冠絕古今雖未必然，其詩情文兼至、哀樂過人則無可置疑。

二、悼子女

鄭孝胥育有四兒二女，大女鄭景，次女鄭惠，大兒鄭垂（大七），

〔註73〕 《海藏樓詩集》卷十一，第 358 頁。
〔註74〕 《海藏樓詩集》卷十一，第 362 頁。
〔註75〕 陳寥士撰：《海藏樓詩的全貌》（下），民國《古今月刊》1942 年第八期，38 頁。

次兒鄭禹（小七），三兒東七（居日本時所生），四兒鄭勝（小乙）。東七卒於 1894 年，鄭惠卒於 1908 年，鄭勝卒於 1918 年，鄭垂卒於 1933 年，這四個子女先鄭孝胥而卒，鄭景鄭禹皆後於鄭孝胥而卒。《海藏樓詩集》悼子女之詩有《哀東七》三首、《傷女惠》一首、《哀小乙》六首及《哀垂》六首等共十六首，本文主要探討其《哀小乙》六首和《哀東七》三首。

　　鄭勝，小名小乙，風華正茂之時卻得腦膜炎，1918 年正月卒於上海寶隆醫院。鄭孝胥對鄭勝之死亦極感疚恨，《日記》自云「勝之死也，余實驅之臨敵，彼遂陷陣，力戰不反顧而死」〔註76〕。所謂驅之臨敵，是嚴格要求其讀書作文的譬喻，比如鄭勝赴青島學堂讀書時，鄭孝胥「令攜《前漢書》及《文選》，閒暇時讀之，並詳細看注」〔註77〕。鄭勝年紀輕輕，就能作《論歐洲戰事》文一首，可見鄭勝頗有才華。鄭孝胥命其名為勝，亦其本人好勝性格的表現。鄭勝之死，鄭孝胥為作《哀小乙》六首云：

> 靈真伏我旁，我意殊不覺。一朝忽然去，百身那可贖。尋渠詩中語，縹緲如鴻鵠。海山不成歸，無故輒歌哭。既云厭人世，何事猶苦學。繁華絕所好，惟學為子毒。得天監其腦，解脫誠已酷。蓋棺寧無戀，號泣羅骨肉。修短定虛名，畢生自多福。

> 昧爽赴吳淞，落日歸黃浦。挾書獨往來，海鷗久為伍。錫名乃曰勝，好勝由爾父。未明喚兒起，去去不言苦。回頭望樓窗，目力盡街樹。飢飽兒自知，風雨兒自禦。安知爾已傷，精髓暗中腐。臥床未十日，到死無一語。無窮父子情，草草遂終古。倚樓默自失，淚眼復何覩？

> 陳屍儼在牀，昏眩忽如夢。存亡孰主賓？非悟亦非慟。委蛻良自佳，造化試摶控。魚潛為鳶飛，久羈等一縱。魂魄猶樂生，億測恐難中。哀情譬初割，未免護新痛。此境行及

<hr>

〔註76〕 《鄭孝胥日記》第三冊，第 1712 頁。
〔註77〕 《鄭孝胥日記》第三冊，第 1482 頁。

我，萬古迫相送。苟生正可羞，不死嗟安用。

病革憂交攻，惶瞀苦無計。一朝氣遂絕，心知即長寐。眼看屍入棺，骨肉從此棄。見棺不見人，哀怨將何冀。如何棺又去，遺像空相視。人屍與棺像，變化一至四。他年當為墳，百歲同入地。親愛未盡亡，死別饒餘味。留名稱不朽，萬古付涕淚。

天地獨不變，未足釋我疑。所疑天與地，生死亦潛移。人生時苦短，古今渺無涯。昧哉漆園叟，無生爾何知。旁觀似甚明，自逝夫誰欺？日月為我魂，山川為我屍。中有弔古者，悲歌復在斯。造物無所愛，萬形紛奔馳。死狀竟何如，試為吾言之。

文字久不磨，形骸倏已改。何為戀人間，一瞬即千載。強令短者長，短長究安在？我今恨渠短，自謂猶有待。朝來昨既失，夕至晝奚逮。始知逝川嘆，聖者難自解。長逝等無歸，豈必歸為鬼。形聲術可留，神識還真宰。文字固非道，聊復託生死。〔註78〕

組詩亦沈摯真刻，不作過多的修飾，而用意綿密，不求工而自工。前兩首記述鄭勝死因，回憶其讀書時情景。第一首「無窮父子情，草草遂終古」句為總述、第二首「哀情譬初割，未免護新痛」句開始敘及哀痛。第三首「魚潛為鳶飛，久羈等一縱」，又轉而自我解慰。至第四首「人屍與棺像，變化一至四」，是紀實之言，十分真刻沉痛。第五首「昧哉漆園叟，無生爾何知。旁觀似甚明，自逝夫誰欺」又及生死之理，與其悼亡妻《初二曉》「無知信無涯，有知能幾時」相同，且又進之，以旁觀與自逝對舉，發人深思。第六首呼應第一首，述及鄭勝詩文不磨，形骸已逝，末兩句「文字固非道，聊復託生死」又作首尾呼應，所謂文字即回應第一首鄭勝之「詩中語」。

陳衍很欣賞鄭勝的才華，曾欲以女弟子妻之，同時對鄭孝胥的命名表現出不以為然的態度，鄭勝卒時，陳衍作《蘇堪喪其第三子勝以

詩唁之》云：「正月初三日，此日何太酷。懟君工哀挽，淒惋難卒讀。東七哀連篇，栗兄傷手足。懟君喜東野，東野杏殤劇。懟君喜荊公，荊公痛舐犢。拙詩遠不如，胡亦摧此毒。又懟君名子，勝也欠厚福。白公空勇猛，陳涉枉鴻鵠。勝也信佳兒，自命非碌碌。吾有女弟子，擇婿吾所欲。勝也辭早昏，學業方自勗。」〔註79〕陳衍認為鄭詩工於哀挽，不惟於《石遺室詩話》見之，此亦云然。陳衍認為，鄭詩工哀挽，又師法孟郊、王安石，而孟王兩人之子皆先亡於前，所以可能有詩讖。

　　鄭孝胥悼子女之詩中，用語不避俗而有漢魏樂府之風者為《哀東七》。東七是鄭孝胥 1894 年任職日本神戶大阪總領事時所生。東七年方二歲即夭，鄭孝胥酷愛此兒，為作五古《哀東七》三首，詩云：

　　中年念兒女，剛性殊曩昔。眼中第三兒，抱玩輒不釋。咿啞才學語，見爺已解索。吾懷雖抑鬱，為汝長暫適。親黨共誇慧，比似珠的皪。何時大疏忽，不節使傷食。投藥若小瘵，日日看愈瘠。出愁入亦愁，彌月疾隨革。冬至幸脫命，小寒過不得。父憐母復愛，撫汝兩腳直。

　　兒死膚未冰，臥板藉以裯。出門別吾友，歸斂已不早。入棺望始絕，父子緣遽了。猶當書兩和，白骨知此惱。紙錢送汝去，遺爐那忍掃。今宵我不寐，窗下燈皎皎。後房汝啼處，絮泣剩婢媼。一家各上牀，擲汝向荒草。歲盡冶城旁，月寒新鬼小。

　　三歲居日本，此行誠不利。海東得是兒，自詫帶奇氣。歸來太倉卒，斷乳哺用餌。十旬卒致殞，分我感時淚。遼瀋方鏖兵，暴骨滿關外。誰非父母體，驅向萬里棄。汝殤何足恨，浩劫行且至。中原適無人，去去非我世。明年化猿鶴，聊欲從此逝。〔註80〕

〔註79〕陳衍著：《石遺室詩集》卷八，見陳衍撰，陳步編：《陳石遺集》（上），福州：福建人民出版社，2001 年版，第 256 頁。
〔註80〕《海藏樓詩集》卷二，第 45～46 頁。

最大特點是紀實，不作過多比興的發揮，且用語不避淺俗，如「咿啞」「見爺」「珠的礫」「過不得」等。第一首前面娓娓道來，全為末句鋪墊，「父憐母復愛，撫汝兩腳直」，又平實道去，卻悲傷欲絕，這首述初卒。第二首「一家各上牀，擲汝向荒草。歲盡冶城旁，月寒新鬼小」，語尤真刻，而情益慟，古今同慨，此首述葬後。第三首「十旬卒致殯，分我感時淚」乃見出詩人闊大胸襟與悲憫情懷，「明年化猿鶴，聊欲從此逝」不過聊以自慰罷了。

三、哀兄姪

除胞弟鄭孝檉外，鄭孝胥尚有兩兄一妹，《日記》分別呼為栗兄、發哥與藹（萱）妹，此三人當是其同父異母的兄妹。1901 年 6 月到 7 月間福建發生瘟疫，鄭孝胥接二連三收到凶耗，於 7 月 19 日寫下了《述哀》組詩七首云：

> 榕城疫盛行，人鬼爭出殯。里中喪族弟，俄復奪一姪。姪年已及壯，蹉跎未授室。恩期我負爾，兄嫂老彌鬱。於時迫端午，次兄方臥疾。書中道無恙，悲悸常忽忽。何來鵝車礮，一擊碎心骨。父子相繼逝，先後纔旬日。

> 我持栗兄書，猝不知所為。自呼神略定，勃然湧千哀。兄書本細秀，兩紙字纍纍。二喪仗經紀，智慮饒安排。疾疫甚刀兵，一言傷我懷。江船幸未發，飛書還相催。行間別無語，速去勿遲迴。我兄但自脫，婦稚徐更裁。

> 淦子赴弟喪，炳子之日本。我特促之行，所慮良在遠。炳前踉告辭，酸淚為一灑。方當迎而父，但去勿悽斷。為農堪養親，世變莫挂眼。三年學成就，聚首日靡短。東人況善我，受託頗繾綣。而父書云云，望汝意不淺。

> 乞假居持服，懸懷在長兄。張沈來自吳，入門攜吾檉。息息相弔慰，語次心屢驚。初聞兄又卒，無淚眼空瞪。究窮死所由，號叫肝自崩。陳郎書在手，白日非幽冥。行年已六十，兒輩盈階庭。何苦而輕死，自沈為獨醒。因憶神戶歸，失足落東溟。墮河經再厄，胥種終相迎。我欲叱閻羅，鬼籍

除其名。不然當把臂，地下從先靈。

　　兄亡非緣疫，其故獨何歟？畏疾而憑河，哀哉豈此愚。寄書且視妹，所言固不虛。書辭靡瞀亂，巷陌多繞紆。河之水悠悠，城東得遺軀。終時作何狀，割愛從黿魚。為弟誠無狀，不能摻其袪。兩兄挈一姪，何許相睢盱。知死不可讓，以次當及余。

　　死喪雖甚戚，後死方有事。門中二十口，舍我誰將寄？致書使亞來，惡癉猶為厲。漢陽趣賃屋，規以安汝輩。三棺當暫厝，閏歲待我至。解衣斸蒼山，和土將血淚。築成名恨塚，償我無窮意。炳乎汝勿歸，父死叔尚在。東行吾計定，世亂重抱未。

　　稚辛聞此變，千里來共哭。四支已半摧，一手倚一足。作書寄護妹，天地此骨肉。事牽難久留，送汝使我獨。登舟一悽惶，去去意殊酷。樓頭臥更起，船尾燈猶綠。江波闇漲天，風雨欲揭屋。餘生付殘世，何地同啜粥。〔註81〕

　　第一首寫的是「荃侄」與「發哥」，此兩人是一對父子，考之《日記》，其侄暴卒於 6 月 27 日，發哥又於 7 月 6 日相繼而卒，相去不到十日。鄭將其侄子未婚無後引為己咎，是其宗族意識的表現。「於時迫端午，次兄方臥疾。書中道無慮，悲悸常忽忽」數句是倒插，有如水流中的洄旋，而這首詩的最大特點則在於用「方」「常」「何來」及「纔」字敘述了事情變化的極度無常，從而表達了極大的悲痛。這種突如其來的打擊又在第二首前四句「我持栗兄書，猝不知所為。自呼神略定，勃然湧千哀」中得到極精煉的表達，這雖是當時的實際情況，卻也必須具有高超的語言能力才能表現得如此真切沉痛。末尾寫到其作出先讓栗兄來漢口的安排，是一處伏筆。第三首中出現的「淦子」是荃侄之兄，「炳子」則是栗兄之子，鄭孝胥支持炳侄留學日本，且令其無過於擔憂，因為已準備迎接其父來漢，丁寧之語猶如白話，愈親切則愈加顯得下一首栗兄之死帶給詩人的慘痛。第三首亦可謂是組詩

〔註81〕《海藏樓詩集》卷四，第 117～120 頁。

中的迴旋，起承上啟下的作用。第四首寫及栗兒之死，前兩句「乞假居持服，懸懷在長兄」承上兩首，接著兩句「張沈來自吳，入門攜吾櫨。恩恩相弔慰，語次心屢驚」雖云「心屢驚」，讀者尚以為詩人只是為發哥與荃侄而驚心未定，殊不知接著兩句「初聞兒又卒，無淚眼空瞪」，原來是關於栗兒的噩耗初到，在這種接二連三的突然打擊下，鄭孝胥已然無淚，六魂無主了。第五首述栗兒死因，第六首述事後安排，最後一首送別胞弟，有無窮之餘哀。

這組詩最能表現鄭詩的哀樂過人，王贇《今是樓詩話》謂其「流傳萬口」〔註82〕，陳寶琛《滬上晤蘇龕出視新刊考功詞並海藏樓詩卷感賦留贈》云「我讀《述哀》作，聲淚一時迸」〔註83〕。這組詩發於中而見於外，諸詩皆不可少，章法自然天成，更見出鄭孝胥工於哀挽的根本原因在於哀樂過人，而非巧於安排。

四、挽友朋

朱大可《海藏樓詩之研究》：「海藏平生哀樂過人，對於朋友故舊之喪，往往長歌當哭，不能自已。《石遺室詩話》所云『蘇堪詩最工於哀挽者』，良有以也。石遺曾錄其《傷忍庵》《冬日雜詩》末首、《哭顧五子朋》《過侯府懷陳幼蓮》諸詩，謂其有聲徹天，有淚徹泉。……諸詩雜寫平日交誼，令人讀之黯然神傷。尚有哭兄妹兒女之作，過於沉痛，不忍卒讀矣。」〔註84〕本文擇取《哭顧五子朋》《傷忍庵》兩組詩為例來說明鄭孝胥挽友朋詩的藝術特色。

鄭孝胥篤於友誼，早年與顧雲、王仁堪等感情非常深厚。鄭孝胥對待早年摯友與同光體的儕輩不同，前者是意氣相投，而後者更多是文字之交。雖然文字之交可以達到斯文骨肉的程度，但與意氣相投相比，感情成分終是少了許多。特別是鄭孝胥晚年附逆，同光諸老也只有陳寶琛、陳曾壽尚有來往，陳衍、陳三立則與之絕交。陳寶琛逝世，

〔註82〕見《民國詩話叢編》第三冊，第385頁。
〔註83〕陳寶琛著；劉永翔，許全勝校點：《滄趣樓詩文集》卷二，第59頁。
〔註84〕《海藏樓詩集》附錄三，第638頁。

鄭孝胥挽詩對之反唇相譏，挽陳衍則更加刻薄，對陳三立雖不失敬重，憶念之作殊顯悵惘惋惜，但尚不至於痛哭流涕。總之，鄭孝胥挽友朋之詩的代表作集中在早年，特別是顧雲與王仁堪的挽詩。

顧雲（1845～1906），江蘇上元人，字子朋，號石公，族中排行第五，故人稱江東顧五。顧雲可謂是一個亂世中的畸人、奇士，少年曾任俠豪縱於淮楚之間，中年卻歸隱鉢山，詩酒以自娛。晚年又出遊吉林，參與修撰吉林省志，後為宜興訓導、常州教授。鄭孝胥與顧雲相識於沈葆楨幕府之時，顧雲為林壽圖高弟，而鄭孝胥亦曾問學於林壽圖，分屬同門，又意氣相投，詩酒往來，相交二十餘年，感情十分深厚。鄭孝胥在顧雲詩序中稱其為真詩人，在《日記》中謂其詩筆真樸，而顧雲在《贈蘇龕既題其小影》中對鄭孝胥亦極為贊譽，詩云：「鄭君軒軒雞群鶴，顧視清高體瘦削。妙論雅取荃蹄棄，深心時復毫素托。」〔註85〕顧雲亦曾為鄭孝胥詩作序，極道其兩人在金陵為鄰時相得於塵埃之表。顧雲卒於1906年，鄭孝胥當時正辭龍州邊防返歸上海，不及見，作《哭顧五子朋》四首以挽之云：

> 自意死窮邊，不復能見子。歸來誰與歸，得我子所喜。
> 南行暫展墓，海上聊徙倚。一歡謂可必，何用書累紙。豈知
> 有茲事，捨我遽為鬼。投袂欲相追，失望對逝水。
>
> 平生老縱酒，惟我能切諫。頻年跡稍疏，念子不及
> 亂。頗聞態如故，俗士望而憚。傷哉卒坐此，一醉渙其
> 膽。鉢山孤可哀，潭水深自恨。畸人去不返，題壁誰來
> 看？
>
> 持論絕不同，意氣極相得。每見不能去，歡笑輒竟夕。
> 西州門前路，俛我留行跡。相送至數里，獨返猶惻惻。小橋
> 分手處，驢背斜陽色。十秋萬歲後，於此滯魂魄。為君詩常
> 好，世論實不易。夢中還殘錦，才盡空自惜。
>
> 稱疾因解兵，用世志已灰。尚思得佳傳，非君孰能為？

〔註85〕顧雲著：《鉢山詩錄》卷二，清光緒十五年刻本。

君雖避衰世，浩氣殊不虧。一生意凜凜，可以屬詭隨。願列
君傳中，存亡能幾時。江西陳伯嚴，為文有古姿。他年求下
筆，竊比聃與非。〔註86〕

《今傳是樓詩話》評此組挽詩云：「讀之令人增氣類之感，至詩
之微妙，固不待言。」〔註87〕詳細論之，這組詩前三首各有特色。第
一首「自意死窮邊，不復能見子」不從顧雲寫起，反而從自身寫起，
破空突兀而來，三四句「歸來誰與歸，得我子所喜」一折，又轉從對
方來寫，我不意能生還歸來，而子得我同歸初服，亦皆可喜也，鄭孝
胥歸返途中兩人當有通信，觀下四句可知。中間四句為結尾四句作鋪
墊，一折再折，由歡入悲，寫得深摯。趙元禮《藏齋詩話》以為：「本
系蘇戡得子朋而喜，偏說得蘇戡而子朋喜，故意曲折。」〔註88〕第二
首前八句皆寫顧雲縱酒避世的畸人之風，而悲其不聽己諫，後接兩句
「鉢山孤可哀，潭水深自恨」化無情之物為有情，且用排偶行於古風，
筆勢更加健舉，從鉢山、潭水來寫斯人已逝後的落寞，更形寂寞，末
兩句憶往日在顧宅題詩之事，餘哀不盡。第三首的特點在於回憶中的
細節描寫，中六句「西州門前路，爾我留行跡。相送至數里，獨返猶
惻惻。小橋分手處，驢背斜陽色」意境蒼涼，詞氣淒惻，最能動人。
末首「願列君傳中」「竊比聃與非」兩句表現出對顧雲的極度敬重，在
《史記》中，老子與韓非合傳，韓非學說有淵源於老子之處，但鄭孝
胥在此只不過用這個史例來表達「願列君傳中」的一種願望，希望以
後陳三立為之作傳，將自己附其傳而留名，由此可見鄭孝胥對顧雲為
人敬重之至。陳衍《石遺室詩話》云：「往余敘蘇堪詩，嘗謂弢庵詩為
謝枚如、張幼樵作者，常工於他作。蘇堪詩工者固多，為顧子朋作則
尤工，且無不工。」〔註89〕這一點在鄭的這組挽詩亦可看出。

王仁堪（1849～1893），福建閩縣人，字可莊，又字忍盦，號公

〔註86〕《海藏樓詩集》卷四，第160～161頁。
〔註87〕見《民國詩話叢編》第三冊，第311～312頁。
〔註88〕見《民國詩話叢編》第二冊，第247頁。
〔註89〕陳衍著：《石遺室詩話》卷十三，第210頁。

定。光緒三年（1877）狀元及第，授翰林院修撰。歷任武英殿協修、山西學政、貴州江南鄉試副考官、江蘇鎮江知府、蘇州知府。王仁堪為官有循吏之風，又能直言切諫，為民請命。鄭孝胥與王仁堪是同鄉，相識於年少之時。鄭孝胥自 1883 年多次進京赴考，王仁堪敬服鄭孝胥的學識，曾有意延請鄭孝胥為其子教授讀書，鄭孝胥雖謙讓婉拒，王仍令其子師事之。1889 年鄭孝胥入京考內閣中書，即寄寓於下斜街王仁堪宅。鄭孝胥考取內閣中書後返歸江南，王仁堪催促鄭北上，遂於上海共赴京，鄭孝胥任職鑲紅旗官學堂教習。兩人唱和甚多，鄭孝胥且與其弟王仁東結交。王仁堪卒時，鄭孝胥於《日記》記載：「包封至，聞可莊於二十日丑時疾歿，驚絕哀慟，歎曰，天道之不可恃若此耶！余十八《望月》詩，氣象蕭颯，頗自怪訝，乃知天剪吾黨，哀象之先感也。王介甫《哭王逢原》曰：『百年相望濟時功，歲路何知向此窮。』湧淚之下，又拊床大叫。」〔註90〕將王仁堪與王令相比，對其英年早逝表達了深深的痛惜，其後又作《傷忍盦》兩首挽之云：

> 彼蒼不足恨，人事實可哀。莫復念忍盦，念之心膽摧。烈士盡奪氣，況我生平期。四海盡驚嘆，矧我夙昔懷。聚時不甚惜，皎皎心弗欺。別時不甚憶，落落意弗疑。如何無窮志，殉此七尺骸。交情日太短，天絕非人為。命也審如此，終古寧可追。

> 朝士重清流，此風亦久息。不隨薄俗移，通介見所植。抗言得棄外，天日無慚色。誰知活人手，未恨江湖窄。為民奮請命，有此二千石。世間汙吾子，捐去誠上策。但縻老親淚，冤苦滯魂魄。當時殉名人，著望各藉藉。貪夫潤烈士，事定眾乃白。公等當期頤，王濟我恨惜。〔註91〕

這兩首詩相當著名，陳衍《石遺室詩話》以其中第一首為鄭詩學孟郊的經典案例。陳衍說：「蘇堪五古長處在層層逼進，不肯平直說去。此與東野『杜鵑聲不哀，斷猿啼不切。月下誰家砧，一聲腸一絕。

〔註90〕《鄭孝胥日記》第一冊，第 385 頁。
〔註91〕《海藏樓詩集》卷二，第 32 頁。

杵聲不為客，客聞髮自白。杵聲不為衣，欲令遊子歸。』……等詩，異曲同工，蓋服膺於東野者深也。」〔註92〕第一首前八句「彼蒼不足恨，人事實可哀。莫復念忍盦，念之心膽摧。烈士盡奪氣，況我生平期。四海盡驚嘆，矧我夙昔懷」正如陳衍所說「與東野『杜鵑聲不哀，斷猿啼不切。月下誰家砧，一聲腸一絕。杵聲不為客，客聞髮自白。杵聲不為衣，欲令遊子歸。』」異曲同工，孟詩首兩句「杜鵑」與「斷猿」並舉以鋪墊，次兩句方呼出砧聲，再接著連用同樣句式渲染杵聲之動人客懷。鄭孝胥詩前八句幾乎同一句法，以彼蒼與人事對舉鋪墊，次兩句才呼出忍盦，孟郊將杜鵑、斷猿兩者與砧聲對比，而鄭詩無之，是一個區別。烈士盡奪氣、四海盡驚嘆兩句和杵聲不為客、杵聲不為衣兩句亦明顯有模仿痕跡。再緊接四句「聚時不甚惜，皎皎心弗欺。別時不甚憶，落落意弗疑」一折，句式又與前四句相同，可謂變本加厲。這四句的轉折見出鄭孝胥五古的長處不僅在層層逼進，且加以倒插等曲折用筆的方法，使其悲痛更形動宕勃鬱，這是鄭孝胥學古而能加以變化的地方，值得注意。第二首「抗言得棄外」以下，陳衍評為「有聲徹天、有淚徹泉」，其實也是轉折的筆法用得巧妙，故能跌宕起伏，動人心魄。這兩首詩亦不甚用典，只有末尾王濟的事典，出自《世說新語・傷逝》孫楚吊王濟時向賓客說的「使君輩存，令此人死」〔註93〕這句話。龐俊在光緒三十三年刊本《海藏樓詩》上評《傷忍盦》云：「層層深入，自是東野舊法。如見扼腕揮淚之態。」〔註94〕與陳衍看法一致。1898年，鄭孝胥還作了《雜感》，對王仁堪的英年早逝表達出痛惜之情，《雜感》其二：「忍盦才甚銳，志業如伯符。獨恨情稍急，鬼伯疑相趨。赴名何乃猛，短局誰能紓。養子豫章材，明堂容爾須。回思平生意，攬轡姑可徐。」〔註95〕可見其篤於友誼。

〔註92〕陳衍著：《石遺室詩話》卷十三，第 211～212 頁。

〔註93〕〔南朝宋〕劉義慶著，劉孝標注，余嘉錫箋疏：《世說新語箋疏》，北京：中華書局，2015 年版，第 703 頁。

〔註94〕《海藏樓詩集》附錄三，第 613 頁。

〔註95〕《海藏樓詩集》卷三，第 83 頁。

　　綜上可知，鄭孝胥哀挽詩的最大特點是敘事真實，幾乎不作辭藻的潤澤，體現了其哀樂過人的真性情主張，在風格上趨於沈摯真刻。諸詩有漢晉之格調、唐宋之意境，以健筆寫哀情，用意綿密，章法天成。

第三節　清遠雄奇的寫景詩

　　鄭孝胥詩歌工於寫景，極受陳衍稱贊，《石遺室詩話》云：「近人詩句工於寫景者，亦復不可多得，惟蘇堪最多。蘇堪平日論詩，甚注意寫景，以為不易於言情，較難於事。」〔註96〕但陳衍在詩話中所舉寫景佳例多為其七律中一聯，如「亂峰出沒爭初日，殘雪高低帶數州」〔註97〕、「月影漸寒秋浩洞，柝聲彌厲夜嵯峨」〔註98〕、「月黑忽驚林突兀，泉枯惟對石嶕嶢」〔註99〕、「楚澤混茫方入夏，暮雲嶒崒忽連山」〔註100〕、「白下溪流向人靜，紫金山色入春妍」〔註101〕、「入春風色連林覺，過雨山園一半開」〔註102〕、「兩郡楚山臨岸起，一江初日抱樓生」〔註103〕等，陳衍所舉的這些只是冰山一角，實際上鄭孝胥七律中的寫景佳句真是不勝枚舉。但這些七律多不專為寫景而作，寫景只不過作為點綴渲染而已，因為鄭孝胥七律的一大特點是中間兩聯幾乎必有一聯寫景而另一聯議論，這也是沿襲了杜甫以來作七律的一個較普遍的法則。但亦正因為寫景有獨到之處，鄭孝胥詩具有一種「如空谷幽蘭，雖乏富麗，殊饒馨逸」〔註104〕的特色，而其七律亦「清蒼峭秀，佳構極多」〔註105〕。但是，鄭孝胥的山水紀遊之作與描寫濠

〔註96〕陳衍著：《石遺室詩話》卷十四，第 221 頁。
〔註97〕《泰安道中》，《海藏樓詩集》卷二，第 58 頁。
〔註98〕《枕上》，《海藏樓詩集》卷一，第 8 頁。
〔註99〕《聽水樓偕伯潛夜坐》，《海藏樓詩集》卷一，第 9 頁。
〔註100〕《渡江曾讓甫約歸併上海書》，《海藏樓詩集》卷五，第 127 頁。
〔註101〕《正月二日試筆》，《海藏樓詩集》卷三，第 59 頁。
〔註102〕《廣雅尚書招同姚園探梅》，《海藏樓詩集》卷四，第 94 頁。
〔註103〕《偕石遺登黃鵠磯懷白樓》，《海藏樓詩集》卷六，第 162 頁。
〔註104〕由云龍著：《定盦詩話》卷下，《民國詩話叢編》第三冊，第 596 頁。
〔註105〕由云龍著：《定盦詩話》卷上，《民國詩話叢編》第三冊，第 567 頁。

堂、盟鷗榭及夜起庵等居處的風景詩才是《海藏樓詩集》中寫景的淵藪，也更能見出其詩學淵源所在。

一、山水紀遊

山水詩濫觴於六朝，「老莊告退，山水方興」之時，謝靈運是一關鍵轉折人物，也是模範山水的開創型人物。在唐朝，繼承了謝靈運刻畫山水而大有成就的詩人是柳宗元。謝柳兩人都刻意描摹山水，詩句之工幾無匹敵。但謝靈運詩有玄言詩的尾巴，而柳宗元詩則多哀怨之音，這是兩者的不同。另外，謝靈運寫景多妍麗，柳宗元則多清峭。鄭孝胥的山水之作中五古較乏富麗，不甚似謝靈運，而多清秀峭挺之作，近柳宗元，亦有馨逸淡遠者，則近王安石、梅堯臣，至於七古又別具東坡意態。與謝柳不同的是，鄭孝胥山水詩既無玄言尾巴，亦乏哀怨之音。依照時間先後來看，早年山水之作寄寓其憂世之心，中年則多表現輕世肆志、批判流俗的姿態，晚年的這類作品不多，大抵皆悲慨身世。

朱大可《海藏樓詩之研究》云：「海藏山水之作，近柳州，亦近東坡。如《立秋永田町山下新居作》《遊定林觀乾道題名》《顏氏園獨坐》《三月三日林山腴招集南河泊》《四月二日曾剛父招集崇效寺》《趙堯生招集法源寺》等篇，皆寫景妍逸，百讀不厭。」〔註106〕實際上，謂其近柳州、東坡，未能盡其能事。鄭孝胥的山水之作亦有取法王安石、梅堯臣、陳與義者。總體而言，鄭孝胥山水詩的最大特色是白描清景。葉玉麟云：「讀《海藏樓詩》日久，如飲沆瀣，時有清景，置人胸膈間，觸處便與神會。」〔註107〕雖不專指其山水之作，然移論此體亦無不可。

按錢仲聯先生，古代山水詩大概可分為兩類風格，一是雄奇，一是清遠。而兩種風格各自具有相對應的語言藝術。錢先生說：「古代

〔註106〕《海藏樓詩集》附錄三，第635頁。
〔註107〕《海藏樓詩集》附錄三，第563頁。

山水詩的藝術風格，總的可以劃分為雄奇和清遠兩大派。語言藝術，
則有設色妍麗和白描淡素之分，刻意雕琢和自然天成之分。清遠風格
的山水詩，語言又往往以白描自然的為多；雄奇風格的山水詩，語言
往往以藻麗雕刻的為多。然而也並非絕對，不可生硬劃分，如謝靈運
風格清遠而語言妍麗，阮大鋮風格清遠而語言雕琢都是。」〔註108〕如
果按錢先生的標準，鄭孝胥山水詩的風格偏於清遠一路，但語言不甚
雕琢，以白描為多，不太妍麗。從詩歌體裁上看，鄭孝胥的山水詩中
五古偏於清峭，而七古較為雄奇。早期代表作有《立秋永田町日枝山
下新居作》《遊定林觀乾道題名》《沈友卿周順卿劉厚生招遊惠山》《顏
氏園獨坐》。《立秋永田町日枝山下新居作》作於 1892 年居日本時，
是最早的一篇山水詩，詩云：

> 日枝蓊深蒼，細巷藏山麓。清谿復繞巷，彌望但高木。
> 西尋巷欲盡，杝落窺我屋。入門勢稍邃，紙窗晝常綠。纍垂
> 柿與梨，離立松與櫪。連楹作磬折，三面成五曲。閩人愛西
> 南，臨水好送目。東軒尤蒙密，數坐客所肅。距軒北二椽，
> 宜以棲我僕。周遮望若隔，呼喚應頗速。跳樑便兒女，飲噉
> 足蔬肉。旬餘閑坐起，月許忘局促。丁寧促灑掃，婢嫗頗屢
> 慼。比鄰各勤潔，詎可愧彼族。雨簷報晚霽，片月如涼旭。
> 晴燈鬧流星，繁絲壓孤竹。奔車湯忽沸，推枕聲在褥。中宵
> 起舒嘯，夜氣漫林谷。鄉心茫欲碎，離念牽更酷。我愁婦亦
> 嘆，身世付轉轂。中原民情澂，隱患在心腹。此邦俗亦偷，
> 交誼聊云睦。誰能任茲事，起造斯世福。微官欲何道，一飽
> 忍千辱。悲呻久不寐，人世寐正熟。雛雞爾誰戒，向曙強咿
> 喔。〔註109〕

龐俊評此詩云：「屈曲自達，情味盎然。王半山、梅宛陵間，可
以左挹右拍。」〔註110〕屈曲自達，謂讀者隨其描寫之環境方位步步深

〔註108〕錢仲聯著：《夢苕庵清代文學論集》，濟南：齊魯書社，1983 年版，
　　　　第 208 頁。
〔註109〕《海藏樓詩集》卷一，第 20 頁。
〔註110〕《海藏樓詩集》附錄三，第 611 頁。

入，隨步換形，如臨其境。但此評實則僅可施於前半部分，後半部分
則非是。陳衍《石遺室詩話》舉此詩「中宵起舒嘯，夜氣漫林谷。鄉
心茫欲碎，離念牽更酷。我愁婦亦嘆，身世付轉轂」「微官欲何道，一
飽忍千辱。悲呻久不寢，人世寐正熟」數句作為其詩多悃悃之作的例
子，方是後半部分之的評。作於 1895 年的《遊定林觀乾道題名》僅
有「定林亦何有，惟有石嶕嶢。孤泉澀不駛，灌莽圍巖腰。殘寺久難
興，敗牆土猶焦」數句寫景，值得注意是「我懷臨川翁，松岑寄寂寥。
穿雲復涉水，獨往不可招。高躅縱莫尋，神理固非遙。清詠入山骨，
歷劫元未銷」這幾句表現出其對王安石的致敬，「清詠入山骨，歷劫元
未銷」可謂推崇備至，由此可見其本人的山水詩創作祈向所在。《顏氏
園獨坐》作於 1910 年，風格則異乎上述兩首，而近於柳宗元。詩云：

> 浮生忽在斯，斜日耀高館。形骸誠有用，憑此聊把玩。
> 《南華》非僻書，推去復取看。了不異人意，姑作須臾伴。
> 迴廊亦可喜，風竹拂凌亂。豈無胸中鬱，白晝故易散。所憎
> 欠安眠，往事犯夜半。〔註111〕

「《南華》非僻書」典出《唐詩紀事》云：「令孤絢曾以舊事訪於
廷筠，對曰：『事出南華，非僻書也。』」〔註112〕「了不異人意」則出
自《世說新語》，《世說新語・文學》云：「庾子嵩讀莊子，開卷一尺
許，便放去，曰：『了不異人意。』」〔註113〕前半部分聊作閒適，而閒
適終不可得，其神理自柳宗元詩來，但辭藻不類柳詩，寫景較少，惟
「風竹拂凌亂」句略有柳詩「林影久參差」之意境。1911 年《三月三
日林山腴招集南河泊》則頗有不平之氣，其中「天影與波闊」「水邊雖
無人，春氣自發越」「林間窀堵坡，勢若湧木末」數句寫景皆佳，結尾
「嬉遊甘適野，聊散衝冠髮。肉食者謀之，榱棟崩且折。吾儕歸何黨，

〔註111〕 《海藏樓詩集》卷七，第 200 頁。
〔註112〕 〔宋〕計有功撰：《唐詩紀事》，第五十四卷，上海：上海古籍出版
　　　　社，1965 年版，第 824 頁。
〔註113〕 〔南朝宋〕劉義慶著，劉孝標注，余嘉錫箋疏：《世說新語箋疏》，
　　　　第 225 頁。

曷不樂今日」〔註114〕忽然一轉，意不和平。張謙宜《絸齋詩談》云：「柳柳州氣質悍戾，其詩精英出色，俱帶矯矯凌人意。」〔註115〕鄭孝胥此詩亦表現出其悍厲的氣性。

其山水詩中近東坡者多為七古，如1907年的七古《沈友卿周順卿劉厚生招遊惠山》，不僅氣脈音節皆極雄暢，景色亦殊為壯觀，可認為是學東坡的代表作品。《沈友卿周順卿劉厚生招遊惠山》：

> 惠山以泉鳴天下，早歲獨遊誰見迓。解衣小坐漪瀾堂，惟愛清泠盈石罅。識君恨晚二十年，好事重來覽臺榭。樓廊墻宇互遮蔽，名勝翻憎困構架。貴遊子弟豈知山，徒侈祠堂競陵跨。稍登高處始出世，鬱鬱郊原盡桑柘。錫山一峯伏復起，斷塔著天如仰射。河流城市相掩映，遙指帆檣認灣汊。繭稻歲易六百萬，富甲數郡真可霸。既富教之古有云，成俗方看待文化。橋頭徒倚戀山色，窺客時時過嬌姹。諸君娛我期盡歡，畫舫清歌入深夜。此遊樂甚當再來，謀為東坡築精舍。〔註116〕

蘇軾任杭州通判時，與惠山結下了甚深的溪山之緣，其《遊惠山》敘云：「余昔為錢塘倅，往來無錫，未嘗不至惠山。」〔註117〕但蘇軾所作關於惠山的詩皆賞其清幽，鄭孝胥此詩卻賞其雄壯，故行氣雄暢，音節響亮，這本是東坡詩的一個特色，此詩即向東坡致意，末句「謀為東坡築精舍」亦已點明作意。東坡山水詩的另一個特色是將理趣禪理融入山水之中，但鄭孝胥山水詩卻沒有師法東坡這一風格，基本上止於描摹景色，並無理趣禪理。集中如《二月二十二日集陶然亭》《越比叡山至根本中堂日吉神社諸寺》《柳墅公園》《宿日光山半米屋湖樓》《八月十二日雨中遊宇治川》《侗伯立之向元同遊柳墅公園》《八月三

〔註114〕《海藏樓詩集》卷七，第215頁。
〔註115〕〔清〕張謙宜著：《絸齋詩談》卷五，見顧廷龍主編：《續修四庫全書》第1699冊，上海：上海古籍出版社，2003年版，第661頁。
〔註116〕《海藏樓詩集》卷六，第169頁。
〔註117〕〔宋〕蘇軾著，〔清〕王文誥輯注，孔凡禮點校：《蘇軾詩集》卷十八，第944頁。

日飛行自承德歷榆關至錦州》等七古亦似東坡。

二、濠堂與盟鷗榭

　　濠堂建於 1896 年,時鄭孝胥在南京張之洞督府任職洋務總文案。《日記》於 1890 年六月初二日抄錄了一封書信云:「己卯之秋,春帥(吳贊誠)乞假到寧就醫,時文肅疾猶未劇,某在文肅署中,親侍兩公晤談,知其相得也。」〔註118〕己卯年是光緒五年(1879),當時鄭孝胥在沈葆楨幕府任職。鄭孝胥何時入沈葆楨幕府,文獻乏徵。鄭孝胥《南京節署西園》云:「當年弱冠過江初,雙檜婆娑略憶渠。猶有園丁諳故事,夕陽閑話沈尚書。(自注:沈文肅嘗館余於此園。)」〔註119〕此首云弱冠過江,應當即於 1879 年入幕。集中《濠堂落成》作於 1896 年 12 月 6 日,詩云:「惜哉此江山,與我俱不偶。廿年來去跡,知者有鍾阜。作堂臨濠上,終日對戶牖。泊然疑可老,豈屑問誰有。聊忘孤生哀,亦避世事醜。吾言寧欺天,有如堂下柳。」所謂「廿年去來跡」即將時間上推至居沈幕期間,而中間 1884 至 1885 年間鄭孝胥春闈不第,亦曾短期逗留南京,1889 年辭鑲紅旗教習歸閩,中途亦經過南京,故有是句。鄭孝胥對南京的感情很深,南京作為六朝古都,是人文薈萃之地,由於張之洞駐節於此,正如鄭孝胥 1921 年《題徐積餘重繪定林訪碑圖》一詩所云「金陵承平多士夫,鍾山若為人所歸」〔註120〕,可謂盛況空前。1897 年鄭孝胥經劉坤一推薦與盛宣懷見面,盛宣懷委任其為商會公所參贊,於是往來於寧滬之間,所謂「詞客還從江上過,濠堂端付夢中來」〔註121〕。1898 年鄭孝胥接到張之洞急電,遂赴武昌。1902 年陳三立《夜讀鄭蘇戡同年新刊海藏樓詩卷感題》云:「花時月夜放艇船,每過濠堂一惘然。安穩溪山人竟去,低垂藤竹晚猶妍。新吟掩抑能盟我,此土浮沉莫問天。便欲埋頭聽鼠齧,殘

〔註118〕《鄭孝胥日記》第一冊,第 185 頁。
〔註119〕《海藏樓詩集》卷六,第 164 頁。
〔註120〕《海藏樓詩集》卷八,第 249 頁。
〔註121〕《舟過金陵鐘山戴雪而臥凝眺有感》,《海藏樓詩集》卷三,第 80 頁。

燈塵几不知年。」﹝註122﹞由此可見，濠堂在當時名士詩人圈中是廣為人知的，是隱逸的象徵。但陳氏此詩似乎對濠堂主人的離去表示嘆惜。

實際上，鄭孝胥在南京幕府中鬱鬱不樂，特別是在1896年秋入都為張之洞聯合翁同龢，遊說其獻造鐵路、開仕路之策於光緒帝。翁同龢十分賞識鄭孝胥，以至於京中傳出流言，謂鄭孝胥在京誹謗張之洞而諂媚翁同龢。鄭孝胥卻表現得很淡定，如《日記》載：「愛蒼言，都中有作書與黃漱蘭者，言余在都頗謗南皮。余笑曰，豈以吾為諂常熟者耶？」﹝註123﹞但張之洞與鄭孝胥兩人間還是產生了信任危機，督府中傳出不用閩人的流言。張之洞與翁同龢互不相下，原因是張之洞屬后黨，而翁同龢屬帝黨，雖然兩人深知中國必須變法自強，但人事關係複雜，導致未能形成變革的合力。《日記》載及張之洞對翁同龢的不滿云：「每道及常熟，南皮輒不快，既而曰：「常熟可謂有權，然其老謀深算，吾未能測也。」﹝註124﹞當然這其中更多是對鄭孝胥的不滿。鄭孝胥到底有沒有詆毀張之洞，在入都時《日記》是缺乏這方面的記載的，但過了一段時間，駐美大使許靜山與鄭孝胥見面，鄭孝胥卻尖銳批評了張之洞，《日記》云：「許靜山來，……問南皮，口：『口學問而心未脫於流俗。』」﹝註125﹞可以猜測，鄭孝胥應該在翁同龢面前不可避免也要批評張之洞一番。張之洞慧眼識英才，也是愛才之人，否則也不會對鄭孝胥誹謗自己的流言這麼在意。翁同龢本是鄭孝胥考取內閣中書時的座師，鄭孝胥夾在座師與上司之間，關係不易處理。1921年鄭孝胥《劉聚卿屬題文徵明石湖畫卷卷中有張文襄乙未十月題詩翁文恭庚子四月和文衡山三詩》尚憶及此事云：「乙未秋入都，常熟招一飯。……金陵謁南皮，拒客若有慍。」﹝註126﹞可見當時的緊張關係。《濠堂落成》《歲暮》《濠堂》三首詩皆是這樣的背景下創

﹝註122﹞陳三立著，李開軍校點：《散原精舍詩文集》，第53頁。
﹝註123﹞《鄭孝胥日記》第一冊，第540頁。
﹝註124﹞《鄭孝胥日記》第一冊，第544頁。
﹝註125﹞《鄭孝胥日記》第二冊，第616頁。
﹝註126﹞《海藏樓詩集》卷九，第306頁。

作的。1897 年《歲暮》云:「結茅在濠上,歲暮一憑欄。疊阜雲邊色,虛堂雪後寒。妄懷當世意,端欠此心安。建業城東水,殷勤不嚴看。」〔註127〕蕭颯沉寂,前半似姚合,後半類王安石。總不出仕途失意而生隱逸之思的作意。同一年的《濠堂》在藝術上較有特色:

> 抱城水南流,春來綠漸肥。蔣山繞其北,白雲相委蛇。精藍割山光,修竹何猗猗。岸迴林梢密,桃李能成蹊。置堂於此間,非瓦而茅茨。據榻攬峯岫,開窗弄漣漪。堂前何所有?魚鳥常忘機。堂後何所有?兒女從玩癡。堂中何所有?夕陰與朝暉。壁間復何有?舊搨兼新詩。人言此堂陋,華廡宜纖兒。或云此堂偏,當路誰高樓?自從堂之成,使我壯志虧。寧馨必匪笑,焉知曠士懷!〔註128〕

龐俊評此詩云:「神似坡公。」〔註129〕前半以白描手法,寫景清遠幽敻。後半自問自答,堂前堂後堂中與壁間八句句法明顯取法韓愈,而東坡《次韻子由所居六詠》「堂前種山丹,錯落馬腦盤。堂後種秋菊,碎金收辟寒」〔註130〕可能是其直接的靈感來源。值得注意的是,這八句中前四句句式相同,後四句句式卻出現變化,但其四句內亦相同。而人言或云四句接下「自從堂之成,使我壯志虧」,是孟郊詩法,迴旋而下。但整首詩的風格意態卻似東坡,清逸之中兼見雄肆,令人有高蹈之想。鄭孝胥究竟是一個功名之士,隱逸之思對其來說不過是仕途失意的暫時安慰,一旦張之洞在政事上需要他的謀劃出策,他又束裝出發了。1898 年 1 月 1 日,張之洞急電鄭孝胥有要事相商,於是鄭孝胥數日後出發,途中作《南皮尚書急招入鄂雪中過蕪湖》云:「絕海浮江短景催,浪花雪片鬥清哀。衝寒不覺衣裳薄,為帶憂時熱淚來。」〔註131〕從此「濠堂已逐荒煙散」了。濠堂之後,鄭孝胥在漢口又建立

〔註127〕 《海藏樓詩集》卷三,第 68 頁。
〔註128〕 《海藏樓詩集》卷三,第 70～71 頁。
〔註129〕 《海藏樓詩集》附錄三,第 617 頁。
〔註130〕 〔宋〕蘇軾著,〔清〕王文誥輯注,孔凡禮點校:《蘇軾詩集》卷四十,第 2206 頁。
〔註131〕 《海藏樓詩集》卷三,第 80 頁。

了盟鷗榭，成為了第二個寄託其隱逸之思及談詩論藝的場所。

盟鷗榭建於 1900 年，時張之洞移署武昌，鄭孝胥隨入其幕府。
陳衍《石遺室詩話》云：「盟鷗榭乃漢口鐵路局臨江一室，蘇戡總局務
時，決壁施窗，為燕客談詩之所。余居武昌，多渡江留宿。拔可從事
於此數年，詩學大進，故不無今昔之感云。」〔註132〕稍後數月，張之
洞招沈曾植執掌兩湖書院史學。同光體三大詩人遂聚於一處，三人之
間的談論醞釀了後來的同光體三元說和三關說。盟鷗榭落成，鄭孝胥
又有《營盟鷗榭既成以詩落之》一詩紀之云：

> 畸人雖無心，戲具未遽擲。蓋頭茅一把，取足寧吾魄。
> 去江不十步，矮屋久攲側。我來掖使正，意外忽有獲。取山
> 置南窗，決天入東壁。白鷗果下來，欲與我爭席。拊檻一長
> 嘯，頓失向來窄。是時蟾將圓，百里漾皓色。中宵風何怒，
> 驚浪拂簷白。喧涼理相召，此變固已劇。超然獨燕處，熟視
> 忘語默。玩物未可非，喪志乃一適。〔註133〕

這首詩意境雄闊，筆力清勁，風格上較近陳與義。張之洞對這首
詩高度評價，以至於慨歎鄭孝胥的詩「自明以來不能及也」〔註134〕。
其中「取山置南窗，決天入東壁」句與其 1893 年《決壁施窗豁然見
海題之曰無悶》一詩相似，《決壁施窗豁然見海題之曰無悶》云：「海
天在我東，胡為伏暗室？容忍久不決，奇境真自失。庸流那辨此，此
秘待余發。君看五尺地，概若收溟渤。閒來一據案，意氣與天逸。滔
天自橫流，而我方抱膝。窗間獨偃蹇，萬象繞詩筆。豎儒奮清狂，作
事眾尤慄。前身疑幼安，避世送日月。」〔註135〕蓋此老內熱不息，於
「物外肆豪放」時勁力十足，罕作窮酸之語。龐俊評《決壁施窗豁然
見海題之曰無悶》云：「陳簡齋有一題云《開壁置窗命曰遠軒》，此題

〔註132〕陳衍著：《石遺室詩話》卷十四，第 230 頁。
〔註133〕《海藏樓詩集》卷四，第 107 頁。
〔註134〕《日記》載：「南皮詢余近作，因呈《盟鷗榭》詩。南皮曰：『子詩，
　　　　自明以來皆不能及也。』」見《鄭孝胥日記》第二冊，第 752 頁。
〔註135〕《海藏樓詩集》卷二，第 34 頁。

效之，詩亦相敵。豪情逸氣，詩亦有豁然見海之勢。」〔註136〕陳與義《開壁置窗命曰遠軒》云：「鍾妖鳴吾旁，楊獠舞吾側。東西俱有礙，群盜何時息。丈夫堂堂軀，坐受世福迫。仙人千仞崗，下視笑予厄。誰能久鬱鬱，持斧破南壁。窗開三尺明，空納萬里碧。巖霏雜川靄，奇變供几席。誰見老書生，軒中岸玄幘。蕩漾浮世裏，超遙送茲夕。倚楹發孤嘯，呼月出荒澤。天公亦粲然，林壑受珠璧。會有鶴駕賓，經過來見客。」〔註137〕兩者不論詩意與氣脈、意境，皆極為相似，如非有意學之，亦當受到影響。《營盟鷗榭既成以詩落之》一詩可謂故技重施，其中「拊檻一長嘯，頓失向來窄」後半段無疑效法簡齋詩「丈夫堂堂軀，坐受世福迫」與「倚楹發孤嘯，呼月出荒澤」句意。結尾兩句與《濠堂落成》「自從堂之成，使我壯志虧」亦同一感慨，不過正言與反言之不同而已。

鄭孝胥自詡曠士之懷不過是一時興致。而其中體現出的壯懷激烈才值得注意，如其 1933 年《四月廿八日乞假至大連星浦》有句云「決壁施窗憶壯年，推窗海色自無邊」，可知其寫景之雄壯實是功名心熱的一種體現。建功立業之雄心與陳與義《題許道寧畫》「向來萬里意，今在一窗間」〔註138〕句相同，但處於亂世，陳與義悲憫心重，鄭孝胥則悲憫之作不多見，而較多憤戾負氣之語，是其不同之處。在盟鷗榭，鄭孝胥也作了幾首五絕，如《盟鷗榭偶占》《盟鷗榭雨後獨坐》，皆寫景雄肆，《盟鷗榭偶占》云：「風從金口來，入我盟鷗榭。欲尋半日閑，臥看斜陽下。」〔註139〕《盟鷗榭雨後獨坐》其一云：「江聲定奇絕，氣湧如排山。忍寒吹燈坐，得意風濤間。」其二云：「風江已自豪，妙雜秋雨響。沈寥不可名，閉目試一往。」〔註140〕這幾首不注重正面寫

〔註136〕《海藏樓詩集》附錄三，第 613 頁。
〔註137〕〔宋〕陳與義著；白敦仁校箋：《陳與義集校箋》卷二十五，杭州：浙江古籍出版社，2014 年，第 694 頁。
〔註138〕〔宋〕陳與義著；白敦仁校箋：《陳與義集校箋》卷四，第 95 頁。
〔註139〕《海藏樓詩集》卷四，第 109 頁。
〔註140〕《海藏樓詩集》卷四，第 112 頁。

景，嚴格來說是寫意，在繪畫上宋代山水重寫意，與唐人不同，而宋詩亦復如是，鄭孝胥此種風格之作亦庶乎宋代山水詩之嫡派。

　　在漢口盟鷗榭居住亦不過四年，1904 年鄭孝胥赴廣西督辦邊防，又與盟鷗榭告別了。一直到 1923 年，鄭孝胥於海藏樓下又重建盟鷗榭。在當時詩壇上是一件盛事，陳衍有《蘇戡去海藏樓前百徐步重建盟鷗榭招飲池上拉雜述舊奉題》一詩紀之云：「昔年與君淹荊州，我為旅雁君盟鷗。盟鷗自命與鷗醜，渡江來往相拍浮。鷗化為鶴遂丹頂，孤雁捉去終白頭。天荒地老雙鳥在，海上相遇鳴啁啾。」〔註 141〕鄭孝胥《酬石遺題盟鷗榭詩》云：「鷗榭三陳隔江居，石遺士可及善餘。士可健遊善餘病，石遺時時猶我俱。當年武漢不忍道，朋交變幻誰吾徒？寒盟於鷗復何責，老我久化為鷄鷗。更營此榭傍松石，江神竊笑將揶揄。與君席地尋舊夢，自詡雙鳥殊未孤。傷心黃鶴去不返，但見舉世騰羣狙。南皮殘客今有幾？寧處溝壑非泥塗。」〔註 142〕其中「更營此榭傍松石，江神竊笑將揶揄」源自東坡「江山如此不歸山，江神見怪驚我頑」〔註 143〕，意思更為曲折。巧合的是，海藏樓的地址在南陽路，當時亦稱南洋路，而陳與義小曾暫居宋時的南洋路。這種巧合在當時傳為一時佳話，王賡《今傳是樓詩話》云：「君滬寓極精雅，松竹之外，兼植櫻花。周梅泉達贈詩云：『射虎屠鯨願已乖，一樓天與巧安排。何緣占得南洋路，千載爭墩到簡齋。』自注：『《陳簡齋集》：《奇甫先至湘陰，書來戒由祿唐路，而僕以他故由南洋路來，夾道皆松，如行青羅步障中》，今海藏樓亦在南洋路，馳道交蔭，春夏之交，亦如行步障中，古今巧合如此。』」〔註 144〕爭墩是一個詩典，出自王安石《謝安》一詩，《謝安》詩云：「我名公字偶相同，我屋公墩在眼中。

〔註 141〕陳衍著：《石遺室詩續集》卷一，見陳衍著，陳步編：《陳石遺集》福州：福建人民出版社，2001 年版。
〔註 142〕《海藏樓詩集》卷十，第 310 頁。
〔註 143〕〔宋〕蘇軾著，〔清〕王文誥輯注，孔凡禮點校：《蘇軾詩集》卷七，第 307 頁。
〔註 144〕見張寅彭主編：《民國詩話叢編》第三冊，第 318 頁。

公去我來墩屬我，不應墩姓尚隨公。」〔註145〕表現了王安石倔強好勝的性格，鄭孝胥性格亦略似王安石，周梅泉用此典可謂貼切。

鄭孝胥贈周梅泉詩有兩首，未收入《海藏樓詩集》，《梅泉輟茶室見贈復構盟鷗榭詩範之》其一云：「曲汀山下舊諸（當為詩）人，辟世真成老海濱。高枕可堪尋斷夢，小窗誰與話前塵。風瀟雨晦悽惶地，酒盡花殘寂寞春。此際牽船還著岸，多情公瑾愧東鄰。」〔註146〕其二云：「待與何人話武昌，吞聲飲淚更回腸。論詩知己存黃土，讀史微詞本素王。心事百年留蚌簡，風雲萬變見滄桑。啼鵑只在閑鷗側，口血齊盟那便亡。」〔註147〕口血齊盟句有兩個典故，口血出自《左傳‧襄公九年》：「與大國盟，口血未乾而背之，可乎？」〔註148〕齊盟出自《晉語》：「諸侯有盟未退，而魯背之，安用齊盟？」〔註149〕盟鷗而用這種典故，似乎過於嚴肅。然而聯繫「啼鵑只在閑鷗側」句來理解，應當有深意在。在整首詩裡面，啼鵑這個詞的出現看似是非常突兀的，但前面所謂微詞，可謂是一個鋪墊。鄭孝胥曾在光緒駕崩時作《鼎湖耗至》三首，其三有句云「持論遂令人掩耳，棄官誰信我忘身」，其自注云：「於南皮坐間，嘗有皇帝人君、太后人臣之對。」〔註150〕可見所謂微詞即指此詩自注。鄭孝胥在戊戌變法時受到光緒的接見，一生引以為榮，最不滿的就是慈禧的專權。盟鷗榭建於庚子年，庚子年發生了一出政治鬧劇，即立溥儁為儲，在1899年《閩報》一詩中，他已經深切地感知到光緒已經失勢，《閩報》有句云「善夫老去空摩杜，雪涕何從拜杜鵑？」自注云：「上稱疾，罷元旦朝賀，並停筵宴。」〔註151〕

〔註145〕〔宋〕王安石著；〔宋〕李壁箋注：《王荊文公詩箋注》，上海：上海古籍出版社，2010年版，第1249頁。

〔註146〕《梅泉輟茶室兄贈復構盟鷗榭詩範之》，《海藏樓詩集》附錄「海藏樓散佚詩輯錄」，第503頁。

〔註147〕《梅泉輟茶室兄贈復構盟鷗榭詩範之》，第503頁。

〔註148〕十三經註疏整理委員會整理：《左傳正義》卷第三十，第1006頁。

〔註149〕徐元誥著：《國語集解》，中華書局，2002年版，第433頁。

〔註150〕《海藏樓詩集》卷六，第182～183頁。

〔註151〕《海藏樓詩集》卷四，第105頁。

其《除夕》詩自稱「留楚逋臣」，可見其立場。綜上可知，在贈周達的詩中，「口血齊盟」這句表現了其不仕民國而堅守臣節之立場。是年，鄭孝胥又作《盟鷗榭之北作一峯名碧雲自》：

> 捫胸極坦蕩，何時幻嵯峨。為山僅二仞，倒影臨池波。
> 袖中出太華，夜負煩誇娥。兒童盡驚倒，勢欲蒼蒼摩。鬼鑿
> 混沌竅，靈探星宿窩。碧雲飛未起，作態猶婆娑。篆文志其
> 脅，安知非皇媧。小窗學跏趺，盡日對吟哦。祇愁風雨來，
> 趹厲如天魔。挾山以超海，老矣將奈何。〔註152〕

這首詩想像甚奇，首兩句故布疑陣，而其中包含的意理卻從佛教中來，《楞嚴經》卷四富樓那問佛云：「世尊，若復世間一切根塵、陰、處、界等，皆如來藏，清淨本然，云何忽生山河大地，諸有為相？」〔註153〕鄭孝胥的高明之處是將佛經語言轉換成普通的文字，令人不知來源亦無妨理解其詩意，這是其所謂「淺語能深」的一種體現。與前面的山水之作一樣，這首詩也喜歡化用宋人的詩典，如「袖中出太華，夜負煩誇娥」兩句，「袖中出太華」源自蘇軾《壺中九華詩》的自序故事，其序云：「湖口人李正臣蓄異石九峰，玲瓏宛轉，若窗櫺然。予欲以百金買之，與仇池石為偶，方南遷未暇也。名之曰壺中九華，且以詩紀之。」〔註154〕「夜負煩誇娥」則化用了黃庭堅《追和東坡壺中九華》句「有人夜半持山去」，而換用了誇娥這個古代傳說中的大力神。又化用為山九仞、混沌、女媧、天魔等語典，將中國古代神話、《莊子》與佛教中的名稱等揉進詩中，結尾更用上《孟子》的語典，卻完全不覺槎枒突兀，反而將想像中的意境變得更奇幻瑰麗，可謂能奪造化之功。此詩當學韓愈蘇軾有得，故能如此百怪惶惑，眩人心目。

〔註152〕《海藏樓詩集》卷十，第 311 頁。
〔註153〕圓瑛法師著：《首楞嚴經講議》卷九，上海圓明講堂，1993 年發行，第 447 頁。
〔註154〕〔宋〕蘇軾著，〔清〕王文誥輯注，孔凡禮點校：《蘇軾詩集》卷三十八，第 2047 頁。

三、夜起

繼盟鷗榭而起者，為夜起庵。鄭孝胥喜歡夜起，其《日記》多所記載，而且詩集中描寫夜起景色的詩俯拾皆是。據葉參等《鄭孝胥傳》附《軼事》：「先生生平，自奉簡樸，其暮年生活，尤有規則，蓋自追隨行在移居津沽時，即開始夜起習慣，《夜起庵賦》即作於此時，是為民國十四年秋間，先生年六十六歲。其序曰『予戌而寢，丑而興，歲一星矣。乙丑（1925）孟秋，賃宅依於行在，率其素而不懈，遂名之夜起庵』云云。以上略述其夜起之由來，所謂戌時（午後九時）就寢，丑時（午前三時）起床，蓋紀實也。嗣後來滿『建國』以後，北地苦寒，且冬季天明甚遲，午前三時，猶在半夜中，而先生仍習之如常，老而彌堅，此亦習久成自然歟？」〔註155〕葉參據鄭氏《夜起庵賦》得出其自移居天津輔弼溥儀時才開始夜起習慣，考之《日記》和詩集，其實不然。鄭孝胥於1933年6月《日記》載云：「吾自辛亥至今二十二年，半夜即起，坐以待旦，乃得練魄制魂之說。《孟子》所謂養心寡欲，《周易》所言無思無為，皆不外此。」〔註156〕可能嚴格執行戌睡丑起的習慣始於天津輔弼時。

實際上，鄭氏早年即有夜起習慣，汪辟疆《光宣以來詩壇旁記·談海藏樓》云：「吾嘗見孝胥為其侄孫彥綸書箑一詩云：『山如旗鼓開，舟自南塘下。海日生未生，有人起長夜。』此為其早年居福州南臺山之作，凌厲無前，寄意深遠。……此詩未收入《海藏樓集》，蓋不輕示人也。」〔註157〕汪辟疆評價其佚詩「凌厲無前，寄意深遠」，指出了鄭孝胥夜起意識中追求功名的雄心。但鄭孝胥夜起的習慣與其養氣的思想有關，也與其注重養生的意識有關。無論如何，夜起的習慣賦予了《海藏樓詩集》中獨具特色的一個題材——夜色。陳寥士即云：「大凡古今詩人所留連吟詠過的，誰都沒有注意過每夜三四鼓以後直到天

〔註155〕葉參等編：《鄭孝胥傳》附《軼事》，第149頁。
〔註156〕《鄭孝胥日記》第五冊，第2468頁。
〔註157〕汪辟疆著：《光宣以來詩壇旁記》，《民國詩話叢編》第五冊，第465
　　　　～466頁。

明這一段的情景。所以他就在晚年詩境中獨闢了一個未明前的異境。」
〔註 158〕其實，描寫暮夜景色是古人的一個傳統題材，鄭孝胥不過更
加發展了這種情景體驗。鄭孝胥不僅在晚年有此夜起異境，在其一生
的創作生涯中皆有，但以晚年居多而已。舉凡詩集中詩題含有「待月」
「月下」「望月」「殘夜」「夜四鼓」「夜起」等詞的詩，皆以描寫夜色
為多，有時關於寫月的詩與金月梅有關，不在此節討論範圍內。間有
純發晦明之間陰陽相代的議論詩，也有從陰陽轉換中大抒其建功立業
的枕戈待旦之志者，亦不在寫景詩的討論範圍內。

　　檢《海藏樓詩集》，鄭孝胥寫夜起景色的詩約有以下十數首：《九
月十五夜月下作三首》（1899），《夜起》（1900），《夜起江樓口占》
（1900），《四月二十日夜起》（1901），《二十夜待月》（1903），《月下
作》（1904），《三月十九夜四鼓》（1907），《六月二十一日夜起》（1910），
《中秋胡蘆島夜起》（1910），《九月二十二日殘夜》（1924），《二十七
日殘夜》（1924），《廿九夜四鼓作》（1926）及《夜起庵雜詩》其一與
其四（1926），可見夜起詩貫穿其一生。而其餘如《十月十四夜月下》
（1908），《十月二十八日夜起》（1911），《十一月十八夜》（1916），
《十月初十日貴州丸舟中夜起》（1925），《夜起庵雜詩》其二其三其
五（1926），《曹纕衡昧爽見訪其二》（1927），《夜起庵》（1929），《閏
六月廿四夜望月》（1930），《夜起》（1932）等，皆純抒發其壯懷或議
論陰陽之理者，無當於寫景。

　　鄭孝胥善於寫夜色的清幽。陳衍在《石遺室詩話》中注意到鄭孝
胥寫景詩的這個特點，《石遺室詩話》云：「余甚愛蘇堪二絕句寫夜色
者，《二十夜待月》云：『峰明月未上，流碧滿庭除。空山獨吟人，百
蟲來和余。』『夜色不可畫，畫之以殘月。幽人偶一見，復隨清景沒。』」
〔註 159〕這兩首《二十夜待月》作於 1903 年赴廣西龍州道中。趙元禮

〔註158〕陳寥士撰：《海藏樓詩的全貌》（上），民國《古今月刊》1942 年第
　　　　七期，第 19 頁。
〔註159〕《石遺室詩話》卷二十二，第 344 頁。

《藏齋詩話》賞析「夜色不可畫，畫之以殘月」頗精闢，《藏齋詩話》云：「鄭蘇戡詩：『夜色不可畫，畫之以殘月。』何梅生詩：『瞑色不可寫，只疑天漸低。』微渺之思，幽峭之筆，同一機軸。所謂詩中有畫，恐畫亦畫不到也。」〔註160〕正因為詩終不同於畫，甚至畫有時亦不能得詩之韻味，是以有時詩中寫景的一種境界是傳達一種意味，而並非直接細致地描摹景色，這與畫史上的南宗一樣，重視寫意過於工筆。夜色在畫中只能以殘月點明，鄭孝胥目擊夜色而不描摹夜色，僅以畫畫為喻，盡得夜色之幽。又以幽人一見互相襯托，更見夜色之幽。

　　鄭孝胥的夜起寫景有一個特點，即是善於描摹動態的景物，將景色的動靜與詩人主體的視聽渾融地打成一片，更襯托出夜色的幽靜。如 1899 年《九月十五夜月下作三首》其一云：「霧起江旋隱，雲橫月自華。何人念秋柳，疏影尚夭斜。」其二云：「沉寥氣未清，空水自交明。樓外無所見，煙中聞鶴聲。」其三云：「涼影白紛紛，空中行一鏡。下有獨吟人，不隨萬籟定。」〔註161〕第一首霧江與雲月對舉，將景色寫得隱中有顯，顯中有隱，人與柳渾融為一。第二首境動人靜，第三首則人動境靜。1907 年《三月十九夜四鼓》其一云：「人起魚皆驚，燈休室如晝。素娥何所苦，頓比前宵瘦。」其二云：「月意誠太孤，耿耿終無語。碧落在窗前，徘徊吾與汝。」其三云：「林影何蒼蒼，池光何皎皎。夜色不勝清，轉愁天欲曉。」〔註162〕1900 年《夜起》云：「林杪春江月上時，樓中清影久參差。四更欲盡五更轉，猶有幽人戀夜遲。」〔註163〕明月幽人，本是詩歌中特別突出的寫景題材，而東坡猶為善寫此類景色，其於詩中常自稱幽人，取義於《大易》「幽人貞潔」。總的來說，鄭孝胥此類詩頗有東坡「誰見幽人獨往來」之意境。

　　鄭孝胥的夜景詩亦有一種別調，如《中秋胡蘆島夜起》一詩，寫

〔註160〕趙元禮著：《藏齋詩話》卷上，見《民國詩話叢編》第二冊，第 241 頁。
〔註161〕《海藏樓詩集》卷四，第 101 頁。
〔註162〕《海藏樓詩集》卷六，第 167 頁。
〔註163〕《海藏樓詩集》卷四，第 108 頁。

景即甚清壯雄奇，不復一味清幽。《中秋胡蘆島夜起》作於 1910 年，時鄭孝胥受錫良之邀赴東北作顧問，一時雄心大振，對東北的開發前景頗多建言。《中秋胡蘆島夜起》詩云：

> 天開遼東灣，海獻胡蘆島。通塞豈有數，營此恨不早。何來海上客，負手睨蒼昊。驅車涉驚潮，躡屐下峯杪。舞鷗翩相迎，擊浪忽羣矯。水母大如輪，攪視旋棄掉。岡巒紛離合，釃海作數道。西北如列屏，開場對浩淼。千載置不顧，得之出意表。長堤截怒濤，可使變城堡。預期十年後，樓觀鬱相抱。層冰雖觸天，到此蕩如掃。向夕雲密佈，疏雨涼嫋嫋。宵深夢一覺，吲嘯頗相攪。開門月未墜，飛雪捲秋縞。羣山正弄影，倒浸參與昂。洛神疑欲出，絕世凌縹緲。清寒不可當，仙骨嗟已老。救時獨悲憤，後著苦難好。卻思歸樓中，酣眠直至曉。〔註 164〕

此詩開首即氣勢不凡，而句式來自蘇軾《峽山寺》「天開清遠峽，地轉凝碧灣」兩句，白此以下則絕不與《峽山寺》相似。「洛神疑欲出，絕世凌縹緲」〔註 165〕可謂神來之句。1926 年的《廿九夜四鼓作》一詩亦頗清壯，詩云：「冰簟銀床暑未收，時看螢火墜高樓。明河盡向西南瀉，一夜金風萬斛秋。」〔註 166〕1925 年，鄭孝胥賃居天津，名所居「夜起庵」，遂有鄭夜起之號。1926 年作《夜起庵雜詩》組詩，但抒發其功業不就的感慨而已，寫景則著墨不多。《夜起庵雜詩》其一云：「望前及望後，未曉見月落。明鏡斜入窗，可愛伴寂寞。連宵光漸縮，半規尚抱魄。一瘦成蛾眉，悄然傍簾幕。吾儕不施燈，幽若在巖壑。夜起定何心，無心亦無著。」〔註 167〕亦極寫清幽寂寥，所謂「夜起定何心，無心亦無著」在這首詩裏正當如此寫，才顯得寂寞之極，並不能以虛偽斥之。

〔註 164〕《海藏樓詩集》卷七，第 205～206 頁。
〔註 165〕〔宋〕蘇軾著，〔清〕王文誥輯注，孔凡禮點校：《蘇軾詩集》卷三十八，第 2063 頁。
〔註 166〕《海藏樓詩集》卷十一，第 334 頁。
〔註 167〕《海藏樓詩集》卷十一，第 340～341 頁。

第四節　清空騷雅的詠花詩

詠花詩是《海藏樓詩集》的一個重要題材，雖然數量不多，但是頗具特色。鄭孝胥所詠的花木主要有櫻花、菊花、梅及海棠，其中以菊花數量最多，櫻花次之，梅花及海棠較少。諸詩亦多以組詩的形式為主。從創作的時間上說，櫻花詩的代表作創作於日本使館時期，是其早年作品。述菊詩則貫穿其創作生平，而以辛亥後居滬至天津輔弼時期為其述菊詩的多產巔峰期。詠梅詩及海棠詩亦以早年居多。從詩歌的內容上說，櫻花詩主要表現詩人的風懷、傷春，最能見出鄭孝胥的英氣，且有表現其追求唯美的自我毀滅之性格。菊花詩主要表達傳統的悲秋、作為義熙花的意涵及其狷潔的個性，梅花有表現其風懷者，有表現其忠君者，而其中憶念金月梅者，不復於此節再作論述，海棠亦多以表現風懷為主。總的來說，除了詠菊外，其餘詠花詩以表現其風懷為主。從語言藝術的角度來說，詠菊詩筆堅蒼清勁，詠櫻花、梅花及海棠詩則脂光粉膩，風神搖曳，又能做到騷雅清空。

一、櫻花

櫻花詩是一個創新的題材，在鄭孝胥之前甚至同時，並沒有像他那樣帶著極度的欣賞之情去大力吟詠，可謂是《海藏樓詩集》中的一朵奇葩。1891 年，出使日本大臣李經方，即李鴻章之子，奏請鄭孝胥東渡任職日本使館書記官。鄭孝胥遂東遊日本，受到李經方的賞識，不久後又被奏調任職大阪築地副領事，次年升為築地領事，1893 年初再升遷為神戶理事，年中又升為神戶大阪總領事。鄭孝胥在此期間留心日本政治風俗，大量研讀日本學者著作，這在《日記》中皆有記載。然而在前兩年鄭孝胥對日本文化與人物懷有鄙夷之心，如對日本人崇尚櫻花，鄭孝胥表現出揶揄的態度，其《詠盆中白牡丹》云：「倭中亦解重花王，苦為櫻花說擅場。他日教知南漢事，也如北勝對南強。」〔註168〕1894 年，鄭孝胥的態度起了翻轉，連續作了六首詩吟詠櫻花，

〔註168〕《海藏樓詩集》卷二，第 37 頁。

《櫻花花下作四首》《風雨花盡》《風雨既過有二株粲然獨存憮然賦之》
等。《櫻花花下作四首》云：

> 仙雲昨夜墜庭柯，化作蹁躚萬玉娥。映日橫陳酣國色，
> 倚風小舞蕩天魔。春來惆悵誰人見，醉後風懷奈汝何。坐對
> 名花應笑我，陋邦流俗似東坡。

> 嫣然欲笑媚東牆，綽約終疑勝海棠。顏色不辭脂粉汙，
> 風神偏帶綺羅香。園林盡日開圖畫，絲管含情趁艷陽。怪底
> 近來渾自醉，一尊難發少年狂。

> 脈脈輕陰壓軟塵，閒愁漸逐柳枝新。清明寒食初驚艷，
> 穠李夭桃不當春。薄醉乍蘇沉宿夢，凝妝纔就寫全身。亭西
> 根觸年時事，錯認東華絕代人。

> 看到繁枝處處開，韶光駘蕩錦成堆。春歸滄海剛三月，
> 骨醉東風又一回。花氣連雲收暮雨，濤聲催畫送輕雷。道人
> 摩眼空吟望，無復當年側艷才。〔註169〕

　　四首皆為七律，皆寫風懷。第一首首聯想像奇特，「仙雲」化為
「玉娥」，比喻加上擬人，將櫻花的姿色寫得生動活現。頷聯再透進
一層，以橫陳酣國色與小舞蕩天魔比擬，驚艷難以逼視。頸聯才出現
詩人自己，可謂情不自禁。尾聯尚有投荒居夷之歎，只是不再忽視這
種名花了。第二首將觀賞櫻花寫得聲色香味俱全。後兩首不再專從正
面寫，而由櫻花寫及懷人、傷春。第三首首聯已從柳枝逗出愁別，頷
聯一折，頸聯渲染，尾聯再呼應首聯，清明寒食之時櫻花正盛，對此
名花不免惆悵舊人舊事。第四首僅首聯正面寫，頷聯是天生俊語，春
歸而櫻花再給人春天的感覺，尾聯又一折，終歸惆悵，又呼應第一首
「春來惆悵誰人見」。鄭孝胥在表面上將櫻花寫得驚艷絕代，其內心
卻是無限惆悵，用筆亦極其清空，這種用艷語反襯惆悵的作法與其風
懷詩的作法（以壯語壓痛楚）有異曲同工之妙。實際上，從第一首「春
來惆悵誰人見」、第二首「一尊難發少年狂」、第三首「亭西根觸年時

事」、第四首「無復當年側艷才」四句可以見出，這組詩是經過妥當安排而後作的，這四句可謂是草蛇灰線，不見斧鑿之痕，所以高超。龐俊對《櫻花花下作》總批云：「絕不是牡丹海棠。雅騷清空，如讀白石歌曲。作此等詩，不難於穠麗，而難於清空；不難於清空，而難於清空之中有真情實感也。」〔註170〕是此詩確評。當櫻花在無情的風雨中落盡時，鄭孝胥又作了一首七絕《風雨花盡》：

> 昨夜仙官下取將，海天風雨徹宵狂。名花身世真堪羨，
> 烈烈轟轟做一場。〔註171〕

日本是櫻花之國，櫻花被譽為「武士之花」，也稱為「死亡之花」，意謂為了一霎的燦爛而死亡亦在所不惜。鄭孝胥此詩不惟表達了這樣一種認識，且以極其高昂的筆調讚賞櫻花的這種特點。由此可見，鄭孝胥應該接受了日本武士道的毀滅精神，實際上這也符合他一生負氣的性格。當發現尚有兩株櫻花粲然猶在的時候，鄭孝胥又作了一首七古《風雨既過有二株粲然獨存憮然賦之》以紀之，可謂多情，詩云：

> 飄風急雨萬騎趨，欲救不得嗟羣姝。朝行我園太狼藉，
> 飛雪宛轉縈衣裾。眼看眾枝各含怨，頓抱芳意歸空虛。春和
> 景明若有失，驚顧忽出悵惋餘。朱顏亭亭獨無恙，憫默俯立
> 嬌難扶。驚魂飄搖俄欲返，幸脫浩劫猶憐渠。先生嘆逝賦未
> 就，念汝失侶同羈孤。徘徊繞樹復顧影，苔深泥汙聊相於。
> 盛時未闌奈零落，山河邈隔空愁吾。〔註172〕

龐俊謂此詩「疏宕略似遺山」〔註173〕，反覆讀之，信然。這首詩在章法上的特點還是在轉折處，前六句一味表現低落的心情，第六句「歸空虛」已至極點，接著第七句「春和景明若有失」猶以環境反襯失落，不急著寫及獨存的兩株櫻花，至第八句方才呼出，卻僅從「我」的驚顧這個側面出發來寫，第九十句方從正面描寫獨存的櫻花。然而

〔註170〕《海藏樓詩集》附錄三，第613頁。
〔註171〕《海藏樓詩集》卷二，第36頁。
〔註172〕《海藏樓詩集》卷二，第37頁。
〔註173〕《海藏樓詩集》附錄三，第613頁。

驚顧之後沒有歡喜，只是憫默而同病相憐，末兩句「盛時未闌奈零落，山河邈隔空愁吾」更將感慨推擴到對國運的憂愁。鄭孝胥及其同輩是晚清的知識精英，正當壯年之時本可為家國貢獻一番才智，開花結果，但正值國運衰落，個人的命運或將隨之歸於零落，如此風雨中的櫻花一樣。這首詩以花喻人，又借人寫國，最終寫出了無可奈何的心理。整首詩中心理的變化在章法句法的配合之下表現得十分真切，情景亦如在眼前。自此之後，鄭孝胥對櫻花情有獨鍾，辛亥後於海藏樓內種植了櫻花，每年舉行觀櫻會，成了當時海上遺老的一大文化盛事。集中辛亥之後詠櫻花之作不下七首，其中以《櫻花》為題的就有四首（三首七古、一首七絕），又有兩首七絕《櫻花花下作》，1925 年《使日雜詩》尚有一首絕句詠櫻花之作。

1913 年的《櫻花》第一首表現出堅守原則、不受民國官爵的立場，末兩句云「傾城政有無言恨，倚市休論桃李蹊」，而對櫻花之描寫「吐蕊含姿花愈澹」不再穠麗。第二首則微露遲暮之感，且欣賞櫻花「施朱太赤粉太白，始信微醉由天然」「花光如水水欲逝，開到四分方絕世」趨於中道。1914 年的《櫻花》句云「微紅漸褪旋成暈，淺碧獨傾尤有韻。一年能得幾日看，卻對半開愁爛漫」，亦同樣不再極力描寫櫻花的繁盛狀態。1921 年的《櫻化花下作》第二首句云「著眼分明故難得，卻隨塵土在人間」，則寓有怨恨，已將櫻花觀照為一種具備美質而沉淪塵世的才士。

二、菊花

詠菊幾乎是古代詩人別集中所不可少的一個題材。自屈原以來，菊便是高潔人格的象徵，陶淵明更將不與當權者合作的品格寄託於菊花。菊化的這些人文意涵在鄭孝胥的詠菊詩中亦有所表現，但鄭孝胥卻非陳陳相因，而是隨境遇之不同而創出新意，以表現其獨特的真實感受。《海藏樓詩集》中詠菊詩以前後五首《述菊》詩為著，與陳曾壽唱和之《陳仁先種菊圖》《愛菊二首簡仁先》次之。

1893 年，鄭孝胥擔任日本神戶大阪總領事，在日本天長節前後數次觀菊，事後作《述菊》二首云：

> 天涼意便好，秋高詩欲長。菊花為時出，見之輒神往。島人亦好事，闢地據高爽。斂錢乃縱覽，婦稚雜擾攘。連棚往復還，種色競題榜。輕寒媚海日，千本各俯仰。就中半束縛，佳卉失倜儻。誰令爾生茲，逸士墮塵網。來歸伴蕭齋，吾不汝抑枉。

> 離宮峙赤阪，國主開秋會。殿香黃花前，池明丹楓外。群胡掉臂來，牛酒肆啖嘬。先生獨微嘆，霜英誰解穢。橫濱有名園，林谷頗映帶。花時不辭客，異種亦不賣。川和嘗一往，其盛又數倍。中途遇雷雨，當壚笑我輩。不如坐寒齋，一月可相對。從渠各爛漫，妍醜置弗怪。雖然不解飲，曠懷天所醉。人生何者難，難在同臭味。使我重懷人，斜街來夢寐。〔註174〕

考其《日記》，鄭孝胥半個月前作一首七古《登高》，有句云「未花蠻菊那足道」，可知其對日本的觀感尚帶有鄙薄的心理。作《登高》後數日，又名一處茅亭為「懷人亭」，有詩《懷人亭》並序記之，表達了對顧雲、沈曾植及袁昶等人的憶念。從《述菊》兩首詩的內容可以見出，鄭孝胥還是在這種心理、心情之下作這兩首詩。當時人謂鄭孝胥詩多秋氣，其詩感秋而作者多，《述菊》第一首首兩句即表此意。然而天氣雖佳，菊亦種類繁多、俯仰有態，但先就「斂錢乃縱覽，婦稚雜擾攘」略表微詞，再就菊花「就中半束縛，佳卉失倜儻」的展覽狀態表現出同情，在在見出島人好事而不解事的俗態。末四句見出作意，對自己的處境不滿畢露無遺。《日記》在 1894 年初載：「晚，伍昭扆到署，覿面即揖曰：『政聲甚卓。』余曰：『卻是吃力不討好。』伍曰：「自然是吃力，但先生意中本不討好。"余笑曰：「善哉，如是！』」〔註175〕可推見其當時心情。龐俊評此詩云：「意自羽琌山民《病梅館記》

〔註174〕《海藏樓詩集》卷二，第 30～31 頁。
〔註175〕《鄭孝胥日記》第一冊，第 390 頁。

來。逸韻悠然。」〔註176〕獨具隻眼，第一首的作意與龔自珍《病梅館記》的確相同。第二首事雖不同於第一首，作意亦略同。「群胡掉臂來，牛酒肆啖嗽」生動地寫出了蠻邦不解風雅的情狀。末尾感懷對菊花能有真賞的良朋好友，與第一首的感慨卻又不雷同。整首詩表現了深深的文化鄉愁。這兩首寫真情實事，雖唱高腔，但來得真切，在詠菊詩中可謂獨具一格。

辛亥後，鄭孝胥居住於上海南陽路海藏樓，與遺老往還甚密。遺老們經常在海藏樓聚會賞花，在這個小天地裡吟詠唱和，相濡以沫。陳曾壽是海藏樓的一個常客，1913年攜《種菊圖》囑鄭孝胥題詩，鄭孝胥作《陳仁先種菊圖》兩首云：

> 鞠族多異姿，幽人好佳色。年年我有秋，寄興在籬側。
> 淒風風始馨，凝霜霜作魄。翦苗資勤灌，迸蕊務細摘。忽然
> 吐殊妙，誰信出心得。白黃誠高清，紺紫尤奇特。一時美所
> 鍾，未免愛而溺。君能輕世事，正賴有菊癖。菊亦何負君，
> 何云奈岑寂。

> 惟菊有騷心，對菊宜自醉。看君留菊影，畫手遠不逮。
> 淵明魂難起，菊意誰能會？蕭蕭天地秋，獨秀霜風外。海濱
> 菊最盛，種類極繁碎。時事莫掛口，刻意徇所愛。可憐才未
> 盡，哀怨出天籟。餘生依草木，聊復娛萬歲。〔註177〕

陳曾壽有菊癖，其詠菊詩在《蒼虬閣詩集》中是占相當分量的重要部分。第一首「淒風風始馨，凝霜霜作魄」十分入味，對菊花非常愛溺者方能寫出。這首詩中「白黃誠高清，紺紫尤奇特」兩句分別出菊花清與奇的兩種特徵。末句對陳曾壽作了一個頗有意味的調侃，陳曾壽別號耐寂，鄭詩意謂既已愛溺菊花而輕世事，又何為取號耐寂呢？這個問題在第二首中得到了回答，回答的過程亦甚有意味。先是再提出一個問題「淵明魂難起，菊意誰能會」，菊意一詞大有文章，鄭先按下不表。接著再用「時事莫掛口，刻意徇所愛」兩句重復第一首

〔註176〕《海藏樓詩集》附錄三，第613頁。
〔註177〕《海藏樓詩集》卷八，第236頁。

「未免愛而溺」「君能輕世事」兩句意思，但又馬上作轉筆云「可憐才未盡，哀怨出天籟」，這是鄭孝胥善用折筆的一例。鄭孝胥深知陳曾壽胸懷抱負，但遭遇非時不得展布，其詩多哀怨正因此故。兩人處境相似，鄭孝胥憐陳曾壽，亦即是憐己。綜上可知，菊意與才未盡有關，但鄭孝胥尚未明顯揭出。實際上，兩人熟知黃庭堅詩《宿舊彭澤懷陶令》，黃詩對陶淵明的理解全在「沉冥一世豪」句，淵明欲逃而無由逃，但空餘詩語之工，而悲其「淒其望諸葛」〔註178〕的抱負未展。故鄭孝胥此詩作意，不必明言，陳曾壽亦必能領會。陳鄭這一輩人的家國之痛乃深植於其個人的真性情之中，才未盡而國已破，哀怨之情卻寫得如此雅人深致，是以可貴。是年陳曾壽將其北京的菊花寄給鄭孝胥在海藏樓園中托為照料，並作《以京師菊種寄養蘇堪園中託之以詩》寄之云：

> 辛苦微根北海移，春深無地插新枝。何緣庭下依高密，
> 為愛詩中有義熙。托命孤芳能幾許，招魂終古與為期。使君
> 不惜階盈尺，倘待秋來一展眉。〔註179〕

此詩以鄭玄（高密）比鄭孝胥，並以鄭孝胥詩效仿淵明不書民國年號，所以寄養菊花，表現了陳曾壽對鄭孝胥不仕民國的贊許。鄭孝胥《答陳仁先寄栽菊種詩》云：

> 杜門藝菊冷京曹，海上羈吟類楚騷。詩卷惟應書甲子，
> 高齋想已沒蓬蒿。試尋乾淨半畦土，與寄沈冥一世豪。珍重
> 殘株好將護，秋來還擬酒中逃。〔註180〕

「試尋乾淨半畦土，與寄沈冥一世豪」此句即可證明其《陳仁先種菊圖》詩中菊意的涵義來自黃庭堅《宿舊彭澤懷陶令》。是年鄭孝胥又作《愛菊二首簡陳仁先》云：

> 愛菊愛其淡，菊類晚愈奇。豈能遂不愛，臭味殊差池。
> 秋花復當令，佳種忍棄遺。恨不起淵明，究窮花之姿。頗疑
> 東籬意，匪逐世情移。尚淡不尚奇，此理將語誰？

〔註178〕（宋）黃庭堅著；劉尚榮校點：《黃庭堅詩集注》卷一，2003 年版，第 57 頁。
〔註179〕陳曾壽著，張寅彭、王培軍校點：《蒼虬閣詩集》卷二，第 48 頁。
〔註180〕《海藏樓詩集》卷八，第 244 頁。

　　　　眾芳競媚世，菊乃傲者徒。窮秋風雨中，閉門足自娛。
　　詩人有寒骨，氣類惟餓夫。周粟誠不義，餐英追三閭。千秋
　　屈與陶，知己良有餘。對菊懷二子，悲吟意何如？〔註181〕

　　前所引《陳仁先種菊圖》第一首將菊花分為清與奇兩種特徵，而
這組詩第一首首兩句又將淡與奇對舉，清近於淡，只不過這裡的淡與
奇和菊花的姿態相關，而非前詩以顏色而言。這兩首詩的作意與《陳
仁先種菊圖》兩首有所不同。《陳仁先種菊圖》在菊花的欣賞上清奇
並收，而這裡的第一首卻取淡棄奇。細按其詩意，愛菊之清淡則無疑
甘於寂寞，愛菊之奇則可能暗示不能忘世，所以感歎「恨不起淵明，
究窮花之姿」，又「頗疑東籬意，匪逐世情移」。「頗疑東籬意，匪逐世
情移」兩句關係到對陶淵明「采菊東籬下，悠然見南山」的一個非主
流解釋，即所謂見南山，乃是向慕「南山四皓」作為隱士卻能輔弼當
朝的心情。這種解釋從沈從文《「商山四皓」和「悠然見南山」》開始，
至今爭議不息，並沒有十分明確的證據支撐。但是從鄭孝胥的這兩句
詩可以明顯看出，這種解釋肯定不從沈從文才開始出現。陶淵明《感
士不遇賦》云：「夷皓有安歸之歎，三閭發已矣之哀，悲夫！」〔註182〕
由此可見陶淵明徒有用世之心而不得展布的悲歎，關於陶淵明「刑天
舞干戚，猛志固常在」等強烈的用世精神，自朱子、龔自珍、魯迅以
來皆有所論述。而這組詩的第二首「氣類惟餓夫」「周粟誠不義，餐英
追三閭」三句亦提到了伯夷、叔齊、屈原，由此可合理猜測第一首的
「頗疑東籬意，匪逐世情移」隱含的解釋與「南山四皓」有關。第二
首的詩意從末句「對菊懷二子，悲吟意何如」見出，意謂屈陶當不甚
懷當世之志，爾我兩人又何須太過悲吟。鄭孝胥一生自負有奇才，其
《日記》多次記載看相算命之人批其晚年有奇遇，在鄭孝胥這樣的隱
居待時之人看來，四皓在漢代輔弼太子是一件奇事，無疑是其內心所
向慕的。但是在天翻地覆之後，施展用世之才與當權者合作，是一個

〔註181〕《海藏樓詩集》卷八，第251頁。
〔註182〕〔晉〕陶淵明著，逯欽立校注：《陶淵明集》卷五，北京：中華書局，
　　　　1979年版，第145頁。

關乎士大夫名節的大問題，所以這兩首詩體現了其內心潛藏的矛盾。最終他還是沒有出仕民國，反而受到了溥儀的賞識，走上了一條更奇詭的不歸之路。

　　1926 年鄭孝胥隨扈天津，其賞菊已與蟄居上海時不同，對菊花的奇態奇色更加喜歡，表現了其內心世界的變化。這一年鄭孝胥作《補作城南觀菊酬侗伯息庵蟄雲》《述菊二》《述菊三》三首詩對菊花作了極精細的正面描寫。《補作城南觀菊酬侗伯息庵蟄雲》可以說是這三首中的《述菊一》，這首詩對沈曾植關於「黃華為鞠」〔註183〕的考據表達了不以為然的態度，從其中「黃華為鞠義無改，乙庵引經依古初。淵明佳色乃正色，自黃而外皆可誅。意嚴獨抱《春秋》法，此法評菊真腐迂」數句可見。《述菊二》後數句「長廊曉日花園坐，穠香襲寐酣而溫。古人定未得此味，詩句寥落餘寒酸。卻疑此花不宜詠，愛博轉患情非專。誰能刻意出新句，關心黃菊吾豈然」以古人詠菊詩句多為寒酸，自以獨得眾菊濃香之味。末兩句「誰能刻意出新句，關心黃菊吾豈然」暗含或者透露出鄭孝胥在國內外風雲變幻的局勢中，意欲施行其奇計的一種抱負，而黃菊所代表的忠貞氣節似乎已淡出其內心的精神世界，這首詩或可作為鄭孝胥「欲以忠孝售其術」的一個證據。當然，這樣解讀不免深文周納之譏，因為這兩句也可純粹為了表現詩人自己與學者沈曾植的區別。《述菊三》亦是先描述繁菊之態，其中

〔註183〕1919 年，沈曾植作《海藏樓看菊花》一詩云：「黃菊吾畏友，嚴霜發精神。自嗟欺魄老，愧爾榮華新。正色攝神變，懷芳不氛氳。肅然滿天星，禮覯夏時真。病足苦躄躠，長廊未周巡。歸來夢湘累，期我餐英賓。」見《沈曾植集校注》卷十，第 1254 頁。沈曾植以黃色為菊花正色，寄託了對遜清的忠貞氣節。鄭孝胥和作《和乙庵觀菊之作》云：「黃華乃為鞠，終古義無改。亂色疑可誅，爛漫鬥眾采。卓哉子沈子，筆法春秋在。對花三太息，此意動真宰。舉杯不能釂，按劍視四海。蕪穢變不芳，靈均惡蘭茝。」見《海藏樓詩集》附錄一「散佚詩輯錄」，第 500～501 頁。鄭孝胥對沈曾植的觀點不僅表示認同，而且態度更為激烈。但此詩未收入《海藏樓詩集》，實際上，鄭孝胥此詩不過是一時之言。在隨扈天津時期，他的態度發生了變化，對菊花以黃色為正色的觀點卻表達了異議，甚至譏諷為迂腐。

「濃者非肥澹非瘦，逸者疑狷疏者狂。孤花單枝足諦玩，傲兀不屑脂粉粧。風懷洗盡愈趺宕，如對高士談滄桑」揭出繁菊共有一個傲兀的特色，其意似謂「黃華為鞠」之辨甚無謂，且激蕩風懷之春花與寄寓滄桑之秋菊同為可賞之物，無須軒此桎彼。末云「一春紅紫絲管膩，解穢羯鼓殊慨慷。會心庶為知者道，自怪秋氣歸詩腸」揭出，詩人的詩興乃隨節氣而變化。

　　1929 年，鄭孝胥隨侍溥儀於天津時，與同事共遊菊圃，作《十月初九日侗伯立之向元同遊羅氏菊圃》，寫菊花極妍盡態，其中四句「豐者沈吟若含醉，瘦者縱逸若揚眉。舒者縈回若起舞，虯者斂抑若凝思」〔註184〕句法學韓，而整首詩作意普通，別無微言。1932 年，鄭孝胥已至東北任偽滿總理，又作《述菊》一首。對菊花出現了「色奇固難媚」的欣賞，詩云：

> 我雖投有北，意若輕此鄉。所居依高柳，偃息聊徜徉。
> 殘秋忽重九，頗訝花未黃。隣園覓盆菊，恣取不靳償。涉旬
> 苞漸放，侗儻殊非常。抗態已兀傲，舞姿極回翔。色奇固難
> 媚，骨瘦偏含狂。遇之以畸士，勃然動詩腸。不辭室轉寒，
> 獨賞夜始長。得此果意外，誰能蔑眾芳？〔註185〕

　　考之《日記》，此詩作於何日雖未明載，但作於 1932 年陳寶琛生日（10 月 22 日）至鄭孝胥初試飛機（12 月 1 日）之間是確定的，在這將近一個月裡，發生了幾件大事：第一，鄭孝胥不滿日本官吏在偽滿政府的比例太大，言於井戶川中將，《日記》云：「井戶中將來訪，……詢余何所不便；余謂：『日滿官吏，偏重不均，今國務院滿洲不足三十人，而日本百數十人，無怪人民之不信也。』」〔註186〕第二，批評日本官吏飛揚跋扈，不尊重中國人，傾心歐化而輕東方道德，因此鄭極其反對建立協和黨，將其改建成協和會以監督日滿官史之相處狀況，思以中國合群道德感化日人，《日記》云：「日本民政黨議員櫻井兵五

〔註184〕《海藏樓詩集》卷十二，第 378 頁。
〔註185〕《海藏樓詩集》卷十二，第 398 頁。
〔註186〕《鄭孝胥日記》第五冊，第 2419 頁。

郎來訪，告之曰：『比年來所言東亞和平、中日親善，皆虛言無實，而相惡如故。』」又云：『協和會常務理事寶寶隆矣來見，又以告櫻井語者語之；又告之曰：『協和會若能主持公道，以稽察日本官吏、軍隊與滿洲相處之狀為己任，賢者褒之，不賢者詰之，則國人視協和會為保護人民之大俠，而協和會之報告為指導親善之公論，將使協和會之聲價增加百倍，乃一彈指之事耳。』」〔註187〕；第三，向執政溥儀辭職，以入關收人心結豪傑為言，溥儀以無人代替為由不許之，《日記》載：「又詣行在，奏會議之況畢，啟曰：『臣任總理已八閱月，所為者特司官、部吏之事，而疲於奔命，頗自惜其精力銷磨於無用之地。上若惜其老，幸罷政地，使籌入關之策，其於收人心、結豪傑必有尺寸之效。」上憮然曰：「今無代者，當勉力至收京乃議之耳。』」〔註188〕；第四，執政府官制改動，執政令由國務院秘書處送交執政府秘書廳用印簽字，總理每日入值免去，有事方召見。這首《述菊》放在以上的背景來解讀，則作意豁然可知。總的來說，這首詩描寫出菊花抗態兀傲而又舞姿回翔，色奇不媚，骨瘦含狂，亦可謂獨有心得，是其峭刻自美的性格體現。陳曾壽謂其「晚遇既異，可言者多，詩中大有事在，故精悍之氣，不遜於前也」〔註189〕，即指此類作品。這首詩筆氣橫逆，有不可當之概，其辛辣之性似更甚於早年。但無論從藝術價值還是思想價值上說，這首《述菊》則不如早年《述菊》。

三、梅花與海棠

鄭孝胥的梅花詩與海棠詩各有四首可與櫻花詩四首相匹敵，分別是《紅梅》與《海棠盛開與稚辛似齋二弟同賦四首》，其餘數首如《吳氏草堂梅花下作》《清友園探梅》《顛齋海棠》等亦多有佳句。今依時間此序略為解說。

《吳氏草堂梅花下作》作於 1891 年 5 月東渡日本之前，乃於吳

〔註187〕《鄭孝胥日記》第五冊，第 2425 頁。
〔註188〕《鄭孝胥日記》第五冊，第 2426 頁。
〔註189〕《海藏樓詩集》附錄三，第 593 頁。

鑒泉居處觀梅所作,時鄭孝胥困於場屋,北上數次皆未中式,途中
多經過金陵、滬瀆兩地。其詩云:「今年又見江梅發,嘆息勞生幾往
還。淡蕩風香春欲半,蕭寥煙日地常閑。牆陰活計添新竹,籬角幽
情帶好山。莫管花前詩力減,憐渠歲月不教刪。」〔註190〕中間兩聯
寫景絕佳。龐俊評此詩云「芬芳悱惻」〔註191〕《清友園探梅》作於
1894年日本神戶大阪總領事任上,其一云:「海波淡對道人閒,勝日
清遊一破顏。誰見春風甘寂寞,朱霞白鶴滿空山。」其二云:「山園
脈脈發霜枝,隴首無人夕照移。一段荒寒誰解賞,松梢遮莫揭春旗。」
其三云:「嫩蕊疏枝點碧苔,盈盈纔得幾年栽。他時屈曲山中老,長
記先生為汝來。」其四云:「天空海闊須磨驛,山靜日長清友園。流
落中年仍世外,梅花數點憶中原。」〔註192〕王賡《今傳是樓詩話》
云:「清友園,在東須磨月見山之間,距大手寓廬極近,頗饒花卉,
雖風景平平,一入吟詠,便增身價。余初訪之,曾有所見不逮所聞
之感。」〔註193〕可知《清友園探梅》化腐朽為神奇,在日本的流傳
甚廣。龐俊評此組絕云:「嘗喜錢受之『都無人跡有春風』之句,此
之韻味略與相肖。」〔註194〕

　　1900年1月24日報稱召見恭親王及軍機、大學士、滿漢尚書
等,鄭孝胥於此日作《閱報》詩一首。1900年1月26日作《紅梅四
首》。1月27日,鄭孝胥非常敏感,云「恐有不測之事」,並有「噫,
亡矣」之悲歎〔註195〕。是夜渡江,得電報稱清廷立大阿哥溥儁為皇
嗣。史學家認為,立嗣是慈禧的一出政治鬧劇。《紅梅四首》就是在這
樣的背景下創作出來的。《紅梅四首》云:

　　　　歲闌人意苦難春,春入枝頭最動人。已借風霜成爛漫,

〔註190〕《海藏樓詩集》卷一,第12頁。
〔註191〕《海藏樓詩集》附錄三,第610頁。
〔註192〕《海藏樓詩集》卷二,第34頁。
〔註193〕見張寅彭主編:《民國詩話叢編》第三冊,第253頁。
〔註194〕《海藏樓詩集》附錄三,第613頁。
〔註195〕《鄭孝胥日記》第二冊,第747頁。

那教桃杏比精神。簷前索笑寒侵手，樓角尋詩雪滿身。欲識吳姬須秉燭，搖紅影裏定誰真。

　　濃香竟日繞房櫳，絕愛橫斜幾簇紅。疏幹自生畫本外，真花宜著鏡屏中。春回小閣詩初就，暖入朱唇笛未終。卻恐先開還易落，從渠帶醉倚霜風。

　　冷落詩人瘦不辭，風懷銷盡費維持。斷橋流水相逢地，絕代朱顏一笑時。夢到江南花艷艷，書來鄉國樹垂垂。眼明正覺吳粧好，莫為微瀕訝玉肌。

　　一段幽光初破冷，數枝奇色已含胎。正教雪重終難壓，猛覺春酣祇半開。酒醒乍驚翠羽墜，詞成便換小紅回。誰憐省識東皇後，耿耿丹心獨未灰。〔註196〕

　　這組詩作意全自韓偓《梅花》中來，但吐詞用語則多出於己，或化用前人一兩詩句，此即江西脫胎換骨之法，所謂「不易其意而造其語」者也。韓偓《梅花》云：「梅花不肯傍春光，自向深冬著豔陽。龍笛遠吹胡地月，燕釵初試漢宮妝。風雖強暴翻添思，雪欲侵凌更助香。應笑暫時桃李樹，盜天和氣作年芳。」〔註197〕整首詩旨在表現對唐王朝的忠心以及對朱全忠的貶斥。這組《紅梅》的第一首頷聯「已借風霜成爛漫，那教桃杏比精神」及第四首尾聯「誰憐省識東皇後，耿耿丹心獨未灰」皆表現出其感念光緒帝特達之知，而將其忠悃贊美之情投射在紅梅上，韓偓詩以「梅花不肯傍春光，自向深冬著豔陽」一聯述其忠貞，鄭孝胥詩「已借風霜」「省識東皇」則稍為變化之，而「已借風霜成爛漫」句意亦來自韓詩頸聯「風雖強暴翻添思，雪欲侵凌更助香」。鄭詩雖未明顯貶斥朝廷的錯誤，但仔細品咂第二首頷聯「疏幹自生畫本外，真花宜著鏡屏中」，對花的贊美之中已寓貶斥，以此紅梅為真花，則鏡屏中之花為假花則意在言外。第三首頷聯「斷橋流水相逢地，絕代朱顏一笑時」明寫風懷，實則暗寓其受光緒帝召見之

〔註196〕《海藏樓詩集》卷十二，第105～106頁。
〔註197〕〔唐〕韓偓著，齊濤箋注：《韓偓詩集箋注》卷一，濟南：山東教育出版社，2000年版，第32頁。

事。詩中「簷前索笑寒侵手，樓角尋詩雪滿身」化用陳與義《和張規臣水墨梅》之四「含章簷下春風面」〔註198〕，及其《尋詩兩絕句》「亭角尋詩滿袖風」〔註199〕兩句，揉為一聯，極見功力。「欲識吳姬須秉燭」句，化用蘇軾《王伯敭所藏趙昌花‧梅花》「殷勤小梅花，仿佛吳姬面」〔註200〕，及其《海棠》「故燒高燭照紅妝」〔註201〕兩句，合成一句，可謂字字有來歷。

　　海棠為自唐以來詩人所喜詠之花，風格要多偏於香豔，如李商隱、韓偓等，如蘇軾《寒食雨》「臥聞海棠花，泥汙燕支雪」〔註202〕之惜春淒懷者較為少見，又如陳與義《春寒》「海棠不惜胭脂色，獨立濛濛細雨中」〔註203〕富含人生哲理者更屬稀罕。鄭孝胥的詠海棠詩稍具深意，描摹海棠語句精切，用詞華麗，卻不甚涉香豔，與詠櫻花一樣又能騷雅清空，但最重要的特點在於其對前人詩句之化用糅合，而又十分自然，詠物寫景如在目前，寄意卻在言外。主要作品有《海棠盛開與稚辛似齋二弟同賦四首》《顛齋海棠》。《海棠盛開與稚辛似齋二弟同賦四首》作於 1897 年，其時鄭孝胥正在南京張之洞幕府，《顛齋海棠》則為龍州時期憶念金月梅所作。《海棠盛開與稚辛似齋二弟同賦四首》云：

　　　　曉日蹋寒霧乍開，忽驚絕艷立蒼苔。破顏自擅生天質，顧影難憑傾國媒。脂水粉痕空寫照，濃春好夢費疑猜。贊皇花木曾成記，忍道根從海外來。

　　　　漫翻譜錄辨棠梨，色色香香理不齊。三月繁華渾醉後，一春桃李總顏低。牢愁衛子思鴻鵠，勝事題詩步碧雞。記取

〔註198〕〔宋〕陳與義著，白敦仁校箋：《陳與義集校箋》卷四，第 96 頁。
〔註199〕〔宋〕陳與義著，白敦仁校箋：《陳與義集校箋》卷二十一，第 577 頁。
〔註200〕〔宋〕蘇軾著，〔清〕王文誥輯注，孔凡禮點校：《蘇軾詩集》卷二十五，第 1334 頁。
〔註201〕〔宋〕蘇軾著，〔清〕王文誥輯注，孔凡禮點校：《蘇軾詩集》卷二十二，第 1186 頁。
〔註202〕〔宋〕蘇軾著，〔清〕王文誥輯注，孔凡禮點校：《蘇軾詩集》卷二十一，第 1112 頁。
〔註203〕〔宋〕陳與義著，白敦仁校箋：《陳與義集校箋》卷二十，第 570 頁。

濠堂人未老，花前吟到夕陽西。

　　　燕郊東出記尋芳，流水遊龍赴道場。沈醉春風圍日氣，
斷紅人面擁花光。髫年塵夢頻彈指，宦況江城獨繞廊。幾樹
如云俄似雪，暗中誰信送堂堂。

　　　關心風日凋顏色，八九分開已惘然。帶露微垂長脈脈，
怯寒猶斂最娟娟。朱欄玉砌休論命，宿酒殘粧欲破禪。心力
平生殊不負，櫻花詩後又三年。〔註204〕

　　古來詩人詠海棠皆與霧雨有關，因為海棠在霧雨之中最為嬌嬈。
以上組詩第一首開首即襲此意，而頷聯「破顏自擅生天質」句似翻用
鄭谷「嬌嬈全在未開時」〔註205〕之句意，頸聯「空寫照」「費疑猜」
為海棠也為自己設疑問，末聯用了李德裕《平泉山居草木記》「以海
為名者悉從海外來，如海棠之類是也」〔註206〕的典故，一個「忍」
字見出整首詩的作意，原來是自憐其從日本歸國後宦跡淹留。由此
可知「顧影難憑傾國媒」並非泛泛而言，結合其前作《貧女》「盛年
不偶欲何如」〔註207〕句所表現出來的入仕情急來看，可見其今日之
自負。所謂「費疑猜」當指其時幕府中閩人不受張之洞信任，而在
此之前1895年末鄭孝胥入京遊說翁同龢時，已被人中傷在翁同龢前
說張之洞的壞話，雖然後來與張之洞似乎冰釋前嫌，但芥蒂是不容
易消除的。第二首「一春桃李總顏低」化自蘇軾「桃李漫山總粗俗」
〔註208〕，「牢愁銜子思鴻鵠」化自蘇軾「寸根千里不易到，銜子飛
來定鴻鵠。」，「勝事題詩步碧雞」則化自陸游「當時已謂目未睹，

〔註204〕《海藏樓詩集》卷三，第72頁。

〔註205〕〔唐〕鄭谷著；嚴壽澂，黃明，趙昌平箋注：《鄭谷詩集箋注》卷二，
　　　　上海古籍出版社，2009年版，第274頁。

〔註206〕見王雲五主編，吳曾祺編：《涵芬樓古今文鈔簡編》，上海：商務印
　　　　書館，民國18年萬有文庫本，第75～76頁。

〔註207〕《海藏樓詩集》卷二，第42頁。

〔註208〕《寓居定惠院之東，雜花滿山，有海棠一株，土人不知貴也》，見
　　　　〔宋〕蘇軾著，〔清〕王文誥輯注，孔凡禮點校：《蘇軾詩集》卷二
　　　　十，第1036頁。

豈知更有碧雞坊。」〔註209〕以鴻鵠對碧雞，甚工。第三首後兩聯完全幾乎撇開海棠直抒己懷，「髫年塵夢頻彈指，宦況江城獨繞廊」可證第一首作意。第四首「八九分開已惘然」照應第一首，「朱欄玉砌休論命」化自陸游《西郊尋梅》「朱欄玉砌渠有命」〔註210〕，對句「宿酒殘粧欲破禪」甚佳，意謂宦途不遂可置不問，對此已開八九分之海棠，受其「宿酒殘粧」撩亂人心，亦未為不值得。末聯「心力平生殊不負，櫻花詩後又三年」，總之要能耐寂寞，在豔麗的名花之前能耐寂寞更見出心力。詩人寫到心力，一般與濟世的壯心有關，如杜甫「憂世心力弱」〔註211〕「憑軒心力窮」〔註212〕等，也有將心力與風情聯繫起來的情況，如白居易《寄黔州馬常侍》詩云「可惜風情與心力，五年拋擲在黔中」〔註213〕。鄭孝胥的這組詩則兩者皆有。

鄭孝胥詠海棠詩間有與金月梅有關者，1905 年鄭孝胥於龍州邊防督辦任上，作《顛齋海棠》云：

> 才因老盡更誰知，祇借花枝寄所思。好夢夢回餘倩影，
> 春愁愁絕減豐肌。冬郎昨夜關心雨，子美平生欠汝詩。卻向
> 龍州載幾樹，他年題字待元之。〔註214〕

這首《顛齋海棠》首聯即表此意。次聯「夢」「愁」兩字皆連用，讀起來音節十分諧婉，按語意無疑是思念金月梅。頸聯「冬郎昨夜關心雨，子美平生欠汝詩」，陳寥士認為是「此花絕唱」〔註215〕，「冬郎昨夜關心雨」極其精煉地化用了韓偓《懶起》「昨夜三更雨，今朝一陣寒。

〔註209〕〔宋〕陸游著；錢仲聯校注：《劍南詩稿校注》，上海：上海古籍出版社，1985 年版，第 538 頁。
〔註210〕〔宋〕陸游著；錢仲聯校注：《劍南詩稿校注》卷三，第 79 頁。
〔註211〕〔唐〕杜甫著；〔清〕仇兆鰲注：《杜詩詳注》卷三，北京：中華書局，1979 年版，第 1563 頁。
〔註212〕〔唐〕杜甫著；〔清〕仇兆鰲注：《杜詩詳注》卷三，第 214 頁。
〔註213〕〔唐〕白居易著；謝思煒校注：《白居易詩集校注》卷三十七，北京：中華書局，2006 年版，第 2811 頁。
〔註214〕《海藏樓詩集》卷五，第 146 頁。
〔註215〕陳寥士撰：《海藏樓詩的全貌》（下），民國《古今月刊》1942 年第八期，第 37 頁。

海棠花在否，側臥卷簾看」〔註216〕數句語意，杜甫詩集中沒有詠海棠的詩，合成一聯甚有意味。末聯「題字待元之」當指王禹偁，王禹偁《別堂後海棠》詩云：「一堆紅雪媚青春，惜別須教淚滿巾。好在明年莫憔悴，校書兼是愛花人。」〔註217〕由此亦可見此詩確為金月梅而作。

第五節　蕭曠雄肆的重九詩

　　重九詩是《海藏樓詩集》中的重中之重，鄭孝胥幾乎每年重九必作，其中以七律居多，代表了鄭孝胥七律創作的最高成就。由於其重九詩膾炙人口，流傳最廣，因此鄭孝胥被稱為「鄭重九」。關於其藝術成就之高，葉玉麟在《海藏樓詩》附《名流詩話》中云：「少陵近《九章》，太白近《九歌》。公年年重九詩，練蕭憀懭悢之氣，以平淡語紆折出之，而自然深雋，宜一世人推『鄭重九』也。」〔註218〕可謂推崇備至。重陽節登高，是歷代詩人別集中一個極常見的傳統題材。杜甫的《登高》是重九登高詩的佼佼者，胡應麟《詩藪》以此首為古今七言律第一。陳衍在《海藏樓詩序》中引鄭孝胥的話說：「君言律詩要能作高調，不常作可也。老杜「風急天高」一首，全首高調。」陳寥士云：「海藏主張律詩全首用高調，……他重九詩以七律為多，以高調賦登高，最是出色當行之作。」〔註219〕其實不惟七律多高調，其七古亦不乏高調。可以說葉玉麟的「蕭憀懭悢」與陳寥士的「以高調賦登高」是鄭孝胥重九詩的兩大風格。

　　重九詩的寫作時間幾乎覆蓋了鄭孝胥的一生，從其內容上說，重九詩可謂涵括了晚清民國幾乎所有的時政大事。陳寥士《海藏樓詩的全貌》云：「細度上面歷年的重陽詩，可以覆驗興亡的痕跡。對於晚清

〔註216〕〔唐〕韓偓著，齊濤箋注：《韓偓詩集箋注》卷四，第 241 頁。
〔註217〕〔宋〕王禹偁撰：《小畜集》卷九，商務印書館萬有文庫，1937 年版，第 129 頁。
〔註218〕《海藏樓詩》附錄三，第 594 頁。
〔註219〕陳寥士撰：《海藏樓詩的全貌》（下），民國《古今月刊》1942 年第八期，第 17 頁。

政治窳頹的感慨，以至宣統遜位，及滿洲事變，都有顯明線索可尋。」
〔註220〕由於充滿了興亡之感慨、對時事的憂患以及身世的唏噓，重
九詩大多涉及夕陽的意象，將夕陽的衰落遲暮的內涵發揮得淋漓盡
致。陳寥士戲言：「他自己說枉被人稱鄭重九，其實他重陽詩中十九
牽及斜陽，不如呼他為『鄭重陽』了。」〔註221〕夕陽的意象最宜於表
現悵惘不甘的情懷，陳衍最喜言鄭詩多悵惘不甘，如在《石遺室詩話》
中曾引鄭孝胥話說：「君嘗言作詩工處，往往有在悵惘不甘者。因舉
荊公『別浦隨花去，回舟路已迷。暗香無覓處，日落畫橋西』二十字，
為與神宗遇合不終，感寓之作。」〔註222〕其所舉荊公詩句亦有夕陽意
象，而由其解讀可見，鄭孝胥詩歌中的悵惘不甘當亦指向光緒帝。但
鄭孝胥與王安石遭遇不同，其指向光緒帝者，悉皆感知遇之恩而恨無
報國之日。如其《漢口春盡日北望有懷》云「往事夢空春去後，高樓
天遠恨來時」〔註223〕一聯，即為陳衍所舉惘惘之作的例子之一。陳衍
在《石遺室詩話》中沒有對鄭孝胥的重九詩作過專門的論述。但實際
上，鄭孝胥的重九詩亦多此種悵惘不甘之作。沈其光《瓶粟齋詩話》
云：「讀海藏詩，使人意激。」〔註224〕在其重九詩中，大概而言，高
調之作使人意激，多直抒其懷，筆勢疏宕豪縱；深雋之作則多悵惘，
寫景殊為蕭寥清遠，出語閑淡紆折。從創作的時間來看，早年之作多
深雋令人悵惘，辛亥後多高調使人意激，晚年之作亦如陳曾壽所云「精
悍之氣，不遜於前」〔註225〕，可謂之雄肆豪橫。從其詩學淵源來說，
蕭慘懭悢取法王安石、陳與義，雄肆豪橫多類元好問，亦其性之所近，
此下略分時期論述。

〔註220〕陳寥士撰：《海藏樓詩的全貌》（上），民國《古今月刊》1942 年第
　　　　八期，第 18 頁。

〔註221〕陳寥士撰：《海藏樓詩的全貌》（上），民國《古今月刊》1942 年第
　　　　八期，第 18 頁。

〔註222〕陳衍著：《石遺室詩話》卷一，第 8 頁。

〔註223〕《海藏樓詩集》卷四，第 98 頁。

〔註224〕《海藏樓詩集》附錄三，第 587 頁。

〔註225〕《海藏樓詩集》附錄三，第 593 頁。

一、辛亥以前的重九詩

辛亥以前的重九詩計有 11 首，其中 5 首七律：《九日獨登清涼山》（1899），《九日愛宕山登高同秋樵袖海》（1891），《九日五層樓登高》（1897），《九日虎坊橋新館獨坐偶成》（1898），《九日小連城登高》（1904）；2 首七古：《九日大阪登高》（1893），《九日與胡康安同登北極閣》（1894）；1 首五古：《九日不出》（1905）；1 首五律：《九日風雨中子培自揚州來見示新作》（1899）；2 首七絕：《九日不出又》二首（1905）。自 1905 年至 1911 年間皆無作，此一階段的重九詩尚說不上每年必作，七律的數量亦未到一半，可說是其重九詩的初創期。大抵而言，蕭慘憚恨是此時期的主要風格，其中七律最能鮮明體現這種風格，而七古則兼有雄肆。

詩集中重九詩始於《九日獨登清涼山》，作於 1889 年，也即是詩集編年的第一年，是集中的第三首詩。《九日獨登清涼山》：「科頭直上翠微亭，吳甸諸峯向我青。新霽雲歸江浦暗，曉風浪入石頭腥。忍飢方朔非真隱，避地梁鴻自客星。意氣頻年收拾盡，登高何事叩蒼冥。」〔註 226〕龐俊評此詩云：「能狀難言之景。」〔註 227〕這主要指頷聯而言，至其頸聯尾聯露出失意憚恨的心情。考之《日記》，此詩大概作於 1889 年 4 月至 9 月間，為鄭孝胥北上會試名落孫山後返居金陵依吳氏時所作，正處於科場失意的情緒之中。1891 年鄭孝胥出任日本領事館書記官，與鄧秋樵同登東京愛宕山，作《九日愛宕山登高同秋樵袖海》云：「秋懷閉戶兀嵯峨，都付登臨眼底過。蠻菊那知佳節重，霜林也傍醉顏酡。樓西地盡鄰斜日，海上帆收展夕波。愛宕山頭三客望，鄉愁誰似舍人多？」龐俊批此詩尾聯云：「『愛宕山頭三客望，鄉愁誰似舍人多？』自然入妙」〔註 228〕頸聯寫景蕭寥高曠，意思含蓄，尾聯揭出思鄉，故云自然入妙。這種蕭寥高曠的七律，在宋代陳與義詩中

〔註 226〕《海藏樓詩集》卷一，第 2 頁。
〔註 227〕《海藏樓詩集》附錄三，第 609 頁。
〔註 228〕《海藏樓詩集》附錄三，第 611 頁。

多能見之。這一時期，鄭孝胥師法陳與義的七律以《九日五層樓登高》
《九日小連城登高》為代表，這兩首詩分別作於 1897 年、1904 年。
《九日五層樓登高》詩云：

> 市樓便是登高地，我輩方隨行路人。一醉不辭中酒病，
> 九秋還鬪百年身。書來兄弟顏俱瘦，愁裡江山事更新。紅紫
> 打圍須未老，可能摩眼向風塵？

《九日小連城登高》詩云：

> 峯羅四野翠成堆，溪繞邊州去又回。雲樹蒼蒼收百里，
> 洞天鬱鬱起孤臺。登臨始覺清秋入，懷抱端須濁酒開。玉洞
> 連城隔年事，可堪還此共徘徊。〔註229〕

《九日五層樓登高》頸聯無疑熔鑄了陳與義《次韻周教授秋懷》
「天機袞袞山新瘦，世事悠悠日自斜」一聯及其《次韻家叔》「白髮空
隨世事新」一句，「愁裡江山事更新」意境亦似之。其中「書來」與
「愁裡」的對仗，頗類陳與義《次韻謝表兄張元東見寄》「燈裡偶然同
一笑，書來已似隔三秋」〔註230〕一聯中「燈裡」與「書來」的對仗，
雖然可能只屬暗合，但也不能否定其可能的潛在影響。至於《九日小
連城登高》中「懷抱端須濁酒開」「可堪還此共徘徊」兩句亦變化自陳
與義《雨中再賦海山樓詩》「一生襟抱與山開」「徘徊舒嘯卻生哀」〔註
231〕兩句，陳詩「一生襟抱與山開」源自杜甫《奉待嚴大夫》「一生襟
抱向誰開」〔註232〕，杜甫此句後人多喜用之，如崔玨《哭李商隱》「一
生襟抱未曾開」〔註233〕，王令《奉寄伯兄泰伯》「一生襟抱向誰論」
〔註234〕，但鄭詩「懷抱端須濁酒開」無疑直接源自陳詩，從其改「山」

〔註229〕 《海藏樓詩集》卷五，第 139 頁。
〔註230〕 〔宋〕陳與義著，白敦仁校箋：《陳與義集校箋》卷六，第 137 頁。
〔註231〕 〔宋〕陳與義著，白敦仁校箋：《陳與義集校箋》卷二十七，第 756 頁。
〔註232〕 〔唐〕杜甫著，仇兆鰲注：《杜詩詳注》卷十二，第 1009 頁。
〔註233〕 〔清〕彭定求等編：《全唐詩》卷五百九十一，北京：中華書局，1960
　　　　　年，第 6858 頁。
〔註234〕 〔宋〕王令著，沈文倬校點：《王令集》卷十，上海：上海古籍出版
　　　　　社，1980 年版，第 191 頁。

為「酒」可以見出。簡齋詩學杜得其沉雄，由以上兩首詩的「一醉不辭中酒病，九秋還鬪百年身」與「雲樹蒼蒼收百里，洞天鬱鬱起孤臺」兩聯來看，皆有意學杜之沉雄，可以證明其學簡齋而上窺杜甫的詩學路向。

此一時期關係國政時事的重九詩，當推《九日虎坊橋新館獨坐偶成》一詩為最著，此詩作於戊戌年百日維新失敗後，當時鄭孝胥在京城。《九日虎坊橋新館獨坐偶成》：

> 九日宣南晝閉門，幽花相對更無言。殘秋去國人如醉，晚照橫窗雀自喧。坐覺宮廷成怨府，仍愁江海有羈魂。孤臣淚眼摩還暗，爭忍登高望帝闔。〔註235〕

詩題下自注云：「前一日乞假得允。」維新失敗，禍不及鄭孝胥，其總理衙門章京上行走之職未被褫奪，故云請假。當時鄭孝胥認為章京這個職位已無意義，而且保守派已經有人提議取消鐵路礦務，甚至於撤除總理衙門，《日記》在前三日（10月20）云：「趙展如至鐵路局謂人曰：『鐵路本不可辦，礦務猶為害民。』又曰：『但撤總署，則外國人自不多事矣。』」〔註236〕這種極度無知的論調一出現，鄭孝胥即決定托疾求去。「殘秋去國人如醉」，暗用《詩經・黍離》「行邁靡靡，中心如醉」〔註237〕之語典。《楚辭・九章・涉江》：「燕雀烏鵲，巢堂壇兮。」王逸注：「燕雀烏鵲，多口妄鳴，以喻讒佞。」〔註238〕對句「晚照橫窗雀自喧」之「雀」字即暗貶保守派得逞。頸聯斥朝廷而同情維新人士。整首詩基調極為愴悢懷恨，龐俊評此詩云「淒異綿邈」〔註239〕，陳衍在《石遺室詩話》亦以此詩「殘秋去國人如醉」句為「善作悲呻之語」〔註240〕。

〔註235〕《海藏樓詩集》卷三，第89頁。
〔註236〕《鄭孝胥日記》第二冊，第691頁。
〔註237〕十三經整理委員會整理：《毛詩正義》卷第四（四之一），第300頁。
〔註238〕〔宋〕洪興祖撰，白化文等點校：《楚辭補注》，北京：中華書局，2002年版，第141頁。
〔註239〕《海藏樓詩集》附錄三，第619頁。
〔註240〕陳衍著：《石遺室詩話》卷三十二，第47頁。

　　五言律《九日風雨中子培自揚州來見示新作》作於 1899 作，詩
云：「重九不能出，江天風雨霾。故人吟楚調，秋氣滿高齋。離合十年
所，交親百事乖。莫言堪放浪，可念是形骸。」〔註241〕蕭颯悽愴，然
不作一直語，前兩聯鋪題，後兩聯折入離情。「故人吟楚調，秋氣滿高
齋」一聯有姚合詩的清奇蕭颯之味。《夫須詩話》云：「《海藏樓詩》……，
蕭寥高曠，一語百折。唐之姚武功，宋之陳去非，往往有此意境。」
〔註242〕雖不專稱其重九詩，然移以評其重九詩中的五七律似甚貼切。
其雄肆的七古高調之作當推作於 1893 年出使日本時期的《九日大阪
登高》：

> 霜風連朝作重陽，蕭寥坐落無人鄉。端居秋氣最先感，
> 起與蟲鳥爭號翔。樓頭山海自圍繞，於意不樂如羈縲。逝
> 將去此更一縱，瞬息百里遙相望。未花蠻菊那足道，眼底
> 正喜落日黃。登高聊欲去濁世，負手天際終旁皇。空中鳥
> 跡我今是，底用著句留蒼蒼。故山歸隱有兄弟，倒海浣此
> 功名腸。〔註243〕

　　這首詩首先在用韻方面選擇了下平七陽這個音節較為響亮的韻
部，而押韻之句幾乎後三字皆平聲，當是有意為之，達到聲情俱為酣
暢淋漓的效果。龐俊評此詩云「音節高亮」，且指出其結句「故山歸隱
有兄弟，倒海浣此功名腸」仍是自負之語〔註244〕。首句襲用蘇軾《捕
蝗至浮云嶺山行疲苶有懷子由弟二首》其二「霜風漸欲作重陽」句語，
結尾想念兄弟，可見此詩有效東坡之跡。三四句略似王安石《葛溪驛》
「病中最覺風露早」「起看天地色淒涼」之句格，末句則卻又襲用陳
師道《還裡》詩「平生功名念，倒海浣我腸」之句語。雖然如此，此
詩風格卻不似以上三位詩人，其豪放邁往之氣反與元好問為近。1905
年《九日不出又二首》其一云：「九秋佳節去堂堂，無酒無花意欲狂。

〔註241〕《海藏樓詩集》卷四，第 101 頁。
〔註242〕《海藏樓詩集》附錄三，第 590 頁。
〔註243〕《海藏樓詩集》卷二，第 29 頁。
〔註244〕《海藏樓詩集》附錄三，第 612 頁。

但使棄官仍濟勝，登高何日不重陽。」其二云：「黃花歲歲傲西風，漢上江南舊寓公。誰見戍樓人欲老，夕陽來對拒霜紅。」〔註245〕又頗伉爽，龐俊評云：「東坡云『涼天佳月即中秋』，即此意。」〔註246〕指第一首而言，若第二首詩意則似源自元好問《詠懷》「黃華自與西風約，白髮先從遠客生」一聯，卻自有一股倔強之氣。

二、辛亥至出關之前的重九詩

此一時期又略分兩半階段，前半階段是蟄居上海，後半階段是京津輔弼。辛亥革命是中國近代史上劃時代的事件，可以說中國從此正式踏上了現代化的進程。但這種現代性的宏大敘事卻掩蓋了一個事實，即革命給中國帶來不是民生的福祉，反而是常年不息的軍閥混戰。中國政治失去了重心，各路軍閥罔顧人民的生命與財產，爭權奪利，戰爭頻繁，政權如走馬燈一樣，以至於共和的良好願望在實踐上卻形成了假共和的局面。鄭孝胥一直主張君主立憲，但其思想也並非一成不變，他曾對孟森說過這樣的話：「共和者，佳名美事，公等好為之；吾為人臣，惟有以遺老終耳。」〔註247〕孟森致書勸其「無庸再蹈謝皋羽、汪水雲之成跡」〔註248〕。這說明鄭孝胥並非在思想上反對共和。鄭孝胥之所以反對革命，一方面是他堅持傳統的臣節，另一方面是他認為中國人不適合施行共和。蒿目世亂，作為尚欲有所作為的謀士，他復辟的希望從未消失過，但作為詩人的鄭孝胥，其悲傷憂慮是十分真實的。這一時期又可細分兩個階段，第一階段是 1923 年未入京輔弼溥儀之前，第二階段是入京及隨扈天津時期。

（一）上海蟄居時期

辛亥革命至 1923 年入京前，重九詩共計有《九日鑑泉介庵同遊

〔註245〕《海藏樓詩集》卷五，第 154 頁。
〔註246〕《海藏樓詩集》附錄三，第 624 頁。
〔註247〕《鄭孝胥日記》第三冊，第 1356 頁。
〔註248〕《鄭孝胥日記》第三冊，第 1356 頁。

徐園》（1912）《九日病癒出遊》（1913）《重九雨中作》（1914）《重九》
（1916）《九日》（1918）《九日》（1922）六首。這個階段鄭孝胥在上
海蟄居，組織了讀經會，加入了消寒會、一元會等遺老團體。在這個
階段，鄭孝胥的重九詩表現出極其消沉低落。1912 年重陽，鄭孝胥與
其內兄吳鑒泉及陳樹屏等讀經會成員同遊徐園，作《九日鑑泉介庵同
遊徐園》云：

> 空將目力送歸鴻，意氣頹然一禿翁。辟世猶能作重九，
> 污人終自厭西風。無山易敗登高興，得酒聊忘失路窮。霜菊
> 名園堪徙倚，未妨同戀夕陽紅。〔註 249〕

「污人終自厭西風」典出《世說新語・輕詆》「元規塵」，《世說
新語・輕詆》云：「庾公權重，足傾王公。庾在石頭，王在冶城坐。大
風揚塵，王以扇拂塵曰：『元規塵污人。』」〔註 250〕而此詩將西風代替
風塵，不僅是時令秋風，真實的意思是指南京民國政府，因南京在上
海之西面。「失路窮」說明鄭孝胥不僅消沉，而且彷徨絕望。1913 年
《九日病癒出遊》則抒亡國之痛，《日記》載作詩背景云：「重陽，天
氣甚佳。……至徐園，無一人。過孟庸生，與庸生、沈友卿同至愚園，
葆良亦在。又遇伯嚴、愛蒼，日斜乃散。」〔註 251〕天氣甚佳，然而意
氣蕭颯，詩云：「鬱鬱藥鑪經卷邊，偶聞重九意蕭然。國亡安用頻傷
世，病起猶思一仰天。幾換園林吾亦老，休談人物夢何年。菊前桂後
秋光斷，卻負登高半日顛。」〔註 252〕1914 年《重九雨中作》更加傷
懷，風雨重陽，暮陰不散。詩云：

> 風雨重陽秋愈深，卻因對雨廢登臨。樓居每覺詩為祟，
> 腹疾翻愁酒見侵。東海可堪孤士蹈，神州遂付百年沉。等閒
> 難遣黃昏後，起望殘陽奈暮陰。〔註 253〕

〔註 249〕《海藏樓詩集》卷八，第 232 頁。
〔註 250〕〔南朝宋〕劉義慶著，劉孝標注，余嘉錫箋疏：《世說新語箋疏》，
　　　　　第 912 頁。
〔註 251〕《鄭孝胥日記》第三冊，第 1486 頁。
〔註 252〕《海藏樓詩集》卷八，第 249 頁。
〔註 253〕《海藏樓詩集》卷八，第 260 頁。

　　關於這首詩，還有一個故事。據葉參等《鄭孝胥傳》附《軼事》，
沈曾植在讀到「樓居每覺詩為祟」時，大為贊賞，云：「但愁對句難
佳。」及見下句云「腹疾翻愁酒見侵」，為之傾倒不已〔註254〕。其實
這首詩最令人悵惘的是末聯，「起望」一詞用得十分巧妙，令人如臨
其境，極其無可奈何。1916年《重九》與1918年《九日》則由於時
間稍長，已不似前幾年之消沉低落。鄭孝胥沒有加入超社與逸社，其
《日記》從未記載參與超社逸社聚會，而參加以逸社成員為主的消寒
會是在1921年，是逸社重開之第一會。1916年作《重九》時，其自
注云：「陳仁先自西湖寄書云：『聞九日逸社有高會，先生踽踽於何處
登高耶？』」〔註255〕陳曾壽之言亦可證，鄭孝胥於重九不參與逸社聚
會，而是自己登高度重陽。鄭孝胥與超社逸社成員皆有私交，其中有
幾人還是深交，如陳三立、陳曾壽、沈曾植及沈瑜慶等。但鄭孝胥不
公開參與超社逸社，有時卻在海藏樓招集好友看花飲酒，原因當是以
防招忌，明哲保身，張勳復辟時鄭孝胥亦非核心人員，略為預聞而已。
1922年的《九日》是這一階段的最高之作。詩云：

　　　　十年幾見海揚塵，猶是登高北望人。霜菊有情全性命，
　　夜樓何地數星辰。晚塗莫問功名意，往事惟餘夢寐親。枉被
　　人稱鄭重九，更無豪語壓悲辛。〔註256〕

　　辛亥至此已經十年，戰亂頻仍，民不聊生。鄭孝胥猶是忠於北京
失去權力之朝廷，終未出仕民國，此詩首聯即表此意。這一份忠心在
當時遺老那裡是盛傳的，溥儀經常聽聞周圍的遺老說起鄭孝胥，於是
在1917年已贈御書匾額一方曰「貞風凌俗」。鄭孝胥珍視不已。此詩
第四句《日記》作「酒杯何地祓悲辛」，末聯《日記》則作「卻羨豪情
孟東野，夜樓還我舊星辰」，詩集將第四句與第八句互易，而不見孟
東野名。孟郊有《感懷》其四云「徘徊不能寐，耿耿含酸辛。中夜登

〔註254〕葉參等編：《鄭孝胥傳》附《軼事》，第148頁。
〔註255〕《海藏樓詩集》卷九，第273頁。
〔註256〕《海藏樓詩集》卷十，第306頁。

高樓，憶我舊星辰」，可見此詩化用所自，觀其改易之跡，將突兀變成渾然，自成面目，此是鄭孝胥所長。

（二）京津輔弼時期

由陳寶琛舉薦，鄭孝胥遂於 1923 年 8 月應召入京。溥儀對鄭孝胥觀感極好，日記載：「弢庵亦至，談昨日上語弢庵：『鄭孝胥殊不老。聞其言論，使我氣壯。吾目中未嘗見如此人，惜不能常見之耳。』」〔註257〕1924 年馮玉祥與張作霖交戰，鄭孝胥作《重九日曹纕蘅向仲堅邀至靈光寺登高》：「白日銷沈兵氣昏，漫持熱淚灑中原。燕遼一戰民應盡，江海橫流溺豈援。玉貌無求猶不去，西山始到欲何言。殘年殘世還相對，便乞餘杯酹斷魂。」〔註258〕張作霖當時覲見溥儀數次，傳聞有意贊成復辟，實際上對遜清有感情的軍閥不止張作霖，徐世昌、段祺瑞、吳佩孚、陸榮廷等也曾有過示好的表現，特別是吳佩孚，曾命楊圻屢次聯繫鄭孝胥。然而各路軍閥只不過將溥儀當做共和崩盤時的一個預備籌碼，並非敢於公開挑戰共和，復辟滿清。1923 年至 1931 年間，軍閥戰爭更加頻繁，更加大型，而鄭孝胥更加憤激、彷徨、絕望，也是從這階段開始，陳寶琛幾乎每年重九皆次韻鄭孝胥的重九詩。1925 年作《九日天津公園登高復過李公祠》云：

> 疏林亦解縱秋聲，堆阜填胸故未平。如此登高元失路，
> 何須感事任孤行。兵戈豺虎天休問，羈紲君臣世所輕。四十
> 年來老賓客，荒祠猶愴夕陽明。〔註259〕

李公祠是李鴻章祠堂，故末句云「四十年來老賓客」，鄭孝胥四十年前曾入李鴻章幕府。此詩首句反用陳與義《送客出城西》「暮林無葉寄秋聲」，但整首風格近元好問之雄渾。「羈紲君臣世所輕」正說明了天津行在的不堪境況。從這首重九詩開始，陳寶琛幾乎每年皆有和作。陳寶琛和作《次韻蘇盦九日作》云：「人間何世更商聲，忍死終

〔註257〕《鄭孝胥日記》第四冊，第 1960 頁。
〔註258〕《海藏樓詩集》卷十，第 321 頁。
〔註259〕《海藏樓詩集》卷十一，第 327 頁。

思見太平。叢菊再開非故土，迷陽彌望奈吾行。桑田滄海相更迭，蟬翼千鈞有重輕。一昨澄漪亭子上，西山猶對晚松明。」〔註260〕針對鄭孝胥的失落進行了勉勵。1926 年有《九日招客集李氏園登高》頸聯「兵氣入南天不弔，太微移舍世空猜」〔註261〕與陳寶琛《九日李氏園次蘇盦韻》「中原羹沸民誰主，曠野弦歌俗且猜」〔註262〕皆對北伐戰爭造成的混亂表示出詩人的悲憫，而對復辟前途則有無力之感。鄭孝胥在隨扈天津時期，每年皆請假歸滬小住，1927 年的《九日》「見說戰場叢菊在，歸心一放忽難收」〔註263〕即表現出強烈的思家之情，而陳寶琛的和作《次韻蘇盦丁卯九日》則云「但覺涼風催客老，敢希休日恣山遊」〔註264〕，頸聯「勤王豈竟無狐偃，生子誰能似仲謀」又勉勵鄭孝胥。1928 年鄭孝胥東遊日本，試探政界高層意見，《九日雨中日光山湖樓》即作於日本，也是唯一一首在日本創作的重九詩。其頸聯與末聯云：「洛下故人殊繾綣，雨中吟思極蒼茫。登高莫動將歸感，聊借深杯作道場。」〔註265〕將江戶比作洛陽，有樂不思蜀之感。在此之前，東北已有變局之機，《日記》於 7 月 21 日載：

> 費叔遷來，言張學良使告黨軍：日本不許懸青天旗；若欲易旗，則將迎宣統為滿蒙之主。黨軍將許之，今方注意於行在云云。〔註266〕

這個事件令流亡君臣認為有可乘之機，東北舊部屢進經營滿蒙之議論，所以有鄭孝胥東渡之行。1929《九日中原露臺登高示同遊諸子》是隨扈天津時期的最高之作，作於中原大戰前夕。詩云：

> 枉負劉郎一世豪，登臨猶自怯醇醪。河流貫市潮痕上，
> 夕照當樓朔氣高。逐鹿中原成浩劫，饑鴻四野極哀號。諸公

〔註260〕陳寶琛著，劉永翔、許全勝校點：《滄趣樓詩文集》卷八，第 196 頁。
〔註261〕《海藏樓詩集》卷十一，第 337 頁。
〔註262〕陳寶琛著，劉永翔、許全勝校點：《滄趣樓詩文集》卷九，第 202 頁。
〔註263〕《海藏樓詩集》卷十一，第 349 頁。
〔註264〕陳寶琛著，劉永翔、許全勝校點：《滄趣樓詩文集》卷九，第 210 頁。
〔註265〕《海藏樓詩集》卷十一，第 366 頁。
〔註266〕《鄭孝胥日記》第四冊，第 2191 頁。

更事應同慨，試為蒼蒼念彼曹。〔註267〕

《日記》於重九日載云：「馮玉祥之部曲宋哲元、孫良臣等二十八人發電，布蔣介石六大罪。……飯罷登臺。」〔註268〕這首詩在風格上最似元好問，混入遺山集亦難分辨。寫景之句「河流貫市潮痕上，夕照當樓朔氣高」蕭颯蒼茫，意境直逼太白之「西風殘照」，可與之把臂入林。頸聯述事殊為慘烈，末句自元好問《岐陽》其二「從誰細向蒼蒼問，爭遣蚩尤作五兵」〔註269〕中來。這首詩表現了大悲憫，是鄭孝胥重九詩中罕覯的上乘之作。

三、出關後的重九詩

自 1929 年至 1931 年重九皆無作品，出關以後計共五首：1932年《九日》，1933 年《九日文教部登高》，1934 年《九日》及 1935 年《重九》二首。偽滿時期的重九作品有兩個主題，一是表達收復北京的夢想，這種主題的作品表面上風格雄渾，實則中氣不足，原因在於鄭孝胥雖有補牢之心，但傀儡政權處於附庸地位，前景實難預料，盡屬僥倖以冀貪天之功，其實諸老亦莫不然。第二主題是表達孤注一擲的悔意，已現頹唐老態。從時間上說，前期主要表達第一主題，後期則偏向第二主題。1932 年《九日》云：

> 壯年猶記戍南荒，晚向空桐惜鬢霜。自竄豈甘作遺老，
> 獨醒誰與遣重陽？菊花未見秋無色，雁信常遲海已桑。定有
> 餘黎思故主，登高試為叩蒼蒼。〔註270〕

前期鄭孝胥凶挾主自利，貪天居奇，備受諸老唾棄，但其簽訂《日滿議定書》後，有補牢之心。這首詩自以為獨醒，是其一貫狂奴故態。陳寶琛的和作《次韻蘇盦壬申九日》不客氣的批評了他，詩云：「高山溯白太王荒，車馬東來四百霜。大近見龍猶在野，秋深旅雁總隨陽。

〔註267〕《海藏樓詩集》卷十二，第 377 頁。
〔註268〕《鄭孝胥日記》第五冊，第 2253 頁。
〔註269〕〔金〕元好問著；狄寶心校注：《元好問詩編年校注》卷三，第 546 頁。
〔註270〕《海藏樓詩集》卷十二，第 397 頁。

中興未盡煩回紇，太簡誰能議子桑。可慰舊京佳氣望，別來吟鬢覺微蒼。」〔註271〕陳寶琛於 1932 年 9 月 4 日致胡嗣瑗信云：「夜起致人書有收京相見之語，……即思專恃回紇以為己力耶？長沙、令威意固注此，誠得內外交之互應，日後可免責報之奢，目前易收歸附之效，而餽鐸等等，亦不能不先有所資，彼用力易且不貽對方之口實，致列強之責言，當亦其所樂為。」〔註272〕可見陳寶琛一向反對借兵日本的孤注，但尚在京津致力於活動軍閥，其收京復辟之夢想與鄭孝胥則無不同。觀鄭詩頸聯「雁信常遲海已桑」，似亦與陳寶琛同有經營內應勢力之謀。其實鄭孝胥在重九前，即是年 9 月 3 日第一次辭職，已向溥儀提出入關收人心、結豪傑的想法。

　　1933 年《九日文教部登高》云：「雪後重陽夕照明，高臺縱目俯神京。平原已覺山川伏，投老翻教歲月輕。燕市再遊非浪語，異鄉久客獨關情。西南豪傑休相厄，會遣遺民見後清。」〔註273〕詩旨與前首略同，不願久居東北之情益顯。陳寶琛的和作《次韻蘇龕九日》云：「老向人間尚眼明，見君喜又見新京。風光漸共山川異，心力猶能道路輕。救世匹夫俱有責，忘家我輩豈無情。年年來和重陽什，北海羈居苦待清。」〔註274〕對鄭孝胥作了勉勵。陳寶琛於 1933 年 10 月 16 日致胡嗣瑗信云：「夜起動曰收京，就現勢察之，不無可乘之機。」〔註275〕可知二老尚抱幻想，雄心壯懷一如往昔。但其 1934 年的《九日》，則已露疲態，詩云：「天外飛翔莫計程，登高誰憶舊詩名。半生重九人空許，七十殘年世共輕。晚倚無閩看禹域，端迴絕漠作神京。探囊餘智應將盡，卻笑南歸計未成。」〔註276〕由「七十殘年世共輕」

〔註271〕陳寶琛著，劉永翔、許全勝校點：《滄趣樓詩文集》卷十，第 496 頁。
〔註272〕遼寧省檔案館編：《溥儀私藏偽滿秘檔》，北京：檔案出版社，1990 年版，第 60～61 頁。
〔註273〕《海藏樓詩集》卷十二，第 413 頁。
〔註274〕陳寶琛著，劉永翔、許全勝校點：《滄趣樓詩文集》卷十，第 250 頁。
〔註275〕遼寧省檔案館編：《溥儀私藏偽滿秘檔》，第 97 頁。
〔註276〕《海藏樓詩集》卷十三，第 424 頁。

可知其已有悔意，末聯尤可窺見其深恐收京不成而無從一刷賣國之恥的心理。陳寶琛於 1934 年 12 月 25 日致胡嗣瑗信中說：「然回紇助唐，必有李郭新練之軍。」〔註277〕沒有自己的軍隊，惟借兵日本，事必不成。但陳寶琛和詩《次答蘇盦九日書來以詩索和並言與稚辛縱談之樂》「承正圖南元有待，蒼蒼渾是積陽成」〔註278〕尚期待天心的轉移。

1935 年鄭孝胥第二次辭職，從此不入直偽國務院。是年《重九》為兩首七絕，其一云：「登高還有壯心無，詩酒闌珊興亦孤。付與閑人話《心史》，卻收餘論作《潛夫》。」已一反前之所云「豈甘作遺老」的心態，頹唐無似之餘，尚自附前代遺民，且以憂世之立言志士自期。其二云：

> 天傾西北漫倉皇，地缺東南孰主張。俯視中原三萬里，
> 不妨抱膝過重陽。〔註279〕

這是集中最後一首重九詩。前三句氣象宏闊無比，但皆為了突出末句「抱膝過重陽」之人。「天傾西北」「地缺東南」語出《素問》「天不足西北，地不滿東南」，「漫倉皇」「孰主張」意指時局已無可挽之機，但末兩句尚作壯語，其不可一世之概從容而發，不直露，不叫囂，不得不令人佩服。雖然不免狂奴故態，但運用了其一貫的以壯語壓悲辛的手法，故無妨此詩的藝術價值之高。

以上對《海藏樓詩集》的代表題材作出了藝術特色的分析，可以林紓《海藏樓記》中「詩體百變，咸衷以法」〔註280〕一言概括之。但是，鄭孝胥詩的缺陷還是顯而易見的，如陳衍《石遺室詩話》云：「作詩文要有真實懷抱，真實道理，真實本領。非靠著一二靈活虛實字，可此可彼者，幹旋其間，便自詫能事也。今人作詩，知甚囂塵上之不可娛獨坐，百年、萬里、天地、江山之空廓取厭矣，於是有一派焉，以如不欲戰之形，作言愁始愁之態，凡坐覺、微聞、稍從、暫覺、稍

〔註277〕遼寧省檔案館編：《溥儀私藏偽滿秘檔》，第 113 頁。
〔註278〕《滄趣樓詩文集》卷十，第 257 頁。
〔註279〕《海藏樓詩集》卷十三，第 432 頁。
〔註280〕《海藏樓詩集》附錄三，第 579 頁。

喜、聊從、政須、漸覺、微抱、潛從、終憐、猶及、行看、盡恐、全非等字，在在而是，若舍此無可著筆者。非謂此數字之不可用，有實在理想，實在景物，自然無故不常犯筆端耳。」〔註281〕陳衍的這段話很可能是針對鄭孝胥詩而言，鄭孝胥 1905 年《世已亂身將老長歌當哭莫知我哀》詩云：「言愁始欲對茫茫。」〔註282〕1895 年《十一月二十二日出京道中雜詩》又云：「言愁我欲愁，茫茫百端集。」〔註283〕皆是陳衍所謂「作言愁欲愁」之態。而且《海藏樓詩集》中用陳衍所舉之虛詞的詩比比皆是，時有令人生厭之處。但不能因此就說鄭孝胥無真懷抱或無真實本領。又有批評其詩窘束的，因本文已經做過論述，此不贅言。而批評其詩情虛偽的當以林庚白為首，林庚白《麗白樓詩話》云：「孝胥詩情感多虛偽，一以矜才使氣震驚人。」〔註284〕矜才使氣確是鄭孝胥詩的弊病，然而謂其情感多虛偽，則要看情況而論。《海藏樓詩集》中情感虛偽的詩主要是高唱隱逸、不慕功名之類的詩，但鄭孝胥亦屢屢在詩中自曝其追求功名的真實欲望，所以這類型的詩其實不能盡斥為虛偽，反而體現了其用舍行藏之間的艱難抉擇。在各種批評聲音中，詩人潘伯鷹的觀點非常值得注意，潘伯鷹《海藏樓詩的剖析》云：「他的詩長處在奇崛兀傲，處處有英多磊落之風；短處在不免客氣，不免戰國策士的派頭。」〔註285〕這是真正的文藝批評，實在比林庚白之論高明，最能觸到鄭孝胥的病痛。所謂「客氣」，即是模仿古人太多，自家胸臆較少。方東樹《昭昧詹言》云：「古人各道其胸臆，今人無其胸臆，而強學其詞，所以為客氣假象。」〔註286〕鄭孝胥

〔註281〕陳衍著：《石遺室詩話》卷八，第 119 頁。

〔註282〕《海藏樓詩集》卷五，第 146 頁。

〔註283〕《海藏樓詩集》卷二，第 57 頁。

〔註284〕林庚白著：《麗白樓詩話》上編，見《民國詩話叢編》第六冊，第 135 頁。

〔註285〕潘伯鷹撰：《海藏樓詩的解剖》，見民國《生活》1947 年第三期，第 41 頁。

〔註286〕〔清〕方東樹著，汪紹楹校點：《昭昧詹言》卷二，北京：人民文學出版社，1961 年，第 52 頁。

詩氾濫百家，咸衷於法，沒有題材作得不好，但正是模仿古人太多，或盜取其意，或襲用其語，或仿其意境，或套用章法等等不一而足，所以不免客氣，少了自家真摯的性情。而潘伯鷹又說他不免戰國策士的派頭，大抵因為戰國策士逞其三寸不爛之舌，只要能達到自己的目的，什麼理論學說都可以拿來用。關於鄭孝胥詩的客氣，王闓運的弟子楊鈞早於潘伯鷹之前曾經說過相同的觀點，其《草堂之靈》云：「鄭蘇戡頗有清思，惜體裁不高，又病松率，若能除去客氣，力求真摯，或可與鄭子尹齊肩。」〔註287〕可謂獨具隻眼。

〔註287〕楊鈞著，葉子卿、馬鯆點校：《草堂之靈》卷二，杭州：浙江人民美術出版社，2016 年版，第 22 頁。

第五章　與同光體詩人之交遊
及其詩學異同

　　晚清民國詩壇流行「海內三陳」的說法。關於三陳，有兩種說法，
一是指陳寶琛、陳三立與陳曾壽〔註1〕，一是指陳三立、陳衍與陳曾
壽〔註2〕。第一種說法是沈兆奎、沈其光等詩論家所言，較為普遍和
可信。另外同光體詩人中陳鄭並稱，有兩種情形，一是閩派詩人陳寶
琛與鄭孝胥並稱「陳鄭」，海內同光體詩人陳三立與陳寶琛並稱「陳
鄭」。陳曾壽作為同光體的後勁，被普遍認為是能與陳三立、鄭孝胥
並峙的唯一一人〔註3〕。因此，考察同光體詩人中陳寶琛、陳三立、

〔註1〕如沈兆奎《蒼虬閣詩續集跋》曰：「近代稱詩，海內『三陳』，詞林並
　　　 重。滄趣、散原與師，雖蹊徑不同，而各有獨至，未可以嗜好為軒輊
　　　 也。」見陳曾壽著，張寅彭、王培軍校點：《蒼虬閣詩集》附錄二，
　　　 上海：上海古籍出版社，2009 年版，第 499 頁。又如沈其光《瓶粟
　　　 齋詩話》亦曰：「蒼虬閣詩，……與滄趣、散原並稱，故時有『三陳』
　　　 之目。三人者皆遺老，志趣相同，而詩徑各異。滄趣宗杜、韓，散原
　　　 師黃、陳，蒼虬則復出入韓、孟。」陳曾壽著，張寅彭、王培軍校點．
　　　 《蒼虬閣詩集》附錄二，第 544 頁。
〔註2〕周君適曰：「他（指蒼虬）擅長詩詞書畫，詩名與江西義寧陳三立、
　　　 福建閩侯陳衍並稱『海內三陳』，當時頗有一些名氣」，是為對「三陳」
　　　 的另一種說法。周君適著：《偽滿宮廷雜憶》，成都：四川人民出版社，
　　　 1980 年版，第 1 頁。
〔註3〕如胡先驌《樓居雜詩》其二曰：「近詩亦充棟，陳鄭為世師。後起有

陳曾壽與陳衍四人與鄭孝胥的交遊及詩學異同最為重要。

第一節　與陳寶琛的交遊及其詩學異同

在同光體諸老中，鄭孝胥與陳寶琛的關係最為密切。陳寶琛（1848～1935），字伯潛，號弢庵，又號聽水老人，福建閩縣（今福州）人，與鄭孝胥同鄉。陳寶琛在同光體詩人中年輩最高，比鄭孝胥年長十二歲。在兩者的交往過程中，陳寶琛的提攜、規勸與鼓勵對鄭孝胥的人生有重大的影響。

一、交遊與唱酬

陳寶琛《鄭蘇龕布政史六十壽序》云：「予初見君，實同治七年考功公由翰林改官部曹，蕭然外名利。……（考功公）撫接後進，必誘之軌範於儒先。寶琛以年家子，時就請業，預讀書會，每遊名園古刹，未嘗不從。」〔註4〕可知陳寶琛與鄭孝胥的父親鄭守廉淵源頗深，曾問學於鄭守廉。1902年鄭孝胥在武昌刊行其父親的《考功詞》，請陳寶琛作序。陳寶琛《滬上晤蘇庵出視新刊考功詞並海藏樓詩卷感賦留贈》云：「考功抱古心，得子足後勁。熟聞過庭訓，佛理雜儒行。遺著今刊行，綺語總見性。……吾衰百不就，對子愧提命。」〔註5〕同治七年即1868年，鄭孝胥當時才九歲，而陳寶琛已經二十一歲了。上引陳詩「對子愧提命」句可以見出，陳寶琛對鄭孝胥來說是有兄長情誼的，是鄭孝胥最尊重的同光體詩人。在鄭孝胥的仕宦人生中，陳寶琛亦多所提攜，發揮了不小的作用。鄭孝胥1883年入京赴考，陳寶琛即作書向寶廷（竹坡）介紹了鄭孝胥，不乏贊譽之語。《鄭孝胥日

蒼虬，鼎峙成三奇。」胡先驌著，熊盛元、胡啟鵬編校：《胡先驌詩文集》上冊，合肥：黃山書社，2013年版，第205頁。又如《石遺室詩話》載潮安石銘吾《讀石遺詩集》詩曰：「蒼虬起後勁，陳鄭觀彷徨。」陳衍著：《石遺室詩話》，卷二十九，北京：人民文學出版社，2004年版，第453頁。

〔註4〕陳寶琛著，劉永翔、許全勝校點：《滄趣樓詩文集》，第339頁。
〔註5〕陳寶琛著，劉永翔、許全勝校點：《滄趣樓詩文集》卷三，第59頁。

記》記載其謁見寶廷云：「有頃，竹坡方出，服敝服，裂處露棉幾尺許。前謁已，三讓就坐，問余住處，因曰：『陳伯潛昨有書來，盛稱吾兄少而歧嶷，欲僕以氣節相屬。』」〔註6〕光緒八年（1882）寶廷主政壬午福建鄉試，鄭孝胥就是此科解元，是以寶廷本是鄭孝胥的座師。陳寶琛之所以鄭重推薦，乃因為寶廷不僅是清朝宗室，且是當時的清流黨，與陳寶琛在政治上同一戰線。第一次春闈不第，1885年鄭孝胥歸閩，與陳寶琛過從甚密，但鬱鬱不歡，欲離家出外宦遊。《日記》1885年5月22日載云：「余將去家，伯潛欲薦之張香帥。余願北行，伯潛亦以為可，擬修書往謁合肥。」〔註7〕味其語氣，陳寶琛對鄭孝胥的關愛可謂躍然紙上。最後，鄭孝胥決定北上天津，入李鴻章幕。陳寶琛向李鴻章大力推薦，再次提攜鄭孝胥。《鄭孝胥日記》於1885年6月26日載云：

　　（李鴻章）初問春帥家事，次問學問文字，次問閩事，
　既而曰：「陳伯潛盛稱吾子，予亦久聞子賢。……〔註8〕

鄭孝胥在李鴻章幕府時間甚短，數年間往來於京滬寧三地，又數次參加會試，皆未得雋，於1889年依照慣例考取了內閣中書，其後充鑲黃旗教習，鬱鬱不得志。1890年，鄭孝胥南返，集中第一次出現與陳寶琛唱和之作。鄭孝胥詩為《伯潛約遊鼓山》《聽水樓偕伯潛夜坐》，《聽水樓偕伯潛夜坐》云：「人間可語轉寥寥，默坐空山盡此宵。月黑忽驚林突兀，泉枯惟對石嶕嶢。宣南氣類今難問，樓上詩魂我欲招。莫便相逢恨岑寂，明朝分手馬江潮。」〔註9〕一句「人間可語轉寥寥」可見鄭孝胥的寂寞心情。陳寶琛作《十一月十四夜聽水齋同蘇龕待月即送北行》和之云：

　　樹靜泉枯谷氣寒，滅燈不語對憑欄。斷鐘墜澗無尋處，
　佳月籠雲恣賞難。卻向山中謀小集，試從別後憶今歡。戒壇

〔註6〕《鄭孝胥日記》第一冊，第34頁。
〔註7〕《鄭孝胥日記》第一冊，第56頁。
〔註8〕《鄭孝胥日記》第一冊，第59頁。
〔註9〕《海藏樓詩集》卷一，第9頁。

潭柘何能忘，為渡渾河取次看。〔註10〕

1891年，鄭孝胥東渡日本前在南京逗留，寄詩與陳寶琛，集中未收，《日記》亦於1891年5月前一段時間空白闕載。陳寶琛和答之作《二月十八夜泛月入山道得蘇龕江南寄詩蘇龕竹坡試闈舉首也感賦以答》云：

> 詩筒把向春江讀，江上潮生月滿船。夜夢欲因度雲海，前遊可惜欠風泉。別來痛逝知君共，他日論文識子偏。緘淚寄將頻北望，解裝一為酹新阡。〔註11〕

其時，鄭孝胥鄉試座師寶廷逝世未久，故此詩有「別來痛逝知君共」之句。是年陳寶琛亦被罷黜不用，清流黨受到了前所未有的打擊。由此詩亦可知，由於寶廷的這一層關係，陳鄭之間的感情更加深摯牢固。但是鄭孝胥似乎對於清流黨不以為然，1896年曾於《日記》云：「余曰：『胥聞士君子之行己，必以難進易退為先。往時張幼樵、陳伯潛輩攘臂抵掌，以天下事為不足為，一旦任事，債僕相望；至今為戒。故胥之意正可韜養待時，不動聲色，安能與躁進鄙徒奔走於大人之門哉。』」〔註12〕陳寶琛等清流黨雖然債事，但其正氣是值得肯定的。鄭孝胥卻引以為戒，可見其務為峭深的個性。

1891年後，陳寶琛閒居在閩，1902年曾一至上海，鄭孝胥請陳寶琛為其父《考功詞》作序，未就。1903年鄭孝胥在上海辦理製造局事務，與陳寶琛相隔十三年後再次相晤。鄭孝胥作《陳弢庵過談》一詩云：「螺洲石鼓鬱蒼蒼，並作蒼顏歲月長。一代風裁供小隱，十年憂患謝歡場。端看不朽功名外，永憶相從几杖旁。欲抱遺書歸墓側，待君著筆敘存亡。」〔註13〕鄭孝胥此詩對陳寶琛的風節表達了敬佩之情，「永憶相從几杖旁」一句亦可見出鄭孝胥是兄事陳寶琛的。陳寶琛和作《滬上晤蘇龕出視新刊考功詞並海藏樓詩卷感賦留贈》云：

〔註10〕陳寶琛著，劉永翔、許全勝校點：《滄趣樓詩文集》卷一，第7頁。
〔註11〕陳寶琛著，劉永翔、許全勝校點：《滄趣樓詩文集》卷一，第9頁。
〔註12〕《鄭孝胥日記》第一冊，第564頁。
〔註13〕《海藏樓詩集》卷五，第131頁。

　　　蘇盦詩如人，志潔旨彌夐。世兒昧真源，孟浪賞奇橫。
魯連天下士，寧屑儀衍競？我讀述哀作，聲淚一時迸。深談
因感舊，悲哽語難竟。考功抱古心，得子足後勁。熟聞過庭
訓，佛理雜儒行。遺著今刊行，綺語總見性。文章有嫡乳，
心地先掃淨。吾衰百不就，對子愧提命。卅載三四面，此會
何日更？時艱恃節堅，俗薄忌名盛。子詩固自云，英氣能為
病。〔註14〕

　　此詩對鄭孝胥的為人及詩歌皆作出了較高的評價，但同時亦對鄭
孝胥進行了婉勸。鄭孝胥詩本有豪橫奇宕一體，陳寶琛認為這種風格
不值得提倡。鄭孝胥本是一個具有非常突出的兩面性的人物，一方面
是具備清才，另一方面又好功名。兩者之間是衝突的，這種性格矛盾
的張力貫穿在鄭孝胥的一生中，雖然這種個性在積極的意義上賦予了
《海藏樓詩集》在清蒼幽峭之外更別具豪橫奇宕的風格，但在其宦途
上卻容易因為功名心占上風而失去理性的判斷。但陳寶琛認為詩歌最
重要的是「真源」，必須「心地先掃淨」，這與其《散原少予五歲今年
八十矣記其生日亦九月賦寄廬山》一詩中對陳三立所言「真源忠孝吾
猶敬，餘事詩文世所宗」〔註15〕是一致的。陳寶琛對鄭孝胥的才華是
大為贊賞的，但對其類似張儀、公孫衍等戰國策士的功名慾望是反對
的，可謂愛而知其惡，見出了一位兄長的關愛之心。1908年清廷設禮
學館，陳寶琛重新被起用，奉旨進京，任總理禮學館大臣，入值內廷。
鄭孝胥聽聞這個消息，與其弟鄭孝檉說「伯潛將為叔孫通矣。」〔註
16〕興高采烈作了兩首《叔孫通》表達其對於改革禮樂的看法，《叔孫
通》其二云：「朝廷設禮館，發端自岑公。此舉誠重大，當世誰儒宗。
徵辟等齊魯，弢庵始登庸。」〔註17〕以陳寶琛為當世儒宗，鄭孝胥不
輕易贊許人，但在此卻不吝稱贊，可見陳寶琛在鄭孝胥心目中的地位。

〔註14〕　陳寶琛著，劉永翔、許全勝校點：《滄趣樓詩文集》卷三，第59頁。
〔註15〕　陳寶琛著，劉永翔、許全勝校點：《滄趣樓詩文集》卷十，第243頁。
〔註16〕　《鄭孝胥日記》第三冊，第1183頁。
〔註17〕　《海藏樓詩集》卷六，第185頁。

1911 年 1 月鄭孝胥入京，為錦璦鐵路奔走呼籲，期間與京中名流往還唱酬甚多，3 月 23 日招集陶然亭，陳寶琛與焉，諸人皆有作。鄭孝胥作《二月二十二日集陶然亭》，陳寶琛作《蘇盦招集江亭時瘦唐將假歸》詩云：「勝地如勝朋，習處不知寶。一從別後憶，反覆無不好。城隅一撮土，見我少還老。君亦江海徒，及來共春討。西山為留雪，對客起畫稿。泠泠荻芽風，吹凍盡變潦。座有思歸人，廬瀑已掛抱。何妨少濡滯，聊緩百憂擣。他年或見懷，此會忍草草？還尋舊酒壚，曛黑須醉倒。」〔註18〕這首詩甚有意趣，人類的回憶總是美好的，首四句即用極其簡練的詩歌語言表達了這種深刻的人生感受，與前所引其詩「試從別後憶今歡」意思相同。關於陳寶琛這首詩，鄭孝胥十分贊賞，《日記》於是年 4 月 13 日載：「伯潛來，示《江亭》《南河伯》二詩，皆佳，《江亭》尤善。」〔註19〕是年，鄭孝胥以《海藏樓圖卷》邀請諸賢題詩，陳寶琛作《題蘇盦海藏樓圖卷》云：

> 莊生狀陸沈，離世類枯槁。行藏絕意必，聖者故中道。
> 曩子宿吾樓，山雲白浩浩。廿年海三變，長望出日杲。深根
> 寧小行？樓成子亦老。顧懷將壓懼，蓄念幹洪造。東來更袖
> 手，歸去趁芳草。日艾未遽衰，一室安事掃？交興與交喪，
> 爭此千金保。頹暮吾合休，吾樓且自寶。〔註20〕

這首詩多用《莊子》典故，表達出對世道的失望及自身的隱逸之思，但與此同時對鄭孝胥尚寄以希望。聽水樓與海藏樓兩相並峙，而出處之故各有不同，所謂「絕意必」是也。鄭孝胥對於行藏的認識是情隨境變，不執著於一邊。陳寶琛自身淡泊名利，但樂道人之善，從不吝於贊賞儕輩，他對鄭孝胥的政治才能是較為肯定和欣賞的。但在即將到來的天翻地覆中，陳寶琛並不能自寶其「聽水樓」。辛亥革命後，依據民國的「優待條約」，溥儀保留了宣統帝號，居於紫禁城。陳

〔註18〕 陳寶琛著，劉永翔、許全勝校點：《滄趣樓詩文集》卷六，第 134～135 頁。

〔註19〕 《鄭孝胥日記》第三冊，第 1316 頁。

〔註20〕 陳寶琛著，劉永翔、許全勝校點：《滄趣樓詩文集》卷六，第 136 頁。

寶琛不忍以遺老退隱鄉里，他曾說過：「吾起廢籍，傅沖主，不幸遘奇變，寧恝然遺吾君，苟全鄉里，名遺老自詭耶？」〔註21〕遂應召成為了溥儀的老師。而溥儀在移居天津之前，最信任的是陳寶琛，溥儀曾說：「在我身邊的遺老中，他是最稱穩健謹慎的一個，在我當時的眼中，他更是最忠實於我，最忠實於『大清』的一個，在我感到他的謹慎已經妨礙到我之前，他是我唯一的智囊。事無巨細，咸待一言決焉。」〔註22〕與很多遺老一樣，陳寶琛從沒有放棄復辟的希望，但中外局勢風雲變幻，各派勢力之間的利益縱橫交錯，復辟的事業需要長袖揮舞的縱橫家類型的人才，於是與民國北洋政府關係密切的鄭孝胥逐漸被推上了復辟的舞臺。

　　由於諸遺老特別是陳寶琛的推薦，鄭孝胥於1923年入京，受到溥儀的賞識，擔任內務府大臣。溥儀在北京小朝廷的歲月，除了1917年張勳發動的「丁巳復辟」外，一直到1924之前尚屬平靜。1924年，鄭孝胥作《二月初五日內務府夜直》云：「初月猶依魄，虛衙欲斂陰。星河天脈脈，宮禁夜沈沈。曙意鴉先覺，憂端蝶獨尋。寧知將壓喻，未盡杞人心。」〔註23〕陳寶琛作《次韻蘇盦夜直》以答之：「春盛寒猶重，風多晝易陰。任天無早暮，同物自飛沈。地氣鶗前覺，巢痕燕共尋。爐灰渾未冷，相喻向晨心。」〔註24〕互相表達了深重的憂患意識以及儕輩間的鼓勵。

　　1924年發生了馮玉祥軍隊驅趕溥儀的事件，鄭孝胥在這件事變中發揮了極大的作用，其應變能力在遺老之中，可謂無人能出其右。《日記》記載陳寶琛詢問鄭孝胥保護宮廷之法，鄭孝胥只說了一句話：

〔註21〕陳寶琛著，劉永翔、許全勝校點：《滄趣樓詩文集》附錄二「閩縣陳公寶琛年譜」，第751頁。

〔註22〕愛新覺羅・溥儀著：《我的前半生》，北京：東方出版社，1999年版，第69～70頁。

〔註23〕《海藏樓詩集》卷十，第316頁。

〔註24〕陳寶琛著，劉永翔、許全勝校點：《滄趣樓詩文集》卷八，第193～194頁。

「試求英、日二國，得數十人駐神武門，足矣。」〔註25〕鄭孝胥深知國內軍閥再跋扈，也不敢得罪列強，僅此一舉，馮玉祥軍隊即不輕易妄動。後數日，鄭孝胥又獻稱疾赴醫之策，溥儀遂在日人的保護下逃入醇親王府。另外，鄭孝胥在當時與段祺瑞交情不淺，多所往還，是小朝廷和宗室最依仗的遺老。就在發生逼宮事件後數日，段祺瑞一心想拉攏鄭孝胥，欲其重組內閣。當時的宗室成員僅有保存皇室的念頭，已喪失了復辟的慾望，爭相勸鄭孝胥上任，甚至認為只要能保存皇室，做民國總統都是可以接受的。鄭孝胥卻表現得十分慎重，他認為一旦成為民國內閣成員，如果不能達到復辟的目的，則不免玷污名節，無法自立於天下。《日記》云：「至北府，入對。澤公、忻貝子、耆壽民詢余：『就段否？』余曰：『擬就其顧問猶慮損名，苟不能復辟，何以自解於天下！』忻子曰：『有利於皇室，雖為總統何害！』」〔註26〕

此後事件的發展一步步緊張起來，《日記》將事件的危險性描述得千鈞一髮：「報載李煜瀛見段祺瑞爭皇室事，李忿言：『法國殺路易十四，英國殺君主事尤數見，外交干涉，必無可慮。』張繼出告人曰：『非斬草除根，不了此事。』《平民自治歌》有曰：『留宣統，真怪異，唯一汙點尚未去。』余語弢庵曰：『事急矣！』乃定德國醫院之策。」〔註27〕然而溥儀與陳寶琛、莊士敦卻又至蘇州胡同，由莊士敦先為聯繫荷蘭、英吉利使館。鄭孝胥前往途中遇陳寶琛，又馬上決策去日本使館，日本公使芳澤謙吉即刻應承。於是鄭孝胥將溥儀送到了日本使館，途中黃沙蔽天，街上出現華人警員，溥儀大驚，《日記》亦描寫得驚心動魄：「禦者利北道稍近，驅車過長安街，上驚叫曰：『街有華警，何為出此！』然車已迅馳。余曰：『咫尺即至。馬車中安有皇帝？請上勿恐！』」〔註28〕溥儀在《我的前半生》中對此事的敘述亦大同小異。

〔註25〕《鄭孝胥日記》第四冊，第 2022 頁。
〔註26〕《鄭孝胥日記》第四冊，第 2028～2029 頁。
〔註27〕《鄭孝胥日記》第四冊，第 2030 頁。
〔註28〕《鄭孝胥日記》第四冊，第 2030 頁。

鄭孝胥對以上事件的反應，陳寶琛是親歷之人。其後鄭孝胥作《風異圖》，對此事頗為自豪。陳寶琛作《蘇盦作風異圖以紀甲子十一月初三日事》一詩云：「風沙叫嘯日西垂，投止何門正此時。寫作昌黎詩意讀，天昏地暗屆龍移。」〔註29〕對鄭孝胥作了肯定和表揚。1925 年2 月溥儀受到羅振玉慫惠，在日人的保護下秘密乘汽車赴天津，陳寶琛陳「七不可」，而鄭孝胥其時在上海，未先預謀此事。從隨扈天津行在時起，鄭孝胥每年的重九詩，陳寶琛皆有和作。1925 年鄭孝胥作《九日天津公園登高復過李公祠》云：「疏林亦解縱秋聲，堆阜填胸故未平。如此登高元失路，何須感事任孤行。兵戈豺虎天休問，羈絏君臣世所輕。四十年來老賓客，荒祠猶愴夕陽明。」〔註30〕陳寶琛和作《次韻蘇盦九日作》云：「人間何世更商聲，忍死終思見太平。叢菊再開非故土，迷陽彌望奈吾行。桑田滄海相更迭，蟬翼千鈞有重輕。一昨澄漪亭子上，西山猶對晚松明。」〔註31〕鄭孝胥詩「羈絏君臣世所輕」是切身沉痛之言，因為天津是軍閥交戰之地，1925 年初陳寶琛發電報催鄭孝胥來津共濟時艱，即云「李、孫同城，終不相下，恐即釁端。守府年命，正未可知也」〔註32〕，而鄭孝胥與民國權貴有一定交情，所以必須依賴其斡旋保存。但軍閥各懷鬼胎，所謂保存皇室，亦不過利用皇室而已，所以詩云「羈絏君臣世所輕」。陳詩「叢菊再開非故土」句亦非泛泛而言，是對鄭孝胥的勉勵，因為鄭孝胥前此兩年皆請假返歸上海海藏樓看菊花。

1926 年廣州國民軍北伐，鄭孝胥的《九日招客集李氏園登高》對此有所感慨：「閒卻西山那忍來，登臨正動九秋哀。憂中有樂難忘酒，老去行吟苦廢才。兵氣入南天不弔，太微移舍世空猜。一丘一水饒蕭瑟，盡戀斜陽晚未回。」〔註33〕陳寶琛再次和作《九日李氏園次蘇盦

〔註29〕陳寶琛著，劉永翔、許全勝校點：《滄趣樓詩文集》卷九，第 206 頁。
〔註30〕《海藏樓詩集》卷十一，第 327 頁。
〔註31〕陳寶琛著，劉永翔、許全勝校點：《滄趣樓詩文集》卷八，第 196 頁。
〔註32〕《鄭孝胥日記》第四冊，第 2037 頁。
〔註33〕《海藏樓詩集》卷十一，第 337 頁。

韻》云：「商飆又拂鬢蓬來，林薄蕭寥起百哀。異地得朋聊可醉，殘年能賦本非才。中原羹沸民誰主？曠野絃歌俗且猜。有弟故山方佇立，烽煙南望首頻回。」〔註34〕兩位詩人站在遜清遺老的立場上自然不能認識到北伐的意義，但其中飽含的悲憫精神是值得肯定的。1927 年鄭孝胥作《九日》，表達了思家之情：「西風欺我又三秋，抑鬱猶能隱市樓。不飲而狂應勝醉，違人誰伴亦成遊。亢龍用九曾何悔，旅燕隨陽豈自謀。見說戰場叢菊在，歸心一放忽難收。」〔註35〕而陳寶琛和作《次韻蘇盦丁卯九日》又再次勉勵他：「竄身海曲倏三秋，豪氣銷磨蟄一樓。但覺涼風催客老，敢希休日恣山遊？勤王豈竟無狐偃，生子誰能似仲謀。九日回思厄共把，桑榆猶及與君收。」〔註36〕由「勤王豈竟無狐偃，生子誰能似仲謀」一聯可知，在陳寶琛看來，鄭孝胥是天津行在安全的保證，甚至是復辟的希望所在。

陳寶琛 1929 年的《贈鄭蘇盦》更能說明其對鄭孝胥能力的認可和勉勵以及作為兄長的關愛，詩云：

> 君昔避世淞江邊，我壽以文今十年。遺黎倒懸難未已，
> 熒惑犯斗還播遷。樓居感憤起赴闕，五載羈綫渤海壖。朝嬰
> 夕側命啟沃，分我講舌隨之肩。未明待漏午始退，揮灑百紙
> 神逾閒。春花秋月肯放過，健步速囑顏渥丹。昨者渡海觀日
> 出，詩筆滌向華嚴端。高吟宣鬱動三島，六鈞傳視誰能彎？
> 我慚弟畜越周甲，晚及酬唱終力屛。凤聞翁山論臣靡，造物
> 報人報其天。靡也胸中宇泰定，雖極耄老其天全。報以壽考
> 豈偶爾，此理取證蒙莊言。君曰吾自師鄒嶧，善養吾氣常浩
> 然。斯語君嘗以期我，集義無餒同勉旃。〔註37〕

但自九一八後，陳寶琛與鄭孝胥產生了平生最大的分歧。陳寶琛反對溥儀在沒有得到日本政府官方正式承諾相助復辟的情形下，只憑

〔註34〕 陳寶琛著，劉永翔、許全勝校點：《滄趣樓詩文集》卷九，第 202 頁。
〔註35〕 《海藏樓詩集》卷十一，第 349 頁。
〔註36〕 陳寶琛著，劉永翔、許全勝校點：《滄趣樓詩文集》卷九，第 210 頁。
〔註37〕 陳寶琛著，劉永翔、許全勝校點：《滄趣樓詩文集》卷九，第 219 頁。

軍方特別是關東軍的口頭承諾，貿然奔赴東北陷入虎口。而鄭孝胥則認為他一向追求的「共管」、「開放」的局面已經到來，且自信憑藉其父子與日本政府上層政治人物的關係，值得去東北實踐他的政治思想，甚至認為有籌碼與關東軍博弈。陳寶琛針鋒相對，認為鄭孝胥的「開放」、「內閣客卿」等觀點是「慷他人之慨」，鄭孝胥則認為「弢庵八十四歲矣，固宜為此語，正以他人徒有慷慨而不能自為故耳。」〔註38〕最終溥儀沒有聽從陳寶琛的保守建議，而選擇了孤注一擲。歷史證實了陳寶琛的憂慮是正確的，關東軍根本沒有支持復辟的意願，只不過利用溥儀作傀儡而已。溥儀連帝號都不能爭取到，只得到執政的稱號。遺老們十分失望，將罪責全部歸之於鄭孝胥。鄭孝胥確實一退再退，不僅出賣了國家利益，也被認為出賣溥儀而得到國務總理的職位。但如果溥儀選擇堅持恢復帝制的立場，最大的可能是瞬間喪失被利用的價值而生命堪憂，因為日本人退一步也可以選擇軍閥張景惠來作傀儡漢奸，在當時形勢下，這種人並不缺少。

　　1932 年 1 月陳寶琛到東北，鄭孝胥當時為了順利答應關東軍板垣的要求，先接陳寶琛下榻旅館，事件完成方讓陳寶琛面見溥儀。這種做法與 1931 年阻止陳曾壽面見溥儀一樣。陳寶琛果然如之前一樣向溥儀進言「宜命使赴東京，謁日本政府商條約」，而鄭孝胥長子鄭垂則阻止溥儀這麼做，理由竟然是「日本政府未議及此，而我先言之，徒為所輕；若以私往叩，彼必不答」〔註39〕，可見鄭氏父子行險僥倖。當時尚發生一件事值得注意，南京召集「國難會議」，邀請了陳三立，陳寶琛傳達於鄭孝胥，《鄭孝胥日記》一筆帶過，並無任何評論。鄭孝胥在日本人把控的政府中，並無實權，被譏為「畫押總理」，總務廳長駒井德三飛揚跋扈。鄭孝胥一方面逐漸不受溥儀信任，遺老亦頗進讒言，一方面忍受駒井已久，遂於 1932 年 9 月 3 日向溥儀辭職。是年鄭孝胥作《九日》詩云：「壯年猶記戍南荒，晚向空桐惜鬢霜。自竄豈

〔註38〕《鄭孝胥日記》第四冊，第 2344～2345 頁。
〔註39〕《鄭孝胥日記》第四冊，第 2361～2362 頁。

甘作遺老，獨醒誰與遣重陽？菊花未見秋無色，雁信常遲海已桑。定有餘黎思故主，登高試為叩蒼蒼。」〔註40〕末聯有收復北京的想法。陳寶琛的和作《次韻蘇盦壬申九日》卻對形勢更為憂心，且對鄭孝胥稍為諷刺了一番，詩云：「高山溯自太王荒，車馬東來四百霜。天近見龍猶在野，秋深旅雁總隨陽。中興未盡煩回紇，太簡誰能議子桑？可慰舊京佳氣望，別來吟鬢覺微蒼。」〔註41〕「天近見龍猶在野」表明溥儀未能稱帝，頸聯「中興未盡煩回紇」即對專恃日本的外援表示不同意見，「太簡誰能議子桑」則出自《論語・雍也》：「子桑仲弓問子桑伯子。子曰：『可也，簡。』仲弓曰：『居敬而行簡，以臨其民，不亦可乎？居簡而行簡，無乃大簡乎？』子曰：『雍之言然。』」〔註42〕此當用其詞面意義，以表達對鄭孝胥謀略疏簡的諷刺。數日後鄭孝胥又作《九月廿三日》贈陳寶琛，頸聯「中興方略資長策，北地雄豪待主盟」表達了希望陳留居東北的願望，當時鄭孝胥勢單力薄，願得陳寶琛之扶助。但陳寶琛非但不領情，其《次韻酬蘇盦》頸聯卻云「諸君好勒浯溪頌，老我歸尋息壞盟」，末聯「贈策衰庸何敢比，從來王道視人情」〔註43〕且對鄭孝胥宣揚王道主義了諷刺一番。

陳寶琛還對溥儀說「臣風燭殘年，恐未能復來，來亦恐不得見，願帝自重。」〔註44〕但此後兩年又來東北兩次，對復辟並未完全絕望。與此同時，陳寶琛愈來愈暸解鄭孝胥的尷尬處境與悲悔的心情。1933年 2 月 14 日鄭孝胥長子鄭垂卒。鄭垂不僅是溥儀執政府秘書，同時也負責鄭孝胥與日本政界要員的聯絡。關東軍十分忌憚其經常向日本內閣告狀，據陳叔通《書〈海藏樓〉後》夾注所言，鄭垂與日本有收

〔註40〕 《海藏樓詩集》卷十二，第 397 頁。
〔註41〕 陳寶琛著，劉永翔、許全勝校點：《滄趣樓詩文集》卷十，第 242 頁。
〔註42〕 〔清〕劉寶楠撰，高流水點校：《論語正義》，北京：中華書局，1990年版，第 210 頁。
〔註43〕 陳寶琛著，劉永翔、許全勝校點：《滄趣樓詩文集》卷十，第 242 頁。
〔註44〕 陳寶琛著，劉永翔、許全勝校點：《滄趣樓詩文集》附錄三「閩縣陳公寶琛年譜」，第 771 頁。

京密約，「嗣讓予（鄭垂字）為日本毒斃，密約奪毀」〔註45〕。鄭垂
死後，鄭孝胥受到了極大的打擊，連溥儀亦因為喪失一個驍將，而「為
之黯然。」〔註46〕是年7月，鄭孝胥受武藤信義邀請至旅順商談帝制
問題，數日後武藤大使暴卒，繼任者菱苅隆大使決定上溥儀尊號遂「不
及復辟」。與武藤商談後，鄭孝胥作《寄弢庵》云：「意氣當時幾許狂，
堪憎老境債教償。殘年況味今參透，祇是生離死別忙。」〔註47〕表現
出悲悔的心情，而且錄了劉克莊《哀惠州弟》附詩寄陳寶琛。陳寶琛
的和作《蘇盦避暑大連來書錄後村哀惠州弟詩及注並示以近作云殘年
況味今參透祇是生離死別忙寄答其意》亦表達了對其自己仲弟的思
念，以慰鄭孝胥之意。又有《海岸》兩首，其一云：「玉佩瓊琚困馬
羈，逃虛入海更安之？孟郊老去歌銅斗，卻羨翻船踏浪兒。」其二云：
「漸苦龍沙歲月深，祇將夢想寄山林。海波汩沒無人處，安得成連為
鼓琴。」〔註48〕失意之情溢於言表，「翻船踏浪兒」指遺老中胡嗣瑗
等人。陳寶琛《和蘇盦海岸二絕》，其一云：「丈夫窮老益堅壯，漫對
飛鳶念少遊。四海彌天光價重，正須猛火試精鏐。」其二云：「泛海高
吟浪拍天，風流何減在山年。有生分與同憂樂，多事希文轉後先。」
〔註49〕這是1931年後第一次在精神上給予鄭孝胥正面的鼓勵。

　　1933年的重九唱酬更加明顯見出陳鄭兩人的共同願望：收復京
師與復辟帝制。鄭孝胥的《九日文教部登高》後兩聯云「燕市再遊非
浪語，異鄉久客獨關情。西南豪傑休相厄，會遣遺民見後清」〔註50〕，
而陳寶琛的《次韻蘇盦九日》後兩聯云「救世匹夫俱有責，忘家我輩
豈無情？年年來和重陽什，北海羈居苦待清」〔註51〕，再次對鄭孝胥

〔註45〕陳叔通著：《白梅書屋詩存》，北京：中華書局，1986年年版，第65頁。
〔註46〕《鄭孝胥日記》第五冊，第2566頁。
〔註47〕《海藏樓詩集》卷十二，第410頁。
〔註48〕《海藏樓詩集》卷十二，第409頁。
〔註49〕陳寶琛著，劉永翔、許全勝校點：《滄趣樓詩文集》卷十，第247頁。
〔註50〕《海藏樓詩文集》卷十二，第413頁。
〔註51〕陳寶琛著，劉永翔、許全勝校點：《滄趣樓詩文集》卷十，第250頁。

表明了支持的立場，翹首以盼收京早日到來。實際上，1933 年 10 月
16 日陳寶琛曾致信胡嗣瑗，謂鄭孝胥「有心補牢」，「夜起動曰收京，
就現勢察之，誠不無可乘之機」〔註52〕。是年 12 月 4 日，鄭孝胥「與
弢庵談久之。」〔註53〕所談內容當屬收京密謀。1934 年鄭孝胥的《九
日》後兩聯云：「晚倚無悶看禹域，端迴絕漠作神京。探囊餘智應將
盡，卻笑南歸計未成。」〔註54〕陳寶琛的和作《次答蘇盦九日書來以
詩索和並言與稚辛縱談之樂》後兩聯第三次表達了鼓勵和支持：「最
難飇館聯雙璧，猶許霜鐘接兩京。承正圖南元有待，蒼蒼渾是積陽成。」
〔註55〕陳且於是年 12 月 25 日又再致信胡嗣瑗，謂「夜起雖疏闊，尚
有遠志，視袞袞諸公樂不思蜀者有間」〔註56〕，對鄭孝胥有所肯定。
1935 年 3 月陳寶琛歿於北京，鄭孝胥為之撰聯云：「幾番出塞豈灰心，
遼沈先歸，須臾無死；未睹回鑾休瞑目，曼殊再起，魂魄猶思。」〔註
57〕又作《陳文忠公輓詩》云：

> 弢庵功名士，文字興不淺。少年負盛望，騰躍至貴顯。
> 中間忽垂翼，在野久偃蹇。六十方還朝，乃復丁國變。倉皇
> 作遺老，耄及志未展。一生若三世，老眼差自遣。石交惟簣
> 齋，極意為論辯。何至抑忍堪，相輕似微褊。其詩必可傳，
> 五言晚尤善。和章兼細楷，重疊盈篋衍。銜悲檢殘墨，駒隙
> 餘一泫。〔註58〕

據汪辟疆《光宣以來詩壇旁記・談海藏樓》云：「民國乙丑夏秋
間，侍坐陳弢庵師。師言：『太夷功名之士，儀、衍之流，一生為英氣
所誤。余早年贈詩有『子詩固云然，英氣能為病』二語，並非泛談。』
已而又曰：『彼尚欲有所為。』余大驚詫，因從容詢曰：『彼既不肯作

〔註52〕 遼寧省檔案館編：《溥儀私藏偽滿密檔》，第 97 頁。
〔註53〕 《鄭孝胥日記》第五冊，第 2496 頁。
〔註54〕 《海藏樓詩集》卷十三，第 424 頁。
〔註55〕 陳寶琛著，劉永翔、許全勝校點：《滄趣樓詩文集》卷十，第 257 頁。
〔註56〕 遼寧省檔案館編：《溥儀私藏偽滿密檔》，第 113 頁。
〔註57〕 《鄭孝胥日記》第五冊，第 2573 頁。
〔註58〕 《海藏樓詩集》卷十三，第 427 頁。

民國官，尚欲何為乎？』師言：『此當觀其後耳。』」〔註59〕鄭孝胥這
首輓詩的首句普遍被認為是反脣相譏，其實普通意義上的功名士不能
算是貶義。陳寶琛視鄭孝胥為儀衍之流的功名之士，才是貶義。這首
詩「其詩必可傳，五言晚尤善。和章兼細楷，重疊盈篋衍」數句對陳
寶琛的詩作出了很高的評價，與其1917《壽弢庵太保七十》所云「清
吟謝客應爭席，細楷涪翁愈逼真」〔註60〕兩句的評價可以參看。不久
後，鄭孝胥又作《九原》憶念陳寶琛云：「王室中興豈妄言，待時未可
議南轅。弢翁忍死猶東望，難慰斯人在九原。」〔註61〕由此可見，陳寶
琛雖然最初反對出關，但對鄭孝胥亡羊補牢的復辟努力是懷抱希望的。

二、詩學異同

　　鄭孝胥與陳寶琛同屬閩派詩人，閩派詩人的特點在於沿襲了清初
以來學唐的風氣，故其學宋有不同於贛派的地方，詩風總體上偏向於
清秀峭健，思味深永。由雲龍說：「海藏、聽水清蒼峭秀，嘉構極多，
並可師法。」又云：「海藏、聽水，皆善學宋者，其佳處不僅在槎牙生
涯，而松秀渾脫之句，亦復見長，但能意境生新，筆力健舉，即宋人
之妙境，唐人亦不外是也。」〔註62〕同光體宗宋而不廢唐，宗宋故多
學人之詩的特質。但學人之詩的缺點在於詩味不足，學問考據，更流
於餖飣枯燥。贛派陳三立與浙派沈曾植雖然不甚入於學人詩之魔障，
但在風格上偏於晦澀奧僻。而陳寶琛與鄭孝胥學宋而多得風人之旨，
較偏向於詩人之詩。由雲龍推崇閩派陳鄭，對於同光體詩人之詩與學
人之詩的差異，作如此概括道：「故與其學唐而流為庸俗之詞，毋寧
學宋而猶不失為學人之制也。然如散原、子培，生辣晦澀，殊乏涵泳
優遊之趣。漸西、晚翠，亦不免於過為奧僻。其得風人之旨，有書有

〔註39〕汪辟疆著：《光宣以來詩壇旁記》，見張亞權編：《汪辟疆詩學論集》
　　　　（上），第222頁。
〔註60〕《海藏樓詩集》卷九，第277頁。
〔註61〕《海藏樓詩集》卷十三，第427頁。
〔註62〕由雲龍《定庵詩話》卷上，見張寅彭主編：《民國詩話叢編》第三冊，
　　　　第575～577頁。

筆，雅俗共賞者，其惟海藏、聽水之倫乎！」〔註63〕

　　從兩者的師法對象而言，亦頗有相似之處。陳寶琛在《陳君石遺七十壽序》中談及詩學道路云：「予初學詩於鄭仲濂丈，謝丈梅如導之學高、岑，吳丈圭庵引之學杜，而君兄弟則稱其類荊公，木庵且欲進之以山谷。曩歲有作，非經木庵及吾弟叔毅商可，終不自釋。瘙癢針痏，惟習初者喻之。」〔註64〕鄭仲濂丈即是鄭孝胥的父親鄭守廉，筆者在第二章第二節已對鄭守廉詩的晚唐風格有所論述，陳寶琛年少時從鄭守廉學詩，必有影響其一生創作傾向的晚唐詩元素。所言其餘前人，最令多數研究者贊同的是宗尚王安石，然而味其語氣，似乎只是陳衍認為其詩風類似王安石，陳寶琛並未加以承認。當時大多數人亦認為其詩學王安石，如李之鼎《宜秋館詩話》謂其「與海藏樓鄭蘇龕均以詩名當代，詩學臨川，杼機縝密」〔註65〕，又如林紓謂其「所為詩，體近臨川，而清靖沈遠，挹之無窮，臨川未能過也」〔註66〕。《滄趣樓詩集》中有《謝琴南寄文為壽》詩云「獨愧老來詩不進，嗜痂猶說近臨川」〔註67〕，此詩陳述林紓觀點而已，亦未加以承認。但陳衍關於其學王安石有一套十分圓融的論述，陳衍《知稼軒詩敍》說：「弢庵意在學韓，實似荊公於韓專學清雋一路。」〔註68〕又說：「肆力於昌黎、荊公，出入於眉山、雙井」，「興趣但在荊公、白傅間」而「較近荊公」〔註69〕。汪辟疆在《近代詩派與地域》綜合了各種論述，總結道：「弢庵體雖出於臨川，實則兼有杜、韓、蘇、黃之勝，平生所

〔註63〕由雲龍《定庵詩話》卷上，見張寅彭主編：《民國詩話叢編》第三冊，第 562 頁。

〔註64〕陳寶琛著，劉永翔、許全勝校點：《滄趣樓詩文集》，第 347 頁。

〔註65〕陳寶琛著，劉永翔、許全勝校點：《滄趣樓詩文集》附錄二「各家詩文評騭及相關材料輯錄」，第 653 頁。

〔註66〕林紓著：《滄趣先生六十壽序》，見《林琴南文集》，北京：中國書店，1985 年版，第 23 頁。

〔註67〕陳寶琛著，劉永翔、許全勝校點：《滄趣樓詩文集》卷五，第 98 頁。

〔註68〕錢仲聯編校：《陳衍詩論合集》下冊，第 1059 頁。

〔註69〕陳衍著：《石遺室詩話續編》卷二，第 590 頁。

作，思深味永，心平氣和，令人讀之如飲醇醴。」〔註70〕綜上可知，陳寶琛詩風近王安石，是由學韓愈清雋一路而來，出入諸家，兼有眾勝，但皆不離詩味清永的本色。在這一點上，鄭孝胥與陳寶琛有相同之處。

在以上論調之外，陳寶琛自己的聲音值得注意，黃濬在《花隨人聖庵摭憶》中云「然先生嘗語余，得力實在陸務觀」，但是，黃濬卻掉筆一轉，云「此恐為謙辭。……記先生七十初筵，有貽壽詩者，其二語曰：『新篇謝客應爭席，細草涪翁愈逼真』此一聯，真知言也。」〔註71〕黃濬所引一聯，其實是摘自鄭孝胥《壽弢庵太保七十》詩，《海藏樓詩集》中作「清吟謝客應爭席，細楷涪翁愈逼真」。〔註72〕檢《鄭孝胥日記》，鄭孝胥早年曾模仿謝靈運作《怨曉月賦》，於 1885 年 5 月 19 日曾記云：「至伯潛處，坐久之，出《怨曉月賦》視之，頗謂精妙，因留，攜視叔毅，從之。」〔註73〕叔毅是陳寶琛弟，從鄭孝胥的記載可以推測，陳氏兄弟兩人對謝靈運當亦有所偏嗜。劉永翔先生認為當相信陳寶琛「夫子自道」，且云「所謂『銖兩悉稱』，即指其對屬之工、用事之切而言，這個本領當是弢庵從陸放翁詩中學來，昔人所謂『古人好對偶被放翁用盡是也』，除此以外，與其平時喜歡作詩鐘無疑也有極大的關係」〔註74〕，確屬不易之論。如果按照天性與學步分開來觀察，陳寶琛詩功得力於陸游，在很大程度上是屬於學步。諸家關於陳詩似王安石的見解亦不能忽視，因為王安石之詩不限於「如鄧艾縋兵入蜀，要以險絕為功」〔註75〕或「把鋒芒犀利的語言時常斬

〔註70〕汪辟疆著：《近代詩派與地域》，見張亞權編：《汪辟疆詩學論集》（上），第 47 頁。

〔註71〕黃濬著：《花隨人聖盦摭憶》，見沈雲龍編：《近代中國史料叢刊三編》，臺北：文海出版社，1988 年版，第 47～48 頁。

〔註72〕《海藏樓詩集》卷九，第 277 頁。

〔註73〕《鄭孝胥日記》第一冊，第 56 頁。

〔註74〕陳寶琛著，劉永翔、許全勝校點：《滄趣樓詩文集》前言，第 8 頁。

〔註75〕〔宋〕魏慶之著：《詩人玉屑》卷二，商務印書館，1939 年版，第 14 頁。

截乾脆得不留餘地、沒有回味的表達了新穎意思」〔註76〕的風格，也有深婉不迫、思味雋永之作。當然，如果從天性上說，陳寶琛也不似王安石或者謝靈運。要之，陳鄭兩人在取法韓王清雋一路上是相同的，但陳偏於深婉，鄭則偏於奇宕，此兩人天性不同所致。

　　陳寶琛不惟喜作詩鐘，且說詩亦喜言對屬工切。鄭孝胥對此頗為反對，其《乘化》第三首對此有所批評云：「弢庵有佳作，說詩乃未妙。頗求對偶工，場屋習難掃。」接下「抱冰氣稍橫，久官才轉耗。憤憂入九原，吐語或深造。二翁當作者，世士豈易到」〔註77〕數句又肯定了陳寶琛是無愧於作者之林的。陳寶琛七律雖講求對偶工切，但卻不夠洗練，優點實際上還在於情感真摯。關於兩人詩風的差異，馬亞中先生說：「鄭詩雖然比陳寶琛詩更加洗練雋深，但卻不如陳詩真摯質實。」〔註78〕概括亦頗為精到。

第二節　與陳三立的交遊及其詩學異同

　　在晚清民國詩壇上，陳三立與鄭孝胥並稱「陳鄭」。陳衍在《石遺室詩話》中將晚清詩派分為兩大派，一為奧衍生澀，陳三立是主將，一為清蒼幽峭，鄭孝胥為其魁壘。又云「近來詩派，海藏以伉爽，散原以奧衍，學詩者不此則彼矣」〔註79〕因此，陳鄭兩人的交遊及其詩學異同是極具考察價值的。

一、交遊與唱酬

　　陳三立（1853～1937），字伯嚴，號散原老人，江西義寧人。陳三立是湖南巡撫陳寶箴的兒子，是晚清維新四公子之一。在中國近代史上，陳寶箴父子寫下了濃墨重彩的一頁。鄭孝胥與陳三立的第一次

〔註76〕錢鍾書著：《宋詩選注》，北京：三聯書店，2001 年版，第 67 頁。
〔註77〕《海藏樓詩集》附錄一「佚詩」，第 479 頁。
〔註78〕馬亞中：《中國近代詩歌史》，臺灣：學生書局，1992 年版，第 380頁。
〔註79〕陳衍著：《石遺室詩話》卷三十一，第 509 頁。

見面是 1886 年初，各地鄉試中舉的士子皆為明年丙戌會試而聚集京師，關於這次見面，《鄭孝胥日記》在 1886 年 1 月 11 日記載：「芸閣固邀至義勝居飲，同席十一人：二陳（伯嚴、次亮）、二張、華、喬、毛、方、文、季直及余也。」〔註80〕這是鄭孝胥與陳三立的第一次見面，但這次見面十分平常，鄭孝胥只是一筆帶過，兩者之間似乎沒有留下深刻的印象。此後兩人很長一段時期沒有聯繫，直到 1894 年末陳三立在武昌任兩湖書院教習，同時鄭孝胥正在南京張之洞幕府供職。是年梁鼎芬攜鄭孝胥詩至湖北，陳三立閱讀後盛稱鄭詩，鄭孝胥於《日記》特別記載了此事，云：「得梁星海來書，云『至鄂，攜君詩示陳考功，歎為絕手，謂陳伯嚴也。』」〔註81〕1902 年陳三立作《夜讀鄭蘇戡同年新刊海藏樓詩卷感題》一詩云：「花時月夜放觥船，每過濠堂一惘然。安穩溪山人竟去，低垂藤竹晚猶妍。新吟掩抑能盟我，此土浮沉莫問天。便欲埋頭聽鼠齧，殘燈塵几不知年。」〔註82〕時鄭孝胥已隨張之洞駐武昌，而陳三立卻已移居南京，可以推測兩人已有書信往來。1902 年 11 月，鄭孝胥又於《日記》記載陳三立對其詩的贊譽，《日記》云：「愛蒼示陳伯嚴題余詩七律一首，陳東愛蒼曰：『蘇堪詩，真後山復生也。』」〔註83〕數日後，鄭孝胥又隨張之洞入南京，遂欲拜訪陳三立，陳臥未起，不得見。至 1903 年 3 月 1 日，鄭孝胥又拜訪陳三立，陳三立赴顧雲宅飲酒，鄭即衝筵，場面極為有趣。《日記》載：「午後，欲詣隔壁陳伯嚴談，其閽人云，已赴顧宅邀飲，即往衝筵。子朋方宴客，不意余至，語笑極歡。座客為陶葇林、周建堂、宜興蔣梅笙。齋中懸余書山谷句云：山圍燕坐圖畫出，水作夜窗風雨來。余戲改山為詩、水為酒，伯嚴曰，『不若改山為肉。』相與撫掌。」〔註84〕這個小故事某種程度上可以說明陳鄭兩人的審美趣味的不同

〔註80〕《鄭孝胥日記》第一冊，第 85 頁。
〔註81〕《鄭孝胥日記》第一冊，第 464 頁。
〔註82〕陳三立著，李開軍校點：《散原精舍詩文集》，第 53 頁。
〔註83〕《鄭孝胥日記》第二冊，第 849 頁。
〔註84〕《鄭孝胥日記》第二冊，第 866 頁。

傾向，陳三立改山為肉，體現了一貫的雄豪橫肆。而鄭孝胥詩能為勁健峭深，較少雄豪橫肆之作。雖然鄭孝胥曾自喜其詩「境趣略豪橫」〔註85〕，但與陳三立相比，還是相差不少。

陳三立認為鄭孝胥詩「真後山復生」，是從其本身的審美眼光出發作出的評價。雖然鄭孝胥博采百家，但在 1902 年之前學陳師道之作並不多覯。詳細來說，1895 年《答沈子培比部見訪夜談之作》其一，合東野、後山為一爐，而《哀東七》《述哀》《哭顧子朋》《傷女惠》等哀挽詩，胡先驌謂其「皆以沈摯哀痛勝。雖無後山之婉約而真摯則同也」〔註86〕。似乎受到了陳三立的影響，鄭孝胥在 1903 年 4 月 23 日開始閱讀陳師道詩。但總體上說，鄭孝胥詩歌的風格與陳師道還是異大於同的。

鄭孝胥是負奇振異之士，身邊的朋友多數對他寄以極大的希望。如沈曾植《寄蘇盦》云「去就非恒計，票姚信霸才」〔註87〕，又如羅豐祿羅臻祿兄弟，《日記》記載：「醒塵兄弟皆期余志之遂，而憂余體之羸，意皆非私好於余者。余亦深重其懷抱，而非私感其惠我。」〔註88〕陳三立《喜鄭蘇龕遷四品京堂沈愛蒼除順天府尹遂有此句》詩意與羅氏兄弟驚人的相似，詩云：「酒邊餘數子，江海震驚之。各有攀天夢，寧為此世知。洶洶安所定，耿耿果能奇。士氣支天地，吾言未敢私。」〔註89〕「士氣支天地，吾言未敢私」與鄭孝胥自感羅氏兄弟「非私好於余」可以相互參看，當時的鄭孝胥在士論中幾乎可說是一個真正能有作為的國士。1904 年鄭孝胥赴龍州邊防，以書生而領戎事，顧盼自雄。陳三立《有人傳蘇堪督師赴龍州道上作二篇因題其後》調侃了鄭孝胥一番，其一云：「登壇風貌一軍驚，旄仗攢楓嶺外明。功狀區

〔註85〕《鄭孝胥日記》第一冊，第 393 頁。

〔註86〕胡先驌《四十年來北京之舊詩人》，見胡先驌著，熊盛元、胡啟鵬編校：《胡先驌詩文集》下冊，第 650 頁。

〔註87〕沈曾植著，錢仲聯校注：《沈曾植集校注》卷一，第 192 頁。

〔註88〕《鄭孝胥日記》第一冊，第 67～68 頁。

〔註89〕陳三立著，李開軍校點：《散原精舍詩文集》，第 73 頁。

區捕首虜，迴看貙虎臥邊城。」其二云：「胸中丘壑壓蠻荒，解辦詩人短後裝。盤辟何如捲角牸，千斤犅特費評量。」「解辦詩人短後裝」夾注云：「君詩有『平生不解孫吳語，卻笑詩人短後裝』之句。」〔註90〕可見兩人的交往已逐漸加深。

　　1906 年，陳三立往來與寧滬之間，常與鄭孝胥晤談飲宴，又有《滬上訪太夷》一首云：「生還真自負，雜處更能安。狂到無人覺，詩留與世彈。所哀都赴夢，可老得加餐。吐語深深地，吹裾海氣乾。」〔註91〕這首詩寫於鄭孝胥辭廣西邊防歸至上海之時，對鄭孝胥的狂者氣質描述得十分生動。關於這首詩，鄭孝胥特別在《日記》中全首鈔出，謂「伯嚴示近詩稿本及訪余五律」〔註92〕。這是陳三立首次示詩稿於鄭孝胥。對陳三立的詩，《日記》於 1908 年 4 月 25 日云：「閱陳伯嚴詩，其恣肆自得處非時賢所及也。」〔註93〕兩人在詩學上可謂惺惺相惜，相互佩服。陳三立且將詩稿交給夏敬觀轉致鄭孝胥，囑咐鄭孝胥為其選定，以付排印，更託為作序。這件事可以見出鄭孝胥當時的詩壇地位，更說明了同光體諸老相互之間存在一定的群體意識。陳三立大可以請詩壇前輩如王闓運、張之洞等名流巨公擔任選政及作序。據陳三立《致廖樹衡書》云：「下走自僑居白下，約得詩千餘篇，好事如鄭蘇堪者，挺任選政，而吾鄉李、夏之徒，復抽資付排印。念此舉便利，有可慰師友間如公輩之欲閱吾近稿者，亦遂聽客之所為。」〔註94〕陳三立雖云「念此舉便利」，但無可置疑的是，這次聚合群力的出版同時也體現了同光體詩人們自覺的群體認同。陳三立邀請鄭孝胥作序表現出其虛懷若谷的處世風度，而鄭孝胥受託後馬上動筆作序，也見出鄭孝胥對此事的重視程度。

〔註90〕陳三立著，李開軍校點：《散原精舍詩文集》，第 100 頁。
〔註91〕陳三立著，李開軍校點：《散原精舍詩文集》，第 194 頁。
〔註92〕《鄭孝胥日記》第二冊，第 1047 頁。
〔註93〕《鄭孝胥日記》第三冊，第 1188 頁。
〔註94〕陳三立著，李開軍校點：《散原精舍詩文集》（下）集外文，第 1167 頁。

　　陳三立自戊戌變法失敗後，對國事既已灰心，逍遙吟詠於金陵山水之間，近十年積累詩作千餘首，其中雖有蒿目世變痛心疾首之作，但已無意於仕進救世。對於鄭孝胥的待時而動，陳三立有時不免自居諍友，對之作出勸告。如 1909 年的《寄題太夷海藏樓》，即表現得十分明顯，詩云：

> 士生恣所為，錄錄尸其用。此意跨宇宙，偶博知音痛。太夷齊隱見，身手並鑿空。歷塊睨都邑，彎勒自制控。割烹誠細士，莫發明王夢。齟齬千載胸，寧問吾徒眾。掛口海藏樓，突兀見高楝。花樹占甌脫，風雨有怦憬。蛟螭不敢前，燕雀不敢共。宵吟蕩不還，微為魑魅重。吐景萬象過，杯外供一閱。我來欲與言，虧成恐聚訟。〔註95〕

　　據《鄭孝胥日記》於 1909 年 9 月 2 日載「陳伯嚴寄來贈詩一首」可知此詩作於是年八九月間。鄭孝胥此時正受到錫良邀往東北的請求，意欲在東三省大展身手。海藏樓建於 1909 年 1 月，關於海藏樓所寄託的意義，當以鄭孝胥戊戌年正月初一作《海藏樓試筆》首聯「滄海橫流事可傷，陸沉何地得深藏」〔註96〕為準。「海藏樓」三字之意非徒取於蘇軾「萬人如海一身藏」〔註97〕之句，此所謂「海」，非僅指人海，乃橫流之滄海。當然，《海藏樓試筆》表現的是哀傷，但另一方面，鄭孝胥雄心勃勃，認為滄海橫流之時亦是「能者自見之秋」〔註98〕。陳三立謂其「掛口海藏樓」，實心知其意。此詩寫得十分深婉屈曲，契機而勸。含生之類，莫不具有自我表現的本能，何況是居於四民之首的士人。先以此理許可之，但「太夷齊隱見」一句又隨而破之，巧妙的是將「齊隱見」歸於對方，所謂「將欲奪之，必固與之」〔註99〕，陳詩此詩其庶幾乎。陳三立深知鄭孝胥並非真能齊隱見，而是內

〔註95〕陳三立著，李開軍校點：《散原精舍詩文集》，第 277 頁。

〔註96〕《海藏樓詩集》卷三，第 80 頁。

〔註97〕〔宋〕蘇軾著，孔凡禮點校：《蘇軾詩集》卷四，第 156 頁。

〔註98〕《鄭孝胥日記》第三冊，第 1538 頁。

〔註99〕〔魏〕王弼注，樓宇烈校釋：《老子道德經注校釋》，北京：中華書局，2008 年版，第 88 頁。

熱太重，時時待機而動。此下皆是勸勉，吾徒自古稀少，事不可為，不如君詩常云「萬象繞詩筆」〔註100〕那樣以吟詠來自遣生涯。但末兩句即見出兩者之間意見不同，未能勸服鄭孝胥可知。將陳三立此詩與鄭孝胥在前一年的《海藏樓雜詩》其一十三參看，更能見出兩人關於用舍行藏的不同立場，《海藏樓雜詩》其一十三云：

> 義寧賢父子，豪傑心所歸。伯嚴不急仕，峻節如其詩。棲遲對蔣山，睥睨鬱深悲。天將縱其才，授子肆與奇。神骨重更寒，絕非人力為。安能抹青紅，搔首而弄姿。昨者哦五言，緘封肯見遺。發之惟鶴聲，一一上天飛。高談辟戶牖，要道秘樞機。願聞用世說，胡為靳相規。嘻嘻戊戌人，撫心未忘哀。大名雖震世，豈如我獨知。〔註101〕

這首詩對陳三立的為人與詩歌皆推崇備至，陳三立詩「神重骨寒」的流行評價即出於此詩。但「願聞用世說，胡為靳相規」兩句即突然轉折，表現出其用世的強烈慾望，對陳三立的諷勸表示出不理解的心情。然而，此詩值得注意的地方還在於末後四句，這四句證明陳鄭之間的感情基礎其實是建立在戊戌變法的相似立場上。眾所周知，陳氏父子對於變法的設計是從下而上的緩和改革，但是由於梁啟超在湖南的急進行為，令陳三立懊悔終生。鄭孝胥雖然入京面聖陳述改革要策，似乎主張從上而下，但其實在張之洞幕府，鄭孝胥已經建議在民間組織社會團體如商會等行業自治，而且其在京之議論是反對康梁最為激烈的。「豈如我獨知」一句飽含了對陳三立錐心之痛的理解，如果細味一下全篇，鄭孝胥此句還暗含一個意思，即與其灰心國事，不如伺機參與世變，一刷前恥之為愈。鑒於其負氣的個性，鄭孝胥傳達這種意思不是沒有可能的。

陳鄭兩人的交往有一個特點，兩人的唱和較少，遑論次韻酬答。上引諸詩即皆是單方面的寄贈，且多數贈詩在對方詩集中都缺乏對方

〔註100〕《決壁施窗豁然見海題之曰無悶》，《海藏樓詩集》卷二，第34頁。
〔註101〕《海藏樓詩集》卷七，第191頁。

的和作，即使有和作亦非次韻。這說明兩人之間較缺乏默契。因為唱酬特別是次韻的和作很容易受到對方詩風、詩思甚至思想立場的影響，多次的唱和則會形成交互影響的良性循環。如上所述，陳鄭之間的感情甚至思想的共同基礎是戊戌變法。1912 年鄭孝胥作《五十三歲生日放言》尚有句云「宗周何赫赫，竟為褒姒滅。鸇獺實驅之，魚雀彼何別」，其自注云：「孝欽為革命黨魁，其餘皆亂臣賊子耳。」〔註102〕將慈禧視為褒姒，認為革命是由慈禧及諸大臣造成的。陳三立曾經說過：「舉五千年之帝統，三百年之本朝，四萬萬人之性命，而送於三數昏妄大臣之手。」〔註103〕由此可知，鄭孝胥對慈禧的激烈批判應該在陳三立心中引起很大的共鳴。但是，陳三立在辛亥革命後，雖然從形跡而論屬於遜清遺老，但從內心上說，他不如鄭孝胥那樣視民國為敵國，甚至逐漸接受了中國的這種巨變。陳三立寄希望於未來，鄭孝胥則留戀於過去，必復辟而後可。

　　1914 年陳三立與陳曾壽等人過海藏樓觀菊，有《攜仁先李道士過太夷海藏樓賞晚菊》一詩云：「披披破肉風，車下指幽宅。階廊排晚菊，芳叢猶笑客。斯人形影同，自護不死魄。攪空霜霰氣，咀含入吟席。肺腸作劍鋩，萬怪為辟易。世外寧有人，結夢冷如石。獨存一尺管，與花對朝夕。孰云非我秋，仰天話今昔。」〔註104〕這首詩的末兩句表明了政治立場的差異，鄭孝胥 1908 年《海藏樓雜詩》其四有句云「心知非我春，耿耿意不滅」〔註105〕，1911 年《人日立春羅揆東邀集四印齋是王佑遐侍御故宅》又有句云「春非我春人非人」〔註106〕，沈曾植且在 1919 年《曉起見太夷六十生日感憤詩》套用鄭詩改換成「春非我春秋非秋」〔註107〕，「非我春」即是「非我世」。陳三立卻云

〔註102〕《海藏樓詩集》卷八，第 225 頁。
〔註103〕文廷式撰：《聞塵偶記》，見《青鶴》1933 年 10 月第 1 卷第 23 期。
〔註104〕陳三立著，李開軍校點：《散原精舍詩文集》，第 430～431 頁。
〔註105〕《海藏樓詩集》卷七，第 190 頁。
〔註106〕《海藏樓詩集》卷七，第 208 頁。
〔註107〕沈曾植撰、錢仲聯注《沈曾植集校注》卷八，第 1127 頁。

「孰云非我秋」，正是針鋒相對，因為鄭孝胥另有他求，不能「結夢冷如石」。1914 年，陳三立又與陳曾壽同至海藏樓，作《小除日同仁先過太夷海藏樓看雪酌瓶釀》以紀之云：「飛光雪壓簷，萬瓦白無縫。倚欄揖俊人，濕衣皮骨凍。餘興託奔車，互穿瓊瑤洞。儼然尋谷口，握手躋高棟。圍影水晶域，寒聲落雲空。側顧極荒陂，銀海沒枯蕞。從知天地閉，千代納孤誦。鼠絕鵲拳枝，氈位曲身共。呵壁吐狂言，怪迂今不用。各餘杯中物，自澆陸沈痛。世逐歌呼盡，道以支離重。歲晏馱醉歸，街燈搖寸夢。」〔註 108〕這首詩略與前首不同，不作婉諷，而有勸勉之意。鄭孝胥則作《十二月廿四日伯嚴仁先冒雪見訪》以答之云：「倚樓三士送殘年，有酒無肴雪滿天。薄醉愈知寒有味，放言自覺道彌堅。收身遺子雖人外，歷劫沈霾奈死前。便欲將君比松竹，籬披相對轉蒼然。」〔註 109〕亦是相互勸勉堅守臣節之意。

但到了 1917 年，陳三立做了兩件事，鄭孝胥頗感不解，益發見出兩者的分歧。第一件事是為袁海觀作志，第二件事是拜訪張謇。鄭孝胥於《日記》特別提及這兩件事：

> 觀陳伯嚴所為《夏郎中志》及《袁海觀志》，並不佳。袁父子皆事袁世凱，余必不為此文，伯嚴何故為之？異哉！〔註 110〕

> 夜，丁衡甫來，言伯嚴與愛蒼同遊狼山，余疑其誤傳，伯嚴何為往訪季直耶？〔註 111〕

鄭孝胥視袁世凱、張謇為亂臣，而陳三立則與出仕民國者殊無町畦，無怪乎鄭孝胥之不解。然而此事尚未影響兩人私交，1919 年鄭孝胥六十生日作《六十感憤詩》尚云「廉頗得卒趙，妖孽猶可掃」，〔註 112〕陳三立且有和作《讀鄭蘇盦六十感憤詩戲和代祝》謂其「待世非

〔註 108〕陳三立著，李開軍校點：《散原精舍詩文集》，第 445 頁。
〔註 109〕《海藏樓詩集》卷八，第 262 頁。
〔註 110〕《鄭孝胥日記》第三冊，第 1682 頁。
〔註 111〕《鄭孝胥日記》第四冊，第 1689 頁。
〔註 112〕《海藏樓詩集》卷九，第 290 頁。

棄世」「傳觀助張目」，〔註113〕值得注意的是，陳三立在詩中有句云「海濱成二老，觸辰差旬日。一樓一天帝，據之各無匹」〔註114〕，將鄭孝胥與沈曾植兩人比為「天帝」。這「天帝」實質是指「真宰」，意涵具在《莊子》，此不贅述。陳三立學問淹貫，而其處世有類乎於莊子的人間世，成其和而不流的人生姿態，與鄭孝胥「與汝偕亡」的負氣不可同日而語。是以此詩雖云戲和，不無婉勸之意。1922年陳三立生日，鄭孝胥作《壬戌九月二十一日陳散原七十壽詩》云：「名節雖苦有至味，世人區區各殊嗜。散原自是千載人，不朽何曾待文字。卷裏秋聲滿世間，幾年華髮對鍾山。試將新句參消息，似覺承平氣象還。」〔註115〕此詩未收入《海藏樓詩集》，《日記》則全篇具載。這首詩末兩句中的「承平氣象」一詞很重要，是鄭孝胥對陳三立金陵十數年來詩作的總體評價。承平氣像是蘇軾對司空圖詩的評語，蘇軾《書黃子思詩集後》云：「唐末司空圖，崎嶇兵亂之間，而詩文高雅，猶有承平之遺風。」〔註116〕這只有超世的詩人方有的詩風，非徒不屑嗟卑嘆老，亦且時或「哀樂不入於胸次」，方能辦到。陳三立屬於入於世間又超乎世間的詩人類型，故能成其在詩界中博大真人的地位。實際上，也正是金陵寓居時期，陳三立的詩名才浸浸乎凌駕鄭孝胥之上。鄭孝胥與陳三立完全不同，辛亥後詩風變得愈來愈激越，正如陳三立《讀鄭蘇龕六十感憤詩戲和代祝》所云「蘇龕徇變雅，騰吟如艸檄。二子（鄭孝胥、沈曾植）癡則同，蘇龕益傲物」。〔註117〕鄭孝胥與沈曾植蓄志復辟，故陳三立謂其「癡則同」，所謂「同居秋氣中，一觸如金創」〔註118〕。同處一世秋氣之中，陳三立則異於沈鄭，有承平氣象，鄭孝胥此論可謂能知異量之美。

〔註113〕 陳三立著，李開軍校點：《散原精舍詩文集》，第596頁。
〔註114〕 陳三立著，李開軍校點：《散原精舍詩文集》，第596頁。
〔註115〕 《海藏樓詩集》附錄一「海藏樓散佚詩輯錄」，第503頁。
〔註116〕 〔宋〕蘇軾著，孔凡禮點校：《蘇軾文集》第五冊，第2124頁。
〔註117〕 陳三立著，李開軍校點：《散原精舍詩文集》，第596頁。
〔註118〕 《答乙盦短歌三章》，《海藏樓詩集》卷八，第250頁。

　　陳三立雖不主張復辟，但亦不滿民國的亂象，危行言孫，得其中道。其對鄭孝胥復辟之孤忠亦頗表同情之理解，1923 年《次韻答伯夔送太夷北行》，即表此意：「三疊猶傳嗚咽聲，淚看注海與潮平。夢存大事將誰待，天鑒孤忠復此行。羣盜相乘詩可討，賤儒自喜謗非輕。衰殘未逮涓埃報，九逝魂依北斗明。」〔註119〕雖然陳三立這首詩末句表達了忠於遜清之志，但 1924 年鄭孝胥與陳寶琛一起向溥儀薦舉陳三立，陳三立並未赴京。1928 年陳三立作了最後一首與鄭孝胥有關的詩，即《蒼虬為太夷所作夜起圖》，詩云：「夜起孤吟壓九州，留銜斗柄海藏樓。花前閒卻回天手，躑躅澆根殉老謀。」〔註120〕還對鄭孝胥寄以「躑躅澆根殉老謀」的希望。不久後，陳三立離開上海，隱居廬山，於是再無聯繫。對於鄭孝胥 1931 年的附逆，陳三立認為是背叛中華、自圖功利的行為，在《散原精舍詩》刊布時刪除鄭孝胥所作之序，數十年文字骨肉一旦離傷。

　　陳三立平生負豪氣，忠於國家民族，不能以遜清遺老目之。胡先驌謂「其不出任政與一般之所謂遺民者有異，且亦非甘於效忠於清室者」〔註121〕。晚年居住在北京，由於其女婿俞大維是兵工署長，胡先驌謂其「藉悉蔣公備兵禦日之雄略，乃極佩蔣公」，且「對我國之抗戰，具莫大之信心」〔註122〕。1932 年南京召開「國難會議」，邀請了陳三立，據《鄭孝胥日記》，陳寶琛向鄭孝胥曾經言及此事，不知鄭孝胥作何感想。陳三立為人溫而厲，厭惡人言炎炎之人，胡先驌曾在《四十年來北京之舊詩人》中說：「散原嘗語余曰：『海藏好為大言，李梅盦每以為償天下事者必此人，信然』，蓋深疾之也。」〔註123〕可見兩

〔註119〕陳三立著，李開軍校點：《散原精舍詩文集》，第 638 頁。
〔註120〕陳三立著，李開軍校點：《散原精舍詩文集》，第 681 頁。
〔註121〕《與吳宗慈論陳三立傳略意見書》（二），見胡先驌著，張大為等編：《胡先驌文存》（上），南昌：江西高校出版社，1995 年版，第 384 頁。
〔註122〕《與吳宗慈論陳三立傳略意見書》（一），見胡先驌著，張大為等編：《胡先驌文存》（上），第 383～384 頁。
〔註123〕胡先驌《四十年來北京之舊詩人》，見胡先驌著，熊盛元、胡啟鵬編校：《胡先驌詩文集》，第 650 頁。

人本性本來不合。1937 年陳三立去世之前不久,《鄭孝胥日記》中記及陳三立者尚有兩處:

> 伯嚴之子彥通來書,薦其戚薛琛錫,拔可亦為作書。
〔註124〕

> 與蔥奇同過仁先,詢伯嚴近狀,尚能食、能行,宿疾七十日不作,屢欲遊山,家人止之。〔註125〕

由此可見,鄭孝胥無疑對陳三立甚為關心。1937 年陳三立去世於北京,鄭孝胥親自臨吊,還作《懷伯嚴》以輓之云:「一世詩名散原老,相哀終古更無緣。京塵苦憶公車夢,新學空傳子弟賢。流派西江應再振,死灰建業豈重燃。胡沙白髮歸來者,會有廬峰訪舊年。」〔註126〕此詩未收入《海藏樓詩集》。今人率以鄭孝胥靦顏謬附知己,在知人論世方面似乎不免過於刻薄。要知所謂相哀,正如前文指出的,是戊戌變法時期的仁人志士情懷。鄭孝胥所念念不忘即是以前的意氣相許。如果說這首詩說明不了鄭孝胥珍視陳鄭之間的友誼,那麼《乘化》中的一首詩則可令眾喙皆息,《乘化》其四云:「步行出短巷,遂不識返宅。散原遊以天,浩浩無所擇。世亂名愈高,盜賊亦辟易。廬山嗟何地,怪子能久客。終然不磷緇,老死歸闕北。弢庵薨稍早,弔唁頗相逼。子獨見□敗,文字誰復惜。」〔註127〕一句「散原遊以天」,可謂深知陳三立,雖然道不同不相為謀,但其心中的友誼不變,令人唏噓。

二、詩學異同

鄭孝胥與陳三立在晚清民國詩壇上並稱「陳鄭」,陳衍將兩人分屬道咸以來的清蒼幽峭與奧衍生澀兩大派之主將,其詩學總體上說是異大於同。但兩者相互推服,陳三立嘆鄭孝胥為「絕手」〔註128〕。鄭

〔註124〕《鄭孝胥日記》第五冊,第 2477 頁。
〔註125〕《鄭孝胥日記》第五冊,2668 頁。
〔註126〕《鄭孝胥日記》第五冊,第 2690～2691 頁。
〔註127〕《海藏樓詩集》附錄一,第 479 頁。
〔註128〕《鄭孝胥日記》第一冊,第 464 頁。

孝胥不僅在《日記》中對其心悅誠服，且多次在詩中贊譽不絕，如《答夏劍臣》云「舊學商量今有幾，終讓義寧陳君耳」〔註129〕，《春陰李審言》云「論詩君勿謬見推，此事散原真傑作」〔註130〕，《陳仁先南湖壽母圖》云「摛辭散原叟，奧旨匪輕作」〔註131〕等等。之所以相互推服，是因為兩者之間是異中有同，同中有異。相同的地方，概括起來有以下兩點：一是宗宋，這也是所有同光體詩人的共同點，但兩者在尚意及意澀方面的相似程度較其他詩人為深；二是推崇氣力，各有養氣的詩學觀。這兩個相同點之中又有其不同之處：一是陳三立詩不僅意澀，而且造語亦生澀槎枒，避用俗字和慣用字，而鄭孝胥則主張出語貴淺，有清切的傾向，這是由於兩人雖然同為宗宋，但鄭孝胥詩師法王安石、蘇軾、陳與義者為多，而陳三立則主要師法黃庭堅；二是陳三立養氣更符合儒學的正統，所以詩歌風格沈雄剛健，而鄭孝胥雖然侈言養氣，但總不出於負氣，為褊狹之英氣所害，所以詩歌風格是遒勁峭深。

　　值得注意的是，鄭孝胥有一首佚詩《為伯嚴錄天津甲午中秋至人間佳節復有幾淪失八九鐘阜南之句覺向時所惋惜能償以此日之遊而今此所悲哀復異於當年之事伯嚴愈有旦暮承平更自憂之作感痛可勝言哉次韻盡意》曾經模仿陳三立，風格頗肖。此詩曾載於《廣益叢報》，詩云：

> 一世不為明日計，吾儕能惜此宵遊。拚將特地清醒眼，
> 來覓當年散失秋。寂寂山川夜逾靜，沉沉歌管死無憂。應疑
> 從古高寒月，只照人間百尺樓。〔註132〕

　　除了造語不生澀，前四句句法與對仗皆力為槎枒生新，後四句卻較具自家面目，但整首詩氣力沈雄，可亂楮葉。但這是唯一的一首次韻之作，由於當時鄭孝胥為陳三立錄稿，極有可能是無意中受到陳詩

〔註129〕《海藏樓詩集》卷六，第 172 頁。
〔註130〕《海藏樓詩集》卷八，第 242 頁。
〔註131〕《海藏樓詩集》卷八，第 262 頁。
〔註132〕見《海藏樓詩集》附錄一「海藏樓散佚詩輯錄」，第 491 頁。

的影響。因此這首詩可以作為陳鄭之間風格異同的最佳例證。民國詩
人學者對陳鄭的異同曾作出過十分精確公允的兩種評騭。第一種以陳
寥士、沈其光等為代表，專從詩藝上著眼。如陳寥士云：「十餘年前，
朱古微馮君木二先生均流寓滬瀆。有一天，古微先生問君木先生道：
散原海藏二家，世所共推，殆少異議，但二家造詣，究以那一家為勝？
君木先生道：散原排奡，一時健者。若論詩中肌理，海藏為精細。古
微先生極贊同，以為這是公允的批評，常舉此說以告人。」〔註 133〕此
所謂詩中肌理，即是王安石謂杜甫「緒密而思深」〔註 134〕，從技法上
來說，主要指巧於章法安排，呼應轉接，屈曲而達。陳三立在思深緒
密上不及鄭孝胥。又如沈其光《瓶粟齋詩話》云：「先生（鄭孝胥）逢
易代之際，俯仰身世，徘徊景光，自不能無憂傷憔悴之辭。同時與之
齊名者為散原老人。然蘇戡胸中先有意，以意赴詩，故不求工而自工；
散原胸中先有詩，以詩就意，故刻意求工而或有不工，此二人詩派之
不同者也。」〔註 135〕這是從作意在先與否來論，有以意赴詩與以詩就
意的不同，所在詩作之工方面陳三立又不及鄭孝胥。第二種以胡先驌
為代表，以氣象為主來立論。胡先驌在《四十年來北京之舊詩人》中
云：「余嘗謂並世推陳鄭，鄭詩如長江上游，水湍石激，鬱怒盤折，而
水清見底，少淵渟之態，陳詩則如長江下游，波瀾壯闊，魚龍曼衍，
茫無涯涘，此其軒輊所在歟。」〔註 136〕胡先驌此論可謂善譬喻，以氣
象而論，鄭詩確實不如陳三立。在這兩種代表性的評騭之外，有第三
種作調和之論者，如慘佛《醉餘隨筆》云：「近人如陳伯嚴詩，必不如
鄭蘇戡，一太粗，一入微也。然鄭詩境界太狹，無復雄博氣象，則亦

〔註 133〕陳寥士撰：《海藏樓詩的全貌》（上），民國《古今月刊》1942 年第
　　　　　七期，第 16 頁。
〔註 134〕〔宋〕胡仔著：《苕溪漁隱叢話》前集卷六，北京：人民文學出版社，
　　　　　1962 年版，第 37 頁。
〔註 135〕沈其光著：《瓶粟齋詩話》初編卷九，見張寅彭主編：《民國詩話叢
　　　　　編》第五冊，第 570～571 頁。
〔註 136〕胡先驌著；熊盛元，胡啟鵬編校：《胡先驌詩文集》（下），第 647 頁。

時代為之乎？」〔註 137〕從詩藝的粗細與境界的博狹兩方面作調和之論，亦屬不易之言。

胡先驌在《評胡適五十年來中國之文學》論及陳鄭，有骨肉之喻，亦頗透切：

> 鄭詩出於柳宗元王安石，雖貌似清切，而骨實遒勁。雖喜用白描，為之殊不易也。陳詩有骨有肉，似尚為鄭所不及。嘗有一喻，鄭詩如長江上游，雖奔湍怪石，力可移山，然時有水清見底之病。至陳詩則如長江下游，煙波浩渺，一望無際，非管窺蠡酌，所能測其涯涘者。〔註 138〕

骨肉之喻曾見於胡應麟《詩藪》，謂「宋人學杜得其骨，不得其肉」〔註 139〕，又云「肉不可使勝骨，而骨又不可太露」〔註 140〕。鄭孝胥的長處在於外貌清切，而骨力遒勁，故能為白描。但在學問材力上不及陳三立，即是有骨乏肉，陳則骨肉兼具。陳曾壽《書梅泉今覺盦詩集後二首》曾云「散原醞粹太夷巇」〔註 141〕，與胡先驌此論可以相互發明。

鄭孝胥的《散原精舍詩序》曾以為「詩之為道，殆有未能以清切限之者」〔註 142〕，對張之洞論詩不喜江西詩派的狹隘表示異議，同時也對陳三立「蒼莽排劫之意態」表示佩服。此序中「心緒百態沸騰於內，宮商不調而不能已於聲，吐屬不巧而不能已於辭，若是者，吾固知其有乖於清也」與「思之來也無端，則斷如復斷、亂如復亂者，惡能使之盡合興之發也？匪定則倏忽無見、惝怳無聞者，惡能責以有說若是者？吾固知其不期於切也」〔註 143〕兩句尤為近代關於散原詩論中的大文章，鄭孝胥蓋深知其短，又能道其長處之根源所在，因為陳

〔註137〕《海藏樓詩集》附錄三，第 590 頁。
〔註138〕胡先驌著；熊盛元，胡啟鵬編校：《胡先驌詩文集》（下），第 445 頁。
〔註139〕〔明〕胡應麟著：《詩藪》內編卷四，第 58 頁。
〔註140〕〔明〕胡應麟著：《詩藪》內編卷五，第 79 頁。
〔註141〕陳曾壽著；張寅彭，王培軍校點：《蒼虬閣詩集》卷十，第 302 頁。
〔註142〕《海藏樓詩集》附錄三，第 575 頁。
〔註143〕《海藏樓詩集》附錄三，第 575 頁。

三立的短處正是其長處，即其「道以支離重」的詩學實踐，所以鄭孝
胥才深致歎服。然而從詩藝上說，清切是初學者必經之路，若故為槎
枒生澀以文淺陋，則詩道喪矣。所以鄭孝胥後來在《答樊雲門冬雨劇
談之作》中云「嘗序伯嚴詩，持論辟清切。自嫌誤後生，流浪或失
實。……淺語莫非深，天壤在毫末。何須填難字，苦作酸生活」，〔註
144〕對前期之論作出了糾正。鄭孝胥《題晚翠軒詩》云「試迴刻意功，
一極才與思」〔註145〕，則對林旭力學黃陳刻意為詩進行規勸，可以相
互參看。綜上可見，如果從學人之詩與詩人之詩的角度來區別異同，
則陳三立較具學人之詩的特質，而鄭孝胥則較近詩人之詩。

第三節　與陳曾壽的交遊及其詩學異同

陳曾壽是同光體後勁，胡先驌謂「其詩卓然大家，為陳鄭之後一
人」〔註146〕是以其不僅與陳寶琛、陳三立並稱「海內三陳」，且是同
光體後期最重要的詩人。陳曾壽雖然少鄭孝胥十八歲，但在詩歌成就
上可以平揖鄭孝胥。從其唱酬之語氣來說，陳曾壽幾乎視鄭孝胥為平
輩之交，這一點與其尊陳寶琛及陳三立為長輩不同。陳曾壽在出關前
後與鄭孝胥的衝突與和好，特別在鄭孝胥歿後的憶念，可見出遺老們
在精神上的矛盾與痛苦。從詩學上說，將陳曾壽與鄭孝胥相比較，更
能見出同光體詩學中人品決定詩品的第一要義。

一、交遊與唱酬

陳曾壽（1878～1949），湖北蘄水縣人，字仁先，號耐寂，又號
復志、焦庵，家藏有元代吳鎮所畫《蒼虬圖》，因自稱「蒼虬居士」，
著有《蒼虬閣詩集》。鄭孝胥與陳曾壽的交往可分為三個時期，一是
避地上海時，二是隨扈天津時，三是出關之後。在蟄居上海時期，鄭

〔註144〕《海藏樓詩集》卷八，第 227～228 頁。
〔註145〕《海藏樓詩集》卷三，第 76 頁。
〔註146〕胡先驌著；熊盛元，胡啟鵬編校：《胡先驌詩文集》（下），第 446 頁。

孝胥與陳曾壽之間可謂君子平淡之交，通過詠花木相互淬厲節義；輔
弼天津時則相互鼓勵，守護希望；出關之後，因鄭孝胥阻滯陳曾壽向
溥儀進言，且出賣國家利益，兩人的關係曾一度瀕臨絕交，至 1934 年
才恢復交情，世外婉孌相保，唱酬則多哀音。鄭孝胥去世後，陳曾壽
尚有四首詩為其所作，極其憶念哀思。

（一）避地上海時期

　　以《鄭孝胥日記》考之，鄭孝胥認識陳曾壽在 1911 年 3 月，其
時陳曾壽正挈家避亂至上海不久，此後往還頗密。但在這一時期，兩
人唱酬較少，主要是陳曾壽屬鄭孝胥為其題畫，如 1913 年鄭孝胥題
《種菊圖》《天寧寺聽松圖》，1914 年作《陳仁先南湖壽母圖》，1915
又作《陳仁先仕御屬題錢南園畫瘦馬》《仁先侍郎屬題其先大德大云
侍御重遊黃鶴樓圖》，1923 年又有《陳仁先屬題貨畚圖》，其中《種菊
圖》較為重要，其餘諸作別無深意，此不贅述。1913 年初陳曾壽攜《種
菊圖》屬鄭孝胥題詩，鄭孝胥為作《陳仁先種菊圖》，其一「君能輕世
事，正賴有菊癖。菊亦何負君，何云奈岑寂」與其二「時事莫掛口，
刻意徇所愛。可憐才未盡，哀怨出天籟。餘生依草木，聊復娛萬歲」
〔註 147〕對陳曾壽號耐寂而實懷濟世抱負表示理解。期間重要的唱和
之作還有陳曾壽 1913 年的《以京師菊種寄養蘇堪園中託之以詩》和
鄭孝胥的《答陳仁先寄栽菊種詩》，陳曾壽詩「何緣庭下依高密，為愛
詩中有義熙」〔註 148〕對鄭孝胥平日不書民國年號的行為表示贊許，
而鄭孝胥詩「試尋乾淨半畦土，與寄沈冥一世豪」〔註 149〕揭出陶淵明
的「淒其望諸葛」〔註 150〕的抱負。以上唱酬，筆者於第四章第四節已
作出論述，此不再贅。

〔註 147〕《海藏樓詩集》卷八，第 236 頁。
〔註 148〕陳曾壽《以京師菊種寄養蘇堪園中託之以詩》，《蒼虬閣詩集》卷二，
　　　　　第 48 頁。
〔註 149〕《海藏樓詩集》卷八，第 244 頁。
〔註 150〕黃庭堅《宿舊彭澤懷陶令》，〔宋〕黃庭堅著，劉尚榮校點：《黃庭
　　　　　堅詩集注》第一冊，北京：中華書局 2003 版，第 57 頁。

期間鄭孝胥另一重要的交往記錄之作是 1914 年《十二月廿四日伯嚴仁先冒雪見訪》，關於二陳造訪海藏樓一事，《日記》載云：「雪甚大……伯嚴、仁先冒雪來訪，共飲勃蘭地，至暮乃去。」〔註 151〕詩云：

> 倚樓三士送殘年，有酒無肴雪滿天。薄醉愈知寒有味，放言自覺道彌堅。收身遺子雖人外，歷劫沉霾奈死前。便欲將君比松竹，離披相對轉蒼然。〔註 152〕

「收身遺子雖人外，歷劫沉霾奈死前」一聯的「沉霾」意指「埋沒於世」，可見此詩與《答陳仁先寄栽菊種詩》「與寄沈冥一世豪」意旨略同，皆含有不甘埋沒之意。在避地上海這一時期，陳曾壽對鄭孝胥可謂極其尊敬，1919 年的組絕《蘇堪六十生日》將敬服之情表達得淋漓盡致。詩云：

> 白日當天三月半，萬人如海一身藏。使君留得堂堂去，四海都知鬢未霜。

> 罷盟盧奴酒自斟，幾人出戶震微箴。知君執拗從無悶，一往硜硜媚奧心。

> 詖辭知蔽遁知窮，末世逃禪等捉風。得正由來出生死，先生密語在檀弓。

> 花近高樓竹滿廊，園基樓勢恰相當。幾回聽雨疏簾坐，消得人間一味涼。

> 斂手孤吟氣更新，閒居歲月鬱嶙峋。無窮蓋世回天意，付與黃州陶子麟。

> 種松日夜望松高，滄海沉冥一世豪。領取十年真實意，與君洗耳聽松濤。

> 蹀躞三撾意未平，涼宵顧曲每同行。相思只在歌聲裏，解事今誰青兕生。

> 談藝論兵兩不窮，掀髯曾起抱冰翁。何時更上南樓醉，

〔註 151〕《鄭孝胥日記》第三冊，第 1549 頁。
〔註 152〕《海藏樓詩集》卷八，第 262 頁。

歷歷晴川落酒中。〔註153〕

　　第一首是總論。「使君留得堂堂去，四海都知鬢未霜」兩句是表現出鄭孝胥大名震世，可以想見當時海藏樓抗立於世的情形和士論的許可，鄭孝胥《東坡生日集翁鐵梅齋中》曾云「終知此老堂堂在，膾覺虛名種種非」〔註154〕。第二首「知君執拗從無悶，一往硜硜媚奧心」與第三首「得正由來出生死，先生密語在檀弓」是對其不出仕民國的認同。第四首「幾回聽雨疏簾坐，消得人間一味涼」則表達出遺老精神的蒼涼，鄭孝胥平生喜誦姜夔「人生難得秋前雨，乞我虛堂自在眠」〔註155〕句。第五、六首轉折，「無窮蓋世回天意，付與黃州陶子麟」「種松日夜望松高，滄海沉冥一世豪」可惜其以詩人終老，《海藏樓詩》付陶子麟刊行。第七首「相思只在歌聲裏，解事今誰青兕生」再三慨歎，「青兕」典出《宋史‧辛棄疾傳》「義端曰：『我識君真相，乃青兕也，力能殺人，幸勿殺我。』」〔註156〕將鄭孝胥比為辛棄疾，尚希望鄭孝胥有所作為。最後一首「談藝論兵兩不窮，掀髯曾起抱冰翁」對其談藝論兵聳動張之洞的情形描述得躍然紙上。

　　鄭孝胥是負奇振異之人，一直認為盡才是人生的第一要務，其詩歌中多含有盡才的訴求，如1898年《漢口得嚴又陵書卻寄》云「吾儕未死才難盡，歌哭行看老更哀」〔註157〕，1903年《海籌舟中贈薩君鎮冰》云「誰能盡其才，毋使歎遲暮」〔註158〕，又如1906年《移情》云「風濤世外才難盡，雪月樽前醉易成」〔註159〕等比比皆是。區別在於，陳曾壽是以天下為己任的儒家，而鄭孝胥雖不能說無濟世之懷，但更近於兜售縱橫之術的策士。鄭孝胥是一個多變之人，其詩亦

〔註153〕《蒼虬閣詩集》卷三，第121頁。

〔註154〕《海藏樓詩集》卷一，第10頁。

〔註155〕〔宋〕姜夔撰，孫玄常箋注：《姜白石詩集箋注》卷下，太原：山西人民出版社，1986年版，第199頁。

〔註156〕〔元〕脫脫等撰：《宋史》，北京：中華書局，1985年版，第12161頁。

〔註157〕《海藏樓詩集》卷三，第90頁。

〔註158〕《海藏樓詩集》卷五，第132頁。

〔註159〕《海藏樓詩集》卷六，第158頁。

多變，時而慷慨好義，一往無前，時而狷潔自守，似乎不沾世味。如1913 年的《愛菊兩首簡陳仁先》其一「尚淡不尚奇，此理將語誰」〔註160〕，又如 1914 年的《答陳仁先看花》云：「已拼酒病華年過，卻俟河清笑口難。行近高樓渾世外，從君寂寞更盤桓。」〔註161〕

（二）隨扈天津時期

1929 年春，陳曾壽為鄭孝胥作《夜起圖》，且作《為蘇堪作夜起圖即祝其七十初度》祝嘏云：

> 任重吾道遠，才老天心奇。沉吟鬢未霜，忽已七十時。主憂臣分辱，錫嘏惟遜辭。愧彼惜涓埃，妄徼非分施。竭來慰朋舊，婉孌花前卮。云天需宴樂，貞吉符爻詞。嚴整性所耽，雞鳴日孳孳。屬作夜起圖，此意誰能知。精金淬百鍊，事會無窮期。夜衣不遑寢，逆旅真吾師。〔註162〕

這首詩對鄭孝胥在逆旅之中待時而動、為君主分憂表示推敬。值得注意的是「愧彼惜涓埃，妄徼非分施」句，蓋當時多數所謂自稱遺臣之人，皆為了溥儀賜賞而暫示歸附。1930 年，陳曾壽應召北上，擔任溥儀妻婉容的教師，並兼任小朝廷駐天津辦事處顧問。直至 1931 年出關前兩年間，陳曾壽與陳寶琛、鄭孝胥等人往來唱酬，有《重九邀弢庵太傅定園少保蘇堪憪仲子申君任及強志弟集蒼虯閣》《五月十三日同弢庵年丈蘇堪憪仲酒集》等作品。其中 1931 年的《五月十三日同弢庵年丈蘇堪憪仲酒集》在九一八事變之前即對借兵日本表示過謹慎的意見，詩云：

> 因循果決失原齊，慚愧鈞天夢未迷。萬有一疏誠死罪，本難自信況天懠。貫輪終欲師飛衛，守樹何曾負跛奚。歲月驚心三五過，銜杯安得醉如泥。〔註163〕

「貫輪終欲師飛衛」句典出《列子·湯問》，紀昌學射於飛衛，

〔註160〕《海藏樓詩集》卷八，第 251 頁。
〔註161〕《海藏樓詩集》卷八，第 257 頁。
〔註162〕《蒼虯閣詩集》卷六，第 178 頁。
〔註163〕《蒼虯閣詩集》卷八，上海古籍出版社 2013 年版，第 205 頁。

飛衛令其視小如大、視微如著，三年之後，紀昌視蝨如車輪。陳曾壽
的意思是要等待時機成熟。「守樹何曾負跂奚」句中「守樹」疑「守
駿」之誤，「守株待兔」之意亦通，但整句意思主要源出蘇軾《次韻子
由論書》「守駿莫如跛」〔註164〕，陳曾壽可能改易一字，目的是隱晦
其旨。《曾國藩日記》云：「思東坡『守駿莫如跛』五字，凡技皆當知
之。若一味駿快奔放，必有顛躓之時；一向貪圖美名，必有大汗辱之
時。」〔註165〕此詩用意當有參考及此者。考之《鄭孝胥日記》，是年
四月十九日載云：「羅叔蘊來談謝米諾夫事，謂日本人唯田野豐及高
山公通為參謀部所委，今關東司令菱刈乃高山之舊屬，其計畫將乘赤
黨在奉天舉事之機，使白俄奪奉天。日本即出兵應之，脅奉天各官吏
迎駕歸滿洲，宣詔收回滿、蒙；且出示田野豐所草勸進表。」〔註166〕
但二日後，又云：「日本參謀部所派駐北京委員森起來談，田野豐所
說皆不實，時尚未到；且參謀部欲辦此事，決無使清室籌款之理。」
〔註167〕可見「守樹何曾負跂奚」當為譏諷羅振玉，而鄭孝胥此時的謹
慎與陳曾壽等人相同。

　　九一八事變後，羅振玉最先與日本人勾結，請求溥儀「許以便宜
行事」，而鄭孝胥尚勸溥儀云：「躁進者見用，必損盛名。宜以敬慎相
戒。」〔註168〕但是溥儀決定檢裝調款，另一方面鄭孝胥看到美國羅斯
安吉十月四日合眾社電，社電內容主要是在世界經濟危機之下，中國
經濟的振興是世界走出危機的關鍵，羅斯安吉出版人畢德建議美國政
府以獨裁辦法組建國際經濟財政銀行團，供給中國發展，「美政府應
速草一發展中國計畫，中國工業、交通之需要如能應付，將成功為世
界最大之市場」〔註169〕。鄭孝胥馬上感到中國開放之期已經到來，認

〔註164〕〔宋〕蘇軾著，孔凡禮校點：《蘇軾詩集》卷五，第210頁。
〔註165〕〔清〕曾國藩著：《曾國藩全集‧日記》第二卷，石家莊：河北人民
　　　　出版社，2016年版，第77頁。
〔註166〕《鄭孝胥日記》第四冊，第2327～2328頁。
〔註167〕《鄭孝胥日記》第四冊，第2328頁。
〔註168〕《鄭孝胥日記》第四冊，第2343頁。
〔註169〕《鄭孝胥日記》第四冊，第2344頁。

為可以在滿洲這個受到國際高度關注的地方引入各國勢力，施行門戶開放，暫時進入共管的過渡階段，最後由得人心的宣統帝復辟。有了這個政治藍圖，並且溥儀出關的意志十分堅決，鄭孝胥遂改變了一向敬慎的態度，而走在了羅振玉的前面聯絡日本人，在遺老們心目中變成了「挾外人以劫上」〔註170〕的小丈夫。其實在附逆這件事上，溥儀的野心起主導作用，毋庸諱言，陳寶琛和陳曾壽兩人之外的多數遺老也不過是怕失寵而已。

溥儀與鄭孝胥於 1931 年 11 月 11 日登淡路丸出發赴旅順。在出發前，陳曾壽表現得較為持重，與陳寶琛一樣認為必須向日本政府確認攻守同盟的關係，反對羅鄭兩人的躁進。陳曾壽於 1931 年 10 月 23 日上奏溥儀云：

> 即將來東省果有擁戴之誠，日本果有教請皇上復位之舉，亦當先察其來言者為何如人。若僅出於一部分軍人之意，而非由其政府完全諒解，則歧異可慮，變象難測。……若來者實由於其政府舉動，然後探其真意所在，如其確出仗義扶助之誠，自不可失此良機。……應付之計，宜與明定約言，確有保障而後可往，大抵路、礦、商務之利，可以酌量許讓，用人行政之權，必須完全自主，對外可與結攻守之同盟，內政必不容絲毫之干預。〔註171〕

深思熟慮，有老成之風。數日後，日本特務頭子土肥原來津甘言以誘，陳曾壽還有警惕之心。但又過數日，在另一份奏摺中，陳曾壽的態度略有變化，奏摺云：「奏為速赴機宜，以策萬全……今日本因列強反對而成僵局，不得不變動東三省局面以自解於列強，乃有此勸進之舉，誠千載一時之機會。……赴機若不得其宜，則其害有甚於失機。……今我所以自處之道，可兩言而決：能與日本訂約，酌讓路、

〔註170〕陳曾壽，陳曾矩著：《局外局中人記》，見《蒼虯閣詩集》附錄一，第 446 頁。

〔註171〕陳曾壽，陳曾矩著：《局外局中人記》，見《蒼虯閣詩集》附錄一，第 441 頁。

礦、商務之利，而用人行政之權，完全自主，則可以即動；否則萬不可動。」〔註172〕可見陳鄭兩人雖有謹慎與躁進的不同，但在一定程度上，陳曾壽與鄭孝胥一樣對日本抱有幻想。

　　兩人在事君的態度方面有更根本的不一致。鄭孝胥能揣摩上意，而陳曾壽勇於批鱗。鄭孝胥並非不知迎駕一事是關東軍之謀，日本政府並未有此決定。但在《鄭孝胥日記》中，有幾次不無微言地記載了溥儀堅決出關的意志。1931 年 10 月 19 日，鄭孝胥記載：

> 召見鄭垂，使往日本領事桑島商之。桑島述內田之言，勸加慎重，謂此間必無危險，彼當負保護之責，姑與香椎司令官商之。鄭垂覆命，上有不豫色。〔註173〕

　　「上有不豫色」是鄭孝胥觀察到溥儀的第一次反應。第二日，鄭氏父子同詣日人上角，知迎駕一事是板垣所為。鄭孝胥尚對上角云：

> 雖有三分希望、而須冒七分之險，今如干將、莫邪，不可致缺。鄭垂覆命，上猶謂可往旅順暫居以待。〔註174〕

　　「不可致缺」一語可見鄭孝胥並非毫無顧慮。但「上猶謂可往旅順暫居以待」一句中「猶」字不無微言地再次表現出溥儀的堅決。要知道，以上兩事發生在上肥原到來之前（土肥原 11 月 2 日到津），亦即是天津炸彈事件之前，溥儀已經如此堅定，無疑是受到再登皇位的巨大誘惑。土肥原承諾溥儀可以稱帝後，溥儀去意更堅，鄭孝胥進言「毋失日本之熱心，速應國人之歡心」〔註175〕，出關之議遂定。

（三）出關以後

　　陳曾壽因為鄭孝胥的善變而難以承受心理的落差，而且鄭孝胥在天津使館及旅順阻攔其向溥儀面陳意見，故出關後數年與鄭孝胥幾乎完全斷絕往來。鄭氏父子主導了與板垣的交涉，在關東軍的壓力下淥

〔註172〕陳曾壽，陳曾矩著：《局外局中人記》，見《蒼虬閣詩集》附錄一，第 443 頁。
〔註173〕《鄭孝胥日記》第四冊，第 2347 頁。
〔註174〕《鄭孝胥日記》第四冊，第 2347 頁。
〔註175〕《鄭孝胥日記》第四冊，第 2350 頁。

步退讓，更是被陳曾壽詩中斥責為「貪天」「居奇」〔註176〕，且作了一首《豎子》詩以斥之云：

> 戔戔顏胡厚，恨恨疾已沉。天公饒惡劇，豎子定何心？
> 雖有饒朝策，其如後勝金。王明能受福，淒絕楚騷吟。〔註177〕

「後勝金」中的「後勝」，是戰國末齊王的宰相，因「受秦厚賄」而「屢勸齊王建朝秦」。這裡的「後勝金」是指關東軍收買偽滿特任官的「建國金」，亦謂「機密費」〔註178〕。鄭孝胥雖在受金之列，但在1932年3月14日《日記》記載：「板垣以二萬元交鄭垂告余，備總理秘密費；使垂往辭之。板垣勸曰：『暫留備用。』此款存朝鮮銀行不動用。」〔註179〕這二萬元是總理另外的秘密費還是「建國金」，不能遽定。據周君適《偽滿宮廷雜憶》所云「胡嗣瑗得五萬元」，鄭孝胥作為總理，「建國金」當不少於五萬。《鄭孝胥日記》1932年3月6日則云：「板垣以司令部命，獻日金二十萬元備即位恩賞之用。」〔註180〕如果這二十萬元即是「建國金」，則胡嗣瑗得五萬元占比例太大，令人懷疑周君適之記憶是否有誤。總之此事尚須留俟再考。但無論如何，鄭孝胥在1932年9月《日滿議定書》簽訂之前曾經辭職一事，表現出其懼怕承受賣國賊罵名的心理。

日本書記官米澤曾經揣測鄭孝胥辭職的心理，他說：

> 最令人擔心的事情在於鄭國務總理是由於軍部的挽留和解除駒井職務的許諾而暫時留任的。其真實用意如果不單單是排斥駒井而是在此以外別有政治動機的話，問題就應另做考慮了。這就是說他顧慮簽字後會戴上賣國賊的罵名，恐怕將來被中國四億民眾看作出賣滿洲的罪魁禍首。迫

〔註176〕陳曾壽《將之大連留別強庵年丈》「貪天己罪況居奇」，《蒼虬閣詩集》卷八，第208頁。

〔註177〕陳曾壽、陳曾矩《局外局中人記》，《蒼虬閣詩集》附錄一，第468頁。對這首詩的詳細解釋可參看曾慶雨博士《陳曾壽詩歌研究》一文，華東師範大學2017年博士論文，第61～63頁。

〔註178〕周君適《偽滿宮廷雜記》第83頁。

〔註179〕《鄭孝胥日記》第五冊，第2371頁。

〔註180〕《鄭孝胥日記》第五冊，第2369頁。

於簽字日期臨近而愈加煩悶不安，很可能為了逃脫責任不得已而提出辭職。〔註181〕

在 9 月 15 日，《日滿議定書》如期簽約時，米澤又講出了鄭孝胥「面部在痙攣」的神情反應，在致辭時「面部表情極度緊張，顯出一副要哭的神氣。時間 5 秒、10 秒、30 秒過去了，可這位總理欲發言而不能出聲。我可以想像得到他的內心深處一定波濤起伏，充滿了錯綜複雜的激情」〔註182〕在此之前，溥儀已經對鄭孝胥逐漸失去信任，可見鄭孝胥在雙方壓力之下承擔賣國罵名的痛苦。而溥儀在《我的前半生》中有意篡改歷史也十分明顯，隻字不提其曾在 1932 年 3 月數次致信關東軍司令官本莊繁，信的內容已經將滿洲的各項主要利益出賣給日本〔註183〕。而鄭孝胥與本莊繁簽訂的是有關「鐵路、港灣、水運、空路的管理和敷設鐵路、成立航空公司以及採礦等各項權利」〔註184〕。當然溥儀出賣滿洲權益，是與鄭孝胥商定的，並由其撰稿〔註185〕。

陳曾壽在出關後前期不斷聽到溥儀對鄭孝胥不滿的說話，但時間一久，逐漸明白了這一局面本來是無可挽救的，他說「惟此局面，明是騙局。但不允則危機立見。其錯在離天津，此後乃必至之果」。〔註186〕其實遺老們最關心的還是能否復辟帝制與行政自主的問題，鄭孝胥作出退步主要是在這個問題上，是否能保住國家利益在溥儀及其遺臣們並非是首要考慮的問題。鄭孝胥在 1932 年 10 月還就日本官吏把持偽國務院進行過抗爭。《日記》云：

〔註181〕日本 NHK 廣告協會編：《皇帝的密約——滿洲國最高的隱秘》，天津：天津編譯中心譯，中國文史出版社，1989 年版，第 84 頁。

〔註182〕日本 NHK 廣告協會編：《皇帝的密約——滿洲國最高的隱秘》，第 85 頁。

〔註183〕參看日本 NHK 廣告協會編：《皇帝的密約——滿洲國最高的隱秘》，第 80 頁。

〔註184〕日本 NHK 廣告協會編：《皇帝的密約——滿洲國最高的隱秘》，1989 年版，第 80 頁。

〔註185〕參見《鄭孝胥日記》第 5 冊，第 2369 頁。

〔註186〕陳曾壽，陳曾矩著：《局外局中人記》，《蒼虬閣詩集》附錄一，第 454 頁。

眾議院議員河野一郎、原惣兵衛來訪。……河野云：
「日本宣言扶助滿洲，而縱官史盤踞要津，握其利權，此何
為義！僕嘗憤憤以請小磯參謀，彼亦言須加考慮。足下於
此，意將謂何！」答曰：「今日始聞此正義至公之語！吾固
謂日本帝國既已表仗義於前，必不肯爭利於後。使高論加入
輿論，則舉世必信之矣。」〔註187〕

對日本還抱有幻想，然而已經無可奈何。鄭孝胥在此之後其他抗
爭的事情尚多，不能一一徵引。總之，陳曾壽對鄭孝胥的態度逐漸發
生了變化，1934 年 3 月陳曾壽託鄭孝胥為其親人求職時，「且言胡琴
初傾險之狀」〔註188〕。胡琴初即胡嗣瑗，本是陳曾壽的知交，是在出
關後早期與陳曾壽一起反對鄭孝胥最激烈的遺老。陳曾壽此時能向鄭
孝胥說胡嗣瑗的傾險，說明了陳鄭關係已經解冰。如以其《蘇堪挽詩》
「斷斷持異同，公言異私怨」〔註189〕來說，陳曾壽無疑對鄭孝胥的人
格是信任的，也對其晚年處境之不易當亦有所理解。1936 年初，鄭孝
胥已經解職，在陰曆十二月十九日招集數人作東坡生日，陳曾壽沒有
參與，但一聞及此事，第二日即作《聞蘇堪作東坡生日戲贈一詩》寄
與鄭孝胥，這是其出關以來恢復唱酬的第一首詩。詩云：

平生鄭重九，還記我東坡。破寂殘年興，開尊令節過。
換羊書更好，無蠍墨常磨。用意榮枯外，何煩春夢婆。〔註190〕

「換羊」出自趙令時《侯鯖錄》，《侯鯖錄》云：「魯直戲東坡曰：
『昔王右軍字為換鵝書，韓宗儒性饕餮，每得公一帖，於殿帥姚麟許
換羊肉十數斤，可名二丈書為換羊書矣。』」〔註191〕鄭孝胥擅書法，
故用此典。「無蠍墨常磨」看似不成語，實則東坡是磨蠍座，與韓愈相
同。因此這句是調侃鄭孝胥，鄭孝胥非磨蠍座，故云「無蠍」，但鄭孝

〔註187〕《鄭孝胥日記》第五冊，第 2413 頁。
〔註188〕《鄭孝胥日記》第五冊，第 2513 頁。
〔註189〕《蒼虬閣詩》卷十，第 276 頁。
〔註190〕《蒼虬閣詩》卷九，第 254 頁。
〔註191〕〔宋〕趙令時撰；孔凡禮點校：《侯鯖錄》卷一，北京：中華書局，
　　　　2002 年版，第 51 頁。

胥書法好，喜歡磨墨，磨墨與磨蠍有一「磨」字相同，將磨蠍兩字分
開，故令人一望不易知。「還記我東坡」句有意想不到之意。其實在
1933 年始鄭孝胥每年都在《日記》十二月十九日開首必書「東坡生
日」四字，1933 年已經招集會飲過一次，其時陳曾壽已有參與，但沒
有唱酬。鄭孝胥任為總理時不僅在關東軍的控制下鬱鬱不舒，而且在
羅鄭之爭與胡鄭之爭中備受遺老詆毀攻擊，退職後其在《題胡琴初詩
後》有「負重堪嗟忍辱時」「奮筆詩人莫太遲」〔註 192〕兩句。鄭孝胥
又顯出詩人本色，對陳曾壽來說不無意外，故開首即表此意。鄭孝胥
即日作《和陳仁先》回贈云：

> 興致殊不淺，平生吾老坡。崎嶇終泯滅，況味飽經過。
>
> 夢去春猶在，人閑墨自磨。尚能逐年少，何用笑阿婆。〔註 193〕

　　鄭孝胥 1902 年有詩云「平生吾東坡，異代獨眷眷」。東坡的人格
魅力不僅使當代名流喜歡接近，也令後代的詩人在精神上感到十分可
親，這一點在同光體詩人的詩文中有明顯體現。鄭孝胥《題胡琴初詩
後》其二云「杜門毀譽今奚較，奮筆詩人莫太遲」〔註 194〕，復辟大夢
已滅，剩下的歲月遂盡付與吟詠。1936 年 6 月陳鄭聚飲時，鄭孝胥謂
陳曾壽云：「老為人憎，今所圖者，老而不孤，死而無疾而已。」陳曾
壽對曰：「不時宴客，則老而不孤；對案不食，則死而無疾。子其憂為
之矣。」〔註 195〕這段對話最能體現鄭孝胥的蒼涼心境，而陳曾壽的安
慰似乎帶有調侃的意味，但亦令人酸悽。

　　陳曾壽的「不時宴客」的建議得到了響應，此後東坡生日會飲儼
然成了遺老們最大的節日。1937 年鄭孝胥又作了一次東坡生日，這次
陳曾壽先有詩，其《蘇堪作東坡生日會飲》其一「千秋幾丙子，絕代
一東坡」與其二「異代逢辰原不隔，窮冬嘉會自成歡」〔註 196〕皆見出

〔註 192〕《海藏樓詩集》卷十三，第 430 頁。
〔註 193〕此為佚詩，見《日記》第五冊，第 2613 頁。
〔註 194〕《海藏樓詩集》卷十三，第 430 頁。
〔註 195〕《鄭孝胥日記》第五冊，第 2632 頁。
〔註 196〕《蒼虬閣詩集》卷九，第 265 頁。

詩人的精神已超越現實。鄭孝胥的和作《東坡生日和仁先韻》卻顯得較為蒼涼，其二云「世已波難挽，心如井不瀾。杯行春又入，聊共抗餘寒」〔註197〕，可見遺老們婉變世外之境況。鄭孝胥擅長吟誦，且特愛誦蘇詩。1936 年東坡生日已誦過一次，在 1937 年又誦東坡《寒食雨》，陳曾壽謂之「聲情激壯」，又再作一首《東坡生日酒間蘇堪誦寒食雨及蒼梧道中寄子由詩聲情激壯為作此詩》，認為鄭孝胥詩「韻勝於公有深契」，這是陳曾壽唯一一次認為鄭孝胥詩在韻勝方面與東坡有深契之處。1938 年 1 月 14 日鄭孝胥為了數日後的東坡生日，「取蘇詩復閱」〔註198〕，做好準備，又約陳曾壽等人東坡生日燕集，陳曾壽在京，沒有及時趕到，皆無詩。

　　1938 年 3 月 28 日，鄭孝胥逝於柳條路寓中。陳曾壽作了兩首《蘇堪挽詩》，回顧了兩人辛亥後二十餘年來的交情，兩首詩分別對應兩個時期進行敘述，一是避地上海時期，二是天津行在至偽滿時期。詩云：

> 移國屬大盜，決藩自名流。罪首張與湯，倒行覆神州。惟君揭大義，華管天壞侔。海隅始相見，世外深綢繆。憶與散原翁，衝雪憑高樓。三士共殘年，冷啜酒一甌。君意極凜烈，通道無疑猶。沉霾甘死前，已自堪千秋。（自注：「甲寅歲暮，予與散原冒雪訪君滬居，君有詩云：『倚樓三士共殘年。』」）

> 會合非力能，緣分天所判。行在同入直，昔昔對几案。閒暇極溫煒，困急賴助援。繫馬終一馳，適遘風雲變。一名我所爭，假手君所擅。斷斷持異同，公言異私怨。年來我杜門，戢影絕酬宴。數蒙過高軒，旬日必相見。深談移日影，歷久無怠倦。奮懦固殊趣，意外垂婉變。俯仰數陳跡，作惡供慨惋。毀譽膜外事，懍餒由自斷。來日非所期，一瞑倘無憾。〔註199〕

〔註197〕《海藏樓詩集》附錄一，第 477 頁。

〔註198〕《鄭孝胥日記》第五冊，第 2702 頁。

〔註199〕《蒼虬閣詩集》卷十，第 276～277 頁。

　　這兩首詩對鄭孝胥的評價分開兩半，前首有褒無貶，後首不作褒貶。前首敘述之事在辛亥後和入津輔弼小朝廷之前，後首敘述之事是入津以後至鄭孝胥逝世。前首末兩句「沉霾甘死前，已自堪千秋」略有辨。鄭孝胥《十二月廿四日伯嚴仁先冒雪見訪》曾云「收身遺子雖人外，歷劫沉霾奈死前」〔註200〕，陳曾壽挽詩自「三士共殘年」後敘述的是同一事。但「奈」與「甘」意義完全相反，「奈死前」是不甘老於牖下，「甘死前」若是謂其偽滿時期辭職後甘於老死牖下，則時間不符，詩旨亦支離特甚。問題的關鍵在於，兩個「沉霾」的具體涵義是不同的。陳曾壽此詩的「沉霾」當指鄭孝胥 1924 年奉乘輿幸日本使館時遇到的沙塵暴，鄭詩《十一月初三日奉乘輿幸日本使館》有「是日何來蒙古風」〔註201〕之句，事後鄭孝胥作《風異圖》，陳寶琛《蘇盦作風異圖以紀甲子十一月初三日之事》亦云：「風沙叫嘯日西垂，投止何門正此時。寫作昌黎詩意讀，天昏地黑扈龍移。」〔註202〕皆可證沉霾為當時北京的沙塵暴，亦指馮玉祥北京事變。這樣才能謂之「甘死前」，亦符合第一首詩的整體意旨，而與第二首截然分開。

　　第二首「公言異私怨」一句見出陳曾壽對鄭孝胥的人格還是較為肯定的，「深談移日影，歷久無怠倦。奮愒固殊趣，意外垂婉變」四句是晚年二老幾乎相倚為命的實況。既然理解了鄭孝胥的困境，對鄭孝胥偽滿時期的行為如何蓋棺定論，作為曾經同作復辟大夢的好友，很難做出令人信服的評價，陳曾壽將這個問題留給鄭孝胥自己，「慊餲由自斷」，世間毀譽無關緊要。這樣處理雖然不失巧妙，但實際上末句「來日非所期」則微露了立場，是對鄭孝胥始終懷抱復辟理想的肯定。陳曾壽的立場不僅是忠於一姓之君，在根本上是源於自古以來的天下主義。在天下主義的思維中，借兵日本恢復「有道」的治統並無道義上的壓力，反而是天經地義的，關鍵在於保住行政主權而已，這

〔註200〕《海藏樓詩集》卷八，第 262 頁。
〔註201〕《海藏樓詩集》卷十，第 323 頁。
〔註202〕《滄趣樓詩文集》卷九，第 206 頁。

在陳曾壽的奏摺中可以見出。遺老們的這種立場與近代國家民族主義的興起可謂方枘圓鑿，格格不入，是以不能清晰認識到日本軍國主義的性質，羊入虎口，與虎謀皮，適成悲劇。又不能以國家主權利益至上的立場來思考，是以至死反對民國，備受忠於一姓、甘為傀儡之譏。此所謂兩皆失之，天覆地載，獨無吾儕錐立之地，處境之酷有甚於往代遺老。胡先驌在《評蒼虬閣詩》中說：「共和陳義雖高，奈自束髮受書以來，未之前聞，則亦有我行我素耳。（陳曾壽）燕居之暇，臧否人物，每曲為故老諒者，正以此也。」〔註203〕可以作為陳曾壽這兩首挽詩的最佳腳註。

實際上，陳曾壽在偽滿時期經常回京與陳三立相聚，應當知悉陳三立忠於民族國家的立場，其再三致仕當亦與此有關。鄭孝胥則無所避忌，始終相信日本有心扶助復辟，而且幻想未來復辟後日華兩國合作。1937 年盧溝橋事變後，鄭孝胥認為國民黨必滅。日人太田造訪，問鄭孝胥：「有人主張宣統復辟、日本無條件撤兵，甚似近衛主張，如何？」鄭孝胥回答說：「宣統如果復辟，仍須要求日本立約：一、日本專練亞洲海軍，中國任其半費；二、與滿鐵合辦全國鐵道；三、代練西北陸軍。有此三條，庶幾可矣。」〔註204〕這就是陳曾壽挽詩「來日非所期」所指之事。

陳曾壽在此後還有四首詩憶念鄭孝胥。1938 年有兩首，第一首是《苕雪作感舊詩有欲近霜風吹帽節可能無感白衣來之句蓋去歲九日余在病中蘇堪強邀作登高之會也因次其韻》，其中首聯「當時豈意無來歲，刻意周旋到不才」與尾聯「苕碧楓紅秋色裏，閉門岑寂更誰來」〔註205〕表現出未能在鄭孝胥逝前一年作最後一次重九的深深遺憾以及對這位亡友的深情悼念。第二首是《蘇堪上海所居園中有栝四株李拔可所贈也既來長春故居斥賣栝還舊主今蘇堪逝世栝亦枯矣拔可乃

〔註203〕胡先驌著，熊盛元、胡啟鵬校點：《胡先驌詩文集》（下），第 463 頁。
〔註204〕《鄭孝胥日記》第五冊，第 2690 頁。
〔註205〕《蒼虬閣詩集》卷十，第 280 頁。

作還桰圖徵題》，詩云：

> 昔訪海藏居，一樓聳孤標。庭前四五桰，日夕望其高。
> 預計十年後，滿意聽秋濤。孤憤積山嶽，物外寄蕭寥。終然
> 舍之去，將身託行朝。世事等博塞，呼盧或成梟。樓中意萬
> 端，所期難所遭。成敗豈論定，孤行一世豪。故居既斥去，
> 還桰亦已凋。榮枯皆有情，草木真久要。我敬李侯意，微物
> 重雲霄。魂魄倘戀此，何殊賦大招。〔註206〕

此詩所述之事十分離奇。「草木真久要」「何殊賦大招」兩句以詩
人的眼光肯定了作為詩人的鄭孝胥。1944年陳曾壽又作《重九之會自
蘇堪逝後風流歇絕矣茲來適值九日乃約苕雪小飲以詩紀之》一詩。最
後陳曾壽尚有詩謂鄭孝胥云：「倘僅詩傳終牖下，筆鋒端可犯陳元。」
〔註207〕對鄭孝胥的詩歌作了評價，陳元即是陳與義與元好問。陳曾
壽對陳與義頗為熟悉，其《重九之會自蘇堪逝後風流歇絕矣茲來適值
九日乃約苕雪小飲以詩紀之》「十洲三島無窮事，四海彌天一聚塵」
〔註208〕句法全取自陳與義《次韻尹潛感懷》「五年天地無窮事，萬里
江湖見在身」〔註209〕一聯。與陳三立一樣，陳曾壽對鄭孝胥詩歌的評
價也是從其本人的審美出發的。將陳元並列，是看到了鄭孝胥得陳與
義之蒼秀，又追求雄豪而近元好問的詩風，陳元並舉方為全面。

二、詩學異同

鄭孝胥與陳曾壽的詩學共同處在於真正做到了宋意唐格，是同光
體詩人中熔鑄唐宋於一手的兩大範例。在這一點上，陳寶琛與陳三立
之詩終差一截。陳曾壽《讀廣雅堂隨筆》曰：「公詩主宋意唐格，取於
宋者，歐陽、蘇、王三家為多……公謂：「山谷並無不可解者，學博意
廣，自是大家。但我意學山谷，不如學荊公，較為雄直耳，若歐陽，

〔註206〕《蒼虬閣詩集》卷十，第281頁。
〔註207〕《蒼虬閣詩集》續集卷下，第351頁。
〔註208〕《蒼虬閣詩集》續集卷上，第323頁。
〔註209〕〔宋〕陳與義著，白敦仁校箋：《陳與義集校箋》卷二十一，第584
　　　　頁。

則氣象更寬博。」〔註210〕鄭孝胥詩導源漢魏，氾濫於六朝三唐，歸於服膺荊公。張之洞之所以激賞鄭孝胥之詩，當是由於鄭孝胥詩符合其宋意唐格的標準。陳曾壽之詩亦曾為張之洞推揚，1909年陳寶琛應召入京，向張之洞問及「近日都中能詩者」，張之洞首舉蒼虬之名以對〔註211〕。具體來說，鄭孝胥與陳曾壽兩人皆擅長作佳句，且能做到真切不可移易。蒼虬於《名流詩話》中云：「少陵云：『為人性僻耽佳句』。詩雖以氣格為上，佳句亦不可少者也，然必以真切為貴。……（海藏樓）集中佳句皆真切不可移者，此甚不易到之境，可與知者言也。」〔註212〕陳曾壽對鄭孝胥的評價亦是夫子自道，這是兩者最具體的相同之處。鄭孝胥早年雖然在為散原作詩序時不滿於張之洞一味「清切」的主張，但後來認為早年的觀點有誤後生初學，這根本上是因為鄭孝胥之詩本來近於清切，又主張過「透切」，晚年又云「老去枯腸稍逼真」，在詩學觀上與陳曾壽的「真切」並無二致。

如果從師法對象來說，兩人也有交集。陳曾壽對宋代陳師道、陳與義皆有所取法，曾云「深吸西江得我師，二陳鬱鬱各嶔崎」〔註213〕，又云「開卷久逾親，晚交惟二陳。待分一滴水，已負百年身」〔註214〕，鄭孝胥亦頗學二陳，但不甚師法江西一派，此與陳曾壽不同。陳曾壽詩最得力於黃庭堅的句法，在氣性上卻與李商隱、韓偓為近。陳曾壽《與楊無恙論詩書》云：「義山柔而實剛，山谷剛而實柔。」〔註215〕實際上，蒼虬詩風可以說是外剛健而內柔美。鄭孝胥詩亦頗學李商隱、韓偓，卻清峭而負姿媚，此由兩人氣性不同所致。

關於陳鄭兩人詩風差異，論者皆以汪辟疆之論為精煉，汪辟疆《讀

〔註210〕陳曾壽《讀廣雅堂隨筆》，《蒼虬閣詩集》外集，第 423～424 頁。
〔註211〕陳曾壽《讀廣雅堂隨筆》，《蒼虬閣詩集》外集，第 424 頁。
〔註212〕《海藏樓詩集》附錄三「名流詩話」，第 563 頁。
〔註213〕陳曾壽《梅泉五十初度有詩及後山簡齋自抒身世之感屬和》，《蒼虬閣詩集》卷六，第 170 頁。
〔註214〕陳曾壽《蔣蘇堪新刊簡齋集見贈》，《蒼虬閣詩集》卷四，第 154 頁。
〔註215〕見龔鵬程著：《讀詩偶記》，臺北：華正書局 1987 年版，第 324 頁。

常見書齋小記》云：「海藏能盡，蒼虯能不盡。詞能盡而味不盡，故真摯；詞不盡而味內蘊，故深婉。知海藏之能盡，乃知蒼虯之能不盡。然盡亦惟海藏能之，他人若盡，則味索然矣。」〔註216〕需要補充的是：第一，鄭孝胥亦能為不盡。《夫須詩話》即云：「閩縣鄭太夷京卿孝胥《海藏樓詩》，茹藻而不露，斂才而不放，精能之至，乃見平淡。蕭寥高曠，一語百折。唐之姚武功，宋之陳去非，往往有此意境。」〔註217〕第二，鄭孝胥能盡有時亦不免破壞了含蓄。這一點卻與陳三立一樣，陳三立《蒼虯閣詩序》即云：「余與太夷所得詩，激急抗烈，指斥無留遺，仁先悲憤與之同，中極沉鬱，而澹遠溫邃，自掩其跡。」〔註218〕

第四節　與陳衍的交遊及其詩學異同

在同光體詩人中，鄭孝胥與陳衍的關係亦頗為密切。陳衍是近代詩學大家，擅長建構龐大的詩學論述。陳衍最著名的詩學觀是三元說，主張學詩當由元祐、元和進至開元，其要旨在於不劃分唐宋，而抬高宋詩地位。陳衍的詩學主張其實與鄭孝胥大有關係，鄭孝胥擅長論詩，雖未提出過龐大系統的論述，但對陳衍的主張有很人的影響。考察鄭孝胥與陳衍的交遊唱酬及其詩學異同對理解鄭氏詩學也是不可或缺的。

一、交遊與唱酬

陳衍（1856～1937），字叔伊，號石遺，福建侯官（今福州市）人。光緒八年（1882）舉人，官學部主事，二十四年在京參與維新變法運動。入民國後歷任廈門大學、無錫國學專修學校教授。陳衍作為詩人，又通經史訓詁之學，最擅長論詩，宗宋而不廢唐，提倡三元說。陳衍的詩歌創作成就不及陳寶琛，但歷來認為他與鄭孝胥為同光體閩

〔註216〕汪辟疆著：《汪辟疆文集》，上海：上海古籍出版社，1988年，第810頁。

〔註217〕《海藏樓詩集》附錄三，第590頁。

〔註218〕陳三立《蒼虯閣詩序》，見《散原精舍詩文集》（下），第1138頁。

派領袖，同光體的名號即是由陳衍與鄭孝胥兩人提出的。著有《石遺室詩話》《石遺室詩集》《石遺室文集》《陳石遺先生談藝錄》《詩學概要》等，輯有《近代詩鈔》《遼詩紀事》《金詩紀事》《元詩紀事》等。陳衍對鄭孝胥的詩歌瞭解頗深，對其出關之前的詩歌推崇備至，這在《石遺室詩話》中俯拾皆是。陳鄭兩人同為閩派，陳衍雖有時不免阿好鄭詩，但總體來說所作評騭還是較中肯的。

陳衍與鄭孝胥同鄉，早年曾與鄭孝胥舅父林葵同為福州支社成員，兩人頗有些淵源。陳衍與鄭孝胥相識的確切時間則不可考，然當在 1882 年之前。《石遺室詩話》云：「余初識蘇戡時，蘇戡僑寓金陵。」〔註219〕《鄭孝胥日記》始於 1882 年 4 月 14 日，時鄭孝胥從金陵南歸福建。是年陳鄭兩人同舉鄉試，為寶廷得意門生。1885 年鄭孝胥又從金陵返歸福建，與陳衍過從始密，經常談詩論藝。陳衍《海藏樓詩序》云：「君詩始治大謝，浸淫柳州。乙酉歸自金陵，訪余於西門街，則亟稱孟東野……出示癸未、甲申詩數十首，屬為評品題以詩。題一五言古還之。君乃以余詩為精進，時多過從夜談，坐池旁樹下老屋，盡兩三燭而去。」〔註220〕陳衍所贈五言古一首，即《蘇戡屬題其詩後即效其體》，詩云：

> 幽人張玉琴，遠在江水湄。相思積素襟，忽誦懷袖詩。
> 君詩我夙好，矜寵負高姿。發為論詩言，審音多微辭。於唐
> 知柳州，昭代知東癡。更端他說進，廓如辭闔之。匪嚴誰
> 臬陶，非隘無伯夷。時人偶啖名，藉藉空嗟諮。未解嚌真
> 味，焉知辨毫氂。被服必顏采，周旋動謝規。諒非志慘慘，
> 夷考行已違。詩教本性情，六義各有宜。隘也匪直嚴，有
> 間豈在微。君言信盤深，我道非駢枝。跂足苟有極，異同
> 復何為。〔註221〕

〔註219〕《石遺室詩話》卷十三，第 216 頁。
〔註220〕陳衍《海藏樓詩序》，見《海藏樓詩集》，第 2 頁。
〔註221〕《石遺室詩集》卷二，見陳衍撰，陳步編：《陳石遺集》（上），第 72
　　　　頁。

　　《石遺先生年譜》云：「是歲，在家授徒，鄭蘇戡年丈歸自金陵，常過從。初，蘇戡丈論詩專主漢魏六朝。與家君多不合。（長青案：先生敘《海藏樓詩》有云：初時持論若南山秋氣之相與高，所謂否不稍假借。）至是，丈詩由大謝而柳州、而東野。出近作一冊，使家君圈點。丈以為不減漁洋之圈點《蓮洋集》。）家君有《蘇戡屬題其詩後即效其體》五言古，蘇戡丈以為精進。」〔註222〕從這個記錄可以看出兩點，第一是陳衍與鄭孝胥早年論詩多有不相合之處，因為鄭孝胥早年專主復漢魏六朝之古。第二是雖然兩人觀點不同，但鄭孝胥亦相當看重陳衍的評點詩歌的本領。而從陳衍贈詩也可以看出以上第一點，另外陳衍十分推崇鄭孝胥詩歌及詩論，「矜寵負高姿」句是對鄭詩之高調特質的許可，而以其論詩為「審音多微辭」，又以皋陶和伯夷兩人來比喻其論詩之嚴隘。鄭孝胥早年詩規模大謝，1885年開始酷嗜孟郊，兼學柳宗元。陳衍曾向鄭孝胥借閱《孟東野詩》，《日記》云：「夜，叔伊來坐，攜《孟東野詩》去。」〔註223〕可見陳衍對鄭氏詩學動態的關注。柳孟兩人氣性頗似伯夷之隘，鄭孝胥常自謂褊狹。沈曾植《贈太夷》詩有句云「鬢眉無恙平生瘦，肝膽何嫌丈夫隘」〔註224〕，亦以「隘」論鄭孝胥之氣性。陳衍與沈曾植兩人之言相同如此，可知鄭孝胥詩「矜寵負高姿」之高調正源於「隘」之氣性。所以陳衍最後說「詩教本性情」，一方面批判優孟衣冠的時俗，一方面肯定鄭孝胥詩中的真性情。鄭孝胥即於是年提議陳衍創作詩話，《石遺室詩話》卷一云：「乙酉之春，蘇堪歸自金陵。嘗借余鍾嶸《詩品》，因謂余曰：「盍仿其例，作《唐詩品》？」」〔註225〕說明了兩人雖然早年觀點不同，但皆能知異量之美。

　　1885年5月，鄭孝胥赴天津李鴻章幕府，陳衍作《送蘇龕之天

〔註222〕《侯官陳石遺先生年譜》卷二，見陳衍撰，陳步編：《陳石遺集》（下）附錄一，第1956頁。
〔註223〕《鄭孝胥日記》第一冊，第54頁。
〔註224〕沈曾植著，錢仲聯校注：《沈曾植集校注》卷一，第178～179頁。
〔註225〕《石遺室詩話》卷一，第4頁。

津》一詩示別，詩云：「君自江南至，江南是故鄉。翻飛偏獨往，人海重相望。春盡波猶綠，庭幽草自芳。不知何所事，根觸斷人腸。」〔註226〕次年即光緒十一年（1886）丙戌會試，陳衍及福州支社成員一同入京，寓五道廟旅館，由鄭孝胥介紹，陳衍與王仁堪兄弟、張謇、沈曾植等人結識，忽然發現這些新認識的朋友多能誦己之詩。《石遺先生年譜》卷二云：「時都下所知，多能誦家君近詩，蓋蘇戡丈傳之也。」〔註227〕可見鄭孝胥的抑揚助成了陳衍早年詩名的傳播。丙戌會試還發生了一件近代詩學史上的大事，陳衍《石遺室詩話》卷一云：「丙戌在都門，蘇戡告余，有嘉興沈子培者，能為同光體。同光體者，余與蘇戡戲目同、光以來詩人不專宗盛唐者也。」〔註228〕循陳衍語意，同光體的名號是兩人胸中早已有的。鄭孝胥此時尚未推崇宋詩，然而取法柳宗元、孟郊已非盛唐詩人，其早年絕句有晚唐之風，所以與陳衍一樣注意同、光以來不專宗盛唐的詩風。

　　1894 年甲午戰爭，鄭孝胥從日本回國，經沈瑜慶推薦，入張之洞幕府掌洋務局文案。陳衍亦得到張之洞賞識而受聘籌防局，然而在南京幕府時間極短，與鄭孝胥接談甚少，不久返上海任《求是報》主筆。1897 年，張之洞閱《求是報》，對陳衍才華十分傾倒，於是託鄭孝胥、梁鼎芬邀陳衍入武昌幕府。1898 年初，陳衍赴武昌面見張之洞，張之洞在談論中極其稱賞鄭孝胥詩，陳衍謂鄭孝胥詩如趙翼評論元好問詩所云「學不甚博，才不甚大，惟以精思健筆，戛戛獨造」〔註229〕。這是陳衍首次認為鄭孝胥詩似元好問，此後又見於《石遺室詩話》中。1898 年沈曾植亦受聘兩湖書院，於是同光體三位詩人齊集於武昌。1901 年陳衍在《沈乙庵詩序》中云：「戊戌五月，乙庵以部郎丁內艱，

〔註226〕　《石遺室詩集》卷二，見陳衍撰，陳步編：《陳石遺集》（上），第72～73頁。

〔註227〕　《侯官陳石遺先生年譜》卷二，見《陳石遺集》（下）附錄一，第1957頁。

〔註228〕　《石遺室詩話》卷一，第4頁。

〔註229〕　《侯官陳石遺先生年譜》卷四，見《陳石遺集》（下）附錄一，第1975頁。

廣雅督部招至武昌，掌教兩湖書院史學，與余同住紡紗局西院。……
余曰：『吾於癸未、丙戌間聞可莊、蘇堪誦君詩，相與歡賞，以為同光
體之魁傑也。』同光體者，蘇堪與余戲稱同、光以來詩人不墨守盛唐
者。」〔註230〕這段話值得注意的地方在於其末句與《石遺室詩話》的
記載略有不同。《石遺室詩話》卷一云：「同光體者，余與蘇戡戲目同、
光以來詩人不專宗盛唐者也。」〔註231〕《石遺室詩話》創作在後，《沈
乙庵詩序》創作在前，《沈乙庵詩序》云「蘇堪與余」，《石遺室詩話》
則將兩人順序調了過來，這並非無意為之，正見出陳衍以詩學名家而
不甘人後的心態。

　　紡紗局西院與鄭孝胥的盟鷗榭隔江相望，陳沈二人常涉江到盟鷗
榭聚談。陳衍《石遺室詩話》云：「盟鷗榭乃漢口鐵路局臨江一室，蘇
戡總局務時，決壁施窗，為燕客談詩之所。余居武昌，多渡江留宿。」
〔註232〕鄭孝胥《偶占視石遺同年》云：「田舍計最高，本自輕元德。
徑上大床眠，陳登翻作客。」自注云：「石遺嘗渡江過余，就下床臥竟
夕，故戲之。王荊公有詩云：『無人語與劉玄德，問舍求田計最高。』」
〔註233〕可見兩人關係之密切。陳衍有《殘臘偕子培過江宿蘇戡鐵路
局樓上約暇時相督為律詩新正臥病連日讀荊公詩仿其例寄蘇戡》一詩
云：「與君隔水上高層，斜角相望認電燈。寂寞江山春尚睡，酸寒城郭
客如僧。嗚櫓枉過歸常急，喚渡頻來病未能。只仗新詩吟得就，抽空
忙裏寄溪籧。」〔註234〕這首詩略似荊公，亦似鄭孝胥詩，蓋當時陳衍
受益於鄭孝胥不少。《石遺室詩話》云：「余居武昌時，有所作必示蘇
戡、子培，必加評點。」〔註235〕可見陳衍在這段時間詩藝大進，故當
時有「陳鄭」之目。陳衍《蘇堪書來屢以詩老相稱奉調並志感》云：

〔註230〕錢仲聯編校：《陳衍詩論合集》下冊，第1047～1048頁。
〔註231〕《石遺室詩話》卷一，第4頁。
〔註232〕《石遺室詩話》卷十四，第230頁。
〔註233〕《海藏樓詩集》卷四，第94頁。
〔註234〕《石遺室詩集》卷三，《陳石遺集》（上），第105頁。
〔註235〕《石遺室詩話》卷十一，第184頁。

「往日錢蒙叟，論詩睨昔賢。八閩推許友，一老字松圓。來往如吾子，風流易浪傳。空憐布衣士，頭白未歸田。」自注：「彥升、子培每以陳鄭並稱。」〔註236〕計當時陳衍與鄭孝胥唱酬之七律，有《視蘇戡》《殘臘偕子培過江宿蘇戡鐵路局樓上約暇時相督為律詩新正臥病連日讀荊公詩仿其例寄蘇戡》《新春病起視蘇戡》《遊琴臺歸再作二律視節盦太夷》《早起渡江逾漢飯於蘇龕復詢作詩歸途成一首故末聯云》、《讀蘇龕登閱兵臺詩書後二首》《雨後同子培子封對月懷蘇盦兼寄琴南》《紅梅和蘇盦四首》等十二首。其中《遊琴臺歸再作二律視節盦太夷》云：

> 九方相馬已無傳，山水知音亦偶然。果爾酸鹹殊嗜好，不應今昨判媸妍。梁鴻下筆思千古，鄭谷論詩近廿年。就裡異同離合處，可能摸索識翩翩。
>
> 心計粗來罕作詩，七言律細更非宜。靡旌摩壘如吾子，袴褶黃驄不自持。忽忽沈思常獨往，蓬蓬生意漸含滋。著花老樹初無幾，試聽從容長醜枝。〔註237〕

《海藏樓詩集》未收鄭孝胥遊琴臺七律原作，卻有《遊漢陽古琴臺》七古一首。陳衍這兩首詩不是遊覽詩，而是論詩詩。第一首頷聯「果爾酸鹹殊嗜好，不應今昨判媸妍」似乎表現出陳衍不欲居人之下而自成一家的抱負。關於第二首末聯，陳衍《石遺室詩話》云：「初梅宛陵詩無人道及。……時蘇堪居滬上，余一日和其詩，有『著花老樹初無幾，試聽從容長醜枝」句，蘇堪曰：「此本宛陵詩。』乃知蘇堪亦喜宛陵。因贈余詩，有云：『臨川不易到，宛陵何可追？憑君嘲老醜，終覺愛花枝。』自是始有言宛陵者。」〔註238〕陳衍化用宛陵詩句，蓋自嘲現在才學七律，不能有英發蹈厲之氣，觀全詩語意自知。而鄭孝胥則認為不能以宛陵老醜而自嘲，蓋宛陵之詩質而有味。鄭詩對陳衍來說其實也是一種鼓勵。

〔註236〕《石遺室詩集》卷三，《陳石遺集》（上），第113頁。
〔註237〕《石遺室詩集》卷三，《陳石遺集》（上），第106頁。
〔註238〕《石遺室詩話》卷十，第151頁。

　　1902 年《海藏樓詩》首刊於武昌，陳衍作序。序言云「且為君默記往昔彼此之言，雜書之以為笑樂」，又云「余與君治詩者皆二十餘年，相與商略為詩者亦二十年。初時持論若南山秋氣之相高，所謂否不稍假借，用輒引為詬病，回思足自哂，然亦可見年少負氣，不如今之老大頑鈍，譽不喜而毀不怒也。」〔註239〕皆可見兩人早年論詩多有不合之處，序中對鄭孝胥學詩進路作出了極精核的概括，這些內容散見於本文詩風論與創作論中，此不贅論。最值得注意的是，鄭孝胥向陳衍說「盍為吾一長言之，略如姜白石所自為《詩敘》若《詩說》」〔註240〕，而陳衍即以姜夔《詩說》來評述鄭詩。姜夔《詩說》云：「詩有四種高妙：一曰理高妙，二曰意高妙，三曰想高妙，四曰自然高妙。」〔註241〕陳衍序則說：「大抵詩要興象、才思兩相湊泊，有惘惘不甘之情，不自覺其動魄驚心、回腸蕩氣也，有自然高妙之惝，乃使人三日思、百回讀也。」〔註242〕後來陳衍於《石遺室詩話》主張詩有四要三弊，四要是骨力堅蒼、才思橫溢、句法超逸與興趣高妙，並認為前三要都有其弊，必須以興趣高妙相濟，才能避免流弊。陳衍的興趣高妙當有取於姜夔的四高妙中的自然高妙，也發展了唐詩的興象之論。相比較鄭孝胥的主張意趣，陳衍的興趣論缺乏了宋詩尚意的一維，因此可以說，鄭孝胥的主張與姜夔的《詩說》之間的關係更為密切。

　　1904 年鄭孝胥赴任廣西龍州防邊督辦，1906 年，稱疾解兵，途徑武昌時作《偕石遺登黃鵠磯懷白樓》云：「城根水落轉崢嶸，暫借茶寮避市聲。兩郡楚山臨岸起，一江初日抱樓生。自披風帽貪憑眺，旋輟藍輿試散行。此去餘年幾相見，好收淒歡付微醒。」〔註243〕陳衍和作《蘇堪至武昌同登黃鵠磯懷白樓有作次韻》云：「逼人歲事漸崢嶸，

〔註239〕陳衍《海藏樓詩序》，見《海藏樓詩集》，第 2 頁。
〔註240〕陳衍《海藏樓詩序》，見《海藏樓詩集》，第 2 頁。
〔註241〕（南宋）姜夔《白石道人詩說》，見何文煥輯：《歷代詩話》，北京：中華書局，2004 年版，第 682 頁。
〔註242〕陳衍《海藏樓詩序》，見《海藏樓詩集》，第 4～5 頁。
〔註243〕《海藏樓詩集》卷八，第 162 頁。

來聽江流斷岸聲。一幅林山收晚景，數家茶肆息勞生。更堪輪鐵轔轔去，且看風帆葉葉行。喚起沙鷗話前夢，荒龕頹榭幾微醒。」〔註244〕二十多年後，陳衍曾表示，「一幅林山收晚景，數家茶肆息勞生」最堪用以作為其百年之後的輓聯〔註245〕，可見其對這一聯最為滿意。實際上，這一聯疑是化用鄭孝胥詩句所得。鄭孝胥《海藏樓試筆》有句云「廿年詩卷收江水，一角危樓待夕陽」〔註246〕，《吳氏草堂梅花下作》有句云「嘆息勞生幾往還」〔註247〕，「勞生」一詞為鄭孝胥所喜用。

1908 年，陳衍在京推出詩人榜，評騭當世詩界名流，以鄭孝胥為第二，陳三立第三，陳寶琛第四，缺第一名。陳衍聲明，如果鄭孝胥詩有長篇名作，則可居第一。《鄭孝胥日記》曾記載這件事云：

> 夏劍丞邀至九華樓，又陵、伯嚴皆至。又陵言：叔伊在京出詩人榜，無第一，以余為第二。評云，「恨無長篇，否則可為第一。」伯嚴第三，伯潛第四，易實甫第十，餘人不能詳；高嘯桐能一一記之。〔註248〕

鄭孝胥平平敘述，餘人的意見亦不得而知。一般認為陳衍的排行榜是阿好鄭孝胥。1909 年，陳衍途經上海，與鄭孝胥一晤，作《題海藏樓》云：

> 海藏不可藏，築樓立人表。樓成天生黑，此黔邑中佼。登樓俯平楚，一一過飛鳥。問君獨居意，魂魄析繳繞。有魄樓矗矗，有魂詩裊裊。身處魂魄間，暫與周旋了。嗟我乏靈藥，奔月妻忽杳。百尺棄不居，碧海沈沈曉。羨君學劉徹，脫屣志何慓。（注云：君眷屬不住樓中。）〔註249〕

〔註244〕《石遺室詩集》卷四，《陳石遺集》（上），第 140 頁。
〔註245〕《侯官陳石遺先生年譜》卷八，《陳石遺集》（下）附錄一，第 2086 頁。
〔註246〕《海藏樓詩集》卷三，第 80 頁。
〔註247〕《海藏樓詩集》卷一，第 12 頁。
〔註248〕《鄭孝胥日記》第二冊，第 1146 頁。
〔註249〕《石遺室詩集》卷五，《陳石遺集》（上），第 170 頁。

　　並無深意，戲語居多，不及陳三立同題之作遠甚。1918年後，陳衍多次與鄭孝胥盤桓於上海。鄭孝胥三子鄭勝病逝，鄭孝胥作《哀小乙》，陳衍作《蘇堪喪其第三子勝以詩唁之》。陳衍對鄭勝十分喜愛，初欲以女弟子妻之。1923年，鄭孝胥在在海藏樓下重構盟鷗榭。陳衍作《蘇戡去海藏樓前百徐步重建盟鷗榭招飲池上拉雜述舊奉題》，鄭孝胥繼作《酬石遺題盟鷗榭詩》，內容具見第四章第三節。這次唱酬表現了兩人對往日論詩歲月的深情懷念。但是鄭孝胥在九一八事變後附逆，陳衍遂與之絕交。

　　1937年陳衍逝於福州，鄭孝胥作《石遺卒於福州》兩首，未收入《海藏樓詩集》。其一云：「狂且之狂能幾時，歷詆名教姑自欺。奄然媚世靡不為，使我不忍與言詩。石遺已矣何所遺，平生好我私以悲。少善老睽將語誰？聽水而在其知之。」其二後半云：「平生喜作詩，揚抑窮一世。所言或甚雋，所作苦不逮。乃知詩有骨，惟俗為難避。牧齋才非弱，無解骨之穢。」〔註250〕第一首對陳衍不忠於遜清的行為作出了批判，「平生好我私以悲」，正說明了陳衍對鄭孝胥詩的偏嗜。循鄭詩語氣，似乎鄭孝胥早已與陳衍不合，兩人的絕交並非因為鄭孝胥的附逆，觀「聽水而在其知之」可知。論者皆以這兩首詩為鄭孝胥為人刻薄之證，然而觀《石語》可知，陳衍之刻薄絲毫不讓於鄭孝胥。

　　第二首「所言或甚雋，所作苦不逮」則指出了陳衍詩歌創作成就配不上其詩學成就的事實。陳衍主張清切平淡，而其詩歌大多流於淺滑。鄭孝胥認為陳衍之所以創作成就不高，原因在於「乃知詩有骨，惟俗為難避」，即是骨力不足，以至不能避俗。鄭孝胥攻擊其「骨之穢」，可謂酷虐。其實，早在1921年6月17日，鄭孝胥於《日記》記載：

　　　　趙竹君約午飯，坐惟琴南、貽書、拔可，拔可談及叔
　　　伊所選《近代詩鈔》，余曰：「吾將致書叔伊，勿以吾詩入
　　　選。」〔註251〕

〔註250〕《海藏樓詩集》附錄一，第478～479頁。
〔註251〕《鄭孝胥日記》第四冊，第1871頁。

但是陳衍並不氣沮，致書李宣龔云「請置之不聞不見之列」〔註252〕，最終還是將鄭詩選入《近代詩鈔》。從這件事可以看出，鄭孝胥應當認為陳衍不足以擔任此重大的選政，也說明了鄭孝胥一直是十分輕視陳衍的。

二、詩學異同

陳衍的詩學觀，主要有以下數點：一、論詩主張變風變雅，推崇真性情；二，詩品與人品合一；三，詩人之詩與學人之詩合一；四，尊宋而不廢唐。這是從大方面來概括的，也是所有同光體詩人的共同點。如果要比較陳衍與鄭孝胥的詩學異同，還必須指出陳衍詩學的以下三點：一，承宋詩派運動之餘波，尊宋而不廢唐，且與陳三立尊尚江西詩派不同，於宋詩的杜韓祈向之外，廣採博取，取徑較廣；二，主張興趣高妙，推崇寫景；三，主張清切，不喜歡江西詩派的奧衍生澀，避熟避俗，卻反對用生僻之字。以上三點是陳衍與鄭氏詩學的共同點，也是異於同光體江西派之處。但在這三點之中，卻又明顯見出兩人的不同。

首先，陳衍論詩尊尚東坡，由東坡而上溯杜韓，於唐又兼取白居易、孟浩然、王維，於宋兼取王安石、楊萬里、陸游等人。《石遺室詩話》云：「近人為詩，競喜學北宋，學劍南者少。余舊曾提唱香山、劍南……去年夏日，與掞東同遊社稷壇，夜倚石橋，談放翁七言近體，工妙閎肆，可稱觀止，古詩亦有極工者，蓋薈萃眾長以為長也。」〔註253〕《石遺室詩話》又云：「宋詩人工於七言絕句而能不襲用唐人舊調者，以放翁、誠齋、後村為最，大略淺意深一層說，直意曲一層說，正意反一層側一層說。誠齋又能俗語說得雅，粗語說得細，蓋從少陵、香山、玉川、皮陸諸家中一部分脫化而出也。」〔註254〕可見其尊尚所在。陳衍之所以有如此尊尚，是因為他論詩主張興趣高妙，《石遺室

〔註252〕《鄭孝胥日記》第四冊，第 1941 頁。
〔註253〕《石遺室詩話》卷二十七，第 420 頁。
〔註254〕《石遺室詩話》卷十六，第 257 頁。

詩話》云：

> 詩有四要三弊：骨力堅蒼為一要，才思橫溢，句法超
> 逸，各為一要。然骨力堅蒼，其弊也窘；才思橫溢，其弊也
> 濫；句法超逸，其弊也輕與纖。惟濟以興趣高妙則無弊。唐
> 之孟浩然、王摩詰、杜少陵、韋蘇州，宋之東坡、荊公、放
> 翁，皆有真興趣者。〔註255〕

真興趣的說法超越了傳統的唐詩「興象」和宋詩「尚意」的見解，
而將兩種觀點綜合起來，達到了審美主體的主客觀統一的同時，又挺
立了審美主體。陳衍評蘇軾《病中遊祖塔院》云：「寫景中要有興味，
所謂有人存也。」〔註256〕這說明了陳衍的真興趣之說主要目的在於
挺立審美主體，袪除了興象的玄虛和尚意的刻露，真興趣之說可謂是
陳衍的一個創造。值得注意的是，陳衍在舉例說明真興趣的詩人時，
並沒有包括韓愈與黃庭堅，而這兩人正是陳三立詩歌主要的取法對
象。實際上，陳衍《近代詩鈔》曾云：「散原為詩，不肯作一習見語，
於當代能詩鉅公，嘗云某也紗帽氣，某也館閣氣，蓋其惡俗惡熟者至
矣，少時學昌黎山谷，後則直逼薛浪語，並與其鄉高伯足極相似，然
其佳處可以泣鬼神訴真宰者，未嘗不在文從字順中也，而荒寒蕭索之
景，人所不道，寫之獨覺逼肖。」〔註257〕這段文字非常值得注意，陳
衍認為陳三立的好詩還應在於文從字順的詩歌中找，且特別稱道其善
於描寫「荒寒蕭索之景」。這可見陳衍論詩特別注重寫景，因為寫景
最能體現真興趣。陳衍尤其喜歡荒寒之景，陳衍且將詩學喻為「羌無
利祿荒寒路」(《贈仁先》)。陳衍自九歲始學詩於其伯兄陳書，而陳書
則於「同治季年，乃與葉損軒中書、徐仲眉副將、陳芸敏編修倡為厲
樊榭、金冬心、萬拓坡、祝芷塘輩清幽刻峭之詞」〔註258〕，且陳衍稱

〔註255〕《石遺室詩話》卷二十三，第 358 頁。

〔註256〕陳衍著：《宋詩精華錄》，見錢仲聯編《陳衍詩論合集》上冊，第 773 頁。

〔註257〕見錢仲聯編校：《陳衍詩論合集》上冊，第 907 頁。

〔註258〕《石遺室詩話》卷一，第 19 頁。

葉大莊「寢饋於漁洋、樊榭、語多冷儁」〔註259〕，這是閩派詩風在同治時期的一個轉變，同一時期的鄭孝胥父親鄭守廉的詩風亦清幽刻峭。陳衍將鄭孝胥推為「清蒼幽峭」一派的領袖，與其本身的詩學進路和閩詩的背景有密切關係。

另一方面，又可見出陳衍偏向於文從字順而不喜歡奧衍生澀的立場。實際上，陳衍曾對錢鍾書說：「陳散原詩，予所不喜。凡詩必須使人讀得，懂得，方能傳得。」〔註260〕這根本上是因為陳衍主張清切，胡先驌曾說：「石遺《近代詩鈔》所選散原詩，多取清切之作，頗為散原所不喜，曾與余言之，余亦謂然。……蓋海藏石遺皆主清切。」〔註261〕陳衍雖未明言清切，但其立場近於清切是毋庸置疑的。

現在將鄭孝胥和陳衍的詩學依次按以上三點作一比較。首先，鄭孝胥論詩亦廣採博取，但是其主要的宗尚對象明顯與陳衍不同，關於鄭孝胥的宗尚對象，筆者已在第二章第二節「鄭孝胥詩風的文學史淵源」作出論述，此不贅言。其次，鄭孝胥尊尚的唐之孟郊、柳宗元不在陳衍所列「真興趣」的詩人之內，宋之梅堯臣、陳與義等亦不在此列。這是由於鄭孝胥論詩主張「意趣當先」，「意趣」無疑比陳衍之「興趣」在概念的內涵和外延上要廣闊得多，關於這一點，筆者在第三章第一節作出論述，此亦不贅言。關於寫景，《石遺室詩話》曾說：「近人詩句工於寫景者，亦復不可多得，惟蘇堪最多。蘇堪平日論詩，甚注意寫景，以為不易於言情，較難於事。」〔註262〕這是兩者持論最一致的地方。最後，鄭孝胥雖然主張清切，但不反對奧衍生澀，實際上，鄭孝胥稱揚柳宗元「取幽意奧衍」，且主張「造意貴澀」。但鄭孝胥反對「填難字」（何須填難字，苦作酸生活），這也是其「出語貴淺」的一貫主張。鄭孝胥對陳三立詩歌中真氣磅礴的力量推崇備至，曾為之「持論辟清切」，後來雖然矯正了前期立場，反對「填難字」，但對陳

〔註259〕《石遺室詩話》卷一，第 13 頁。
〔註260〕錢鍾書著：《寫在人生邊上‧寫在人生邊上的邊上‧石語》，第480 頁。
〔註261〕《胡先驌詩文集》下冊，第 648 頁。
〔註262〕《石遺室詩話》卷十四，第 221 頁。

三立卻從來不曾譏諷過。與陳衍不同，鄭孝胥且對江西詩派中的陳師道、陳與義皆有所取法。這是因為鄭孝胥主張清切之外，尚推崇氣力。實際上，鄭孝胥詩風不限於陳衍所謂的「清蒼幽峭」，如用「清折有力」來形容應更加貼切。

　　如果從時間先後來看，則陳鄭兩人的詩學大致經歷了「異—同—異」的分合軌跡。陳衍在早期從其伯兄由唐詩入，《石遺室詩話》云：「余九歲時，先伯兄講授唐詩，自秋徂冬，王（維）、孟（浩然）、韋（應物）、柳（宗元）詩，成誦一、二百首，上及陳伯玉（子昂）、張曲江（九齡）之作。次年乃及李（白），杜（甫）與晚唐。」〔註263〕因此與鄭孝胥論詩不合，原因在於鄭孝胥早年主張漢魏六朝，取法乎上。但兩人在中年又走到一起，原因在於鄭孝胥轉學孟郊、韋柳，又大量接觸宋詩，陳衍亦於此時提倡宋詩，所以一起提出「不專宗盛唐」的同光體名號。在武昌時期，鄭孝胥首先提出「三關」之說，沈曾植《寒雨悶甚雜書遣懷襞積成篇為石遺居士一笑》有句云：「鄭侯凌江來，高論天尺五。畫地說三關，撰策籌九府。赬顏戴火色，烈膽執彫虎。」〔註264〕這「三關」是否即是沈曾植後來的「三關」，今已無從考證，然而鄭孝胥對詩學的分期應該對沈曾植有所影響，對陳衍後來的「三元說」亦當有啟發作用。鄭孝胥綜融唐宋為一手的清雋意趣，與陳衍打通唐宋的興趣說有相似之處，這是陳鄭兩人論詩相合的一大關鍵。但是到了晚年，陳衍則「亟推香山、誠齋，漸趨平淡」〔註265〕，鄭孝胥卻更加推崇氣力，主張白戰，又顯見不同。陳衍晚年曾對錢鍾書說：「鄭蘇戡詩專作高腔，然有頓挫故佳。而亦少變化，更喜作宗社黨語，極可厭。」〔註266〕不僅不滿於鄭孝胥的高調之作，而且由於政

〔註263〕《石遺室詩話》卷一，第19頁。
〔註264〕《沈曾植集校注》卷二，第271頁。
〔註265〕汪辟疆著：《近代詩派與地域》，見張亞權編：《汪辟疆詩學論集》（上），第47頁。
〔註266〕錢鍾書著：《寫在人生邊上・寫在人生邊上的邊上・石語》，北京：生活・讀書・新知三聯書店，2002年版，第483頁。

治立場的不同，對鄭孝胥詩中涉及復辟也大加鞭撻。陳衍《石遺室詩話》云：「自前清革命，而舊日之官僚伏處不出者，頓添許多詩料，黍離麥秀、荊棘銅駝、義熙甲子之類，搖筆即來，滿紙皆是。其實此時局無故實，用典難於恰切。」〔註267〕陳衍不僅不做遺老，且對遺老群體作出了冷嘲熱諷。鄭孝胥亦認為陳衍「歷詆名教」、「奄然媚世」。政治立場的不同也是導致兩人晚年論詩不合的一個原因。

〔註267〕《石遺室詩話》卷九，第150頁。

第六章　鄭孝胥詩學的影響

　　依照汪辟疆，同光體依地域分為閩派、贛派與浙派。閩派以鄭孝
胥為首，贛派以陳三立為首，浙派以沈曾植為首。浙派之中，同時有
袁昶，繼起者金蓉鏡，但影響力不如閩派與贛派。陳衍《邀子言蘇堪
飲草堂子言贈詩和之兼示蘇堪》云：「閩社詩人光緒初，海藏詩派滿
江湖。」〔註1〕此所謂海藏詩派，乃指風格上清蒼幽峭的閩派而言，
以鄭孝胥為傑出，所以概稱曰海藏詩派。「滿江湖」可見以鄭孝胥為
首的閩派影響力之大。可與之匹敵者，為贛派陳三立。陳衍《石遺室
詩話》說：「近來詩派，海藏以沆爽，散原以奧衍，學詩者不此則彼
矣。」〔註2〕對於陳衍的這個說法，錢仲聯頗致不滿，認為其忽略了
浙派。但是，錢仲聯年輕時學詩亦從閩派入手，陳衍《石遺室詩話續
編》云：「仲聯有《夢苕庵詩》，多儁句，雅似吾鄉何梅生……又甚似
海藏。」〔註3〕可見風氣所趨，概莫能外。又由此可知，鄭孝胥的影
響力應該比陳三立更大。閩派中學鄭孝胥詩最突出的是李宣龔，皖人
周達亦心追手摩，可與李宣龔相抗衡。另一個值得關注的是學衡派詩
人對鄭氏詩學的接受，更可見出鄭氏詩學的吸引力。

〔註1〕《石遺室詩集》卷五，見陳衍撰，陳步編：《陳石遺集》（上），第178
　　　　頁。
〔註2〕《石遺室詩話》卷三十一，第509頁。
〔註3〕《石遺室詩話》續編卷一，第548～549頁。

第一節　海藏詩派

　　關於海藏樓詩在當時的影響，鄭孝胥本人於《日記》即記載了不少相關內容，略舉如下：

　　　　李維翰來，南京候補道，前署淮揚道，新自蘇州來，自云「年內出京，火車中逢文蕓閣之子，手持《海藏樓詩》，自言海藏樓乃吾師也。」〔註4〕

　　文蕓閣即文廷式，鄭孝胥在丙戌（1886）會試時與其往來頗密。這是1903年2月的記載，是最早的記錄。1912年6月16日又載：

　　　　林浚南來，言有江蘇姚某號鷦雛者，能背誦《海藏樓詩》全本，乞以一本遺之。姚今在《太平洋報》，琴南之弟子。〔註5〕

　　此姚某即姚錫均，能背誦《海藏樓詩》全本，可見海藏樓詩的吸引力之大，浸浸乎有經典化的趨勢。《日記》中尚有其他記載，不一一徵引。陳衍《石遺室詩話》云：「後來之秀，效海藏者，直效海藏，未必效海藏所自出也。」〔註6〕海藏樓詩已儼然成為了詩學樣本，當時人競相效仿，有「海藏體」之目。如李詳有《肺病數日不出效海藏體》云：「一徑雜風雨，閉門春草深。鳥飛雲意靜，地僻足音沉。未覺妨吾適，時能致獨吟。日衰頻對鏡，已分二毛侵。」〔註7〕姚錫均有《日效海藏體詩即為一首懷之》云：「原本山川寫寥廓，流傳神旨振殘篇。誰與獨往千春上，自吐孤槳萬籟前。物外清吟還有味，年來國論定誰賢？堂堂殘世烏山在，風雨江樓一惘然。」〔註8〕所謂「海藏體」，即是一清見骨、精思健筆、深刻洗練的風格。當時學海藏體最突出的有兩人，即李宣龔與周達。

〔註4〕《鄭孝胥日記》第二冊，第862頁。
〔註5〕《鄭孝胥日記》第三冊，第1420頁。
〔註6〕《石遺室詩話》卷三，第42頁。
〔註7〕轉引自《石遺室詩話》卷九，第149頁。
〔註8〕姚錫均著：《姚鷦雛文集（詩詞卷）》，上海：上海古籍出版社2009年版，第243頁。

一、李宣龔

　　李宣龔是海藏詩派中最傑出的詩人。陳衍《近代詩鈔》云：「拔可少與墩谷為文字骨肉，為詩共嗜後山。以余所見，則皆從事鄂渚後，學荊公而酷似海藏者。工於嗟歎，所謂淒惋得江山助也。」〔註9〕錢仲聯《夢苕庵詩話》則云：「近代為海藏一派詩者最多，號稱閩派，然惟李拔可為最工，《石遺室詩話》以為最早為海藏樓者，大抵精思健筆，深刻簡煉。」〔註10〕錢仲聯《論近代詩四十家》又云「閩派圖墨巢，雄視後一代。具體海藏樓，鶩嫋不同隊」，且以李宣龔為「閩派後勁，一夔已足」〔註11〕，可見李宣龔是鄭孝胥之後首屈一指的閩派詩人。

　　李宣龔（1852～1952），字拔可，號觀槿，又號墨巢居士，福建閩縣人。光緒二十年（1894）舉人，官江蘇候補知府，1902 年曾一度為鄭孝胥掌書記，宣統元年（1909）引疾去州縣官職。入民國後供職於商務印書館，終老於滬上。著有《碩果亭詩》二卷、《碩果亭詩續》四卷、《墨巢詞》一卷、《碩果亭文謄》等。李宣龔之父李宗禕與鄭孝胥母舅林蒼曾在福州結詩社唱酬，李宣龔又是沈葆楨之甥婿，沈葆楨之子沈瑜慶是鄭孝胥密友，可見兩人淵源頗深。鄭孝胥數次擔任商務印書館董事長，李宣龔居滬時與鄭孝胥關係最親暱。鄭孝胥晚年附逆，故人大多與之絕交，李宣龔對其友誼卻始終如一。

　　1895 年鄭孝胥入張之洞幕府，與李宣龔初次結識。鄭孝胥居漢口，李宣龔為掌書記。鄭孝胥在漢口建盟鷗榭，為燕客談詩之所。陳衍《石遺室詩話》云：「余居武昌，多渡江留宿。拔可從事於此數年，詩學大進。」〔註12〕可知李宣龔受鄭孝胥影響之大。李宣龔學鄭孝胥，

〔註 9 〕見錢仲聯編校：《陳衍詩論合集》上冊，第 917 頁。
〔註 10〕錢仲聯著：《夢苕庵詩話》，見張寅彭主編：《民國詩話叢編》第六冊，第 178 頁。
〔註 11〕錢仲聯著：《論近代詩四十家》，見氏著：《夢苕庵清代文學論集》，濟南：齊魯書社 1983 年版，第 156 頁。
〔註 12〕《石遺室詩話》卷十四，第 230 頁。

乃非直效鄭孝胥，而且能效鄭孝胥所自出，這是他自成一家，為閩派後勁的原因所在。李宣龔首先是力學王安石，陳衍《石遺室詩話》云：「至荊公退處（金陵），而名作以多類撫景感時，藉抒悒悒之抱。蘇堪、拔可先後寓居金陵，又皆服膺荊公詩，發音之同，有自來矣。」〔註 13〕與鄭孝胥一樣得其清雋峭折。其次是陳師道與陳與義，得其真摯。李宣龔詩以《哀次女昭質》最似鄭孝胥，此詩亦稱《哭女詩》。陳三立致李宣龔書云：「頃又獲讀《哭女詩》二章，其真摯不待言，尤能擺落刻露，以成其獨至之境，乃直造宋二陳之室，又與太夷異曲同工也。」〔註 14〕《哀次女昭質》二首云：

> 平生木石腸，臨老戀兒女。爾姐有遠行，一力欲藉汝。汝性得吾褊，褊衷非所許。秉身雖云懦，好學莫能禦。如何遘短折，病久卒難愈。徒癭事無及，內熱空自煮。牀棱摸欲穿，鼻息斷猶數。傷哉不出戶，一出即死所。廿年櫝中珠，掩此和淚土。雨鋌會當晴，風柯向誰語。

> 汝病人豈知，吾愁翻見疑。相牽遊西山，猶不謂汝危。歸視計已迫，鑱砭遂雜施。以死將誰懟，活我亦此醫。香花舁一棺，瞑目甘息機。毫髮不受垢，無煩盥以匜。但恨願未了，何妨待吾衰。恩愛若是妄，悲憂寧自欺。達理不可喻，魂氣終安之。咫尺果從我，虹橋非路歧。〔註 15〕

感情深摯，又非刻意為之，陳三立之言不虛。《鄭孝胥日記》1920年 7 月 26 日載：「拔可來，示所作《哭女昭質》詩，商改數字。」〔註 16〕可知李宣龔曾將這兩首詩請教於鄭孝胥。陳三立謂其「與太夷異曲同工」，其實不僅如此。第一首首兩句即從鄭孝胥《哀東七》「中年念兒女，剛性殊曩昔」〔註 17〕來，「內熱空自煮」的「內熱」一詞亦

〔註 13〕 《石遺室詩話》卷十四，第 230 頁。

〔註 14〕 本函作於民國九年（1920）六月十四日（7 月 29 日），藏於上海圖書館。

〔註 15〕 李宣龔著，黃曙輝校點：《李宣龔詩文集》，上海：華東師範大學出版社，2009 年版，第 59～60 頁。

〔註 16〕 《鄭孝胥日記》第四冊，第 1835 頁。

〔註 17〕 《海藏樓詩集》卷二，第 45 頁。

鄭孝胥的哀挽詩所常用，其《雜詩》其三有句云「躁恚終自戕，內熱一何酷」〔註18〕。可見其略有模仿鄭孝胥哀挽詩之跡，然而又比鄭孝胥要真摯得多。

　　《碩果亭詩》直接襲用鄭孝胥詩語者不少，如《為人題折枝帳額》「骨醉東風不自持」盜用鄭孝胥《櫻花花下作》「骨醉東風又一回」〔註19〕，又如《病院獨坐》「終知歸寂寞，聊欲緩須臾」前一句全然取著鄭孝胥《題顧子朋齋壁》「終知歸寂寞，徙倚若為情」〔註20〕。其他點化鄭孝胥詩句者俯拾皆是，如《園飲呈太夷丈並示子言梅泉伯屏呂塵》「養花自成歡，枯槁欲有味」化用鄭孝胥《十月向盡劉五聚卿貽晚菊數種》「冷淡自成歡」〔註21〕與《李園》「不嫌寂寞味」〔註22〕，《春盡遣懷》「牖下勞生成玩世，車中物役即安心」則取意於鄭孝胥《七月七日官舍風雨中作》「操心稍悟安心訣」。李宣龔尚有《題鑒園圖》一詩，陳衍謂其「寫二十年來在青溪、鍾阜間交遊蹤跡，離合悲歡，直舉蘇堪《吳氏草堂》《晚登吳園小臺》《正月二日試筆》《上巳吳園修禊》《濠堂》《題吳鑒泉新成水榭》《舟過金陵》諸詩懷抱，略萃於一詩。」〔註23〕《題鑒園圖》詩云：

　　　　事業欲安說，溪邊柳成圍。當時叩門人，百過亦已衰。此園在城東，地偏故自奇。世俗便貴耳，濁醪爭載窺。那識賞寂寞，但聞簧與絲。我嚲喜獨遊，扁舟弄漣漪。拊檻一片雲，鍾山遠平離。花竹不迎拒，魚鳥無瑕疵。豈惟客忘坐，青溪吾所私。中間共出處，就官淮之湄。土瘠民力瘁，百無一設施。鄂渚得再覯，征車方北馳。歸途望楚氣，微服鷗退飛。陵谷事已改，變邅到茅茨。相逢忽攬卷，不收十年悲。鄭記似柳州，平淡乃過之。夙忝文字飲，可能欠一詩。巷南

〔註18〕　《海藏樓詩集》卷三，第83頁。
〔註19〕　《海藏樓詩集》卷二，第35頁。
〔註20〕　《海藏樓詩集》卷一，第2頁。
〔註21〕　《海藏樓詩集》卷三，第67頁。
〔註22〕　《海藏樓詩集》卷十一，第337頁。
〔註23〕　《石遺室詩話》卷十四，第229～230頁。

數椽屋，有枝亦無依。儻免熠耀畏，慆慆還當歸。芳草結忠信，吾言茲在茲。〔註24〕

首句「事業欲安說」直接襲用鄭孝胥《送橒弟入都》「事業那可說」〔註25〕句，其餘語詞亦多從陳衍所舉鄭詩中來，可謂「好事兼多情」（鄭孝胥《答周梅泉賦建茶》云「正坐好事兼多情」）。1938年鄭孝胥逝世，李宣龔作《輓太夷年丈》三首，其一云：「奪公若崩山，四海莫感哭。名隨天地隘，志與日月速。蹉跎謀效忠，一往不受梏。於心固無負，世議乃爾酷。平生甘卑言，豈屑計謗讟。所憂人紀墜，敗潰不可束。比年思乞骸，抑鬱在心腹。忽尼死前休，終成天下獨。」〔註26〕這首詩表現出李宣龔於鄭孝胥「無間然」的立場，完全沒有負面的評價。李宣龔親炙鄭孝胥最多，關係最親暱，宜其評價如此。鄭孝胥蟄居海上之時，李宣龔曾贈栝樹四株植於海藏樓；九一八事變後鄭孝胥出關，斥賣故居，四株栝樹歸還李宣龔。鄭孝胥既逝，栝樹隨而枯萎，李宣龔作《還栝圖》遍徵同時詩人題詞。李宣龔雖然不否定鄭孝胥的晚年行為，但其實他也不認同，其《題還栝軒手卷眹庵劍知所畫也》即云「卻慚本性終懷土，未共先生遠出關」〔註27〕，委婉地表達了其民族立場。

楊鍾羲《碩果亭詩序》云：「余謂閩人之詩，滄趣典遠，其緒密；海藏清剛，其氣爽。拔可出稍後，深粹堅栗，境界日關，亦不以千里畏人者。」〔註28〕李宣龔與陳寶琛、鄭孝胥鼎足而三。章士釗與李宣龔交好，其《論近代詩家絕句》云：「閩嶠詩家鄭與陳，君來應是第三人。平生功力吾能說，夜起分堅滄趣真。」〔註29〕分得夜起之堅，即是陳衍所謂骨力堅蒼。

〔註24〕 李宣龔著，黃曙輝校點：《李宣龔詩文集》，第34頁。
〔註25〕 《海藏樓詩集》卷一，第18頁。
〔註26〕 《李宣龔詩文集》，第159頁。
〔註27〕 《李宣龔詩文集》，第159頁。
〔註28〕 楊鍾羲撰：《碩果亭詩序》，見《李宣龔詩文集》，第1頁。
〔註29〕 章士釗撰，汪辟疆增注：《論近代詩家絕句》，見《江海學刊》1985年第3期。

二、周達

　　錢仲聯《近百年詩壇點將錄》云：「（李宣龔）詩得海藏樓法乳，閩士無出其上者。皖中周達，可與抗衡」。〔註30〕周達（1879～1948）字梅泉，又字美權，號今覺，安徽至德人。晚清兩廣總督周馥之孫，是中國二十世紀早期的著名數學家。通西文，為六書九數之學，得中西算學會同之旨。民國時避地海上，與鄭孝胥過從最密，詩學得益於鄭孝胥為多。著有《今覺盦集》四卷、《續集》一卷。《今覺盦詩》為鄭孝胥而作者最多。

　　周達詩初學西昆，後從鄭孝胥改宗北宋。陳詩《今覺盦集序》云：「君心思慎密，治事有謀斷。鄭海藏先生夙號知人，每謂君有杜牧之、陳同甫之風，若調物度，宜明敷庶績以輔翼世運，亦元愷之鑄也。……君自言少時習西昆體，汜濫於陳黃門、吳祭酒諸家，及聞散原、海藏二老緒論，遂幡然一變，而改宗北宋，盡棄少作。」〔註31〕周達改宗北宋，主要是師法王安石，故而能綜李商隱、王安石兩家之長。鄭孝胥平生不輕許後進，獨對周達贊不絕口。周達深感知己之遇，鄭孝胥逝世後，周達挽聯云：「以杜牧之、陳同甫相期，大事誰可擔當，末座少年曾許我；與鄭延平、張忠武同志，老眼及看恢復，蓋棺今日是完人。」〔註32〕對鄭孝胥的評價完全是正面的，不顧偽滿的傀儡性質，無視舉世滔滔之謗議，其孤頑的氣性與鄭孝胥差相仿佛。周達尚作《哭海藏先生》一詩云：「國運迫虞淵，臣心矢皦日。駐顏豈自娛，欲振魯陽烈。神州惜墮甑，新邑方纍甓。一名抵死爭，百折志莫屈。興邦由多難，啟聖屢造膝。天心眷少康，有窮滅可必。積非詛成是，甘冒天下嫉。古人難入眸，矧受世議桎。五年缺書問，短札愴絕筆。我懷有萬千，並付一棺戢。收京耿在念，大事殊未畢。造物胡不仁，攫奪乃

〔註30〕　錢仲聯著：《近百年詩壇點將錄》，見《當代學者自選文庫·錢仲聯卷》，合肥：安徽教育出版社，1999年版，第692頁。
〔註31〕　周達著：《今覺盦集》卷首，民國二十九年鉛印本。
〔註32〕　葉參等《鄭孝胥傳》附《輓辭》，第148頁。

而疾。」〔註33〕「古人難入眸，矧受世議桎」用鄭孝胥《雜詩》其二「所恨古之人，終難入吾眸」〔註34〕句，「我懷有萬千，並付一棺戡」化自鄭孝胥《家書至卻寄》「書來意萬千」和《哀熊季連》「親見彌天戡一棺」兩句，整首詩充滿了深深的惋惜與遺恨。其實，周達與李宣龔一樣，對鄭孝胥借兵日本的看法還是有所保留的，其《得蒼虬旅順書卻寄》云：「收京豈謂煩回紇，劃斧寧能限契丹。……次山濡筆中興頌，誰識回天有至難。」〔註35〕次山即暗指鄭孝胥，鄭詩多稱揚宣統中興。

周達詩模仿海藏樓詩十分明顯，比李宣龔有過之而無不及，其所謂改宗北宋，正取徑於鄭孝胥。如 1924 年《甲子中秋夜雨時淞滬方被兵》云：

> 流雲點染夜淒清，雨腳難遮露腳明。渺渺懷人誰與共？
> 夢夢視爾若為情。樓頭長笛橫吹曲，詩裡秋笳變徵聲。我自
> 看天憂復壓，山河影豈計虧成。〔註36〕

「渺渺懷人誰與共」意境自鄭孝胥《懷人亭》「孤亭雲海渺相思」〔註37〕來，「我自看天憂復壓」襲用鄭孝胥《漢口得嚴又陵書卻寄》「憂天已分身將壓」〔註38〕句。《吳淞炮臺灣望海》云：

> 難束雙流一往情，滄波初澹月初橫。海山兜率吾安適，
> 虎帳牙旗意已輕。東盡水雲連島國，西來樓艦鬱江聲。寒潮
> 兀自無人管，卻道能當十萬兵。〔註39〕

「滄波初澹月初橫」襲用鄭孝胥《虹口》「海月橫空澹」〔註40〕句，「海山兜率吾安適」完全襲用鄭孝胥《四月二十日渡海》「海山與

〔註33〕《今覺盦詩》卷四。
〔註34〕《海藏樓詩集》卷十二，第 414 頁。
〔註35〕《今覺盦詩》卷四。
〔註36〕《今覺盦詩》卷三。
〔註37〕《海藏樓詩集》卷二，第 30 頁。
〔註38〕《海藏樓詩集》卷三，第 90 頁。
〔註39〕《今覺盦詩》卷三。
〔註40〕《海藏樓詩集》卷三，第 79 頁。

兜率，何處是真歸」〔註41〕。《雨夜雜感》云：

> 虛簷鐵馬競飛騰，寒入重衾第幾層。雨夜背窗思續夢，
> 照愁獨有玉溪燈。〔註42〕

鄭孝胥《四月廿二日晨起》云：「拔木破山風到處，翻江倒海雨來時。平生未盡飛騰意，抵有虛簷鐵馬知。」〔註43〕周達首句意境全自鄭孝胥詩中來，這種意境是鄭孝胥獨創，周達將鄭孝胥的一首詩縮為一句，可見其心追手摹的程度，亦可見鄭孝胥詩於周達而言已經經典化了。整首詩全似鄭孝胥者有《五十歲生日書憤》，此詩為 1928 年周達五十歲生日所作，詩云：

> 亂作十七年，瓦裂今已久。吾曹無寸鐵，熟視但縮手。
> 葬身當何所，苟活良自忸。願留未抉目，盡閱百態醜。〔註44〕

首兩句即從鄭孝胥《湯山行宮》「十年玉座移，萬事成瓦裂」〔註45〕來，「熟視但縮手」合用鄭孝胥《官學雜詩》「陰姦競得意，熟視但我輩」〔註46〕和《雜詩》其二「袖間惟縮手，誰與撥世亂」〔註47〕四句語意，「苟活良自忸」之所忸亦即是鄭孝胥《答左笏卿並示介庵》「苟活仍遭舉世非，杜門猶被千夫指」〔註48〕之意，「願留未抉目，盡閱百態醜」亦與鄭孝胥《五十三歲生日放言》「願為伍胥眼，更向城門抉」〔註49〕相似，而略有變化。整首風格激急抗烈，逼似鄭孝胥。周達詩學李商隱的作品較自具面目，如《年年例遊龍華賞桃今年因病簡出至則落英狼藉悵對空枝感舊傷春惘然賦此》云：

> 麗質由來苦折磨，芳時容易得蹉跎。生憐薄命能傾國，
> 死戀餘香有逝波。春色幾分塵土賤，人間終古雨風多。韶華

〔註41〕《海藏樓詩集》卷七，第 203 頁。
〔註42〕《今覺盦詩》卷二。
〔註43〕《海藏樓詩集》卷五，第 147 頁。
〔註44〕《今覺盦詩》卷三。
〔註45〕《海藏樓詩集》卷十，第 312 頁。
〔註46〕《海藏樓詩集》卷一，第 6 頁。
〔註47〕《海藏樓詩集》卷十二，第 388 頁。
〔註48〕《海藏樓詩集》卷八，第 234 頁。
〔註49〕《海藏樓詩集》卷八，第 225 頁。

底事輕拋擲，卻對殘紅喚奈何。〔註50〕

然而，頸聯亦糅合了鄭孝胥《櫻花花下作》「著眼分明故難得，卻隨塵土在人間」〔註51〕和《二月廿四日歸海藏樓花已半殘》「春秋歸斯樓，八年更雨風」〔註52〕四句，但不甚著跡，所以為佳。錢仲聯《近百年詩壇點將錄》云：「梅泉《今覺盦詩》，心摩手追於太夷，而微參以玉溪之藻彩，琢句之巧，卓爾邁倫。」〔註53〕上引之詩庶幾近之。陳祖壬《今覺盦詩序》云：「閩縣鄭鄭海藏先生為詩負海內重名，於後進少許可，顧獨盛稱至德周子梅泉，數為余誦其斷句，相與歡賞，以為難能。歲己卯，梅泉最錄所為《今覺盦詩》四卷視余，屬定去取，且為之序，余乃得盡讀梅泉之詩，其勝處往往能綜玉溪生、臨川兩家之長，趣逸語俊，光采四溢，而中藏鬱伊佗儻，不可聊之，深悲隱痛，挹之而彌永，殆所謂其哀在骨者，因益信海藏之知言。」〔註54〕鄭孝胥之推許周達，乃因為周達善學鄭孝胥。但周達之詩沉哀實過於鄭孝胥，鄭孝胥殆慕其所未至。

周達雖然以遺老自居，但與鄭孝胥不同，他堅持民族立場，對日本發動全面侵華戰爭是反對的，其《丁丑除夕》云：

骨肉依殘夜，親朋各一天。海飛蜒子國，劫換虎兒年。
未敢兜鍪頌，徒傷箕豆燃。西師方論將，緩帶我猶賢。〔註55〕

丁丑年除夕即是 1938 年初，海水群飛，戰亂不止，蜒子國當指日本，虎兒年意指從丑（牛）年換寅（虎）年，對屬工巧。此詩末聯用東坡「西方猶宿師，論將不及我。苟無深入計，緩帶我亦可」〔註56〕詩句，但並非泛然用之。鄭孝胥曾於 1932 年作《東坡生日聚飲》云：

〔註50〕　《今覺盦詩》卷四。
〔註51〕　《海藏樓詩集》卷九，第 300 頁。
〔註52〕　《海藏樓詩集》卷十二，第 391 頁。
〔註53〕　錢仲聯著：《近百年詩壇點將錄》，見《當代學者自選文庫·錢仲聯卷》，第 692 頁。
〔註54〕　《今覺盦詩》卷首。
〔註55〕　《今覺盦詩》卷四。
〔註56〕　〔宋〕蘇軾著，孔凡禮校點：《蘇軾詩集》卷三十六，第 1957 頁。

「宿師論將雖非望，猶有眉山緩帶心。」鄭孝胥自注云：「時方進收熱河。坡詩云：『西方猶宿師，論將不及我。苟無深入計，緩帶我亦可。』」〔註57〕周達《丁丑除夕》一反其意，西師指上海西面的南京國民政府，「箕豆燃」則暗指偽滿支持日本屠殺國人，可謂沉痛。《今覺庵詩》周達自序云：

> 江安傅沅叔丈嘗謂余曰：「子詩淒惋矣，而不能得江山之助。他日編集必興有詩無題之歎。盍強起薄遊鄰省名勝，稍資以益其詩料乎？」余患其言而病莫能從。十餘年來，目所接者，自層樓馳道、車塵馬矢而外無他物，因私疑天殆不欲昌我詩耶？雖然，吾聞之詩以言志，放翁晚歲息影家居，而忠懷壯志時時流露於詩中，其佳者固不限於騎驢入劍門、胸次收華山諸作也。余雖未敢竊比放翁，然硜硜素志，則自信不為波流丸轉者所移，而於君國之思、氣類之感、死生離合之情，尤拳拳弗釋，一以聲之於詩。讀吾詩者，憫吾遇而哀吾志，將並忘其工與拙，又何區區題材豐嗇之是計耶！〔註58〕

江安傅沅叔丈即傅增湘，其意乃欲將周達與李宣龔相比較，進之以闊大深遠之境界。陳衍云：「拔可詩最工嗟歎，古人所謂淒惋得江山助者。」〔註59〕雖然周達不如李宣龔得江山之助，但其《丁丑除夕》一詩，已足以振起全集，讀其詩想見其人。

除了李宣龔與周達外，同時朱大可亦屬海藏詩派，其詩亦曾為鄭孝胥激賞。詩友錢仲聯即認為朱大可「詩學海藏，一清見骨」〔註60〕。可惜朱大可的《紫石英館詩集》毀於戰火，無從窺其所學。另外，葉大壯、何振岱及吳保初等人與鄭孝胥亦頗有往還，詩學宗尚與鄭孝胥有相同之處，在詩歌風格上偏近於清蒼幽峭，但並非直接師承鄭孝胥，故本文不具論。

〔註57〕　《海藏樓詩集》卷十二，第 401 頁。
〔註58〕　《今覺盦詩》卷首。
〔註59〕　《石遺室詩話》卷十四，第 229 頁。
〔註60〕　錢仲聯著：《夢苕庵詩話》，見張寅彭主編：《民國詩話叢編》第六冊，第 235 頁。

第二節　對學衡派的影響

　　海藏詩派之外，最能見出鄭氏詩學影響力的是學衡派對其詩學的接受。在學衡派中，吳宓和胡先驌十分推崇鄭孝胥，吳宓取其清切，胡先驌取其白戰。胡先驌較早研治近人陳三立、鄭孝胥詩，於陳三立幾乎有褒無貶，於鄭孝胥則深知其長短所在。吳宓是在胡先驌的影響下由唐詩轉向宋詩，而在這個過程中發現了學宋當取徑於鄭孝胥詩歌。從這兩人的學鄭可以看出，由宗唐而入者，取其清切，由宗宋而入者，則取其不假雕飾之白戰、直來直往之氣力。

一、胡先驌

　　胡先驌（1894～1968），字步曾，號懺庵，江西新建人。1913 年留學美國，入加利福尼亞州伯克利大學農學院學習森林植物學。1923年再度赴美，入哈佛大學攻讀植物分類學，1925 年獲博士學位。歷任江西廬山森林局局長、中國科學社生物研究所植物部主任、中國植物學會會長、北京博物學會會長、江西省農業院理事，先後執教於南京高等師範學校、北京大學、東南大學，1940 年出任國立中正大學校長。工詩詞，著有《懺庵詩稿》《懺庵詞稿》《懺庵叢話》《懺庵文稿》等。生前發表多篇論詩文字，今人整理有《胡先驌文存》《胡先驌詩文集》。

　　胡先驌是著名的植物學家，在文化上是保守主義者，反對胡適的新文化立場。1922 年，胡先驌與吳宓、梅光迪等發起創辦《學衡》，是近代文化保守主義的堡壘。胡先驌曾在 1914 年一度加入南社，由於為詩宗宋，早年學詩取徑同光體，受到柳亞子的大力攻擊。胡先驌曾致書柳亞子稱揚同光體，柳亞子卻作《妄人謬論詩派書此折之》，其一云：「詩派江西寧足道，妄將燕石詆瓊琚。平生自有千秋在，不向群兒問毀譽。」〔註61〕胡先驌認為柳亞子「狂妄自大，毫無學者風度，既

〔註61〕見《民國日報》1917 年 3 月 1 日第 12 版。

屬無理可喻，也就不加反駁。」〔註62〕關於胡先驌學宋取徑同光體陳鄭，黃侃在其日記中曾寫道：「舟中步曾述其為詩經歷，自言舊學甚淺，遊學美洲日，僅攜近人陳三立、鄭孝胥詩在行筐中，治校課小間，輒吟諷之，以是稍好為詩，歸國後大治宋詩。」〔註63〕可謂浸饋頗深。

　　胡先驌對鄭孝胥非常推崇。1925 年胡先驌至海藏樓訪鄭孝胥，適鄭外出，不遇。8 月 22 日，鄭孝胥至均益里答訪胡先驌，卻未覓得其居處。關於此事，胡先驌作《讀陳石遺先生所輯〈近代詩鈔〉率成論詩絕句四十首諸家頗有未經見錄者》，其中論鄭孝胥詩云：「一代閩詩此初祖，海藏樓下拜先生。」〔註64〕1925 年，胡先驌《樓居雜詩》其二有句云：「近詩亦充棟，陳鄭為世師。後起有蒼虯，鼎峙成三奇。……斫陣四馳突，海藏心所儀。海藏豈易學，元氣何淋漓。」〔註65〕皆可見其敬慕之至，而一句「海藏豈易學」可見其曾取徑鄭孝胥。胡先驌對鄭孝胥詩最深刻的認識在於揭出其白戰的特色手法，在《四十年來北京之舊詩人》寫道：「大抵海藏之詩，最善白描不假雕飾，而筆力透紙背，如家書至卻寄『大七點可憐』一首，喁喁兒女語，頗似鄭子尹『卯卯爭夕樂，樂至不可名』一首，又如哀東七、述哀、哭顧五子朋、傷女惠諸作，皆以沈摯哀痛勝，雖無後山之婉約而真摯則同也。海藏樓雜詩或議論或描寫，皆直往直來，不假雕飾，兀傲之氣，躍然紙上，蓋不求工而自工者，海藏過人之處在此。」〔註66〕作詩不假雕飾，必須具真摯的感情、絕大的氣力。鄭孝胥在晚年自云：「不事鋪題，則氣力自倍。獨來獨往可也。」〔註67〕胡先驌的評論可謂能探其本。

〔註62〕　胡宗剛著.《胡先驌先生年譜長編》，南昌：江西教育出版社，2007 年版，第 52 頁。
〔註63〕　胡宗剛著：《胡先驌先生年譜長編》，第 134 頁。
〔註64〕　《胡先驌詩文集》上冊，第 196 頁。
〔註65〕　《胡先驌詩文集》上冊，第 205 頁。
〔註66〕　《胡先驌詩文集》下冊，第 650 頁。
〔註67〕　《鄭孝胥日記》第五冊，第 2306 頁。

關於胡先驌的詩學淵源，馬宗霍序《懺庵詩稿》云：「君於詩自云宗宋，初從山谷入，微覺律度過嚴，無以自騁，轉而向東坡，又懼其縱駛或軼銜也。於是亦蘇亦黃，靡之呴之，久之頗欲融而為一。其於他家雖或旁有所挹，歸趣終不越是也。既復念宋出於唐，唐之杜韓則蘇黃之所哺乳，則又由蘇黃撢以杜韓，而於少陵浸饋尤深云。」〔註68〕馬序作於 1963 年，似乎有意避開胡先驌的同光體淵源，特別是鄭孝胥。胡先驌《懺庵叢話・王冬飲》自云：「余早年喜陳伯嚴先生《散原精舍詩》與鄭太夷《海藏樓詩》，從之而習《宋詩鈔》，後則專治蘇詩，自侍先生談詩數載，所得益多，而詩格稍變矣。」〔註69〕可見其早年確曾取徑於鄭孝胥。

民國學者江瀚曾對胡先驌說道：「大著讀竟，欽挹無量。最所心折者，尤在《初度言志》及《樓居雜詩》。通識偉抱，不圖於韻語中得之。太夷謂懺庵長處正在於此，誠為知言。」〔註70〕《初度言志》及《樓居雜詩》組詩平章儒學、貫通中西，確為集中不可多得者。鄭孝胥謂胡先驌長處在於詩中表現通識偉抱，其實《海藏樓雜詩》已在胡先驌之先有此特點，如其十五論合群，其二十八論孔子聞道可死之說，其三十一、三十二論東北政局，但由於西學知識不足，不如胡先驌之雄博奧邃。但胡先驌《樓居雜詩》的白戰手法，實學自鄭孝胥《海藏樓雜詩》，然而胡先驌幾乎全用議論而不用描寫，是兩者不同。《樓居雜詩》其二已標明宗旨，其後半全在議論和推崇鄭孝胥詩的白戰，詩云：

> 斫陣四馳突，海藏心所儀。海藏豈易學，元氣何淋漓。
> 刻鵠倘似鶩，捧心慚東施。幾輩效白戰，其辣孰能之？縱筆
> 不檢束，梁父定吾師。為詩忌凡熟，亦異雕鎪為。清切誤後
> 生，一滑遂難醫。我手寫我口，淺者非所宜。所貴在知養，
> 聖學精覃思。餘力肆為文，浩氣貫虹霓。此境幾能到，說餅

〔註68〕《胡先驌詩文集》上冊，第 6 頁。
〔註69〕《胡先驌詩文集》下冊，第 682 頁。
〔註70〕《胡先驌詩文集》上冊，第 7 頁。

寧療飢。姑從學四靈，景物供娛嬉。〔註71〕

　　針對鄭孝胥主張清切，胡先驌卻認為其「清切誤後生，一滑遂難醫。我手寫我口，淺者非所宜」。「我手寫我口」為黃遵憲詩句，胡先驌不滿於詩界革命，曾屢次譏諷黃遵憲，在《讀鄭子尹巢經巢詩集》中說：「黃公度、康更生之詩，大氣磅礴則有之，然過欠剪裁，瑕累百出。」〔註72〕此詩明顯指出鄭孝胥主張清切的流弊，但實際上不能責難鄭孝胥，因為鄭孝胥主張清切乃為初學者而設，況且鄭孝胥對詩界革命領袖黃遵憲並無好感，曾譏諷「黃（黃遵憲）實粗俗，於詩甚淺」〔註73〕，又謂「其詩骨俗才粗，非雅音也」〔註74〕。此詩「清切誤後生」乃反用鄭孝胥《答樊雲門冬雨劇談之作》「嘗序伯嚴詩，持論辟清切。自嫌誤後生，流浪或失實」句意，而其「淺者非所宜」又從反面化用鄭孝胥《答夏劍臣》「深人何妨作淺語」句。從末四句「此境幾能到，說餅寧療飢。姑從學四靈，景物供娛嬉」可以知道，胡先驌是針對當前大多數不善學鄭詩的人而言，矯正其詩學觀的流弊而非否定鄭孝胥本人的詩學。

　　《三十初度言志》作於 1923 年，《櫻居雜詩》作於 1925 年，屬較早期的作品，效鄭孝胥白戰而棄其清切，得陳三立之奧邃而不槎枒，浸浸乎上，已然不為同光諸老所籠罩。然而胡先驌最心折的人是陳三立，得其教益最多。1918 年，胡先驌任教於南京高等師範學校，得與陳三立遊。陳三立為其《懺庵詩稿》題識云：「擺落浮俗，往往能騁才思於古人清深之境。具此異稟，鍥而不捨，成就何可量？陳三立讀，戊午九月。」〔註75〕1934 年，陳三立再次題識云：「戊午後所未見詩，本學識以抒胸臆，高掌遠蹠，磊碩不群。其紀遊諸作，牢籠萬象，奧邃蒼堅，尤近杜陵。甲午寒食三立識。時年八十有二，同客

〔註71〕　《胡先驌詩文集》上冊，第 205～206 頁。
〔註72〕　《胡先驌詩文集》下冊，第 383 頁。
〔註73〕　《鄭孝胥日記》第一冊，第 481 頁。
〔註74〕　《鄭孝胥日記》第一冊，第 507 頁。
〔註75〕　見《胡先驌詩文集》，第 6 頁。

舊都。」〔註76〕通觀陳三立兩次題識，可以發現其「清深」與「蒼堅」的品評正與鄭孝胥詩歌風格有相同之處，因此，筆者認為胡先驌之詩實取徑陳鄭而上溯坡谷、杜韓。

胡先驌十分注意鄭孝胥的詩論，1947年，胡先驌在《四十年來北京之舊詩人》中說：「余嘗覺散原評詩之眼光有高於海藏與石遺者，鄭子尹之巢經巢詩冠冕一代，固無論矣，而二公復以金和之秋蟪吟館詩與江湜之伏敔堂詩與之相提並論，金詩其俗在骨，余已作文專斥之，邵潭秋謁海藏歸，甚言海藏譽伏敔堂詩，余讀之覺其意境頗凡近，非巢經巢之比，往質散原，亦殊首肯，蓋海藏石遺皆主清切，以三家貌似，故等量齊觀，而不知其有上下床之別，而散原之目光夐矣。」〔註77〕觀其不滿於鄭孝胥推崇江湜，以江湜為凡近，且「往質散原」，可見胡先驌論詩最反對凡俗。清切實為凡近之階，所以他有取於鄭孝胥的白戰，卻濟以陳三立的奧邃。

胡先驌早期有學鄭的痕跡，今特舉數例。如1917年《過徐州》云：

> 得得車聲破曙光，四郊野色鬱蒼蒼。亂山出沒晴煙外，
> 髡柳杈枒古道旁。戰血至今殷廢壘，村翁從解話滄桑。臨風
> 客淚一揮灑，回首中原事可傷。〔註78〕

領聯「亂山出沒」自鄭孝胥《泰安道中》「亂峯出沒爭初日」〔註79〕句來，改易一字而已。末句「回首中原事可傷」更明顯襲用鄭孝胥《隱几》「落日中原事可憂」〔註80〕句，與《海藏樓試筆》「滄海橫流事可傷」〔註81〕句意亦同。又《行抵弋陽縣洪山村，張君景江之弟夢江伍留以蔬菜相餉，賦此為謝》有句云：「高情誰似張公子，餉佐盤餐

〔註76〕見《胡先驌詩文集》，第6～7頁。
〔註77〕《胡先驌詩文集》下冊，第648頁。
〔註78〕《胡先驌詩文集》上冊，第15頁。
〔註79〕《海藏樓詩集》卷三，第58頁。
〔註80〕《海藏樓詩集》卷六，第163頁。
〔註81〕《海藏樓詩集》卷三，第80頁。

自曬齋。」〔註82〕鄭孝胥《答周梅泉》則云:「高情誰似周居士,參
透天心向早梅。」〔註83〕可見其受到鄭孝胥的影響不小。但是這種直
接襲用鄭詩的情況不多,其真正學鄭的地方還在於七律善用虛詞斡
旋,如「漸喜」「難令」「真成」「許效」「從知」「倘有」「倍憐」「翻惹」
等等。然而從整體風格上看,胡先驌的諸體詩風格近於溫粹中和,無
拔刀亡命之氣,此與陳三立鄭孝胥兩人不同,而與陳曾壽風格為近。
如果從氣性上說,胡先驌與陳曾壽同屬狷者,而鄭孝胥則是狂者。其
《樓居雜詩》第三首云:

> 吾儒重意氣,自謂不輕許。論人無一中,傷哉鄭翁語。
> 意氣苦誤人,篤行方有取。少年慕狂簡,狷者獨佳侶。〔註84〕

此鄭翁即鄭孝胥。鄭孝胥《雜詩》其二云:「往時慎論人,自謂
不輕許。豈知無一中,非璞故為鼠。」〔註85〕鄭孝胥詩喜言意氣,如
《贈甘粕大尉》云「意氣人生忽相感,惟將節義見胸襟」〔註86〕,《決
壁施窗豁然見海題之曰無悶》云「閑來一據案,意氣與天逸」〔註87〕,
《林社》云「平生不隨波,意氣一何壯」〔註88〕,《十月十七日奏辭
督辦邊防》云「獨來還獨往,意氣詎非壯」〔註89〕,《寄弢庵》云「意
氣當時幾許狂,堪憎老境債教償」〔註90〕等等。鄭孝胥為人擇友重意
氣相許,所以胡先驌有「意氣苦誤人,篤行方有取」之句。其實,鄭
孝胥失足,與其意氣用事多少有些關係。胡先驌深知這一點,他在《四
十年來北京之舊詩人》寫道:「海藏若甘於詩人終,自可使萬人低首,
乃矜才使氣,誤君誤國,永為名教罪人,惜哉。」〔註91〕矜才使氣的

〔註82〕《胡先驌詩文集》上冊,第 186 頁。
〔註83〕《海藏樓詩集》卷十,第 315 頁。
〔註84〕《胡先驌詩文集》上冊,第 206 頁。
〔註85〕《海藏樓詩集》卷九,第 282 頁。
〔註86〕《海藏樓詩集》卷十二,第 393 頁。
〔註87〕《海藏樓詩集》卷二,第 34 頁。
〔註88〕《海藏樓詩集》卷四,第 122 頁。
〔註89〕《海藏樓詩集》卷五,第 141 頁。
〔註90〕《海藏樓詩集》卷十二,第 410 頁。
〔註91〕《胡先驌詩文集》下冊,第 651 頁。

性格使鄭孝胥偏離了宋詩的儒學內核,而胡先驌則真正做到了「聖學精覃思」,是以其五言古的白戰絕無鄭孝胥的策士之氣,卻頗饒通儒之風。

二、吳宓

　　吳宓(1894～1981)字雨僧,一字雨生,陝西省涇陽縣人。吳宓早年赴美攻讀新聞學,期間又轉攻比較文學,師從新人文主義批評大師白璧德。1926 年歸國任職國立東南大學文學院,講授世界文學史等課程。吳宓在美國時受其師白璧德的影響,故亦主張文化保守主義,反對新文化運動,1922 年與梅光迪、胡先驌、柳詒徵等人一起創辦《學衡》雜誌。著有《空軒詩話》《吳宓詩集》《吳宓日記》等。

　　吳宓早年學詩於其姑丈陳濤,受其影響甚大,覃壽堃序陳濤詩云:「所為五七言近體,博厚精嚴,其品性格律一以唐人為宗。」〔註92〕因此吳宓學詩尊唐,與宗宋的胡先驌論詩經常不合,曾發生過一次對峙的行為。《學衡》在「文苑」上設有「詩錄」專欄,而胡先驌主持「文苑」一門,在前兩期胡先驌「專登江西省人所作之江西詩派(或名之曰同光體)之詩」,吳宓十分氣憤,於是在第三期「毅然改胡先驌主編之『詩錄』為『詩錄一』,另闢『詩錄二』」,此後二錄『久久對立』」〔註93〕。從這件事可以看出,吳宓十分不滿胡先驌宗尚江西詩派的傾向,但他將「江西詩派」等同於同光體,卻見出其當時對同光體詩學的多元性缺乏認識。吳宓《〈艮齋詩草〉後序》云:「近世中國之以舊體詩鳴者,率皆宋詩,且姝姝於江西宗派。陳石遺為《近代詩鈔》,唐詩長慶體概屏不錄。竊謂此實詩界之蹇運,亦中國衰亡之徵。」〔註94〕可見其尊唐抑宋的明顯立場,且最不滿於近代宋詩運動的江西一派。

〔註92〕陳濤著:《審安齋遺稿》,民國十二年刻本。

〔註93〕吳宓著,吳學昭整理:《吳宓自編年譜》,北京:生活‧讀書‧新知三聯書店,1995 年版,第 234 頁。

〔註94〕吳宓著,吳學昭整理:《吳宓詩話》,北京:商務印書館,2005 年版,第 260 頁。

　　然而在 1923 年後，吳宓卻在胡先驌、邵祖平等江西省詩人的影響下，開始創作宋詩。《吳宓自編年譜》在 1923 年云：「受胡先驌、邵祖平等之影響，此時始作宋詩。」〔註95〕然而直到 1946 年，吳宓才開始接觸同光體的閩派作品，閱讀李宣龔《碩果亭詩》。1953 年又閱讀李景堃《方來詩》，且謂其「詞清而思深，真詩也」〔註96〕。1964年 9 月，吳宓開始閱讀鄭孝胥《海藏樓詩》，並作了大段的讀詩筆記。在讀過《海藏樓詩》卷八後，吳宓寫道：「《題林學衡詩本》、《答樊雲門冬雨劇談之作》一二首，論詩（主清切明顯）皆是。」〔註97〕且最稱賞《海藏樓詩》卷四的《紅梅》四首，認為「皆集中最上之作」〔註98〕。吳宓喜歡的鄭詩皆為詩句明白顯然的作品，然而《紅梅》四首卻有寄託，吳宓亦深有見地，謂其暗寓「光緒召對」一事，其中「絕代朱顏」即指光緒帝。這亦符合吳宓「詞清而思深」的真詩標準。吳宓在其筆記中且記載陳寅恪對鄭孝胥詩歌的評價云：

　　　　昔在美國一九一九年陳寅恪自言：「在中國近世詩人中，最佩愛鄭蘇堪之詩，以其意思明顯，句句可譯成英文（或其他外文）也。」後來宓多讀各家之詩，以真摯明顯（即清切）為標準，乃深是寅恪此言。〔註99〕

　　吳宓對清切主張的推崇，以至於作為評閱各家之詩的標準，可見其始終對同光體贛派的學宋不能接受，對閩派的鄭孝胥卻再三致意。吳宓雖然推崇鄭孝胥清切的主張，但對於其詩中的豪氣亦有所認識，在筆記的結尾，吳宓寫到：

　　　　試總論鄭君之為人與其詩。其人自信甚堅，勇於負責，志在經世。……又性爽直，故詩亦明顯。對古人今人，對友與敵，直下判斷，無所隱諱。……總之，鄭君是極兀傲人。……故集中附錄《名流詩話》靈覘曰：韓豪、蘇曠，「而公詩如其

〔註95〕　《吳宓自編年譜》，第 250 頁。
〔註96〕　《吳宓詩話》，第 309 頁。
〔註97〕　《吳宓詩話》，第 301 頁。
〔註98〕　《吳宓詩話》，第 299 頁。
〔註99〕　《吳宓詩話》，第 301～302 頁。

書，純以氣勝，前無古人，則豪曠固是本色。」〔註100〕

1964 年，吳宓收到胡先驌的《懺盦詩稿》，讀後曾評點云：「太夷指責其如韓退之『以文為詩』，是一大病。宓則謂作者短於情趣，故其議論之詩，實毫無詩味，太夷之指責極是。」〔註101〕胡先驌之詩確實有議論太多的缺點，吳宓在此則以鄭孝胥的觀點為標準來評騭其詩，可見吳宓對鄭孝胥的詩學不僅十分熟悉，而且推崇備至。但是，吳宓的詩歌創作水平卻十分普通，流於淺滑。陳寅恪曾就其《落花詩》對吳宓說道：「大約作詩能免滑字最難。若欲矯此病，宋人詩不可不留意。因宋人學唐，與吾人學昔人詩，均同一經驗，故有可取法之處。」〔註102〕雖然吳宓自 1923 年開始學宋，此後亦頗用力於同光體閩派作品，但始終未能窺入宋詩之堂奧，其詩學雖然受到了鄭孝胥主張的影響，但在創作風格上亦不似鄭孝胥的詩風。

學衡派詩人除了胡先驌、吳宓之外，邵祖平亦曾請益於鄭孝胥，其詩學兼採唐宋，詩風清剛峭健。《鄭孝胥日記》在 1922 年 9 月 17 日記載曰：「有江西邵祖平字潭秋者，持子培名刺來見，自言在南京東南大學，與胡先驌等同編《學衡雜誌》，斥胡適之新文白話……邵頗知詩學，談久之，借去《伏敔堂詩》，其人才二十餘歲。」〔註103〕當時鄭孝胥正提倡江湜《伏敔堂詩》，邵祖平借《伏敔堂詩》，無疑乃受到了鄭孝胥的影響，胡先驌即稱「邵潭秋謁海藏歸，甚言海藏譽伏敔堂詩」可證。但邵祖平並非直接取徑鄭孝胥，亦不見其推崇鄭孝胥的詩學主張，故此文不具論。另外，《學衡》社友、陳三立之子陳寅恪自謂其「在中國近世詩人中，最佩愛鄭蘇堪之詩」，〔註104〕作於 1945年的《漫誇》首句「漫誇朔漠作神京」自注云：「海藏樓詩有句云：

〔註100〕 《吳宓詩話》，第 302 頁。
〔註101〕 《吳宓詩話》，第 322 頁。
〔註102〕 吳宓著，吳學昭整理：《吳宓詩集》，北京：商務印書館，2004 年版，第 14 頁。
〔註103〕 《鄭孝胥日記》第四冊，第 1922 頁。
〔註104〕 《吳宓詩話》，第 302 頁。

『欲回朔漠作神京』。」〔註105〕可見其於鄭詩諳熟於心。有些作品亦明顯化用鄭詩。如其 1945 年的《憶故居》有句云「一生負氣成今日，四海無人對夕陽」〔註106〕，其措辭及用意即從鄭孝胥《春歸》「一生負氣恐全非」〔註107〕和《答陳伯嚴同登海藏樓之作》「偶留二老對斜陽」〔註108〕兩句中來。總之，學衡派中的部分詩人由於其保守主義的文化立場，對於鄭孝胥的詩學頗感興趣，甚至有所取法，這說明了鄭氏詩學的影響力之大，在文學史上是不容忽視的。

〔註105〕陳寅恪著：《陳寅恪集·詩集：附唐篔詩存》，生活·讀書·新知三聯書店，2001 年版，第 36 頁。

〔註106〕陳寅恪著：《陳寅恪集·詩集：附唐篔詩存》，生活·讀書·新知三聯書店，2001 年版，第 42 頁。

〔註107〕《海藏樓詩集》卷一，第 1 頁。

〔註108〕《海藏樓詩集》卷八，第 224 頁。

結　語

　　鄭孝胥為人負氣，好大言奇計，熱衷功名，晚年墮落為漢奸。從詩品與人品合一的立場看，鄭孝胥不屬於第一流的詩人。如果從詩品與人品分離的角度看，鄭孝胥的詩歌是近代詩歌史上的上乘之作，這在歷史上早有定評。鄭孝胥的詩學更具備研究的價值，是同光體詩學不可或缺的部分，也是近代詩學的重要遺產。鄭氏詩學建基於其本人創作實踐的經驗，其詩論多針對創作而發，吉光片羽，零散不整，但經過總結和提高，亦自成體系。傳統的詩學概念，狹義上主要指創作論而言，即針對如何學詩而形成的一套有步驟的、有方法的論述，揭示創作的規律；廣義上則包括藝術風格的評騭、詩學源流的辨證、本事的考證、詩歌的箋釋等等。當然，傳統的詩學自有其主流的價值內涵和指導思想，即是儒家溫柔敦厚的詩教、《毛詩大序》的四始六義及國身通一的士大夫精神。到了宋代，更將理學的養氣內核植入詩學之中，道咸以來的宋詩派運動繼承了這個寶貴的傳統。本文即根據古代的詩學傳統對鄭氏詩學作了總結和評價。鄭氏詩學從根本上說也繼承了這個傳統，在國家多事之秋，持論更多地根據變風變雅，主張真性情和詩中有事。但鄭氏詩學又旁逸斜出，劍走偏鋒，故而矜才使氣，不能養其浩然之氣，反而帶上了戰國策士之氣。然而從某種程度上說，這也是其詩歌能動人的一個原因。其出關之前的詩歌，蒿目時艱，善

敘交誼，多忠悃真摯之作，讀之使人意激，頗能動人。

　　鄭孝胥詩學百家，一衷以法，但性情多不似其所取法之詩人，其風格上夷曠沖淡之作可謂是「熱中人作冰雪文」〔註1〕，但亦不能因此一筆抹殺，斥為虛偽。陳永正先生說：「或有詩家，詩詞陳義甚高，沖澹清遠，迥出凡塵，而其人卻頗好名利，是以社會上嘖有煩言，但我相信他那些被認為是作偽的詩也可能是真心的，那是詩人希望達到而實際上未能達到的理想之聖域。」〔註2〕其實，鄭孝胥的某些詩歌也可以這樣看待。在理想追求上，鄭孝胥最終不能成為豪傑，也不甘於做一個隱士，但在詩歌成就上，他卻不失為一個大家。鄭孝胥詩歌風格有其深遠的家學淵源和文學史淵源。其詩中清言與高調的特質即源自其家學，清蒼幽峭、伉爽的風格可謂其來有自。鄭孝胥詩風多變，沈摯、峭刻、澹遠、激越、雄肆等等皆是其詩風之一面，這些詩風主要得之於文學史上的唐宋諸賢。在創作上，鄭孝胥熔鑄了唐宋詩的清雋意趣與峭折筋節，形成了其獨特的詩學進路。陳衍之「清蒼幽峭」的品評是較具概括性的，但還不足為限。如果要用一個最具概括性的評語，可以用其稱江湜詩「清折有力」四字來形容，似乎更加符合鄭氏的審美趣味和創作主張。本文擇取的《海藏樓詩集》五個題材，目的在於考察其詩風多樣性的同時，又探討其詩本論和創作論主張在創作中的實踐。可以這麼說，風懷詩和哀挽詩主要體現了其真性情的詩本論主張，詠花詩和重九詩則主要體現了其詩中有事的詩本論主張，而其山水紀遊詩最能體現其熔鑄了唐宋詩的清雋意趣與峭折筋節這一創作論特色。至於比較鄭氏詩學與同光體其餘詩人的異同，是為了更好地理解鄭孝胥詩學的特色和文學史地位。其詩學影響力則在最後一章討論，其中揭示了其白戰和清切的創作論主張對學衡派影響。總之，鄭氏詩學自成體系，在文學史上不容忽視。

〔註1〕錢鍾書著：《談藝錄》下卷，北京：三聯書店，2001年版，第498頁。
〔註2〕陳永正著：《詩注要義》，上海：上海古籍出版社，2017年版，第56頁。

參考文獻

一、著述類（以著者姓氏拼音為序）

A

1. 愛新覺羅・溥儀著：《我的前半生》，北京：東方出版社，1999 年版。

B

1. 〔唐〕白居易著；謝思煒校注：《白居易詩集校注》，北京：中華書局，2006 年版。

C

1. 〔宋〕程頤著：《程氏經說》，四庫全書本。

2. 〔宋〕陳師道撰，〔宋〕任淵注，冒廣生補箋：《後山詩注補箋》，北京：中華書局 1995 年版。

3. 〔宋〕陳與義著，白敦仁箋注：《陳與義集校箋》，杭州：浙江古籍出版社，2014 年版。

4. 〔宋〕陳善著：《捫虱新話》，上海書店景涵芬樓本，1990 年版。

5. 陳三立著，李開軍校點：《散原精舍詩文集》，上海：上海古籍出版社，2014 年版。

6. 陳衍著，陳步編：《陳石遺集》福州：福建人民出版社，2001 年版。

7. 陳衍著，鄭朝宗、石文英校點：《石遺室詩話》，北京：人民文學出版社，2004 年版。

8. 陳寶琛著，劉永翔、許全勝校點：《滄趣樓詩文集》，上海：上海古籍出版社，2006 年版。

9. 陳曾壽著，張寅彭、王培軍校點：《蒼虯閣詩集》，上海：上海古籍出版社，2012 年版。

10. 陳叔通著：《白梅書屋詩存》，北京：中華書局，1986 年版。

11. 陳濤著：《審安齋遺稿》，民國十二年刻本。

12. 陳寅恪著：《陳寅恪集·詩集：附唐篔詩存》，生活·讀書·新知三聯書店，2001 年版。

13. 陳寅恪著，胡文輝箋釋：《陳寅恪詩箋釋》，廣州：廣東人民出版社，2008 年版。

14. 陳永正著：《詩注要義》，上海：上海古籍出版社，2017 年版。

15. 陳伯海編：《唐詩匯評》（中），杭州：浙江教育出版社，1995 年版。

D

1. 〔唐〕杜甫著；〔清〕仇兆鰲注：《杜詩詳注》，北京：中華書局，1979 年版。

2. 丁福保輯：《歷代詩話續編》，北京：中華書局，2006 年版。

3. 斗山山人著：《記女伶金月梅母女事》，北京：中國社會科學院近代史研究所，1989 年版。

F

1. 〔清〕方東樹著，汪紹楹校點：《昭昧詹言》，北京：人民文學出版社，1961 年版。

2. 〔元〕方回選評，李慶甲集評校點：《瀛奎律髓匯評》，上海古籍出版社，2005 年版。

G

1. 〔清〕龔自珍著，劉逸生注：《龔自珍己亥雜詩》，北京：中華書局，1980 年版。

2. 〔清〕龔自珍著，劉逸生等校注：《龔自珍詩集編年校注》，上海：上海古籍出版社，2013 年版。

3. 〔清〕龔顯曾著：《葳齋詩話》，光緒間刊亦園牘本。

4. 〔清〕顧雲著：《鉢山詩錄》，清光緒十五年刻本。

5. 郭紹虞主編：《中國歷代文論選》，北京：中華書局，1963 年版。

6. 郭紹虞輯：《宋詩話輯佚》，北京：中華書局，1980 年版。

7. 谷林著：《書邊雜寫》，瀋陽：遼寧教育出版社，1995 年版。

8. 龔鵬程著：《近代思潮與人物》，北京：中華書局，2007 年版。

9. 龔鵬程著：《中國詩歌史論》，北京：北京大學出版社，2008 年版。

10. 龔鵬程著：《讀詩隅記》，臺北：華正書局，1987 年版。

H

1. 〔唐〕韓愈著，馬其昶校注，馬茂元整理：《韓昌黎文集校注》第三卷，上海：上海古籍出版社，1986 年版。

2. 〔唐〕韓偓著，齊濤箋注：《韓偓詩集箋注》，濟南：山東教育出版社，2000 年版。

3. 〔宋〕黃庭堅著，劉尚榮校點：《黃庭堅詩集注》，北京：中華書局 2003 版。

4. 〔宋〕洪興祖撰，白化文等點校：《楚辭補註》，北京：中華書局，1983 年版。

5. 〔宋〕胡仔著：《苕溪漁隱叢話》前集卷六，北京：人民文學出版社，1962 年版。

6. 〔明〕黃宗羲著：《黃梨洲文集》，北京：中華書局，1959 年版。

7. 〔明〕胡應麟著：《詩藪》，北京：中華書局，1958 年版。

8.〔清〕何玉瑛著：《疏影軒遺草》，見《稀見清代四部叢刊》第四輯，第 84 冊，臺北：經學文化事業有限公司，2014 年版。

9. 胡先驌著，張大為等編：《胡先驌文存》，南昌：江西高校出版社，1995 年版。

10. 胡先驌著，熊盛元、胡啟鵬編校：《胡先驌詩文集》，合肥：黃山書社，2013 年版。

11.〔清〕何文煥輯：《歷代詩話》，北京：中華書局，2004 年版。

12. 胡曉明著：《中國詩學之精神》，南昌：江西人民出版社，2001 年版。

13. 胡宗剛著：《胡先驌先生年譜長編》，南昌：江西教育出版社，2007 年版。

J

1.〔南朝梁〕劉勰著，范文瀾注：《文心雕龍》，北京：人民文學出版社，2006 年版。

2.〔宋〕姜夔撰，孫玄常箋注：《姜白石詩集箋注》，太原：山西人民出版社，1986 年版。

3.〔清〕江湜著，左鵬軍校點：《伏敔堂詩錄》，上海：上海古籍出版社，2012 年版。

4.〔清〕紀昀著：《紀文達公遺集》，嘉慶十七年本。

5.〔宋〕計有功撰：《唐詩紀事》，上海：上海古籍出版社，1965 年版。

L

1.〔宋〕陸游著；錢仲聯校注：《劍南詩稿校注》，上海：上海古籍出版社，1985 年版。

2.〔宋〕黎靖德編，王星賢校點：《朱子語類》，北京：中華書局，1986 年版。

3.〔南朝宋〕劉義慶著，劉孝標注，余嘉錫箋疏：《世說新語箋疏》，北京：中華書局，2015 年版。

4. 〔唐〕李商隱著，〔清〕馮浩箋注，蔣凡標點：《玉溪生詩集箋注》，上海：上海古籍出版社，1998 年版。

5. 〔宋〕劉克莊著，王秀梅點校：《後村詩話》，北京：中華書局，1983 年版。

6. 〔宋〕劉克莊著：《後村先生大全集》，《四部叢刊》本。

7. 〔清〕劉寶楠撰，高流水點校：《論語正義》，北京：中華書局，1990 年版。

8. 李宣龔著，黃曙輝校點：《李宣龔詩文集》，上海：華東師範大學出版社，2009 年版。

9. 林紓著：《林琴南文集》，北京：中國書店，1985 年版。

10. 遼寧省檔案館編：《溥儀私藏偽滿秘檔》，北京：檔案出版社，1990 年版。

11. 李厚基等修，沈瑜慶、陳衍等編：《福建通志》，民國 27 年刊本。

12. 黎翔鳳撰，梁運華整理：《管子校注》，北京：中華書局，2004 年版。

M

1. 〔宋〕梅堯臣著，朱東潤校注：《梅堯臣集編年校注》，上海：上海古籍出版社，2006 年版。

2. 馬亞中著：《中國近代詩歌史》，臺灣：學生書局，1992 年版。

O

1. 歐陽英修，陳衍纂：《閩侯縣志》，中國方志叢書第十三號，據民國二十二年刊本影印。

P

1. 〔晉〕潘岳著，董志廣校注：《潘岳集校注》，天津：天津古籍出版社，2005 年版。

2. 〔清〕彭定求等編：《全唐詩》，北京：中華書局，1960 年版。

Q

1. 〔清〕錢謙益著：《錢牧齋全集》第二冊，上海：上海古籍出版社，2003 年版。

2. 錢仲聯編校：《陳衍詩論合集》，福州：福建人民出版社，1999 年版。

3. 錢仲聯編：《清詩紀事》，南京：江蘇古籍出版社 1987 年版。

4. 錢仲聯編：《中國大百科全書·中國文學卷》，北京：中國大百科全書出版社，1993 年版。

5. 錢鍾書著：《談藝錄》補訂本，北京：中華書局，1984 年版。

6. 錢鍾書著：《寫在人生邊上·寫在人生邊上的邊上·石語》，北京：生活·讀書·新知三聯書店，2002 年版。

7. 錢鍾書著：《宋詩選注》，北京：三聯書店，2001 年版。

8. 錢仲聯著：《夢苕庵清代文學論集》，濟南：齊魯書社，1983 年版。

9. 錢仲聯著：《當代學者自選文庫·錢仲聯卷》，合肥：安徽教育出版社，1999 年版。

10. 錢基博著：《現代中國文學史》，長春：吉林人民出版社，2013 年版。

R

1. 日本 NHK 廣告協會編：《皇帝的密約——滿洲國最高的隱秘》，天津：天津編譯中心譯，中國文史出版社，1989 年版。

S

1. 〔宋〕蘇軾著，〔清〕王文誥輯注；孔凡禮點校：《蘇軾詩集》，北京：中華書局，1982 年版。

2. 〔宋〕蘇軾著，孔凡禮校點：《蘇軾文集》，北京：中華書局，1986 年版。

3. 〔宋〕蘇轍著，陳宏天、高秀夫校點：《蘇轍集》，北京：中華書局，1999 年版。

4. 〔元〕脫脫著：《宋史》，北京：中華書局，1977 年版。

5. 沈曾植著，錢仲聯校注：《沈曾植集校注》，北京：中華書局，2001 年版。

6. 十三經註疏整理委員會整理：《毛詩正義》，北京：北京大學出版社，2000 年版。

7. 十三經註疏整理委員會整理：《尚書正義》，北京：北京大學出版社，2000 年版。

8. 十三經註疏整理委員會整理：《禮記正義》，北京：北京大學出版社，2000 年版。

9. 十三經註疏整理委員會整理：《春秋左傳正義》，北京：北京大學出版社，2000 年版。

10. 十三經註疏整理委員會整理：《孟子註疏》，北京：北京大學出版社，2000 年版。

11. 沈雲龍編：《近代中國史料叢刊三編》，臺北：文海出版社，1988 年版。

T

1. 〔晉〕陶淵明著，逯欽立校注：《陶淵明集》，北京：中華書局，1979 年版。

W

1. 〔魏〕王弼注，樓宇烈校釋：《老子道德經注校釋》，北京：中華書局，2008 年版。

2. 〔宋〕王禹偁撰：《小畜集》，商務印書館萬有文庫，1937 年版。

3. 〔宋〕王安石著，李壁箋注，高克勤點校：《王荊文公詩集箋注》，上海：上海古籍出版社，2010 年版。

4. 〔宋〕王令著，沈文倬校点：《王令集》，上海：上海古籍出版社，1980 年版。

5. 王雲五主編，吳曾祺編：《涵芬樓古今文鈔簡編》，上海：商務印

書館，民國 18 年萬有文庫本。

6.〔宋〕魏慶之著：《詩人玉屑》，長沙：商務印書館，1939 年版。

7. 汪辟疆著：《汪辟疆文集》，上海：上海古籍出版社，1988 年版。

8. 汪辟疆著，張亞權編：《汪辟疆詩學論集》，南京：南京大學出版社，2011 年版。

9. 吳宓著，吳學昭整理：《吳宓詩話》，北京：商務印書館，2007 年版。

10. 吳宓著，吳學昭整理：《吳宓自編年譜》，北京：生活・讀書・新知三聯書店，1995 年版。

X

1.〔明〕許學夷《詩源辨體》，北京：人民文學出版社，1987 年版。

2.〔清〕謝章鋌著，劉榮平校注：《賭棋山莊詞話校注》，廈門：廈門大學出版社，2013 版。

3.〔清〕薛福成著：《庸庵全集》，清光緒刻本。

4. 徐元誥著：《國語集解》，北京：中華書局，2002 年版。

5. 徐復觀著：《中國文學精神》，上海：上海書店出版社，2006 年版。

Y

1.〔宋〕嚴羽著：《滄浪詩話》，北京：中華書局，1985 年版。

2.〔金〕元好問著，狄寶心校注：《元好問詩編年校注》，北京：中華書局，2011 年版。

3. 姚錫均著：《姚鵷雛文集(詩詞卷)》，上海：上海古籍出版社 2009 年版。

4. 楊鈞著，葉子卿、馬鱐點校：《草堂之靈》，杭州：浙江人民美術出版社，2016 年版。

5. 葉參等編：《鄭孝胥傳》，《民國叢書》第一編卷八十八，上海：上海書店出版社，1989 年版。

6. 圓瑛法師著：《首楞嚴經講議》，上海圓明講堂 1993 年發行。

Z

1. 〔唐〕鄭谷著；嚴壽澂，黃明，趙昌平箋注：《鄭谷詩集箋注》，上海古籍出版社，2009 年版。

2. 〔宋〕朱熹著：《詩集傳》，北京：中華書局，1958 年版。

3. 〔宋〕趙令畤撰；孔凡禮點校：《侯鯖錄》，北京：中華書局，2002 年版。

4. 〔清〕朱琦著：《怡志堂詩初編》，清咸豐七年刻本。

5. 〔清〕鄭珍著，白敦仁箋注：《巢經巢詩鈔箋注》，杭州：浙江古籍出版社，2016 年版。

6. 〔清〕曾國藩著：《曾國藩全集·日記》，石家莊：河北人民出版社，2016 年版。

7. 鄭孝胥著，黃珅、楊曉波校點：《海藏樓詩集》，上海：上海古籍出版社，2013 年版。

8. 鄭孝胥著，勞祖德整理：《鄭孝胥日記》，北京：中華書局，1993 年版。

9. 周達著：《今覺盦集》，民國二十九年鉛印本。

10. 周君適著：《偽滿宮廷雜憶》，成都：四川人民出版社，1980 年版。

11. 章士釗著：《章士釗詩詞集》，長沙：湖南人民出版社 2009 年版。

12. 張寅彭主編：《民國詩話叢編》，上海：上海書店出版社，2002 年版。

13. 周明之著：《近代中國的文化危機：清遺民的精神世界》，濟南：山東大學出版社，2009 年版。

二、論文類（以發表時間為序）

（一）期刊論文

1. 錢仲聯：《龔自珍與沈曾植——沈曾植兩篇有關龔自珍的未刊文稿述評》，《文獻》1989 年第一期。

2. 蔣寅：《古典詩學中清的概念》，《中國社會科學》2000 年第 01 期。

3. 胡曉明：《唐宋詩之爭陳衍詩學的近代轉義》，《古代文學理論研究》第 19 輯，華東師範大學出版社，2001 年版。

4. 劉世南，劉松來：《「旅懷伊鬱孟東野，句律清奇陳後山」——江湜「伏敔堂詩」的風格及其成因》，《文學遺產》2009 年第 01 期。

5. 郭前孔：《論同光體代表詩人鄭孝胥的詩學宗趣》，《濟南大學學報（社會科學版）》2009 年第 01 期。

6. 孫愛霞：《論鄭孝胥的哀挽詩作》，《社科縱橫》2010 年第 2 期。

7. 孫愛霞：《家國悲懷也動人——略論鄭孝胥的晚清詩作》，《理論月刊》2010 年第 9 期。

8. 張元卿：《論鄭孝胥對學衡派詩人的影響》，《新文學史料》2014 年第 3 期。

9. 朱堯、薛玉坤：《名伶金月梅與鄭孝胥所存「念梅詩」研究》，《江蘇教育學院學報（社會科學）》，2013 年第 3 期。

10. 張煜：《重九與夜起——鄭孝胥詩歌初探》，《漢語言文學研究》2013 年第 1 期。

（二）學位論文

1. 紀映雲：《關於鄭孝胥的詩藝追求及其與同光派之關係》，暨南大學碩士論文，2004 年。

2. 楊曉波：《鄭孝胥詩歌研究》，華東師範大學博士論文，2004 年。

3. 賀國強：《近代宋詩派研究》，蘇州大學博士論文，2006 年。

4. 侯長生：《同光體派的宋詩學》，復旦大學博士論文，2007 年。

5. 葛春蕃：《古今之際：晚清民國詩壇上的同光派》，復旦大學博士論文，2007 年。

6. 楊萌芽：《清末民初宋詩派文人群體研究——以 1895～1921 年為中心》，復旦大學博士論文，2007 年。

7. 朱興和：《超社逸社詩人群體研究》，華東師範大學博士論文，2009 年。

8. 馬國華：《海藏詩學研究》，蘇州大學碩士論文，2010 年。

9. 陳慶元：《〈石遺室詩話〉論同光體閩派》福建師範大學碩士論文，2011 年。

10. 孫豔：《同光體代表人物心路歷程研究》，蘇州大學博士論文，2011 年。

11. 曾慶雨：《陳曾壽詩歌研究》，華東師範大學博士論文，2017 年。

三、報刊類（以發表時間為序）

1. 柳亞子：《妄人謬論詩派書此折之》，《民國日報》1917 年 3 月 1 日第 12 版。

2. 陳寥士：《海藏樓詩的全貌》，民國《古今月刊》1942 年第七期。

3. 潘伯鷹：《海藏樓詩的解剖》，民國《生活》1947 年第三期。